J.J. Murphy s'est passionné pour le personnage de Dorothy Parker, femme de lettres célèbre pour son esprit caustique, et en a fait un personnage de fiction dans une série d'enquêtes policières érudites et pleines d'humour, recréant l'ambiance de l'hôtel Algonquin à New York où se réunissaient les plumes les plus drôles du magazine *The New Yorker*. Après *Le Cercle des plumes assassines* (Folio policier), il imagine cette rencontre au sommet entre Dorothy Parker et Conan Doyle.

L’Affaire de la belle évaporée

Du même auteur

Le Cercle des plumes assassines (Éditions Baker Street, Folio)

J.J. Murphy

L'Affaire de la belle évaporée

Traduit de l'anglais (États-Unis)
par Yves Sarda

Collection fondée
par François Guérif

Rivages/noir

Retrouvez l'ensemble des parutions
des Éditions Payot & Rivages sur

payot-rivages.fr

Collection dirigée
par Jeanne Guyon et Valentin Baillehache

Titre original : *A Friendly Game of Murder*

Pour M'man et P'pa

« La violence revient toujours frapper son auteur, et un piégeur tombe toujours dans le piège qu'il a tendu à autrui. »

Sherlock HOLMES
dans *Le Ruban moucheté*
de Sir Arthur CONAN DOYLE

Note de l'auteur

Dorothy Parker aurait dit : « Je me moque de ce qu'on écrit à mon sujet, tant que ce n'est pas vrai. » Selon son conseil, ce livre est une œuvre de fiction de bout en bout, même s'il est peuplé de nombreuses personnes ayant réellement existé. Les membres de la Table Ronde de l'hôtel Algonquin n'ont jamais, semble-t-il, laissé la vérité entraver le récit d'une bonne histoire – et j'espère que vous ne la laisserez pas vous empêcher de prendre plaisir à celle qui suit.

Avant-propos

Dans les années vingt, il n'y avait bien sûr ni Internet, ni téléphones portables, ni télévision par satellite – d'ailleurs, la télévision n'existait même pas. Quant à la radio, elle ne se répandra qu'à la fin de la décennie. En lieu et place de textos et d'e-mails, on envoyait des télégrammes ou on faisait appel à des coursiers. Quand on voulait écouter de la musique chez soi, on se servait d'un phonographe ou on se retrouvait pour chanter autour d'un piano.

Pour se distraire, les New-Yorkais disposaient de théâtres à la douzaine, ainsi que d'un certain nombre de cinémas où l'on projetait des films muets. (Le « parlant » attendra lui aussi la fin des années vingt pour faire son apparition.)

Pour s'informer, ils n'avaient pas les chaînes d'information continue. En revanche, ils pouvaient choisir entre une dizaine de quotidiens. Les rotatives tournaient jour et nuit et il en sortait une édition du matin, une du soir, plus des éditions spéciales qu'annonçaient dans les rues les crieurs de journaux.

À cette époque-là, les auteurs de l'information en devinrent également les acteurs : une nouvelle catégorie de journalistes, de critiques et de rédacteurs en chef apparut. Parmi eux, un groupe informel d'une dizaine de personnes – sans compter leurs amis – se retrouvait souvent pour déjeuner autour d'une grande table à l'hôtel Algonquin, tout près de Times Square. S'ils avaient choisi cet établissement, c'était en raison de l'accueil chaleureux qu'il réservait aux artistes et aux écrivains, bien sûr, mais aussi pour son côté pratique et ses tarifs peu élevés. Ces déjeuners étaient moins célèbres pour ce qu'on y mangeait que pour les bons mots et autres traits d'esprit qui fusaient. Mais la qualité des plats était compensée par la bonne humeur et la camaraderie ambiantes. Les convives pensaient que la vie serait une éternelle partie de plaisir…

1

– Mrs Parker, demanda Alexander Woollcott, que diriez-vous d'une petite partie du jeu de l'Assassin entre amis ?

Dorothy Parker fit mine de ne pas avoir entendu. Woollcott était l'un des membres de la Table Ronde de l'Algonquin et le critique théâtral du *New York Times*. Mais c'était aussi parfois un casse-pieds puant et bedonnant.

De toute façon, Dorothy était préoccupée. Woollcott et elle se trouvaient à l'une des extrémités du hall bondé de l'Algonquin. Elle tourna à nouveau les yeux vers l'imposante horloge de parquet pour vérifier l'heure. En temps normal, le lieu n'était ni aussi fréquenté ni aussi bruyant un samedi soir à huit heures, mais ce samedi soir différait des autres. On était au coude à coude. Le rire cristallin d'élégantes dames en robes pailletées se mêlait à celui plus étouffé de messieurs tout aussi élégants en chemise blanche impeccable, cravate noire et queue-de-pie. L'air était alourdi par l'odeur entêtante de la fumée de cigarette et des parfums de luxe. La plupart des personnes présentes étaient venues assister à la grande réception.

Allons bon, où est ce vaurien de Robert Benchley ? se demanda Dorothy pour la énième fois.

– S'il vous plaît, Mrs Parker, je vous en conjure, persista Woollcott, telle une mouche bourdonnant à son oreille. Une partie d'Assassin sans vous serait tout bonnement sinistre.

Un peu alarmé par ce propos, un homme de haute taille à forte carrure, qui se tenait non loin de Dorothy, se tourna vers eux. Elle le rassura d'un regard. Plus âgé qu'eux, la soixantaine, il avait la moustache touffue d'un morse et des yeux intelligents sous des paupières lourdes. Il disait vaguement quelque chose à Dorothy, certaine pourtant de ne l'avoir jamais rencontré.

– Mrs Parker, de grâce ! insista Woollcott. Un tout petit meurtre, je n'en demande pas plus…

– Très bien, fit-elle en braquant sur lui un pistolet imaginaire. Pan, vous êtes mort. Fin de partie. Bonsoir.

Woollcott poussa un soupir d'exaspération.

– Ma chère Dottie, ce n'est pas un soir comme les autres, lui dit-il. Nous sommes le 31 décembre. Où est donc passé votre sens de la fête ?

– Il a cédé le pas à mon sens du bon goût. Je juge votre petit jeu du dernier vulgaire. J'aimerais mieux jouer à autre chose. À la roulette russe, par exemple.

Derrière ses lunettes rondes, Woollcott l'examina de ses yeux de fouine.

– Quelle mouche tsé-tsé vous a piquée ?

Elle jeta un nouveau coup d'œil à la grande horloge. Il était huit heures passées. *Benchley devrait être là depuis une demi-heure. Il vaudrait mieux pour lui qu'il ne me pose pas un lapin.*

– Eh bien ? insista Woollcott en réitérant sa question.

– Aucune, je suis majeure et vaccinée, merci. Je n'en dirais pas autant de vous ni de tous les autres qui sont ici, répliqua-t-elle. Pourquoi fait-on autant de cas de la veille du Nouvel An ? On s'en fait une telle montagne, on est tellement décidé à s'amuser que la soirée cesse vite d'être agréable pour devenir une corvée interminable.

Woollcott, agacé, tourna les talons, manquant entrer en collision avec le gentleman à moustache de morse.

Dorothy consulta l'horloge encore une fois, mais la grande aiguille n'avait pas bougé. *Benchley allait-il demeurer dans sa banlieue, près de sa femme et de ses enfants ? Ou viendrait-il en ville, comme il l'avait dit, pour assister à la soirée ?* Dorothy, tout en n'ayant pas le premier sou pour se l'offrir, avait fait l'emplette d'une nouvelle robe dont le velours vert forêt mettait en valeur ses yeux d'un brun profond. Elle jouait avec un rang de fausses perles en sautoir.

À quoi bon ? se demanda-t-elle avec morosité. Même si Benchley venait, il ne s'apercevrait de rien.

Un individu à cheveux blancs, aux traits émaciés et aux lunettes cerclées d'or, avait rejoint le gentleman à la moustache de morse. Les deux hommes se serrèrent la main comme s'ils ne s'étaient pas vus depuis des années – qui se comptaient sans doute par dizaines.

Frank Case, le suave directeur de l'hôtel, apparut, fendant la foule. Il fit un clin d'œil à Dorothy avant de s'approcher de ces deux hommes si distingués. Dorothy remarqua que Case tenait l'enveloppe jaune d'un télégramme.

– Excusez-moi de vous interrompre, messieurs, leur dit-il, puis en se tournant vers le maigrichon à cheveux blancs : Merci encore, Dr Hurst, tout en n'étant ici que comme client, d'avoir pris le temps d'examiner cette famille. Puis-je vous demander quel est votre diagnostic ?

L'homme à cheveux blancs – le Dr Hurst, donc – s'exprima avec l'arrogance de l'autorité.

– Varicelle. Je les ai consignés dans leur chambre pour l'instant.

Son accent britannique bourru et pète-sec rappela à Dorothy celui d'un sergent instructeur ou d'un maître d'école sévère.

Case lui sourit avec déférence.

– Merci de soulager notre inquiétude, docteur.

Puis, se tournant vers le costaud à moustache de morse, il expliqua :

– Je craignais qu'il ne s'agisse de la variole. À vrai dire, à mon œil profane, ça m'en avait tout l'air.

– La variole ? reprit son interlocuteur, qui s'exprimait avec un léger accent écossais. Fâcheuse façon de commencer la nouvelle année. Je leur souhaite un prompt rétablissement.

– Je vais communiquer à cette malheureuse famille la part que vous prenez à son piteux état, Sir Arthur, lui dit Case. J'espère que vous apprécierez la soirée que vous passerez parmi nous. Enchanté de vous rencontrer enfin.

Sir Arthur ? se demanda Dorothy.

– C'est très aimable à vous, mais je ne suis ici que le temps de fumer un cigare en compagnie de mon ancien collègue, dit Sir Arthur en tapotant affectueusement l'épaule osseuse du Dr Hurst. Il y a une éternité que nous ne nous sommes vus.

Case lui sourit cordialement et revint au Dr Hurst.

– Un télégramme est arrivé pour vous, pendant que vous soigniez la famille atteinte de la varicelle.

Il remit au médecin l'enveloppe jaune en s'inclinant poliment et prit congé.

Dorothy lui emboîta le pas, en trottinant sur ses pieds menus pour le rattraper.

– Frank ! le héla-t-elle quand ils ne furent plus à portée de voix des deux gentlemen.

Case se retourna.

– Et bonsoir, Mrs Parker ! Comment se présente cette merveilleuse fin d'année ?

– De façon plutôt contrariante, merci bien, fit-elle. Avec qui parliez-vous, juste à l'instant ?

Case haussa le sourcil.

– Ah, il s'agissait du Dr Quentin Hurst. Il n'a pas un très bon contact avec ses malades, semblerait-il, mais c'est une sommité médicale très respectée dans sa branche. Il est venu à New York assister à une conférence.

– Non, pas ce vieux schnock, fit Dorothy. Son compagnon. L'armoire à glace. Son visage me dit quelque chose.

– Cette « armoire à glace », reprit Case, n'est autre que Sir Arthur Conan Doyle, le créateur de Sherlock Holmes.

Dorothy émit un léger sifflement. Et se retourna pour mieux l'observer. Sir Arthur Conan Doyle disait justement quelque chose au Dr Hurst qui ne semblait pas l'écouter, les yeux fixés sur le télégramme. Son teint pâle était devenu plus pâle encore. Ses mains étaient crispées sur le papier, comme s'il allait le déchirer.

Doyle se tut. Et soucieux, posa une main sur le bras du Dr Hurst, à qui il parut demander si tout allait bien.

Le Dr Hurst repoussa la main de Doyle d'un haussement d'épaules. Levant les yeux du télégramme, il scruta la pièce bondée. Puis, ayant repéré Frank Case, il s'empressa de se diriger vers lui avec une détermination farouche.

– Mr Case, je viens de consulter mon collègue médecin, le Dr Doyle, et j'ai peut-être été trop hâtif dans mon diagnostic, fit-il. Après mûre réflexion, je pense que cette famille a la variole, pas la varicelle.

– La variole ? Vous n'êtes pas sérieux, intervint Dorothy, qui se tourna vers Case. Vous allez devoir fermer l'hôtel !

Case, se penchant vers elle, lui dit entre ses dents :

– Moins fort, s'il vous plaît, Mrs Parker.

Le Dr Hurst opina.

– Cette jeune dame a raison, Mr Case. Il va vous falloir mettre sur-le-champ votre établissement en quarantaine.

Doyle les avait rejoints sans se presser.

– Quelle quarantaine ? Il y a un instant, vous parliez de varicelle, mon vieux.

– J'ai révisé mon diagnostic, fit le Dr Hurst avec son air arrogant. Il vaut mieux prévenir que guérir.

Pourquoi ne sont-ils pas d'accord ? s'étonna Dorothy. Elle lança un coup d'œil au télégramme. En relevant la tête, son regard croisa celui de Conan Doyle. Ils avaient eu la même idée.

Doyle se reprit vite et se tourna vers Case.

– Ne le prenez pas mal, monsieur, mais j'aimerais mieux ne pas être obligé de demeurer ici, ces deux ou trois prochains jours. Mon épouse est descendue au Biltmore, et je souhaite la rejoindre au plus vite.

Dorothy sympathisa avec Doyle – elle qui entrevoyait de devoir passer toute la soirée sans Benchley.

– Tous les invités à la réception de Douglas Fairbanks ne sont pas encore arrivés, Frank, dit-elle. Doug en sera accablé.

Case, imperturbable, les regarda chacun tour à tour.

Le Dr Hurst avança et vint se coller nez à nez avec lui.

– J'insiste pour que vous fermiez les portes immédiatement, Mr Case.

Doyle, souriant avec amabilité, tâcha d'éviter que cela ne dégénère.

– Allons, allons, Quentin, mon vieux. N'allons pas si vite.

Le Dr Hurst ignora ces protestations et dévisagea Case d'un air menaçant.

– J'appellerai la police et les services sanitaires moi même, si j'y suis contraint.

Dorothy vit clairement que Case n'allait pas discuter.

– Ce ne sera pas nécessaire, Dr Hurst, lui répondit ce dernier avec calme avant de se diriger vers l'entrée de l'hôtel, suivi par le médecin.

Le directeur éleva la voix au-dessus du brouhaha.

– S'il vous plaît, j'ai une annonce à vous faire !

Le bruit dans le hall bondé diminua, passant d'une clameur joyeuse à des murmures et des chuchotements. La présence du Dr Hurst, la mine sombre, aux côtés de Case conférait une certaine solennité à l'événement.

– On vient de mettre l'Algonquin en quarantaine. À compter de cet instant, plus personne n'entrera dans l'hôtel ni n'en sortira.

La gaieté ambiante vira à l'aigreur. Dorothy fut démoralisée. Tout à coup, Woollcott surgit à nouveau près d'elle et lui agrippa le coude.

– Que se passe-t-il ? lui demanda-t-il.

Elle se tourna vers lui.

– Comptez sur moi pour votre jeu de l'Assassin. Si je dois affronter cette soirée sans Mr Benchley, je vais finir par tuer quelqu'un.

Frank Case leva les mains pour tenter de calmer le brouhaha.

– Comme j'y suis requis, je vais prévenir les services sanitaires qui confirmeront – le Dr Hurst acquiesça – le maintien de la quarantaine par mesure de sécurité.

Une nouvelle vague de protestations et de huées salua cette sortie. Case lança un coup d'œil à Conan Doyle.

– Et maintenant, n'ayez aucune crainte, nous rendrons votre séjour parmi nous – que vous ayez eu ou non l'intention d'être nos hôtes ce soir – le plus agréable et le plus confortable possible. Mais pour le moment, ces portes demeureront fermées.

À l'instant même où Case prononçait ces mots, lesdites portes s'ouvrirent sur une superbe jeune femme qui entra comme une fleur, emmitouflée dans une fourrure. Sa toque assortie était ornée d'une longue plume qui tressautait au gré de sa marche. Elle s'arrêta dans le hall, tous les yeux fixés sur elle. Et parut se délecter de l'attention générale. Rejetant sa fourrure, elle révéla la robe courte et près du corps d'une garçonne, qui couvrait à peine ses formes bien faites et sa silhouette élancée.

– Bibi est arrivée ! annonça-t-elle avec un sourire éblouissant, en levant les bras en l'air. Que la fête commence !

Plusieurs hommes l'acclamèrent.

Dorothy, Woollcott et les autres reconnurent la jeune et tapageuse arrivante. Il s'agissait de Bibi Bibelot, la starlette en vogue de Broadway.

Case tenta de couvrir les vivats.

– Vous ne pouvez pas entrer, mademoiselle. Nous sommes en quarantaine.

– Je me moque du croque-mitaine, lança Bibi en pouffant. Je suis venue fêter le Nouvel An à la sauterie de Douglas Fairbanks !

Et traînant sa fourrure à sa suite, elle s'enfonça au milieu de la foule en se pavanant sur ses talons hauts. Woollcott, profitant de l'aubaine, lui emboîta le pas.

Case haussa les épaules. Peu de chose arrivait à perturber son calme olympien.

– Comme je le disais, dorénavant, plus personne ne sera autorisé à entrer ou sortir de l'établissement…

Au même instant, Robert Benchley franchit les portes. Il fit tomber la neige de son chapeau et des épaules de son manteau. Puis, relevant la tête, il s'aperçut que tous ceux réunis dans le hall avaient leurs regards rivés sur lui.

– Bonsoir tout le monde, lança-t-il à la ronde, avec des yeux rieurs. Vous attendiez le plombier ?

Le Dr Hurst agrippa Frank Case par le bras en lui criant à l'oreille :

– Verrouillez-moi ces portes !

Dorothy s'empressa de rejoindre Benchley. Elle était si heureuse de le voir qu'elle faillit le serrer contre elle. Mais elle réfréna son élan. Elle se contenterait de lui planter un baiser sur la joue – à minuit.

– Bonsoir, Mrs Parker, lui fit-il. Mais quelle est cette fraîche calamité ?

– C'est moi qui ai inventé l'expression ! s'exclama-t-elle en lui pinçant gentiment le bras avec un sourire. Mais je vous la prête volontiers, car je suis ravie de vous voir.

– Sentiment partagé, ma chère Mrs Parker, fit-il en lui retournant son sourire.

Sentiment partagé ? songea-t-elle. *S'il savait !*

– Bon, c'est quoi, tout ce tohu-bohu ? demanda-t-il en ôtant son manteau.

Elle lui désigna de la tête l'homme à cheveux blancs.

– Ce vénérable médecin, ayant examiné une famille de touristes qui séjourne ici, a diagnostiqué qu'ils avaient la variole. Frank Case vient donc de déclarer l'hôtel en quarantaine.

Case et le Dr Hurst passèrent en hâte près d'eux, suivis d'Alfred, le réceptionniste en uniforme, qui tenait un trousseau de clés. Il en sélectionna une sans regarder, la glissa dans la serrure et avec un claquement décisif, ferma les portes.

Case se tourna vers le Dr Hurst.

– Les services sanitaires seront bientôt là avec une notification officielle et scelleront les portes. Cela vous satisfait-il ?

Le Dr Hurst vérifia lesdites portes lui-même. Elles ne bougèrent pas.

– Oui, parfait, parfait, dit-il d'un ton dédaigneux. À propos, avez-vous un coffre où vos clients peuvent déposer leurs articles de valeur ?

Pour la première fois de la soirée, Case parut contrarié.

– Oui, mais son mécanisme est cassé. Je remets nos objets de valeur à la garde d'Oscar.

– Et qui est Oscar, grand Dieu ? fit le Dr Hurst avec humeur.

– Notre portier, un garçon totalement digne de confiance.

– Parfait, parfait.

Le Dr Hurst plongea la main dans sa poche et en sortit un médaillon en argent.

– Cet objet est pour moi extrêmement important. Confiez-le lui immédiatement, je vous en prie.

– Impossible.

– Et pourquoi ?

– On vient de l'enfermer dehors, répondit Case simplement.

Le Dr Hurst refourra le médaillon dans sa poche, exaspéré, et fit demi tour en s'éloignant au pas de charge. Il marmonna à Doyle par-dessus son épaule :

– Venez. Vous pourrez téléphoner à votre femme dans ma chambre.

Dorothy se mit sur la pointe des pieds pour chuchoter à l'oreille de Benchley.

– C'est Arthur Conan Doyle – *Sir Arthur* pour des manants comme vous et moi. Allons lui tirer ses favoris.

Elle et Benchley suivirent le Dr Hurst et Doyle jusqu'au petit ascenseur. Bibi Bibelot s'y trouvait déjà, en compagnie de Maurice, le vieux liftier.

Bibi se contorsionna dans l'espace étroit, tournant son corps magnifique et ses yeux brillants vers le Dr Hurst.

– Combien de temps durera la quarantaine ? lui demanda-t-elle d'une voix mourante.

Dorothy se demanda comment Bibi se débrouillait pour rendre une question sur la variole aussi sexy.

Le Dr Hurst paraissait insensible au charme de Bibi. Il regarda droit devant lui, l'œil dans le vide.

– Quarante-huit heures peut-être. Ou bien quinze jours, c'est aussi une possibilité.

– Bon, c'est O.K., alors, roucoula Bibi. La fête du Nouvel An des Fairbanks peut très bien durer jusque-là !

Le Dr Hurst ne répondit pas. Bibi le détailla de haut en bas. Dorothy connaissait bien cette expression – celle d'une croqueuse de diamants sans vergogne.

Maurice ferma la porte de l'ascenseur, bascula un commutateur et actionna un levier de commande. La cabine s'ébranla lentement vers le haut.

Dorothy était prise en étau entre le bras de Benchley et le torse puissant de Conan Doyle. Ce dernier s'éclaircit la gorge et, brisant le silence gênant, s'adressa à Dorothy.

– Pardonnez ma curiosité, mademoiselle, mais je vous ai bien entendu parler d'assassinat avec un de vos collègues ?

Mademoiselle ! Elle aima Doyle sur-le-champ. Et lui aurait marché sur le pied s'il lui avait dit *madame*.

– Il ne s'agissait pas d'un assassinat réel, répondit Dorothy à Doyle. Mais d'un jeu de salon idiot. On met des petits papiers dans un chapeau. L'un d'eux désigne le détective, un autre, l'assassin. Le reste des participants représentent les victimes potentielles. La personne qui tire le rôle de l'assassin fait semblant de tuer quelqu'un. À charge au détective et à tous les autres de résoudre le meurtre. Si quelqu'un devrait prendre plaisir à ce genre de jeu, c'est bien vous.

– Moi ? se récria Doyle. Et pourquoi moi ?

Dorothy fut momentanément déconcertée.

– Parce que vous avez écrit toutes ces aventures de Sherlock Holmes, bien sûr.

– Sapristi ! s'exclama Bibi. Vous avez écrit Sherlock Holmes ?

– Pas depuis des années, fit Doyle d'un ton maussade. Ce nom me fatigue un peu.

Bibi ne tint pas compte du changement d'humeur de Conan Doyle.

– Quand on était petits, mon frère n'arrêtait pas de lire vos nouvelles policières bébêtes. Vous devez être riche et célèbre.

– Moi aussi, je suis un grand admirateur de Sherlock Holmes, fit Benchley avec sincérité.

Mais à la première allusion à Sherlock Holmes, le regard de Conan Doyle s'était assombri. Il ne répondit pas.

Le Dr Hurst renifla avec dédain. Et se tournant vers Doyle, lui parla comme s'ils étaient seuls.

– J'ai un nouvel assistant. Il nous servira un xérès pendant que vous passerez votre coup de téléphone.

Nom de bleu, songea Dorothy. *Une seule allusion à Sherlock Holmes, et les voilà qui semblent avoir avalé de travers ?*

Benchley et elle échangèrent un regard. Ce fut au tour de ce dernier de s'éclaircir la voix.

– Et comment avez-vous fait connaissance, messieurs ?

Le Dr Hurst répondit sèchement, sans même un coup d'œil à Benchley.

– En école de médecine. À l'Université d'Édimbourg.

– Ah, en école de médecine, fit Benchley pensivement, avant de se tourner vers Dorothy. Et vous, Mrs Parker, de quelle école avez-vous suivi les cours ?

Benchley savait fort bien qu'elle n'avait même pas fini son lycée.

– Élémentaire, mon cher Benchley, fit-elle avec un sourire en coin. Primaire, autrement dit.

2

Conan Doyle regarda Dorothy en haussant un sourcil broussailleux. L'ascenseur s'arrêta.

– Huitième étage, annonça Maurice le liftier de sa voix rauque. Repoussant la grille en accordéon, il ouvrit la porte.

Le Dr Hurst s'empressa de sortir. Conan Doyle le suivit en lançant un nouveau regard de curiosité à Dorothy. Maurice referma grille et porte derrière les deux hommes. L'ascenseur reprit sa montée.

Bibi se tourna vers Dorothy, en lui décochant un clin d'œil salace.

– Vous avez entendu ça ? Un docteur ! Il doit être plein aux as.

– Lequel ? répliqua Dorothy. Ils sont tous les deux médecins.

– N'importe, dit Bibi avec un sourire diabolique. Mais j'aime bien le vieux à cheveux blancs. Il a sans doute déjà un pied dans la tombe. Et il ne portait pas d'alliance. Celui qui a pondu Sherlock Holmes, si.

– Votre don de l'observation est stupéfiant, fit Dorothy pince-sans-rire.

Bibi approuva d'un signe de tête, avec un soupçon de supériorité.

– Je n'ai pas réussi à Broadway sans rien dans le citron.

Ni une belle paire de nichons, songea Dorothy.

L'ascenseur fit halte à nouveau, au dernier étage cette fois.

– Onzième étage. Suites avec vue, dit Maurice en tirant la grille.

Des rires et des bruits de conversation provenaient de l'autre bout du couloir.

– C'est par où la suite des Fairbanks ? demanda Bibi à Maurice d'un ton condescendant. Je suis attendue à leur fête super chic.

Maurice jeta un œil dans l'embryon de couloir. Au fond, au delà de doubles portes ouvertes, une foule d'invités se pressait à une réception.

– Juste là-bas, madame, répondit Maurice en pointant un doigt crochu.

Bibi lança un vague coup d'œil à Benchley, pardessus son épaule.

– Vous voulez bien lui donner cinq *cents* pour sa peine ? C'est un brave garçon.

Puis elle s'avança d'un pas nonchalant vers les doubles portes.

Benchley, haussant les épaules, sortit une pièce de sa poche qu'il tendit à Maurice. Puis Dorothy et lui se dirigèrent derrière Bibi vers la suite des Fairbanks.

Dorothy noua son bras à celui de Benchley. Elle était tout simplement heureuse de sa présence. Elle se moquait comme d'un kopeck des pimbêches du genre de Bibi Bibelot. Allant souvent au théâtre, Dorothy et Benchley avaient vu Bibi sur scène très récemment. Cette dernière avait fait sensation dans le rôle vedette d'une comédie à succès de Marc Connelly et George

Kaufman, leurs amis et commensaux de la Table Ronde.

Mais malgré ce début prometteur, de nouvelles starlettes dans le genre de Bibi apparaissaient à Broadway, chaque automne. *Elles sont comme des fleurs annuelles, ces filles,* songea Dorothy. Le printemps fini, son prestige et son éclat s'éteindront comme des pétales fanés, et elle sera balayée au profit d'une nouvelle venue plus fraîche au début de la saison suivante.

Bibi, marquant un temps d'arrêt sur le seuil de la pièce, leva les deux bras en l'air.

– Bibi est arrivée ! lança-t-elle comme à son entrée dans le hall. Que la fête commence !

Mais contrairement aux vivats qui avaient salué son arrivée au rez-de-chaussée, le petit groupe rassemblé dans la suite l'ignora en globalité. Au bout de quelques instants, déçue, elle laissa retomber ses bras.

– Où est la gnôle ? fit-elle en ne s'adressant à personne en particulier, avant de s'aventurer dans la pièce.

Dorothy et Benchley entrèrent dans sa foulée et repérèrent immédiatement leurs hôtes, Douglas Fairbanks et son épouse, Mary Pickford. Ils se tenaient au centre du vaste salon.

Voilà de vraies stars, songea Dorothy.

Fairbanks était à la fois l'acteur le plus célèbre de Broadway et le roi du box-office à Hollywood. Il était plus en forme qu'un athlète olympique et plus beau qu'un dieu de l'Olympe. Mais son succès était dû aussi à son charme magnétique, son énergie sans relâche – et à sa soif de réussite sans limite.

Mary Pickford, sacrée par la presse « La Petite fiancée de l'Amérique » avait l'air d'une adolescente, avec son visage d'angelot et ses longues boucles blondes ruisselant sur ses épaules. Dorothy savait pourtant qu'elle et Mary avaient à peu près le même âge. En effet, ça faisait dix ans révolus que Mary était l'actrice la plus populaire et la mieux payée d'Hollywood – depuis l'époque où Dorothy jouait encore du piano dans une école de danse pour subsister.

– Mrs Parker ! Mr Benchley ! les salua Fairbanks qui serra la main du second en la secouant comme une maraca, puis déposa un chaste baiser sur la joue de Dorothy, que sa moustache bien taillée chatouilla. Ça va comment, les enfants ?

Malgré leur richesse et leur célébrité, Fairbanks et Pickford étaient les personnes les moins prétentieuses que Dorothy connaissait. Fairbanks était toujours prêt à faire le poirier ou tout autre tour d'acrobatie juste pour rire, quant à Mary, pareillement, elle était prompte à prêter une oreille compatissante ou une main secourable à autrui.

– Nous avons de bonnes et de mauvaises nouvelles, dit Benchley.

Fairbanks et Pickford restèrent interdits.

– La bonne nouvelle, c'est que votre réception risque de se prolonger plusieurs jours. La mauvaise, c'est parce que l'hôtel a été mis en quarantaine. Si bien que vos invités déjà présents ne seront pas rejoints par d'autres.

Il ne fallut qu'un instant pour leur expliquer la situation : la quarantaine pour raison de variole.

Fairbanks jaugea du regard l'assistance clairsemée dans son salon. Mais son abattement disparut en un éclair.

– Eh bien, fit-il, avec son sourire éblouissant et son optimisme natif reprenant le dessus, cela veut dire que nous nous amuserons d'autant plus !

Alors qu'il s'exprimait ainsi, Case les rejoignit, s'excusant auprès de Doug et Mary de gâcher la fête. Dorothy savait très bien que Case et Fairbanks étaient de vieilles connaissances – il y avait des années de ça, Fairbanks aurait dormi dans Central Park sans la générosité de Frank Case. Au jour d'aujourd'hui, ce même Fairbanks aurait quasiment pu s'offrir ce même Central Park.

– Pas de problème, Frank, lui dit Fairbanks. Faites passer le mot. Tous ceux présents dans l'hôtel sont cordialement invités à notre réception.

Mary acquiesça.

– C'est extrêmement généreux de votre part, répondit Case. Je ne doute pas que nombre de nos hôtes seront enchantés de cette proposition. Je vais envoyer les grooms les prévenir.

– *Mi casa es su casa*, dit Fairbanks allègrement.

Case sourit poliment.

– En fait, l'ensemble de l'hôtel *es mi casa*, mais je comprends votre point de vue. Bon, sans vouloir gâcher votre fête davantage, vous n'ignorez pas que nous sommes en pleine prohibition, ajouta-t-il d'un ton plein de sous-entendus, en fixant le cocktail entamé que tenait Fairbanks. Vous n'avez pas d'alcool ici, n'est-ce pas ?

Fairbanks, portant le verre à ses lèvres, en vida rapidement le contenu.

– Nân, pas d'alcool, fit-il. Pas une seule goutte.

En l'espace d'une heure, la suite s'était remplie de clients montés de chaque étage, répondant à l'invitation généreuse – et inconsidérée – de Douglas Fairbanks de se joindre à sa réception. *Tous les clients de l'hôtel doivent être là*, songea Dorothy, qui ne reconnaissait presque personne. Une poignée d'entre eux étaient comme elle des résidents de longue date, qui avaient fait de l'hôtel leur foyer. Mais la plupart des « fêtards » étaient des inconnus – des touristes qui séjournaient à l'Algonquin pour les vacances. Il y avait là des hommes mûrs tapageurs en cravates encore plus tapageuses et costumes mal coupés. Des femmes surexcitées et frivoles s'attroupaient en petits groupes. Dans un coin, deux bonnes sœurs observaient l'endroit d'un air méfiant en faisant des messes basses. *Que fabriquent-elles ici ?* se demanda Dorothy. *Est-ce le genre de clientèle que l'hôtel attire pendant les vacances ?*

Rares étaient parmi ces « fêtards » les personnes cultivées – célèbres compositeurs et musiciens, journalistes intelligents et rédacteurs en chef de magazines, illustrateurs et dessinateurs humoristiques – que Dorothy avait l'habitude de voir assister à ce genre de réception.

– On dirait un congrès d'experts en assurances et de conseillers fiscaux, se plaignit Alexander Woollcott.

Mais Dorothy s'en moquait pas mal. Elle, Benchley et quelques autres membres de la Table Ronde de l'Algonquin formaient un cercle fermé. Comme dans un western, ils avaient disposé leurs chariots en rond pour se défendre d'une horde de sauvages assaillants. Le groupe comprenait Woollcott et Harpo Marx, son ami intime. On y trouvait aussi Jane Grant, l'épouse d'Harold Ross. (Tous deux tentaient désespérément de faire décoller *le New Yorker*, un nouveau magazine.) Autre membre du groupe, Ruth Hale, féministe radicale mariée au journaliste sportif Heywood Broun. Ce dernier et Harold Ross avaient prévu de retrouver leurs femmes à la réception, mais n'étaient pas arrivés avant la fermeture des portes de l'hôtel décrétée par Frank Case.

Il faisait de plus en plus chaud dans la pièce ultra bondée. Jane Grant s'éventait avec une revue tout en sirotant un gin tonic.

– Combien de temps va durer cette maudite quarantaine, d'après vous ? demanda-t-elle.

Dorothy jeta un œil en biais au Dr Hurst, qui se tenait aux côtés de Douglas Fairbanks sur le seuil de la chambre de ce dernier, plongée dans la pénombre.

– Allez consulter le vénérable docteur en personne. C'est lui qui s'entretient là-bas avec Doug.

Jane lança un regard aux deux hommes, puis détourna les yeux.

– Oh, ça ne fait rien. Je suis une femme libre ce soir. Autant en profiter, pas vrai ?

Dorothy ne répondit pas. Quelque chose chez le Dr Hurst et Fairbanks captait son attention. Ils conversaient d'un air mystérieux, en se tenant si près l'un de l'autre que leurs têtes se touchaient presque. Puis le Dr Hurst tira un objet brillant de sa poche. Dorothy reconnut le médaillon d'argent que le Dr Hurst avait demandé à Frank Case de ranger dans le coffre de l'hôtel. Le médecin le tendit à Fairbanks avec moult précautions. Ce dernier l'empoigna fermement en rassurant le Dr Hurst d'un signe de tête.

Dorothy scruta le salon surpeuplé. Avait-elle été la seule à surprendre cet échange ? C'est alors, qu'en balayant les invités du regard, Dorothy rencontra celui de Bibi Bibelot, qui lui décocha un clin d'œil. Bibi avait vu la même chose qu'elle, car elle désigna le Dr Hurst en mimant l'expression : *« Plein aux as ! »* Puis lui adressa un nouveau clin d'œil. Dorothy s'empressa de reporter son intérêt vers ses amis.

– Allons, compagnons de toujours et pas encore en état d'ébriété, pérorait Woollcott. Encore trois heures à tuer avant minuit. Entamons une partie de jeu de l'Assassin !

Dorothy leva les yeux au plafond, et ce faisant, remarqua qu'Arthur Conan Doyle – Sir Arthur – se trouvait non loin d'elle. Il paraissait embarrassé, comme s'il ne savait pas où se mettre.

– Dr Doyle ! le héla-t-elle. Ne restez pas là tout seul à vous ennuyer à périr. Venez par ici vous ennuyer à périr en notre compagnie.

Woollcott plastronna.

– À périr, Mrs Parker ? Une fois commencé le jeu de l'Assassin, vous ne vous ennuierez plus. Vous serez même qui sait, assassinée !

– L'espoir fait vivre, répondit-elle.

Doyle venait de rejoindre leur groupe.

– Je vous présente mon copain Arthur, tout le monde. Et vous, Arthur, je vous présente tout le monde.

Elle ne précisa pas qu'il s'agissait de Sir Arthur Conan Doyle. Et curieusement, Doyle ne la corrigea pas.

– Woollcott insiste pour que nous fassions une partie du jeu de l'Assassin, expliqua-t-elle. J'y ai fait allusion dans l'ascenseur.

– Effectivement, confirma Doyle. J'avoue que je n'ai jamais entendu parler de ce jeu.

– Gardez vos aveux pour saint Pierre, ricana Woollcott, en présentant un haut-de-forme renversé. Vous pourriez le rencontrer incessamment sous peu, ajouta-t-il, d'un ton pontifiant.

Dorothy se pencha vers Doyle.

– Ne craignez rien. C'est la dernière marotte d'Aleck. Il en change tous les deux ou trois mois. On trouve souvent plus commode d'entrer dans son jeu.

Elle se tourna vers Woollcott.

– Peut-être, Aleck, pourriez-vous expliquer les règles du jeu de l'Assassin à Arthur ?

– Très certainement, fit Woollcott. Elles sont d'une simplicité diabolique…

Mais avant d'avoir pu en dire davantage, la voix théâtrale de Douglas Fairbanks résonna dans la pièce.

– Bonne soirée du Nouvel An, mes chers… et mes nouveaux amis !

Tout le monde se retourna vers lui. Fairbanks au centre du salon étendait les bras tel Monsieur Loyal sur la piste d'un cirque. Près de lui, se trouvait une femme séduisante très bien habillée que Dorothy reconnut.

Fairbanks poursuivit sur sa lancée, de sa voix de stentor :

– Permettez-moi de vous présenter notre invitée d'honneur – qui n'a pas besoin de vous être présentée. La première dame des scènes de Broadway et notre reine de la soirée… Lydia Trumbull !

La femme près de Fairbanks fit une révérence de théâtre.

– Si c'est elle, la reine de la soirée, fit Harpo Marx entre ses dents, j'exige d'être remboursé.

Lydia Trumbull avait été une jeune beauté – dix ans auparavant, sans doute. Et elle était encore belle. Mais à l'heure actuelle, la comédienne était plus susceptible d'incarner Lady Macbeth que Juliette Capulet. Pourtant, Lydia Trumbull – chevelure de jais, yeux bleu glacier – n'avait pas plus de trente ans (en tout cas, pas beaucoup plus, songea Dorothy). Ajouté à sa beauté intemporelle, son âge lui conférait un air de réussite et de sagesse durement acquise. Par ailleurs, l'éclat minéral de Lydia paraissait plutôt fragile, se dit Dorothy, telle une colonne de granit noir soumise à une forte pression, prête à se fendiller et s'effriter à tout moment.

Lydia allait prendre la parole, mais avant d'avoir pu prononcer un seul mot, une voix cria à l'autre bout de l'appartement :

– Bonsoir la compagnie ! Que la fête commence !

Tous les yeux se tournèrent vers l'intruse, et un hoquet suffoqué collectif se répandit comme une traînée de poudre. Sur le seuil de la chambre à coucher des Fairbanks, se tenait Bibi Bibelot nue comme au jour de sa naissance.

– Ah ben voilà ce que, *moi*, j'appelle une reine de la soirée ! hoqueta Harpo.

Bibi Bibelot – rien sur le dos et fière comme Artaban – avança en se pavanant. À présent, plus personne ne souriait bêtement, plus personne ne gloussait ni ne pouffait. Plus personne ne l'ignorait. On ne la quittait pas des yeux.

Dorothy remarqua que la magnifique jeune femme n'était pas entièrement nue. Bibi avait gardé ses talons hauts et affichait aussi un sourire coquin rayonnant, assorti à ses cheveux blond brillant coupés courts.

Un fracas mêlé à un son d'éclaboussures retentit près de la porte d'entrée. Dorothy aperçut un jeune livreur en salopette planté là, les yeux écarquillés et bouche bée de stupéfaction. Il tenait mollement dans ses bras une bassine métallique vide. À ses pieds, s'empilaient des glaçons. Bibi gratifia le livreur d'une œillade malicieuse. L'assemblée s'écartait devant elle au fur et à mesure qu'elle traversait la pièce sans se presser.

Dorothy ne put s'empêcher d'évaluer le corps nu de la jeune femme – et y trouva fort peu à redire. Elle examina les seins ronds et hauts de Bibi, son ventre plat et surtout ses jambes interminables. Dorothy, jolie mais menue, ne put réprimer une pointe d'envie.

– Ma foi, qui l'eût cru ? Les rideaux sont assortis à la moquette, lança Benchley à ses côtés.

Prête à le frapper de s'être montré aussi vulgaire, Dorothy pivota vers lui[1].

Mais Benchley, toujours gentleman, avait discrètement détourné les yeux de la nudité de Bibi et admirait pour de bon la moquette et les tentures ton sur ton. Reportant son regard vers le milieu de la pièce, Dorothy vit Bibi défiler lentement devant Fairbanks et Lydia Trumbull. Cette dernière la fusillait d'un œil noir.

---

1. L'indignation de D.P. s'explique quand on sait que l'expression « les rideaux sont assortis à la moquette » signifie au figuré, et en anglais, qu'une femme a les poils pubiens de la même teinte que ses cheveux. Dont acte. *(N.d.T.)*

Dorothy aperçut alors le Dr Hurst s'avancer d'un coin reculé du salon, le visage aussi blanc que ses cheveux, l'air consterné, les yeux exorbités.

Se calquant sur ce que le Dr Hurst regardait fixement et Bibi approchant, Dorothy nota un détail qu'elle n'avait pas remarqué jusque-là. Autour de son long cou gracile, Bibi arborait le médaillon d'argent étincelant que le Dr Hurst avait récemment confié à Douglas Fairbanks.

3

Bibi, tentatrice en diable, traversait à pas lents le salon archi-plein en direction de la salle de bains. Dorothy, en observant le postérieur rebondi de Bibi, se douta qu'il en faisait saliver plus d'un.

– Quel cul, fit Jane Grant, proche d'elle.

– Je dirais même plus, quel culot, renchérit Dorothy.

– Je lui botterais son mignon petit derrière avec plaisir, reprit Jane avec aigreur.

Jane Grant et son amie Ruth Hale étaient toutes deux membres de la Lucy Stone League, un groupe militant féministe, qui défendait par exemple le droit pour une femme mariée de conserver en toute légalité son nom de jeune fille au lieu de prendre celui de son époux. Leurs maris respectifs – Harold Ross et Heywood Broun – soutenaient leur combat. Ou du moins, ne débattaient pas avec elles en public.

– Cette écervelée, dit Ruth. À quoi elle joue ? Qui croit-elle tromper ?

– Oh, je n'en sais rien, répondit Dorothy. Si j'avais un corps pareil, je me trimballerais partout pour le montrer au monde entier. Et pourquoi pas ? Nous sommes dans une soirée, après tout – donnée dans sa suite par Doug Fairbanks pour fêter le Nouvel

An. Peut-être qu'une personne telle que Bibi *doit* s'y promener toute nue, pour l'occasion.

Et à tout le moins, conclut in petto Dorothy, *voilà qui fera une bonne histoire à raconter aux autres membres de la Table Ronde, qui ne sont pas arrivés avant la mise en quarantaine.*

– Croirez-vous que j'ai aidé à créer cette fiancée de Frankenstein ? déclara Jane en hochant la tête.

Dorothy marqua sa surprise.

– Non, je n'y crois pas. Comment ça ?

– J'ai dû écrire un article sur elle, il y a quelques mois.

Jane Grant, première et unique femme journaliste à la rédaction du *New York Times*, recherchait avidement les sujets d'articles traitant d'enjeux importants pour la gent féminine, qu'on lui confiait habituellement. En contrepartie de ce privilège, elle devait parfois en écrire d'autres d'une importance bien moindre, Dorothy ne l'ignorait pas.

– Papier typiquement promotionnel, poursuivit Jane en haussant les épaules. La jeune provinciale, montée à la grande ville, qui conquiert Broadway de sa voix de sirène et d'un claquement de doigts aux ongles rubis. Ce genre de prose.

– Eh bien, contemplez le résultat.

– Ma foi, je n'y ai pas si grand mérite, reprit Jane sur la défensive. Je n'ai été que la crieuse publique qui répand la nouvelle. Bibi avait déjà fourni le plus gros du travail. Je l'ai prise comme je l'ai trouvée. Elle est sortie de l'œuf telle quelle.

Ruth Hale commenta d'un claquement de langue.

– Elle avait une mère dans ses jupes qui l'a poussée, sans doute ?

– Non, en fait, dit Jane. Mais un frère ou quelqu'un comme ça, quelque part. Non, pas de mère derrière elle. Elle faisait tout un plat d'un « riche bienfaiteur », selon ses dires.

– Un riche bienfaiteur ? Qui donc ? demanda Dorothy.

– Aucune idée, répondit Jane. Bibi m'a fait aussi tout un plat là-dessus. Elle devait garder le secret, sinon chaque nouvelle starlette de Broadway lui courrait après, m'a-t-elle confié. Elle l'appelait aussi son « ange gardien ».

– Ange, ah bah ! fit Ruth avec un nouveau claquement de langue. Sans doute un papa gâteau gâteux, qui bavait devant elle.

Elles regardèrent le cortège d'invités qui escorta Bibi jusqu'à la salle de bains. Dorothy avait de la peine à distinguer ce qui se passait en raison de l'affluence. D'un coup de pied, Bibi se débarrassa de ses talons hauts qui ricochèrent sur le sol carrelé.

– Où est donc cette caisse de champagne clandestin que j'ai aperçue tout à l'heure ? demanda Bibi d'une voix torride. Puis pointant l'un de ses doigts fuselés sur un gros homme mûr, elle ordonna : Toi, *baby boy*, va me chercher ce mousseux. Et remplis m'en cette baignoire entièrement.

Elle effleura de l'orteil l'élégante baignoire ivoire à pieds griffus. Le bonhomme fit demi-tour et courut, abandonnant derrière lui son épouse sidérée.

Bibi pointa alors son doigt vers un jeune homme de haute taille.

– Et toi, mon chou, va me chercher une louche dans la cuisine. Et une grande.

À peine eut-elle prononcé ces mots que le jeune homme tournait les talons et se faufilait dans l'assemblée en bousculant tout le monde au passage.

Le gros homme revint avec une caisse de champagne qui contenait douze bouteilles. Trois autres hommes le suivaient, chacun portant une caisse supplémentaire. En deux temps trois mouvements, ils débouchèrent les bouteilles et versèrent le champagne dans la baignoire. Le jeune homme revint de la cuisine et tendit à Bibi une grande louche métallique.

Bibi la leva au-dessus de sa tête, telle une reine à poil s'apprêtant à faire une proclamation.

– C'est ma tournée ! s'écria-t-elle avec un sourire follement malicieux.

Puis, entrant dans la baignoire, elle se laissa glisser dans ce bain alcoolisé effervescent. Les spectateurs – des hommes, en majorité, mais aussi quelques femmes – l'applaudirent en poussant des vivats.

Bibi se prélassait, brassant à pleines poignées le champagne qu'elle faisait retomber en cascade sur son corps dénudé. Elle brandit alors la louche, pleine à ras bords du liquide étincelant.

– Allez, qui a envie d'une petite gorgée ? s'écria-t-elle.

Les fêtards se ruèrent en beuglant. Dorothy perdit momentanément Bibi de vue. Benchley se tourna vers elle.

– Je pense qu'à la place, je vais aller goûter ce que le bar – déserté pour l'instant – a à nous offrir. Que diriez-vous d'un autre verre, Mrs Parker ?

Dorothy lui tendit le sien et Benchley gagna le buffet, qui faisait aussi office de bar. Mais il n'avait pas été totalement déserté comme l'avait dit Benchley.

Le Dr Hurst s'y trouvait, furieux semblait-il. Faisant main basse sur la bouteille la plus proche de lui, il se versa un shot de whisky. Puis reposant violemment la bouteille, il vida le petit verre d'un trait.

Deux grandes silhouettes vêtues de noir frôlèrent alors Dorothy au passage, manquant l'envoyer valser.

Cette dernière eut la surprise en se retournant de voir les deux religieuses mastoc se diriger en vitesse vers la salle de bains, leurs robes et voiles noirs claquant dans leur sillage. Si Dorothy n'apercevait pas leurs visages, elle entendit leurs voix.

– Pardon, s'il vous plaît ! fit la première d'un ton bourru, en s'ouvrant un passage de l'épaule dans la foule.

– Au nom de Dieu, excusez-nous ! ajouta la seconde.

Les bonnes sœurs firent sensation en atteignant la porte embouteillée de la salle de bains.

– Oh non, Bibi, railla un de ceux qui la lorgnaient. Te voilà dans de beaux draps !

– Tu as mis en colère le Voisin du Dessus ! ricana un autre.

Dorothy entendit Bibi lui répondre d'un ton condescendant.

– On est dans une suite avec vue, gros bêta. Tu ne sais pas ce que c'est ? Il n'y a pas de voisin au-dessus.

Dorothy secoua la tête, consternée. Mais sa curiosité l'emportant, elle s'approcha de la salle de bains pour mieux la satisfaire.

– Jeune dame !

La première religieuse, qui s'était faufilée dans la pièce, chassait de la main Bibi, nerveusement.

– Quittez sur-le-champ cette baignoire infernale !

– Dieu vous bénisse, mon enfant, l'amadoua la seconde bonne sœur. Mais je vous en prie, sortez et cachez ce qu'on ne saurait voir et qui vous couvre de honte.

Dorothy n'y résista pas. Avant qu'elle ait pu s'en empêcher, elle laissa échapper :

– Ne vous faites pas de mouron, mes sœurs. Cette fille ignore ce que c'est que la honte.

Des yeux furibonds – y compris ceux des religieuses – se tournèrent vers Dorothy. Cette dernière n'apprécia pas du tout que ces nonnettes la toisent d'un air hautain. Elle allait les apostropher derechef quand la voix furieuse du Dr Hurst détourna leur attention.

– Arrêtez ! fit-il en s'élançant en avant. C'est intolérable, jeune femme ! Sortez de là, à l'instant.

L'un des voyeurs barra le passage au Dr Hurst.

– Allez, papy. Si t'aimes pas ça, n'en dégoûte pas les autres.

Le Dr Hurst lui jeta un regard de supériorité.

– Je suis médecin.

Puis s'adressant à Bibi, il cria :

– Sortez de cette baignoire immédiatement, j'insiste.

Un autre homme barra le passage au Dr Hurst.

– Laissez cette fille tranquille, mon vieux. On veut juste passer du bon temps. Quel mal y a-t-il à ça ?

Le Dr Hurst, qui en bafouillait, tâchait, tout scandalisé qu'il était, de former une phrase cohérente.

– Ce n'est… ce n'est pas hygiénique, voilà tout.

Il s'empara du verre que tenait l'homme et le jeta sur le sol, où il se fracassa à ses pieds.

– Non, mais, vous… ! grogna l'homme, prêt à lui décocher un coup de poing.

La seconde bonne sœur attrapa l'homme par le bras.

– Arrêtez, s'il vous plaît. Le docteur a raison. Non seulement, ce n'est pas hygiénique, mais c'est un péché. Vous devriez tous avoir honte.

L'attroupement dans la salle de bains et alentour, remonté comme la populace dans les rues, était à deux doigts de l'émeute, songea Dorothy.

Mais bon Dieu, où sont donc Benchley et mon verre ? se demanda-t-elle en regardant partout dans la pièce.

Au milieu du salon, Doug Fairbanks redressa les épaules, se préparant à intervenir. Près de lui, Lydia Trumbull semblait au bord des larmes ou de la crise de nerfs. Elle avait été clairement humiliée que Bibi – une actrice plus jeune et plus en vogue – lui ait volé la vedette. Après tout, cette soirée était censée être la sienne.

Un peu en retrait de Lydia, se tenait Mary. Elle aussi paraissait troublée, l'anxiété le disputant au désespoir sur son visage angélique. Était-ce là la simple réaction d'une hôtesse dont la réception échappait rapidement à tout contrôle ? Dorothy n'était pas de cet avis. Autre chose taraudait Mary.

– O.K., bande de gorilles, s'écria Bibi dans la baignoire, arrêtez de faire les singes ! Laissez entrer ce gentil garçon. Je vais lui prêter l'oreille – et tout ce qu'il voudra d'autre.

Dorothy trouvait inimaginable qu'on puisse qualifier le Dr Hurst de « gentil garçon ». Puis elle se rappela que cette calculatrice de Bibi avait dit de lui : *Il doit être plein aux as !*

Tels des chiens de garde montrant les dents, tirant sur leur laisse, les deux hommes à la porte reculèrent de mauvaise grâce et laissèrent le Dr Hurst accéder à la salle de bains. Les bonnes sœurs s'écartèrent aussi.

– Eh bien, rebonsoir, vous, gazouilla malicieusement Bibi. L'ascenseur ? Vous vous rappelez ?

Puis sa voix prit un ton salace.

– Vous êtes venu m'examiner, Docteur ? Vais-je avoir droit à une piqûre… de loustic ?

Puis levant la louche débordant de champagne :

– À moins que vous ne désiriez boire un coup ? Que diriez-vous d'une double rasade ?

Le Dr Hurst se tourna vers les rares individus présents dans la salle de bains.

– Sortez, grogna-t-il, en les regardant à peine. Tout de suite.

Les « fêtards » sortirent à la queue leu leu en grommelant. Mais les religieuses se firent tirer l'oreille. Et affirmèrent qu'elles devaient rester pour servir de chaperons à Bibi au nom de sa pudeur et de sa sécurité personnelle.

– Ma pudeur, je m'en charge, mes sœurs, fit Bibi en les chassant gaiement de la main.

Le Dr Hurst s'arc-bouta de sa frêle épaule contre la porte pour mieux repousser les robustes bonnes sœurs dans le salon, où elles se retrouvèrent face au battant fermé.

Benchley rejoignit enfin Dorothy avec un verre de scotch à moitié plein.

– Que se passe-t-il donc là-dedans ? demanda-t-il en indiquant la porte de la salle de bains.

– On trinque peut-être à sa santé, répondit-elle, en choquant son verre contre celui de Benchley, puis sirotant une gorgée de scotch.

Quelques instants plus tard, des cris s'élevèrent dans la salle de bains. Si l'on ne comprenait pas le sens des mots, le ton sur lequel on les prononçait était sans équivoque. Le Dr Hurst donnait un ordre ou formulait une exigence en hurlant, et Bibi refusait d'obtempérer d'une voix d'une moquerie cinglante.

La première bonne sœur revint en hâte vers la porte et s'empara du bouton.

– On l'a verrouillée. Que quelqu'un appelle le directeur !

Doug Fairbanks rejoignit sans se presser la religieuse la plus âgée.

– Inutile de vous inquiéter, ma chère sœur. Nous avons une clé quelque part. Laissez-moi juste le temps de la trouver.

Et s'adressant à sa femme à travers la pièce bondée :

– Mary, ma chérie, sais-tu où est la clé de la salle de bains ?

Celle-ci marmonna quelque chose comme « tiroir de la cuisine », puis se détourna et se précipita dans sa chambre. Fairbanks l'y suivit, l'air interloqué.

– Quelqu'un devrait faire quelque chose, dit Dorothy, en grande partie à elle-même.

Elle chercha du regard Arthur Conan Doyle. Puis finit par l'apercevoir – acculé dans un coin par la vieille Mrs Volney, qui devait sans doute le bombarder de questions médicales tout en lui faisant le détail de ses nombreuses doléances. Mrs Volney vivait au même étage que Dorothy, au bout du couloir, et cette dernière évitait comme la peste cette vieille pie acariâtre.

– Juste à temps, dit-elle à Benchley. La vieille Lady Baskerville vient de lâcher ses chiens sur le pauvre cher homme.

Dorothy croisa le regard de Doyle et lui fit signe de les rejoindre. Ce dernier s'excusa rapidement auprès de Mrs Volney et se dirigea vers Dorothy et Benchley.

– Ah, soupira poliment Doyle, même s'il était clairement soulagé d'avoir été débarrassé de la dame. Quelle ténacité rencontre-t-on chez vos compatriotes, même chez les plus âgées d'entre elles. Quelle détermination. Voilà qui met la patience d'un homme à rude épreuve.

Dorothy approuva du chef. Elle le comprenait parfaitement.

– Il y a autre chose qu'on aimerait vous voir mettre à l'épreuve.

– À votre service, miss, fit Doyle avec un petit salut d'une courtoisie démodée. Nous n'avons jamais été présentés dans les règles, savez-vous.

Miss ! Le formidable vieillard. Elle détesta d'avoir à rectifier son tir.

– En fait, c'est *Mrs*, lui dit-elle. Mrs Parker. Et voici Mr Benchley, si l'on veut tout étiqueter.

– Ravi de faire votre connaissance dans les règles, Mrs Parker et Mr Benchley. Bon, que puis-je pour vous ?

– Avez-vous entendu ces cris et hurlements en provenance de la salle de bains, là-bas ? lui demanda-t-elle. Ce sont ceux de votre copain, le Dr Hurst. Pensez-vous pouvoir le calmer et lui faire ouvrir cette porte avant qu'il ne se rompe un vaisseau sanguin – ou bien ne rompe la caboche de cette fille nue comme la main ?

– Ah bon sang, je l'entends maintenant, fit Conan Doyle, perdant son masque de sociabilité. J'ai l'oreille un peu dure. Mais peu importe. Je vais aller dire deux mots à mon vieil ami Quentin. Il sait que je ne tolère pas un comportement aussi peu viril. Ce n'est pas là une façon de parler à une dame.

– N'ayez aucun souci, murmura Dorothy. Cette fille n'a rien d'une dame.

Doyle parut ne pas l'avoir écoutée. Le sourcil froncé, il se dirigeait déjà à grands pas vers la salle de bains. Mais avant qu'il n'ait atteint la porte, elle s'ouvrit brusquement et le Dr Hurst sortit rapidement, une main enfoncée dans la poche de sa veste. Il passa en flèche devant Doyle, qui pivota aussitôt.

– Quentin, mon vieux ! s'exclama-t-il. Qu'est-ce que ça signifie ?

Le Dr Hurst l'ignora et fonça droit sur le bar, où il fit à nouveau main basse sur la bouteille de whisky. Dorothy crut entrevoir un petit sourire de triomphe féroce sur le visage du vieil homme.

Mais de quoi s'agit-il donc ? Dorothy jeta un coup d'œil vers la salle de bains. Bibi, toujours dans la baignoire, expédiait du bout du pied quelques éclaboussures pétillantes tout en exposant l'une de ses longues jambes ravissantes.

– Tout va bien, tout le monde, gazouilla Bibi, en agitant la louche. Quelqu'un a-t-il derrière la tête la petite idée de se mettre une petite coupe derrière la cravate ?

Les fêtards les plus proches sautèrent sur cette suggestion. Ils s'agglutinèrent à nouveau dans la salle de bains et réclamèrent à grands cris d'être servis à la louche par Bibi. En même temps, les bonnes sœurs tentèrent de pénétrer dans la pièce surpeuplée en continuant de harceler cette dernière pour qu'elle sorte de la baignoire.

– Ne vous en faites pas, mes sœurs, leur lança Bibi avec un rire espiègle. Je m'amuse comme une enfant. Le rire est le propre d'une femme propre.

Tout le monde parut se désintéresser des religieuses après ça.

Dorothy lança un coup d'œil au bar. Doyle y parlait au Dr Hurst en le questionnant. Mais ce dernier l'ignorait, préférant se concentrer sur son verre de whisky.

À l'autre extrémité du salon, Mary Pickford, suivie de son mari, sortit de la chambre à coucher. Fairbanks paraissait plaider sa cause auprès d'elle. Mary passa en trombe devant Dorothy, qui s'aperçut qu'elle avait les larmes aux yeux.

Dorothy attrapa Fairbanks par le bras.

– Qu'est-ce qui ne va pas avec Mary ? lui demanda-t-elle gentiment.

Fairbanks s'arrêta. Sa femme poursuivit sa route vers la cuisine, en poussa la porte battante et disparut à l'intérieur.

– Ah bah, elle croit que j'ai quelque chose à voir avec cette fille, fit-il en montrant vaguement la salle de bains.

Dorothy se pencha vers lui.

– Et vous n'avez rien à voir avec elle ?

– Mais non, répondit Fairbanks en tiquant. Je l'ai dit à Mary, mais elle n'a pas voulu m'écouter. Ça n'a fait que l'énerver davantage.

– Elle n'est pas la seule, fit Dorothy en désignant Lydia Trumbull, toujours plantée là où Fairbanks l'avait laissée, et qui fixait Bibi avec colère. Laissez Mary tranquille pour le moment, continua-t-elle. Et en attendant, pourquoi ne pas aller voir ce que vous pouvez faire pour Lydia ? J'irai parler à Mary un peu plus tard, le temps qu'elle se calme. D'accord ?

Fairbanks opina et se dirigea lentement vers Lydia.

Benchley, qui s'était tenu à proximité tout ce temps, se rapprocha de Dorothy.

– Que se passe-t-il ?

Elle ne lui répondit pas directement.

– Avez-vous remarqué que si on introduit une femme nue dans une pièce bondée, les hommes deviennent fous…

– Et les femmes encore plus ? dit-il en terminant sa pensée. Elle acquiesça en lui tapotant le bras.

Fairbanks fit une annonce.

– Bon hé bien tout le monde ! Animons un brin cette fête. Que diriez-vous d'entendre chanter Lydia ? Hein ?

Il y eut de maigres applaudissements. Fairbanks guida Lydia jusqu'à un piano droit – un piano mécanique ou pianola, en fait. Il le tripota un court instant et bientôt l'instrument se mit à jouer un air fort entraînant.

Lydia entonna les paroles d'une voix claire et rythmée : *In the morning... in the evening... ain't we got fun...*[1]

– Non, pas encore le cas, ronchonna Woollcott, surgissant soudain à côté de Dorothy. Allez, on se rapproche les enfants. L'heure de l'Assassin a sonné.

---

1. Célèbre fox-trot de 1921. On peut traduire les paroles ci-dessus comme suit : Le matin… Le soir… Qu'est-ce qu'on s'amuse ! *(N.d.T.)*

4

Woollcott les entraîna dans un coin déserté de la pièce, loin de la musique.

– Suivez-moi, mes agneaux, dit-il. Le carnage va commencer incessamment sous peu.

Dorothy et Benchley lui emboîtèrent le pas. Derrière eux, venaient Harpo, Jane et Ruth.

Woollcott les examina à tour de rôle.

– Il est fort dommage, et pitoyable, que nombre des membres habituels de notre groupe n'aient pu se joindre à nous ce soir. Ma foi, tant pis pour eux.

Dorothy pensait la même chose. Puis elle aperçut Conan Doyle, qui se tenait à nouveau à l'écart, l'air irrité. À quelques pas de lui, le Dr Hurst stationnait au bar où il s'enivrait copieusement et consciencieusement. Doyle paraissait prendre ses distances avec son vieil ami.

– Je reviens, lança Dorothy à Woollcott.

S'approchant de Conan Doyle, elle l'attrapa par la manche.

– Allons, Artie. Si votre vieux copain ne veut plus rien avoir à faire avec vous, venez vous amuser avec de nouvelles connaissances.

Doyle la suivit sans se faire prier.

– Volontiers. Et avec joie encore, ajouta-t-il, en souriant.

Ils rejoignirent le groupe. Woollcott lorgna Doyle.

– Ah, un nouvel agneau pour l'abattoir. Bienvenue une fois de plus, Arnold.

– Son nom, c'est Arthur, rectifia Dorothy en pouffant.

Elle adressa un clin d'œil à Doyle en se demandant : *Bon, comment Aleck va-t-il réagir en découvrant que ce vieux gentleman est peut-être l'auteur le plus célèbre du monde ?* Elle était impatiente de le savoir. Mais l'heure n'était pas encore venue d'en informer Woollcott.

– D'accord, va pour *Arthur*, poursuivit ce dernier. Il faut que je vous renseigne un peu sur le déroulement de notre petit jeu démoniaque. Vous serez ravi d'apprendre qu'il est parfaitement simple au fond. Il y a un assassin et un détective. Tout autre participant est soit un suspect soit une victime potentielle.

Conan Doyle approuva de la tête.

– Et, comme me l'a dit Mrs Parker, on choisit l'assassin et le détective en tirant au sort des petits papiers dans un chapeau.

– Exactement.

Woollcott arracha son haut-de-forme de la tête d'Harpo Marx, qui s'en était coiffé entre-temps.

– Je vous le reprends, mon ami l'histrion.

Puis, plongeant une de ses mains potelées dans la poche de sa veste, il en retira une liasse de petits papiers. Qu'il laissa tomber dans le haut-de-forme renversé.

– On tire tous au sort dans le chapeau. Celui ou celle qui tombe sur le papier du détective l'annonce au groupe.

Il passa en revue d'un coup d'œil en biais chacune des personnes présentes.

– Mais quiconque tire le papier de l'assassin doit garder le secret.

– Et comment au juste l'assassin… commet-il son forfait ?

– Excellente question, mon corpulent ami, fit Woollcott en tambourinant de ses doigts son propre ventre proéminent. Après le tirage, on se disperse et on retourne à nos distractions ou autres discussions frivoles, comme si le jeu n'était même pas en cours.

– Mais c'est le cas, bien entendu ? fit Doyle, plus comme une affirmation qu'une question.

– Très certainement, Arthur, mon vieux, fit Woollcott avec un sourire retors. Tout en s'imbibant et se mêlant aux autres invités, on continue subrepticement la partie, toujours à l'affût de l'assassin.

– Et que fait-il, *lui*, pendant ce temps ? demanda Conan Doyle.

– Lui ou *elle* – aucune discrimination de sexe concernant l'assassin de ce côté-ci de l'Atlantique, mon vieux, le morigéna Woollcott. L'objectif de ce dernier, c'est de s'assurer de l'un d'entre nous entre quatre-z-yeux puis de déclarer à sa future victime : « Vous êtes mort ou morte. »

Doyle haussa ses sourcils touffus.

– Tout ça revient en fait à jouer à chat, mais d'une façon plus sophistiquée ? conclut-il.

Woollcott soupira.

– Tout n'est-il pas un jeu sophistiqué dans la vie ? Cette assistance triée sur le volet est-elle autre chose qu'une réunion de petits morveux qui s'amusent ? La Bourse de New York est-elle autre chose qu'une forme élaborée de l'échange de bimbeloteries et autres verroteries des peuplades primitives ? Et la présidence des États-Unis, qu'une simple version du Roi de la Montagne ? Je vous le déclare, mon cher Arthur, nous ne sommes tous et tout le temps que des enfants s'égayant en cour de récréation.

Ceci ne manqua pas d'hérisser le poil de Conan Doyle.

– Mon cher monsieur, vous allez trop loin…

– Aller trop loin, intervint Dorothy, c'est toute l'histoire de la vie de Woollcott, Artie. Puis se tournant vers le premier : Assez divagué, Aleck. Reprenez vos explications.

– Vous avez tout à fait raison, Mrs Parker, dit Woollcott. Où en étais-je ? Ah oui. À un moment donné, l'assassin doit se retrouver seul ou seule avec sa victime potentielle, lui dire qu'elle a été assassinée et puis – s'évaporer ! Ce qui bloque la défunte victime exactement à l'endroit où l'assassin l'a malencontreusement acculée. Et ladite victime doit rester sur place jusqu'à ce qu'on la retrouve.

– Au temps pour cette malheureuse victime, dit Conan Doyle. Et le détective ?

– Ah, fit Woollcott, les yeux brillants, c'est son heure de gloire, même si j'ose dire que j'ai résolu bien des affaires plus brièvement. Certaines même, en quelques minutes. En tout cas, la victime une fois découverte, le détective interroge alors chaque joueur – chaque suspect – à tour de rôle, et cherche à déterminer où chacun d'eux se trouvait précisément…

– Et *quand* il ou elle s'y trouvait, précisa Dorothy.

– Mrs Parker, comme toujours, tape dans le mille, fit Woollcott, en s'inclinant légèrement devant elle.

En rassemblant les « où » et les « quand » de chaque suspect, le détective en déduit qui « a fait le coup », comme on dit. Par exemple, supposons qu'Harpo ici-présent soit notre victime, et qu'on l'ait découvert dans le couloir. Et que notre Mrs Parker était avec lui – et personne d'autre – entre neuf heures et demie et dix heures moins le quart dans ce même couloir. Donc, dans cet exemple simplissime, je pointe du doigt Mrs Parker comme étant notre meurtrière. Et une nouvelle affaire close pour le détective Woollcott. Vous me suivez ?

– Avec peine, mais oui, dit Conan Doyle.

– Êtes-vous donc prêt à vous joindre à nous pour une petite partie d'Assassin ? fit Woollcott, dont les yeux de fouine étincelèrent.

Harpo Marx, se glissant derrière Conan Doyle, noua son bras autour du cou du grand homme.

– Tout intriguant que me paraisse votre petit jeu, non, merci, ce sera sans moi, répondit Doyle en se débarrassant du bras de Harpo. Vous m'autoriserez peut-être à n'être qu'un simple badaud, un observateur.

Woollcott avait le visage rose, congestionné.

– Après m'avoir demandé de vous en expliquer en détail les principes, vous choisissez de ne pas jouer ? fit-il, vexé comme un pou. Mon cher monsieur, vous courez le risque d'être victime d'un meurtre dû à un coup de sang, jeu ou pas jeu !

Conan Doyle bomba sa poitrine d'ours, chamailla sa moustache de morse et sourit.

– C'est un risque que j'accepte volontiers de courir, Mr Woollcott. Mais je m'en voudrais de vous retarder plus longtemps. Veuillez démarrer la partie, je vous en prie.

Woollcott, un peu intimidé physiquement, opina et se détourna de Conan Doyle.

– C'est ce que nous allons faire. O.K., filles et garçons, bonne pioche.

Il tendit le haut-de-forme à Dorothy.

– Non, je vous en prie, Aleck, lui dit-elle en le montrant du doigt. Les dames d'abord. À vous l'honneur.

Woollcott lui lança un regard noir, mais plongea quand même sa main dans le chapeau et en retira un petit papier. Son froncement de sourcil céda la place à un rictus machiavélique pendant qu'il passait en revue les autres joueurs.

– Oh oh, mes petits agneaux, c'est moi le détective !

Il leva le bout de papier pour que tout le monde le voie bien.

– Va falloir être astucieux, assassin de mon cœur. Le petit Acky n'a jamais perdu une affaire !

Harpo fut le suivant à plonger la main dans le chapeau. Égal à lui-même, il se trahit – il tira la langue comme s'il venait de manger quelque chose de dégoûtant. Il n'était qu'un suspect, Dorothy le savait. S'il avait tiré le papier *assassin*, il aurait souri jusqu'aux oreilles.

Le chapeau fit le tour du cercle. Quand vint le tour de Benchley, il ne tira pas de papier et présenta le chapeau à Dorothy.

– Robert, je vous en prie ! l'admonesta Woollcott.

– Je préfère faire le mort que jouer à l'Assassin, répondit Benchley en souriant.

– Tirez le bon papier, fit Dorothy, et vous pourrez cumuler les deux.

Mais Benchley, se bornant à un non de la tête, passa le chapeau à Dorothy et recula, se rapprochant de Conan Doyle. Cela ne la surprit pas, même si elle ne put s'empêcher d'être un peu déçue. Dommage qu'il ne veuille pas participer. Si elle l'avait « assassiné », elle l'aurait eu pour elle seule pendant des heures.

Mais Benchley ne jouait jamais à leurs petits jeux, et elle le comprenait. Tout comme elle n'aimait guère que la veille du Nouvel An soit devenue une occasion d'amusement obligatoire, Benchley n'appréciait pas davantage la distraction planifiée de leurs jeux de salon à toute époque de l'année.

Dorothy se posa la question un instant : si Benchley ne jouait pas, pourquoi le ferait-elle ? Mais elle estima que la partie ne l'éloignerait pas très longtemps de lui, surtout si elle n'était que simple suspecte. Elle enfonça la main dans le chapeau et en tira un papier. Puis le déplia.

ASSASSIN, y lisait-on. À la vision du mot, elle éprouva une forte sensation de pouvoir.

À son grand étonnement, elle réussit à réprimer un sourire. Et évita même de jeter un coup d'œil à Woollcott, ce qui lui aurait révélé qu'elle avait hérité du rôle de l'assassin. Au lieu de cela, elle le replia dans sa main et rendit le chapeau à Woollcott.

Elle le coincerait, pourtant. Woollcott serait sa victime ! Comment allait-il se débrouiller pour résoudre son propre assassinat ? Elle sourit in petto à cette idée délicieusement malicieuse. Le petit Acky n'avait jamais perdu une affaire ? Il était certain qu'il perdrait celle-ci.

Soudain, un bruit de verre brisé tira Dorothy de ses pensées. Musique et chanson cessèrent. Dorothy pivota sur elle-même. Au bar, le Dr Hurst se querellait avec Douglas Fairbanks.

– J'ai assez bu, ah ouais ? criait le Dr Hurst. C'est pas un Yankee qui aura l'impudence de me dire que je tiens pas l'alcool !

Fairbanks posa sa main sur le bras du Dr Hurst, avec le sourire méfiant de celui qui tente de calmer un cheval fougueux.

– Doucement, docteur. Peut-être devrait-on vous raccompagner dans votre chambre…

– Ôtez votre main de là ! s'exclama le Dr Hurst en libérant son bras grêle avec vivacité. Du scotch se répandit de la bouteille qu'il tenait en main. Vous ne manquez pas d'air, Mr Fairbanks ! À peine vous avais-je confié un objet de très grande valeur qu'il a réapparu au cou de cette gueuse qui barbote dans votre baignoire ! Quelle scandaleuse irresponsabilité de votre part ! Et vous avez maintenant le toupet de me bannir de votre hospitalité auto-proclamée ? Espèce d'imposteur hollywoodien !

Fairbanks, jovial et généreux d'habitude, en avait clairement assez. Il ne tolèrerait pas qu'on le traite d'« imposteur hollywoodien » chez lui ni devant ses amis. Saisissant le vieil homme par le col de sa veste, il le mit quasiment debout.

– Hé vous, Fairbanks héla Doyle. Vous l'avez amené. Vous le remmenez.

Puis il ajouta, comme après coup :

– S'il vous plaît.

Sans attendre Doyle, Fairbanks entraîna le Dr Hurst vers la porte d'entrée.

– Je dois dire – murmura Doyle avant de courir derrière eux. Vous autres, Américains, vous vous y entendez pour mettre à rude épreuve la patience d'un homme.

5

Dorothy regardait Fairbanks pousser pratiquement dehors le Dr Hurst.

Conan Doyle se précipita vers Fairbanks.

– Ça suffit, monsieur ! s'écria-t-il avec colère, les poings serrés. Êtes-vous obligé de le traiter avec autant de brutalité ? Cet homme a presque soixante-dix ans.

– Alors, il est assez grand pour savoir se tenir, répondit Fairbanks furieux.

Mais il retrouva bien vite son sang-froid.

– Excusez-moi, monsieur. Mais je ne tiens pas à recevoir des poivrots colériques, quel que soit leur âge. Et maintenant, je vous en prie, redescendez-le dans sa chambre et mettez-le au lit. Il a plus qu'assez bu pour ce soir.

Conan Doyle passa dans le couloir pour s'occuper du Dr Hurst. Fairbanks referma les portes vivement derrière eux puis se frotta les mains comme pour dire bon débarras.

Le rire de Bibi monta en trilles du fond de la baignoire.

– Oh non, Douglas, vous n'avez pas jeté dehors mon vieux richard de toubib british, au moins ? Je le gardais pour la bonne bouche !

Fairbanks porta une main à son front.

– Encore une dont il faut que je m'occupe, marmonna-t-il. Puis, plus fort : Vous feriez mieux de sortir de cette baignoire bientôt, Bibi, si vous ne voulez pas virer au pruneau à l'eau de vie.

– Vous, c'est au puceau à l'eau de vie que vous virez déjà ! lui cria-t-elle en retour.

Et Bibi, et ceux présents dans la salle de bains, de pousser huées et éclats de rire.

Fairbanks hocha la tête avec résignation et revint au bar pour veiller à ce que son majordome nettoie le verre brisé et l'alcool répandu.

Dorothy sentit un léger tiraillement sur sa main. En se retournant, elle surprit Benchley qui extrayait le petit papier de son poing serré. Il le déplia, une étincelle de malice dans l'œil, et le lut.

– Ah, Mrs Parker, murmura-t-il. C'est le rôle que vous êtes née pour jouer.

– Qui, moi ? Une *femme fatale** [1] ? lui chuchota-t-elle en retour. Seulement si votre nom est Woollcott.

– C'est donc lui votre cible ?

Elle opina.

– Difficile de rater une cible aussi imposante.

– Et comment prévoyez-vous de tuer le petit Acky – et le reste de la soirée, pendant que vous y êtes ?

Elle haussa les épaules.

– Je dois me débrouiller pour me retrouver seule avec lui. Peut-être pourriez-vous m'aider à y parvenir.

Elle sourit.

---

1. Les mots en italique suivis d'un astérisque sont en français dans le texte. *(N.d.T.)*

– Quant à tuer le reste de la soirée, peut-être pourriez-vous aussi m'aider à y parvenir.

Ils trinquèrent puis sirotèrent joyeusement, satisfaits et revigorés. Mais en abaissant son verre, Dorothy aperçut Mary Pickford, revenue de la cuisine, qui causait, avec une certaine animation, avec Lydia Trumbull.

– Restez dans le même ordre d'idées, conseilla Dorothy à Benchley. J'ai promis à Fairbanks de parler à Mary pour lui. Ils ont eu un genre de dispute d'amoureux. Je reviens.

Elle lui tapota le bras et traversa la pièce pour rejoindre les deux femmes.

Mary Pickford et Lydia Trumbull, la voyant s'approcher, se turent.

– Bonsoir mesdames, leur dit Dorothy. Je m'en voudrais d'interrompre votre conversation.

Elle lui sourirent poliment mais gardèrent le silence. Elle les avait surprises à jeter des regards à la dérobée vers Bibi, toujours dans la baignoire.

– Y a-t-il d'autres candidates pour faire trempette ? lança Dorothy gaiement.

– Loin de moi cette idée, fit Mary en frissonnant.

Son visage de petite fille était tourneboulé. Son mascara avait coulé avec ses larmes et noirci ses jolis yeux.

– Je n'imagine même pas reprendre un bain après *elle*. Ma propre baignoire !

Dorothy quêta du regard une réaction de Lydia.

– Je n'ai pas un seul mot à dire à propos de cette fille épouvantable, fit Lydia – même si, sans doute, elle en avait plusieurs, songea Dorothy.

– Ma foi, vous savez ce que je dis toujours, fit cette dernière gentiment : si vous n'avez rien d'agréable à dire de quelqu'un, venez vous asseoir à côté de moi.

Là-dessus, les prenant toutes deux par la main, elle les entraîna vers des chaises inoccupées, près de la porte de la cuisine. Elle y installa Lydia et Mary et se pencha vers elles.

– Et maintenant, que se passe-t-il exactement entre vous, Douglas et cette Bibi. Il faut tout raconter à Dottie.

Mary renifla et Lydia lui tapota l'épaule.

– D'après moi, Doug a une liaison avec cette petite traînée, fit Mary, la colère le disputant au chagrin. Elle s'est vraiment comportée comme en territoire conquis, n'est-ce pas ?

– Là, là... dit Lydia.

Dorothy aurait compati avec Mary si elle n'avait pas été persuadée qu'elle avait tort.

– Je refuse d'y croire, Mary. Et je ne peux pas le croire. Pourquoi Doug vous tromperait-il ? Non seulement vous êtes belle et avez du talent, mais vous êtes l'une des reines d'Hollywood. Et vous êtes aussi l'une des personnes les plus sympathiques et charmantes que j'ai le plaisir de connaître. D'autre part, Doug n'est pas stupide au point de se laisser abuser par le vernis tape à l'œil de cette vamp insipide.

Mary secoua la tête.

– Si je n'en avais pas la preuve, je pourrais vous donner raison, Dottie. Mais je sais maintenant qu'il en va autrement.

Lydia opina tristement.

– La preuve ? demanda Dorothy. Quelle preuve ?

– Ce collier ! s'exclama Mary, la voix rauque d'émotion contenue. Ce collier en argent. Je l'ai vu posé sur ma commode un peu plus tôt dans la soirée. J'ai supposé naturellement que c'était un cadeau que Doug comptait me faire. Puis Bibi est sortie de ma chambre nue comme un ver, et ce collier au cou ! Pouvez-vous croire une chose pareille – mon propre époux faisant un cadeau à cette petite garce, lors de la soirée du Nouvel An et dans mon propre appartement ? Il me croit idiote à ce point ?

Dorothy étouffa un gloussement entendu. Elle ouvrait déjà la bouche pour expliquer que ce collier n'avait rien à voir avec Fairbanks, et tout avec le Dr Hurst. Qu'en outre, ce n'était pas un cadeau, que Bibi avait dû le subtiliser…

Mais Mary continua sur sa lancée.

– Et regardez-la fêter ça, là-bas. Elle ne pense pas que je sais qu'il y a anguille sous roche ? Elle *aussi* me croit idiote à ce point ?

Dorothy allait tout expliciter une fois de plus quand Lydia prit la parole à son tour.

– Pas idiote au même point que moi, dit-elle tristement. Bibi me vole la vedette depuis des mois. Au début, je me suis imaginé qu'elle saisissait simplement toutes les occasions qui se présentaient. Qu'elle était jeune, avide de succès, sans pitié. Mais depuis ce soir, je sais qu'elle a tout fait pour me voler la vedette sciemment.

– Sciemment ? demanda Dorothy d'un ton dubitatif.

Lydia parlait avec amertume, ses yeux bleu clair aussi froids et durs que la glace.

– N'avez-vous pas remarqué qu'elle a attendu le moment où Doug m'a présentée pour faire irruption telle la grande putain de Babylone ? Non seulement elle veut prendre ma place à Broadway, mais aussi ma place dans la société – et en m'humiliant par-dessus le marché !

Avant que Dorothy ait pu répondre, Woollcott passa devant elles d'un pas nonchalant et poussa la porte de la cuisine. C'était sa chance de se retrouver seule avec lui ! Assassiner Woollcott dans la cuisine serait parfait.

Dorothy se leva et s'exprima rapidement.

– Mary, ne faites pas d'imprudence. Je sais pertinemment bien que Douglas ne vous trompe pas avec cette fille. Attendez-moi ici, et je vous expliquerai tout. Le temps d'aller tuer Alexander Woollcott et de revenir.

Dorothy les abandonna à leur stupéfaction et entra dans la cuisine. Woollcott, planté devant la porte grande ouverte de la glacière en bois, plongeait les doigts dans un bol de glaçage rose. Il se retourna en l'entendant entrer. Le glaçage lui dessinait une moustache rose au-dessus de la lèvre.

– Ah, vous voilà ! s'exclama-t-elle. J'avais deux, trois mots à vous dire…

Mots qui auraient dû être : *vous êtes mort*. Mais tout à coup, un fort craquement lui fit tourner la tête. À l'autre bout de la kitchenette et face à l'évier, un homme en salopette bleu foncé lui tournait le dos. Levant un de ses bras – armé d'un pic à glace – il l'abattit dans l'évier, provoquant un autre fort craquement, suivi d'une sorte de tintement.

Dorothy s'approcha pour mieux voir. Il y avait un gros bloc de glace dans l'évier que l'homme cassait pour mieux en détacher des morceaux. Dorothy le reconnut : c'était le livreur qui avait répandu son entière cargaison de glaçons lors de l'apparition en fanfare de Bibi. Pour l'instant, il était clairement en train de remplacer la marchandise renversée – pas étonnant qu'il ait l'air d'en éprouver du ressentiment.

Le livreur de glace, sentant une présence derrière lui, se retourna avec irritation vers Dorothy. Il tenait le pic haut levé, dont le bout métallique brilla juste devant les yeux de celle-ci, qui lui fit un geste de reddition.

– O.K., compris, lui dit-elle. Vous voulez qu'on vous laisse tranquille.

Le jeune homme avait un visage aux traits rugueux, un nez mince et retroussé. Il fixa Dorothy en ricanant puis, lui tournant à nouveau le dos, reprit sa besogne.

Devant la glacière, Woollcott, dans l'expectative, regardait Dorothy en léchant sur ses doigts des restes de glaçage.

– Vous aviez quelque chose à me dire ?

Crève, eut-elle envie de lui lancer.

Son plan avait été contrecarré. Elle ne pouvait pas « assassiner » Woollcott en présence d'un témoin.

– Vous avez du glaçage plein les lèvres, mon gros, lui dit-elle, les dents serrées.

Woollcott lui adressa un sourire démoniaque, tout en se pourléchant de plus belle.

– Pas tout à fait la réplique qui tue que j'attendais de vous, Mrs Parker. Vous aurez plus de chance la prochaine fois.

Il referma la glacière et frôla Dorothy au passage ; la porte de la cuisine battit derrière lui.

Merde ! Elle avait raté son coup. Il avait sûrement deviné que c'était elle l'assassin. Encore pire, elle l'avait mis sur ses gardes car il savait avec certitude désormais qu'elle l'avait en ligne de mire. Elle avait perdu complètement l'avantage de la surprise. Elle en tapa du pied de frustration.

Le livreur de glace se retourna, furieux, le pic toujours en main.

Dorothy lui fit un signe indifférent comme s'il n'était qu'un simple moustique.

– Oh, vous pouvez vous le mettre où je pense.

À son retour dans le salon, Dorothy se retrouva face à des chaises vides : Mary Pickford et Lydia Trumbull n'étaient plus là. Elle jeta un coup d'œil dans la pièce bondée et bruyante, mais ne les aperçut nulle part.

Benchley vint la rejoindre sans se presser.

– Ah vous voilà, Mrs Parker. Vous m'aviez dit que vous reviendriez à l'instant. Ça fait déjà un petit moment.

– Excusez-moi, Fred, fit-elle, vraiment désolée. Elle avait tellement désiré passer la soirée avec lui, et elle faisait tout le contraire. Allons chercher un verre et posons-nous quelque part.

Ils se faufilèrent jusqu'au bar, uniquement pour découvrir qu'il n'y avait quasiment plus d'alcool – les bouteilles avaient succombé au pugilat entre le Dr Hurst et Doug Fairbanks, ainsi qu'aux beuveries des autres fêtards.

– Bon, on fait quoi maintenant ? demanda Dorothy.

Tous deux tournèrent la tête vers la salle de bains.

– La baignoire est pleine de champagne, lui rappela Benchley.

Ils apercevaient Bibi qui le servait à la louche aux parasites qui l'entouraient. Les bonnes sœurs veillaient toujours au grain en la toisant d'un regard désapprobateur.

– Oserons-nous tâter du breuvage du diable ? demanda Dorothy.

Benchley mira son verre vide.

– Voyons. Prohibition ou perdition ? Nous sommes condamnés dans les deux cas.

– Alors, condamnés pour condamnés, lui dit-elle en nouant son bras au sien. Allons-y.

Il faisait chaud dans la petite salle de bains surpeuplée. Dorothy remarqua des perles de sueur sur le front bombé des religieuses. En progressant avec lenteur vers la baignoire, Benchley s'appuya momentanément contre le radiateur situé sous la fenêtre couverte de givre. Sa chaleur le fit presque sursauter. La seule personne présente que la température ne semblait pas incommoder, c'était bien la baigneuse nue.

Avant même que Dorothy et Benchley n'aient ouvert la bouche, Bibi avait rempli leurs verres.

– Et deux clients satisfaits de plus, lança-t-elle gaiement.

C'est alors que Bibi gratifia Benchley de ce regard par en dessous dont elle avait déjà gratifié le Dr Hurst.

– Que faites-vous dans la vie, mon chou ?

– Le moins de choses possible, répondit Benchley avec un sourire cordial.

En revanche, il faisait tout son possible pour éviter de regarder Bibi en face. Dorothy devait lui accorder ça.

Mais Dorothy n'eut pas sa retenue : elle évalua le corps parfait, la peau sans défaut et le nez de lutin, en trompette. Puis Dorothy observa autre chose chez Bibi… elle portait toujours le médaillon en argent – celui qui avait mis Mary Pickford aux cent coups. Sans y avoir réfléchi jusqu'alors, Dorothy avait supposé que le Dr Hurst avait exigé de Bibi sa restitution quand ils s'étaient retrouvés seul à seule. Et pourtant, celle-ci l'avait toujours autour de son joli cou.

Pourquoi le Dr Hurst avait-il insisté tellement pour que Fairbanks mette à l'abri son médaillon, se demanda-t-elle, *si c'était pour mieux le laisser à cette fille quand il avait eu l'occasion de le récupérer ?*

– Excusez-moi, fit Bibi à Dorothy. Mes yeux sont situés plus haut.

– Oui, en effet, répondit-elle en relevant la tête. Mais qui s'intéresse vraiment à eux ?

6

– Écoutez-moi, vous tous ! lança Douglas Fairbanks à ses invités. Il est onze heures et demie, et donc grand temps de redescendre dans le hall pour y attendre les douze coups de minuit !

Dorothy se redressa sur son fauteuil. *Onze heures et demie, déjà ? Comment le temps avait-il pu filer si vite ?* Il y avait un instant à peine, Benchley et elle prenaient tranquillement un verre – suivi d'un autre et d'un autre encore – et voilà que l'instant d'après, onze heures et demie sonnaient.

Elle n'avait pas eu le loisir d'aplanir les choses avec Mary Pickford, comme elle l'avait promis à Fairbanks. Et n'avait pas non plus réussi à coincer Woollcott pour le jeu de l'Assassin.

La seule chose qu'elle avait réussi à faire, c'était à perdre du temps avec Benchley. Et ça la rendait heureuse.

Mais elle n'en avait pas fini avec Benchley – elle désirait être près de lui aux douze coups de minuit pour lui claquer une bise de bonne année. *Que se passerait-il ensuite ?* se demanda-t-elle. Ils resteraient en quarantaine dans cet hôtel dans l'avenir immédiat. *Alors, qui sait ?*

– On descend dans le hall ? fit Benchley en se levant.

– Certainement, répondit Dorothy en bondissant sur ses pieds.

Un instant plus tard, ils étaient entassés dans le petit ascenseur avec une poignée d'autres invités, Lydia Trumbull comprise. Dorothy jeta un regard alentour, au cas où Mary Pickford se trouverait là, mais non. Maurice, le liftier, peina pour refermer les portes. La cabine était au complet si bien qu'il eut du mal à actionner le levier pour la faire descendre.

Certains passagers rouspétaient d'avoir été expulsés de la soirée des Fairbanks sans autre ménagement.

– Virés comme des malpropres, lança un homme – le vendeur d'assurances tout craché, songea Dorothy.

– Jamais vu une soirée se terminer aussi vite, rajouta sa compagne.

Benchley, bon enfant qu'il était, se retourna pour leur expliquer.

– Il ne faut pas en vouloir aux Fairbanks. C'est une tradition de l'Algonquin. Le soir de la Saint Sylvestre, tout le monde se réunit dans le hall pour regarder l'horloge égrener les coups de minuit jusqu'au dernier. Certains montent sur des chaises pour mieux sauter – au pied de la lettre – dans l'année nouvelle, afin que ça leur porte chance. Les serveurs défilent en tapant sur des casseroles et autres ustensiles pour chasser les mauvais esprits et leur barrer l'accès de l'an nouveau.

– Esprits et spiritueux, c'est tout comme, fit l'homme, y aura à boire dans le hall ?

Benchley cogita la chose.

– Avez-vous apporté de quoi avec vous ?

– Non.

– Alors prenez la bonne résolution de le faire l'an prochain, fit Benchley d'un ton le plus aimable possible.

Le type tiqua et murmura à la femme :

– C'est pas l'Hôtel Astor, ici. C'est là-bas qu'on descendra au prochain coup.

Dieu merci, se dit Dorothy.

L'ascenseur s'arrêta, et Maurice de se démener pour ouvrir. Les passagers se répandirent dans le hall où la fête commençait à battre son plein. De la musique jazz très forte provenait de quelque part – Dorothy n'était pas assez grande pour voir s'il s'agissait d'un phono ou d'un véritable orchestre. Au milieu du hall, fauteuils et tables basses avaient été repoussés sur les côtés et on avait roulé le tapis. Des jeunes gens se mirent à se trémousser sur le « Black Bottom Stomp », la toute dernière danse à la mode.

Benchley se pencha à l'oreille de Dorothy en hurlant pour se faire entendre malgré le vacarme.

– Notre merveilleux compagnon d'ascenseur n'avait nul besoin de s'inquiéter, fit-il en lui montrant nombre de bouteilles d'alcool passer de main en main. Le personnel – et Frank Case – ont du pain sur la planche s'ils veulent chasser tous ces spiritueux et autres mauvais esprits.

Dorothy et Benchley se faufilèrent à travers la cohue pour gagner la salle à manger. Au passage, Dorothy se débrouilla pour s'emparer d'une bouteille. Le service avait beau être terminé depuis longtemps, la salle à manger était quasi aussi bondée que le hall. Dorothy cueillit deux verres vides sur la Table Ronde au passage, les remplit et en tendit un à Benchley. Ils trinquèrent et trempèrent leurs lèvres.

Dorothy aperçut sir Arthur Conan Doyle entrer dans la pièce, suivi d'un jeune homme. Ils venaient sans doute juste de descendre, se dit-elle, car Doyle semblait errer comme une âme en peine en quête d'un visage ami. Elle leur fit signe d'approcher.

– Ah, Mrs Parker, Mr Benchley, la partie est finie ? leur cria Doyle, jovial.

– Pas tout à fait, lui répondit Dorothy, rappelée à la nécessité de se retrouver seule avec Woollcott.

Puis elle examina le beau jeune homme qui accompagnait Doyle – qui lui parut moins jeune vu de près. Il avait la trentaine, le regard vif, la mâchoire carrée et le visage bronzé.

– Qui est-ce ? demanda-t-elle.

Conan Doyle se tourna comme s'il avait commis un oubli.

– Oh, je vous prie de m'excuser. Je vous présente Mr Jordan, le nouvel assistant de Quentin.

Dorothy lui serra la main, qu'il avait sèche et ferme.

– Jordan tout court ?

– Mon prénom, c'est Benedict. Mais tout le monde m'appelle Jordan, fit-il avec un petit sourire – et l'accent américain.

Dorothy s'était attendue, le Dr Hurst étant Anglais, à ce que son assistant le soit aussi. N'empêche, quelle que soit sa nationalité, il était beau.

– Enchanté de vous connaître, Jordan, fit Benchley qui, en s'avançant pour lui serrer la main, poussa presque Dorothy sur le côté. Je vais vous servir à boire.

Benchley prit de nouveaux verres sur la Table Ronde, versa une dose bien tassée dans chacun et les tendit aux deux hommes.

Ils portèrent un toast.

– Auld Lang Syne ![1] lança Conan Doyle en exagérant son accent écossais.

– Que l'année prochaine soit plus chanceuse, fit Dorothy.

– Deux, c'est bien, trois, bonjour les dégâts, ajouta Benchley.

Dorothy lui lança un coup d'œil interrogatif, mais il évita son regard.

Ils trinquèrent et burent.

– Alors, où est passé ce bon docteur, Arthur ? demanda Benchley.

Conan Doyle fronça ses sourcils broussailleux.

– Il cuve sa cuite, c'est tout. Il nous a chassés de sa chambre. Il avait envie d'être seul, nous a-t-il dit. Quentin se met toujours dans un état pareil quand il force trop sur la bouteille. Je l'avais oublié. Mais je ne l'avais jamais vu comme ça.

Il lança un coup d'œil à Jordan.

– On va lui laisser le temps de se ressaisir, puis on remontera peut-être voir où il en est.

Jordan ne répondit rien à cela, se contenant d'opiner, l'air stoïque. Il était trop nouveau dans le métier ou trop poli pour avoir des mots trop durs à l'encontre de son employeur – même s'il n'avait sans doute que l'embarras du choix sur ce plan-là, supposa Dorothy. Le Dr Hurst n'avait pas l'air d'une personne commode, même quand il était sobre, songea-t-elle.

---

1. Autrement dit : « Au Bon Vieux Temps », allusion à la chanson écossaise célébrissime que nous connaissons sous sa version française de « Ce n'est qu'un au revoir ». *(N.d.T.)*

– D'où venez-vous, Mr Jordan ? demanda Benchley. À en juger par votre teint bronzé, je dirais que vous débarquez de votre sud natal.

Jordan ouvrait déjà la bouche pour lui répondre, mais Dorothy l'interrompit.

– Pas si vite ! Devinons ! Qu'en dites-vous, Artie ? Pourquoi ne pas appliquer les pouvoirs d'observation et de déduction de Sherlock Holmes au cas de Mr Jordan ? Voyons si l'on peut tout découvrir à son sujet. Conan Doyle leva les yeux au plafond en soupirant.

– Avez-vous une idée du nombre de fois où l'on me demande de faire une chose pareille ? Si je récoltais un shilling à chacune de ces requêtes…

– Oh, ce ne sont pas les shillings qui vous manquent, fit-elle. J'ai pensé que vous auriez aimé participer à la mise en commun de nos idées. Mais n'en parlons plus. Mr Benchley et moi allons faire une tentative. Et vous en serez juge. Qu'en dites-vous ?

Doyle se frotta le menton de sa grosse main.

– Très bien. Je ne serais pas rabat-joie au point de vous empêcher d'essayer. Si Mr Jordan y consent…

– Bien sûr, fit ce dernier que se retrouver au centre de l'attention amusait clairement. Allez-y ! Régalez-vous !

Dorothy le détailla de haut en bas. À ses côtés, Benchley trépignait. Mais elle ne le regarda pas.

Se peut-il qu'il soit jaloux ? se demanda-t-elle. *Bon Dieu, je l'espère bien.*

Après avoir examiné le bel homme un moment, elle se lança :

– J'ai trouvé. Vous êtes un ancien cow-boy, ayant quitté récemment les grands espaces. Mais vous n'êtes pas né là-bas. Vous avez grandi ici sur la Côte

Est. Vous avez fait vos études à Princeton, d'après moi. Si vous êtes rentré, c'est que vous avez été blessé en capturant du bétail au lasso ou en effectuant toute autre tâche d'un vacher. Vous ne dansez pas et votre plat préféré est le chili con carne.

– Stupéfiant ! fit Jordan. Comment en êtes-vous arrivée à ces conclusions ?

Benchley était furieux – émotion qu'on le voyait rarement exprimer.

– Par pitié, ne me dites pas qu'elle a vu juste !

– Loin de là ! fit Jordan en éclatant de rire.

Dorothy se rembrunit.

– Très bien, Fred. À vous de jouer Sherlock.

– Bon, d'accord, dit Benchley, dont le sourire avait retrouvé toute sa chaleur et qui se frotta les mains. À mon tour. Vous étiez sauveteur sur les plages de Floride, mais vous avez cessé de l'être pour vous engager dans l'armée lors de la Grande Guerre. Vous avez été blessé au combat, et de façon handicapante. Alors vous êtes retourné en Floride pour redevenir sauveteur. Mais après avoir connu le feu sur le front, le bord de mer tranquille et ensoleillé vous a très vite ennuyé. Vous venez donc de débarquer à New York pour tâter au métier d'acteur. Mais sans expérience ni coup de chance, vous avez été forcé d'accepter la place de valet du Dr Hurst. Vous adorez le piment, et votre famille est d'origine scandinave. Le dossier est clos.

– Brillant, fit Jordan en riant.

Cette fois ce fut à Dorothy de se sentir rougir d'envie.

– Ne me dites pas qu'il a vu juste ?

– Loin de là, dit Jordan en riant de plus belle. Mais où êtes-vous allés chercher toutes ces idées folles, vous deux ?

Dorothy et Benchley échangèrent un regard. Dorothy prit la parole la première.

– Votre pied, d'abord. Je n'ai pas pu m'empêcher de remarquer – et je suppose que Mr Benchley l'a remarqué, lui aussi – que vous boitiez, et tout le monde peut voir que vous portez une chaussure orthopédique surdimensionnée au pied gauche. Donc, d'après moi, chacun de nous en a conclu que vous vous étiez blessé il n'y pas très longtemps. Pas assez récemment pour porter un plâtre, mais suffisamment pour que vous souffriez encore de cette blessure.

– Faux, fit Jordan. Quoi d'autre ?

Dorothy se mordit la langue et continua :

– Vous n'avez ni accent ni façon de parler identifiables. J'en ai déduit que vous n'étiez, disons, ni de Chicago ni de Boston. Pas plus que d'Alburquerque ni de l'Alabama, d'ailleurs. J'ai pensé alors que si vous aviez un accent à l'origine, vous l'avez perdu à l'université, car vous parlez comme un homme cultivé. À en juger par les ornements de la bague à votre doigt, j'ai supposé que votre alma mater était Princeton.

– Faux, répéta Jordan.

– À mon tour, fit Benchley. Ayant le teint bronzé et la belle mine d'un acteur, j'en ai déduit que vous aviez eu envie de tenter votre chance à Broadway. Mais, d'après votre emploi auprès du Dr Hurst, j'ai supposé que ça n'avait pas marché.

– Vous avez mal supposé, dit Jordan. Et mes plats ou condiments préférés ? D'où avez-vous sorti ça ?

Dorothy se pencha près de lui.

– Vous avez une petite tache rouge sur la lèvre inférieure. J'en ai conclu que c'était du chili, puisque vous veniez de l'ouest – du moins à ce que je croyais.

– Moi, j'ai pensé que c'était du piment, car c'était d'un rouge piment, ajouta Benchley. Peut-être le reste d'une olive de cocktail ?

Jordan fit non de la tête.

– Du hareng saur, peut-être ? Pour nous faire perdre le fil rouge ? fit Benchley avec aigreur.

– Et parce que ma famille est scandinave ? fit Jordan en riant.

– Ma foi, dit Benchley faiblement. Vous avez les yeux bleus, ce qui est souvent le cas des Suédois…

Conan Doyle tiqua et claqua la langue de désapprobation.

– Très bien, grogna Dorothy à son endroit. Si vous êtes si malin, à vous de jouer, Sir Arthur Conan Holmes.

Ce dernier soupira.

– Mr Jordan est né à Philadelphie où il a grandi. Il n'a jamais été cow-boy et n'a pas fait la guerre, car il est pied-bot de naissance. Or, malgré son handicap physique, il est devenu tout jeune homme un golfeur de premier plan – et même professeur particulier de clients aisés. Ceci explique son teint bronzé quasi permanent et ses manières raffinées. Mais le golf peut se révéler une activité dispendieuse, qu'on ne peut pratiquer sans rentrées additionnelles. Il a eu donc recours il y a peu à ses relations fortunées pour s'assurer un poste fort bien payé et à court terme auprès du Dr Quentin Hurst, qui est en voyage pendant quelques semaines aux États-Unis. En parallèle, Mr Jordan espère visiter le plus de terrains de golf possible, si le temps le permet. Et il a remporté la bague dans un tournoi.

Dorothy et Benchley en restèrent pantois.

– Et quel est son plat favori ? demanda Dorothy.

– Le homard, fit Doyle avec lassitude.

Ils regardèrent Jordan.

– Ne nous dites pas qu'il a raison ? fit Benchley.

Le bel homme opina.

– De bout en bout. Tout est exact.

– Pas possible. Vous pouvez lire dans quelqu'un comme dans un livre ! fit Dorothy à Doyle. Vous êtes Sherlock Holmes !

– Assez de sornettes ! la coupa Conan Doyle, exaspéré, sa moustache de morse en bataille. Il m'a raconté l'histoire de sa vie pendant que Quentin faisait un petit somme. La seule chose que j'avais observée, c'était son pied bot.

– Même le homard ? demanda Benchley.

– Le Dr Doyle et moi l'avons commandé au service d'étage, expliqua Jordan.

– Je n'y crois pas, hoqueta Dorothy.

– C'est la vérité, fit Jordan. Et ma vie de A à Z.

– Non, pas ça ! le rabroua-t-elle. Depuis quand sert-on du homard à l'Algonquin ?

– C'était la spécialité du jour. Demandez vous-même à un membre du personnel.

Jordan lui désigna le petit défilé de serveurs qui franchissaient les portes de la cuisine, chargés de poêles, casseroles, cuillers et autres ustensiles en bois ou en métal, pour mieux se regrouper. Alors qu'elle les suivait du regard, Dorothy aperçut Alexander Woollcott se faufiler rapidement à travers la salle à manger en direction du hall.

– Quelle heure est-il ? demanda-t-elle.

Conan Doyle tira une montre à gousset en or de son gilet et l'ouvrit d'un coup sec.

– Minuit moins le quart.

Elle lança un coup d'œil à Benchley. Aurait-elle suffisamment de temps pour suivre Woollcott, « l'assassiner » et revenir assez vite pour embrasser Benchley à minuit ?

Elle regarda à nouveau Woollcott qui, sortant de la salle à manger, se perdit dans la foule rassemblée dans le hall.

Elle posa son verre sur la table et se tourna vers Benchley.

– Il faut que je liquide pour filer Woollcott – non, vice versa, je veux dire bien sûr ! Faut que je file pour liquider Woollcott. Je reviens tout de suite. Ne bougez pas d'un pas.

Elle lui pressa le bras et se lança à contrecœur à la poursuite de Woollcott.

7

Dorothy avait deux objectifs à atteindre dans le quart d'heure qui suivait – tuer Woollcott et embrasser Benchley – et valait mieux pour elle ne pas se mélanger les pinceaux.

Elle pénétra dans le hall noir de monde de l'Algonquin. Woollcott n'était visible nulle part. Comment le piéger dans cette foule ?

Soudain, Mary Pickford émergea de la cohue et s'approcha. S'étant nettoyé les yeux des coulées de mascara, elle avait bien meilleure mine. Dorothy lui lança :

– Alors, vous avez remis les pendules à l'heure avec Douglas ? Tout est rentré dans l'ordre ?

Mary secoua la tête.

– Non, je l'ai évité toute la soirée. S'il veut jouer à ce petit jeu puéril avec cette petite garce, grand bien lui fasse.

Dorothy fut surprise par cette sortie.

– Mais je vous ai dit que ce collier n'était pas à lui…

– Il est grand temps que je prenne l'affaire en main, l'interrompit Mary, d'un air décidé. À ce que j'en sais, cette traînée se prélasse encore là-haut dans ma baignoire – elle y était quand je suis partie, il y a quelques instants à peine. Et qui sait si Douglas ne l'a pas rejointe à présent ? C'est le bon moment pour le découvrir.

Sans laisser à Dorothy le temps de réagir, Mary la frôla en passant devant elle pour se diriger vers l'ascenseur. Ce qui donna une idée à Dorothy… il lui suffisait de trouver Woollcott.

En jetant un regard alentour, elle repéra Luigi et Pietro, deux serveurs qu'elle connaissait. Ils installaient des chaises à l'intention de tous les téméraires qui monteraient dessus pour mieux sauter « dans » la nouvelle année, à minuit. Elle se précipita vers eux, tapa sur l'épaule de Luigi et se jucha vite fait sur l'assise de l'une des chaises.

– Mrs Parker ! s'écria Luigi. Minuit n'a pas encore sonné !

– J'ai envie de prendre une longueur d'avance, lui répondit-elle.

Puis en scrutant cette mer de têtes, elle finit par repérer le haut-de-forme de Woollcott. Elle bondit sur le sol et zigzagua en direction de ce dernier à travers les fêtards sur leur trente-et-un. Elle rejoignit enfin Woollcott qui bavardait avec Harpo Marx.

Et se faufila entre eux.

– Aleck, j'ai besoin de votre aide au plus vite !

Il la toisa d'un air sceptique.

– Mary Pickford et Doug Fairbanks sont dans la panade. Bibi Bibelot, elle aussi, est dans la panade – une vraie miche de pain trempé, en fait. Barboter dans cette baignoire toute la soirée l'a complètement ramollie. D'après Mary, ils n'arrivent pas à la faire sortir de là. Ils ont besoin de votre aide.

– Et pourquoi de la mienne ? Pourquoi dois-je les aider ? demanda Woollcott.

– Je vous en prie, Aleck. Ce n'est pas le moment de poser des questions, le temps presse. Elle risque de se noyer.

– Impossible, se moqua-t-il. Bibi ne se noiera jamais dans un bain de champagne.

Harpo sourit.

– Vous avez vu sa poitrine ? Avec de tels flotteurs, elle ne se noierait même pas au beau milieu de l'Atlantique.

– Bon parfait, alors, dit-elle avec colère. Douglas et Mary ont réclamé explicitement votre aide, car vous êtes la discrétion même et le tact personnifié dans ce genre d'affaire embarrassante. Mais si le P'tit Acky ne veut pas se donner la peine de donner un coup de main au couple le plus célèbre et merveilleusement glamour d'Amérique, je suppose que…

– Je n'ai jamais dit que je ne voulais pas les aider ! se récria Woollcott. Bien entendu que je peux aller à la rescousse de Doug et de Mary.

Et tournant les talons, il fendit l'affluence à grandes enjambées ; son ventre prodigieux séparait les gens comme un chasse-neige. Elle le tenait maintenant – enfin, presque. Elle trouverait un moyen de le coincer dans la suite des Fairbanks. Puis « l'assassinerait » vite fait avant de redescendre presto et choper Benchley pour le bisou de minuit. Quelle jolie façon de commencer l'année !

Dorothy s'engouffra dans le sillage de Woollcott qui se dirigeait vers les ascenseurs. Mary Pickford n'étant visible nulle part, Dorothy supposa qu'elle était déjà remontée dans sa suite. Mais s'il y avait du monde dans ladite suite, peut-être Dorothy pourrait-elle « assassiner » Woollcott dans l'ascenseur ? Ce dernier s'arrêta pour appuyer sur le bouton d'appel, Dorothy sur ses talons. La porte s'ouvrit et l'ascenseur dégorgea un petit groupe de passagers. À l'intérieur, se trouvait Maurice le liftier. Non, cette idée n'était pas la bonne. Il fallait qu'elle se retrouve seule à seul avec Woollcott.

Une autre idée lui vint bien vite. Elle pouvait atteindre la suite des Fairbanks *avant* Woollcott ! S'éloignant de l'ascenseur, elle contourna un angle, poussa une porte battante et se retrouva dans un couloir de service désert. Malgré les ampoules nues qui l'éclairaient, le corridor semblait obscur et rempli d'ombres. Elle gagna en vitesse le bout du couloir, où une porte donnait sur un cellier et un escalier sombre descendait au sous-sol. On y voyait aussi la porte d'un monte-charge utilisé par le personnel du service d'étage et les femmes de chambre pour le transport des chariots de nettoyage.

Vivant à demeure à l'Algonquin depuis quelques années, Dorothy connaissait l'existence de ce monte-charge, même si elle ne s'en était jamais servie. Pressant le bouton d'appel, elle perçut le grondement sourd des engrenages qui se mettaient en route quelque part.

Une impression étrange lui fit jeter un coup d'œil derrière elle. Mais il n'y avait personne.

Le monte-charge arriva, et elle eut tôt fait d'en ouvrir la porte. Aucun liftier ne le manœuvrait. Elle allait devoir se débrouiller. Refermant la porte, Dorothy actionna le levier. Le monte-charge entama son ascension – elle vérifiait sa progression à travers un judas dans la porte. Puis elle recula en soupirant et s'adossa à la paroi du fond, comme si elle venait d'échapper à un danger effrayant, même s'il n'y avait rien à redouter.

Soudain, ses jambes se dérobèrent sous elle et elle s'affala sur le sol crasseux de la cabine, le souffle coupé. En gémissant, elle prit appui sur sa paume pour se relever. Mais, ce faisant, elle sentit quelque chose de très froid. Interloquée, elle détacha sa main du sol et l'examina. Collés au creux de sa main, il y avait deux gros morceaux de glace blanche, qu'elle fit tomber d'un coup d'ongle. La glace avait laissé deux marques rouges et douloureuses sur sa peau.

Elle se remit enfin debout et se frotta les mains l'une contre l'autre. Pour une veille de Nouvel An, ça promettait !

Dorothy arrêta le monte-charge au dernier étage. Ouvrant doucement la porte, elle tendit l'oreille. Il semblait n'y avoir personne dans le coin. La seule chose qu'elle entendait, c'était le vague et lointain murmure de voix en provenance du hall.

Elle avança sur la pointe des pieds dans le couloir vers la suite des Fairbanks. On ne voyait Woollcott nulle part. Le monte-charge était arrivé avant l'ascenseur, qui avait dû sans doute s'arrêter une ou deux fois. Mais où était passée Mary Pickford ? Et Douglas Fairbanks et Bibi Bibelot, d'ailleurs ?

Dorothy jeta un œil dans la suite par les doubles portes ouvertes. L'endroit était désert mais dans un beau désordre. Des bouteilles et des verres étaient posés un peu partout. Il y avait des cendriers pleins de mégots de cigarettes et de cigares sur chaque table, et un brouillard de fumée emplissait encore la pièce.

La porte de la salle de bains était fermée.

Dorothy pénétra sans bruit dans la suite, en regardant à gauche et à droite. Et se dirigea vers la chambre à coucher plongée dans le noir. Personne, là non plus.

Elle retraversa le salon et franchit la porte de la kitchenette, qui était ouverte. La pièce était vide.

Minuit approchait, elle le savait. Woollcott serait là d'un instant à l'autre.

Ressortant de la cuisine, elle s'approcha furtivement de la salle de bains. Et posa son oreille contre le battant. Rien.

Elle frappa légèrement.

Pas de réponse.

Elle aspira un bon coup et chuchota :

– Il y a quelqu'un ?

Toujours pas de réponse. Elle tourna le bouton et appuya sur la porte qui ne voulut pas bouger. Dorothy tourna le bouton en sens inverse, en appuyant plus fort sur la porte.

Verrouillée.

Mais quelle est cette fraîche calamité ?

Elle se rappela qu'au cours de la soirée, Fairbanks avait réclamé à Mary la clé de la salle de bains. Et que cette dernière avait vaguement parlé d'un tiroir de la cuisine. Dorothy y revint sur la pointe des pieds et fouilla un tiroir, puis un autre. Elle découvrit enfin celui que possède toute cuisine qui se respecte – archi-plein de tout un fatras : une poignée de crayons, des élastiques, des ciseaux, de la petite monnaie, des pinces à cheveux, un dé à coudre, des punaises – et un trousseau de clés.

Dorothy s'empara du trousseau et retourna en hâte à la porte de la salle de bains.

Elle entendit tinter l'ascenseur dans le couloir. *Woollcott !* Il serait là d'une seconde à l'autre !

Bien sûr, elle aurait pu le coincer dans le salon – mais ce serait beaucoup mieux si, entrant dans la salle de bains en s'attendant à y trouver Bibi toute nue, il y découvrait à la place Dorothy pour « l'assassiner » ! Ça lui apprendrait. Lui qui se croyait toujours si malin.

Elle essaya une clé, puis une autre. Aucune des deux n'entrait dans la serrure. S'activant avec frénésie, elle en essaya une troisième. Celle-ci s'enfonça avec un déclic satisfaisant, et elle la tourna. Dorothy poussa la porte. Mais quelque chose en entravait l'ouverture. L'obstacle se trouvait à l'intérieur, à ras du sol. Elle baissa les yeux. *Une serviette. Pourquoi quelqu'un laisserait-il traîner une serviette… ?*

Puis Dorothy regarda la baignoire et eut un hoquet.

Bibi – nue, blanche, muette et immobile – était toujours dans son bain, la tête penchée mollement sur le côté, les yeux ouverts, le regard dans le vide.

Dorothy se précipita vers la baignoire. S'agenouillant à côté, elle posa une main sur l'épaule de Bibi, puis sur sa joue. La peau était glacée.

Dorothy sentit soudain la panique l'envahir. Elle n'arrivait plus à respirer. Quand elle se releva, la pièce tourna autour d'elle. Elle se calma et tituba vers la fenêtre. Juste en dessous, un seau à glace et une flûte à champagne étaient posés sur le radiateur. Elle les renversa sur le carrelage où ils atterrirent dans un fracas métallique et de bris de verre. Elle empoigna le châssis de la fenêtre à guillotine, de plus en plus affolée – était-il coincé ? Non, mais bien fermé. Elle finit par le remonter, aperçut en un éclair le paysage nocturne de la ville enneigée puis aspira à grosses goulées l'air froid de la nuit.

Au bout d'un moment, l'air glacial – et le fait de ne plus fixer Bibi – parurent lui éclaircir les idées.

Du hall au rez-de-chaussée, du dehors, des appartements et des rassemblements un peu partout dans la ville, elle entendit s'élever une clameur.

– *Cinq… quatre… trois… deux… un…*

– Bonne et heureuse année ?

Elle se retourna. Woollcott, fronçant le sourcil au-dessus de ses lunettes rondes, s'encadrait sur le seuil.

Dorothy lui pointa du doigt le corps de Bibi.

– Pas pour elle, en tout cas.

8

Minuit pile. Des vivats éclatèrent dans le hall de l'hôtel et les rues de la ville. Ce joyeux tintamarre s'accompagnait du fracas des ustensiles de cuisine sur lesquels on tapait, des hurlements des klaxons et des sirènes, et des beuglements bruyants des fêtards.

Dorothy en oublia momentanément la proximité du corps déjà froid dans la baignoire. Elle en oublia même Alexander Woollcott, planté devant elle, la perplexité inscrite sur ses traits poupins.

Pour l'instant, elle était simplement frustrée, comprenant qu'elle venait de rater l'occasion rêvée d'embrasser Benchley à minuit.

– Mrs Parker ? lui demanda Woollcott à voix basse. Que se passe-t-il ici, dites-le moi, je vous prie ?

– Bibi est morte, lui répondit Dorothy.

– *Morte ?*

Elle baissa les yeux vers le corps blafard sans vie.

– Si elle ne l'est pas, alors elle est meilleure actrice que nous le pensions tous.

– Que… ?

Woollcott hésitait.

– Que devons-nous faire ?

– À votre avis ? Prévenir Frank Case, bien entendu. C'est le directeur, il saura quoi faire.

Woollcott entreprit de dénicher le téléphone. Dorothy avait envie elle aussi de quitter la salle de bains, mais trouvait une fascination morbide à contempler la belle fille.

Quelque chose ne colle pas dans ce tableau...

Dorothy se pencha plus près. Autour de la bouche et sur le menton de Bibi, la rougeur de la peau évoquait une éruption. Ou une brûlure, eût-on dit. *Bizarre...*

Mais là n'était pas le plus étrange... Bibi, à l'état de cadavre, avait perdu la vivacité et l'audace qui la caractérisaient quand elle était en vie. Elle n'était pas juste dénudée, mais mise à nu. À vif. Vulnérable. Dépouillée de sa vie, dans tous les sens du terme.

Pauvre Bibi. Voilà le prix à payer pour t'être amusée ? Pour avoir été une ravissante idiote à la langue trop bien pendue ?

Dorothy se surprit à laisser libre cours à ses pensées. Elle observa le seau à glace et les éclats de verre brisé sur le carrelage. Une volute de vapeur s'élevait en vrille du seau métallique où les derniers glaçons achevaient de fondre. *Comme si l'âme quittait le corps.* Dorothy eut à nouveau un frisson mais se dit que cela venait de la salle de bains, trop glaciale.

Woollcott, rentrant en hâte, regarda Bibi, puis Dorothy.

– Fermons cette fenêtre. On va attraper la mort.

Et il s'empressa de baisser le châssis.

Tous deux restèrent silencieux un instant à observer le corps. Puis Woollcott reprit la parole :

– Le propriétaire de ce magnifique hôtel va bientôt monter ici.

– Peut-être va-t-il demander aux gens du ménage de nettoyer ce carnage.

Woollcott ignora sa tentative de faire de l'humour.

– Que lui est-il arrivé, à votre avis ?

Dorothy ne répondit pas. Elle se demandait exactement la même chose.

– Je ne peux plus supporter de la voir mariner là-dedans comme une palourde, fit-il. Ne devrait-on pas vider la baignoire ?

Il tendit la main vers la chaînette de la bonde. Dorothy l'arrêta.

– Non. Vous risquez de jeter la Bibi avec l'eau du bain.

Il se tourna vers elle, l'air narquois.

– Pas de danger qu'on puisse la vidanger.

– Fichez-lui la paix. Elle a quitté ce monde comme elle y est entrée – toute nue et dégoulinant de partout. Laissons Frank Case décider de ce qu'il faut faire.

Un instant plus tard, ils entendirent le *ding* de l'ascenseur. Frank Case pénétra dans la suite, Douglas Fairbanks et Robert Benchley en remorque.

– Oh bon Dieu, fit Case.

– Oh Bibi… dit Fairbanks en se frappant le front. Que quelqu'un veuille bien me rappeler de ne plus organiser de réception à l'avenir.

Benchley murmura entre ses dents :

– N'organisez plus de réception à l'avenir, Douglas.

Case regarda Dorothy et Woollcott.

– Comment est-ce arrivé ?

– Aucune idée, répondit Dorothy. On l'a trouvée ainsi.

Case porta une main à son menton.

– J'appellerais une ambulance si nous n'étions pas en quarantaine. Bien qu'il n'y ait plus d'urgence à ce stade, en tout état de cause. Je sais, je vais aller chercher le Dr Hurst. Il m'a aidé un peu plus tôt.

– Un médecin ne peut plus grand-chose pour elle à présent, fit Dorothy, se rapprochant de Benchley pour trouver du réconfort.

Ce dernier en convint en soupirant.

– C'est d'un croque-mort qu'elle a besoin, pas d'un docteur.

– En outre, ajouta Fairbanks, ce Dr Hurst était odieusement soûl quand je l'ai jeté dehors, il y a une heure. Il doit dormir et cuver dans sa chambre à l'heure qu'il est.

– Et le Dr Doyle ? demanda Dorothy.

– Qui est-ce, le Dr Doyle ? fit Woollcott.

– Artie, répondit-elle. Celui qui n'a pas voulu participer à votre jeu de l'Assassin.

Woollcott eut l'air sceptique.

– Ce vieil ours ? C'est un médecin en exercice ?

Dorothy y réfléchit.

– Ma foi non, j'imagine. Il ne pratique plus en tout cas. Mais c'est quelqu'un d'humain – et d'intelligent.

– Je vais les ramener tous les deux, dit Case qui franchit la porte en vitesse. Peut-être que deux médecins pas très compétents en feront un de bon.

Après son départ, Fairbanks sourit tristement, en se frottant les mains.

– Eh bien, voilà une autre belle paire de manches ! Mary va juste adorer ça – puis après une pause, désemparé – mais dites-moi, où est Mary ?

Benchley regarda alentour comme si Mary Pickford allait surgir de derrière le lavabo.

– Je l'ai croisée en bas dans le hall juste avant minuit, fit Dorothy. Elle m'a dit qu'elle montait ici pour forcer Bibi à sortir du bain.

– Ah bon ? fit Fairbanks dont le beau visage était soucieux. Où est-elle, alors ?

Dorothy haussa les épaules.

– Nous ne l'avons pas vue.

Sans un mot, Fairbanks quitta la pièce et se mit à appeler dans l'appartement.

– Mary ! Tu es ici, ma chérie ?

Il ne lui fallut pas plus d'une minute pour faire le tour de la suite. N'ayant pas trouvé sa femme, il franchit la porte d'entrée sans un mot pour le trio, resté dans la salle de bains.

– Alors, fit Benchley, quel bon vent vous a conduit tous deux ici à minuit ? Drôle d'endroit pour fêter le Nouvel An.

Dorothy lança un coup d'œil au cadavre de Bibi.

– Oui, je dirais même plus : absolument hilarant, ce lieu !

Avait-elle bien détecté un soupçon de déception dans la voix de Benchley ? Sa désinvolture masquait-elle son déplaisir qu'elle n'ait pas été près de lui pour les douze coups de minuit ?

Woollcott, lui, parut passablement irrité.

– Mrs Parker, vous m'aviez dit que Douglas et Mary avaient besoin secrètement de mon aide. C'était clairement un mensonge. Qu'aviez-vous derrière la tête en me faisant monter ici ?

Elle le regarda droit dans les yeux.

– Votre assassinat, bien entendu.

– Tiens, tiens ! Je le savais ! Dans la cuisine, vous…

– Bouclez-la, mon petit Acky. Nous avons d'autres chats à fouetter. La partie est terminée.

Woollcott haussa le sourcil en contemplant le corps de Bibi.

– Et une autre vient peut-être de commencer.

Benchley ignora leur échange.

– Alors, que s'est-il passé ? Woollcott a pris l'ascenseur pour venir ici et vous l'avez suivi ?

– Tout le contraire, fit Woollcott en se tournant vers Dorothy. Comment êtes-vous arrivée ici *avant* moi ?

– Grâce au monte-charge, expliqua-t-elle. Quand j'ai atteint l'étage, la suite était grand ouverte. Mais la porte de la salle de bains, verrouillée. J'avais entendu Mary dire qu'il y avait une clé dans un tiroir de la cuisine…

Elle montra le trousseau, qu'elle tenait toujours en main.

– Un instant, fit Woollcott. La porte de la salle de bains était verrouillée ?

– Oui, je viens de vous le dire.

Il se tourna et ferma la porte. Il n'y avait pas de serrure à l'intérieur, rien qu'une poignée standard et un simple loquet.

– Donc, cela voudrait dire que la porte était fermée de l'intérieur ?

– Qui sait ? fit-elle.

– Celui qui a verrouillé la porte, c'est lui qui sait ! répliqua Woollcott. Donc, si la porte était fermée de l'intérieur, ça veut dire que Bibi est sortie de la baignoire, l'a verrouillée, puis s'est remise dans la baignoire pour y mourir ?

– J'en doute, fit Dorothy. Le sol est sec et il l'était déjà quand je suis entrée. Si Bibi était sortie de la baignoire, elle aurait laissé des traces humides partout, ou en tout cas quelques flaques.

Ils examinèrent le sol, en particulier au pied de la baignoire. Il était archi-sec.

Woollcott prit les clés que tenait Dorothy.

– Vous les avez trouvées dans un tiroir de la cuisine ?

– Oui, c'est exact, répondit Dorothy. Qu'insinuez-vous ?

– Rien du tout. Je constate simplement les faits – quelqu'un a verrouillé cette porte pour empêcher ou retarder la découverte de la mort de Bibi. N'est-ce pas votre vision des choses ?

Ils fixaient la porte quand celle-ci s'ouvrit brusquement. Frank Case, le Dr Hurst et Arthur Conan Doyle entrèrent.

La crinière blanche du Dr Hurst était ébouriffée, son col montant, défait et sa cravate, dénouée. Il était pâle et avait l'air souffrant. En apercevant le corps de Bibi, son air souffrant s'accentua.

– Mais sortez-là de là-dedans ! s'exclama-t-il d'une voix rauque, en désignant le cadavre en détournant les yeux. Emportez-la sur le lit. Couvrez-la.

Woollcott ouvrit la bouche pour protester, mais en ne voyant personne bouger, le Dr Hurst haussa le ton :

– Sortez-la à l'instant de cette baignoire, j'ai dit !

Conan Doyle et Case saisirent instinctivement Bibi par les bras. Benchley, plongeant avec répugnance la main dans la baignoire, attrapa l'une des chevilles. L'étrangeté du contact lui donna le frisson. Woollcott, sans se presser, retira sa veste de smoking, retroussa les manches de sa chemise blanche et plongea prudemment une main dans la baignoire pour s'emparer de l'autre cheville. Par une sorte d'accord tacite, ils hissèrent le corps simultanément hors de la baignoire, dans des cascades de champagne. L'odeur douceâtre picota les narines de Dorothy, qui fit la grimace. Puis elle suivit des yeux la petite flaque dans le nombril de Bibi qui se déversa quand les hommes déplacèrent le corps. Dorothy s'empressa de recouvrir Bibi d'une serviette de bain – car il lui semblait nécessaire de rendre quelque peu de dignité à cette fille qui en manquait tant de son vivant. Il ne restait plus au fond de la baignoire que la louche et un gant de toilette.

Bibi fut transportée ainsi dans la chambre, où on l'étendit précautionneusement sur le lit. Dorothy ne put s'empêcher de réarranger la serviette pour qu'elle dissimule le corps au mieux.

Le Dr Hurst les suivit dans la chambre. Il s'approcha du lit en titubant et laissa tomber sur le sol sa trousse de médecin. Dorothy fut contrainte de s'écarter. Le Dr Hurst tâta le pouls de Bibi. Puis relâchant son poignet, il lui appuya deux doigts sur le cou.

Il se releva enfin et se tourna vers les autres.

– Elle est morte.

– Bien sûr qu'elle est morte ! s'écria Dorothy avec impatience. La question qui se pose est : de quoi ?

Le Dr Hurst serra les lèvres.

– Je ne saurais le dire.

– C'est un accident, sans aucun doute, fit Frank Case.

– Mais un genre d'accident fort inhabituel, renchérit Woollcott.

– On glisse et on se blesse dans sa salle de bains tout le temps, malheureusement, fit Case. C'est la pièce la plus dangereuse de la maison.

Conan Doyle s'éclaircit la gorge et fixa avec attention le visage de Bibi.

– D'où vient cette étrange rougeur qu'elle a autour de la bouche ?

Il s'approcha pour mieux voir, puis se tourna d'un air interrogateur vers le Dr Hurst. Mais ce dernier le laissa sans réponse. Il recula même un peu, laissant plus de place à Doyle pour examiner le corps.

– Elle s'est peut-être noyée ? hasarda Benchley. On connaît tous ces contes à dormir debout où des gens se noient dans dix centimètres d'eau.

– Non, fit Conan Doyle, qui tourna délicatement la tête de Bibi. Elle a les cheveux complètement secs.

– Une intoxication alcoolique, peut-être ? lança Case. Certaines personnes deviennent aveugles ou meurent même, après avoir consommé de l'alcool de contrebande frelaté.

– Nous en avons bu deux verres, dit Benchley en désignant Dorothy et lui-même. Et nous n'avons pas été empoisonnés. Je vois mal Doug Fairbanks donner une réception où l'on servirait du tord-boyaux.

Woollcott tira la langue.

– Vous avez bu du champagne dans lequel cette femme s'est baignée ? Je me serais attendu à ça de la part de la racaille assoiffée, pas de vous deux…

– L'alcool tue les microbes, non ? fit Benchley vaillamment. En outre, on n'avait rien d'autre sous la main.

– Ce n'était pas si mauvais, dit Dorothy avec regret, en pointant Bibi du doigt, incapable de s'empêcher de plaisanter malgré le glauque de la situation. Avec un goût très prononcé de gourgandine.

Case tiqua à ce propos, puis s'adressa à Conan Doyle.

– Si ce n'est pas une intoxication alcoolique, il s'agit peut-être d'un excès de boisson ? N'aurait-elle pas pu absorber trop d'alcool ?

– Par voie cutanée, vous voulez dire ? fit Doyle. Peu vraisemblable. Je suis prêt à parier que l'absorption cutanée est infime. L'inhalation, c'est une autre affaire.

– Ivre par inhalation ? murmura Dorothy d'un ton lugubre. Pourquoi pas le gaz ? Hilarant !

Doyle opina.

– Pendant la guerre, les armées de chaque camp ont expérimenté toutes sortes de gaz toxiques pour affaiblir et anéantir leurs ennemis sur le champ de bataille. J'ai beaucoup étudié le phénomène pour le gouvernement britannique. Une inhalation par voie pulmonaire est absorbée par le système sanguin bien plus rapidement que par voie cutanée.

– Et ça aurait suffi à la tuer ? demanda Case.

Doyle réfléchit.

– De la même façon qu'un ivrogne s'intoxiquera par excès de boisson, elle se serait progressivement intoxiquée par inhalation. Mais était-elle excessivement ivre ?

Ils échangèrent un regard. Aucun d'eux ne le savait.

– Elle paraissait fort contente d'elle-même, dit Dorothy, la dernière fois que nous l'avons vue, aux alentours de minuit. Mais par ailleurs, elle pétait le feu dès son arrivée à l'hôtel plus tôt dans la soirée.

– Aux alentours de minuit ? répéta Conan Doyle. Qui l'a vue vivante en dernier, alors ?

Dorothy haussa les épaules et se reposa des questions sur Mary Pickford.

Case se tourna vers le Dr Hurst érigé en instance finale.

– Alors qu'est-ce qui l'a tuée ? Elle a glissé dans la baignoire et s'est cogné violemment ?

Le Dr Hurst toisa Doyle en lui demandant :

– Hé bien ?

Doyle, penché au-dessus de Bibi, lui palpait doucement la tête.

– Le crâne semble intact. Il ne présente ni lacérations ni éraflures. Ni contusions manifestes ni gonflement au toucher.

Il se recula, les mains sur les hanches, et secoua la tête.

– Alors, *comment* est-elle morte ? demanda Dorothy.

Woollcott pointa soudain du doigt le corps en hurlant :

– On l'a assassinée !

Le Dr Hurst sursauta visiblement. Et porta une main à sa poitrine.

– Vous m'avez fait peur, monsieur ! dit-il d'une voix rauque.

– Personne d'autre ne l'a remarqué ? s'écria Woollcott. Le médaillon a disparu ! Elle l'a porté toute la soirée, maintenant elle ne l'a plus. Et si on l'avait laissé dans la salle de bains, nous l'aurions vu. On l'a volé ! C'est un meurtre. On l'a tuée à cause de ce médaillon !

Dorothy se tourna vers le Dr Hurst.

– N'était-il pas à *vous* ?

Le Dr Hurst respirait toujours avec difficulté.

– Comment le savez-vous ?

– Je vous ai vu avec plus tôt dans la soirée. Dans le hall et encore une fois, à votre arrivée à la réception des Fairbanks.

– Non, non, fit le Dr Hurst avec un geste dédaigneux. Ce n'était qu'un colifichet. Rien de plus.

Mary Pickford, suivie de Douglas Fairbanks, entra en coup de vent dans la pièce.

– Rien qu'un colifichet ? À d'autres ! J'ai vu ce médaillon autour du cou de Bibi.

Elle se retourna face à son mari.

– C'est le genre de bijou qu'on s'échange entre amants !

Fairbanks la regarda d'un air las.

– Mais ma chérie, je t'ai déjà raconté…

– Tiens, tiens ! s'exclama Woollcott, levant un de ses gros doigts en l'air. Il y a là-dessous bien plus de choses que l'on en voit à l'œil nu. C'est un meurtre, c'est moi qui vous le dis. Et je vais enquêter ! J'ai toujours résolu les affaires dont je m'occupe, celle-ci ne fera pas exception. La partie est en cours !

C'est alors que le Dr Hurst poussa un gémissement. Il grimaça de douleur en portant une main à sa tête, puis tomba à genoux. Avant de s'effondrer sur le sol avec un choc sourd.

9

– Écartez-vous ! hurla Conan Doyle.

Dorothy et les autres reculèrent. Lui s'accroupit près du corps face contre terre du Dr Hurst, qu'il fit rouler avec précaution sur le dos.

– Que lui arrive-t-il ? demanda Fairbanks. Il n'est pas…

Doyle colla son oreille contre la maigre poitrine du Dr Hurst.

– Il vit, mais il a le souffle court. Déposons-le de l'autre côté du lit.

– Oh mon Dieu, fit Mary en se mordant la lèvre.

Elle enroulait avec nervosité l'une de ses longues anglaises blondes autour de son index en regardant son mari et Conan Doyle soulever le Dr Hurst puis l'allonger sur le lit, près du corps de Bibi.

– Oh mon Dieu, mon Dieu.

Doyle reprit son auscultation du Dr Hurst en lui prenant le pouls et en vérifiant sa respiration.

– Vous n'auriez pas dû le remonter à bloc, souffla Dorothy à Woollcott, vous avez cassé son ressort.

Frank Case se pencha en avant.

– C'est une crise cardiaque ?

– Je ne crois pas.

Conan Doyle souleva les paupières du Dr Hurst, l'une après l'autre.

– Hum, l'une des pupilles est dilatée, murmura-t-il.

Puis il déclara :

– Mon diagnostic provisoire, c'est qu'il s'agit d'une apoplexie – d'une attaque.

Mary ne put contenir son émotion plus longtemps. Et agrippa le bras de son époux.

– Oh, Douglas ! D'abord, une morte, et maintenant un mort, sur notre lit – *notre lit !* C'est insupportable. Il va falloir brûler les draps. Non, brûler le lit tout entier et en acheter un neuf !

– Il faudra songer à retirer les corps avant de procéder à cette crémation, lui recommanda Dorothy.

Conan Doyle interpella vivement Mary.

– Je n'ai jamais dit qu'il était mourant ! L'apoplexie n'a affecté qu'une partie de son corps. Il a toutes les chances de récupérer.

Mais Mary ne l'écoutait plus. Elle s'était détournée, prête à quitter la pièce.

– Ne vous éloignez pas trop, Mary, lui cria Woollcott. Vous êtes notre première suspecte !

Elle s'immobilisa et pivota lentement.

– Suspecte ? *Moi ?* De quoi parlez-vous, Aleck ?

– Je ne pense pas que le moment soit bien choisi, Inspecteur Woollcott, lui chuchota Dorothy.

– Au contraire, lui répondit Woollcott, avant de se retourner vers Mary. N'avez-vous pas été la dernière à voir la défunte vivante ?

Mary porta une main à sa poitrine.

– La *défunte* ?

– Oui, la défunte, fit-il en pointant le cadavre sur le lit. Bibi Bibelot ! Mrs Parker dit vous avoir croisée dans le hall, un peu avant minuit, prête à monter ici en découdre avec Bibi.

– Silence, je vous prie, intervint Doyle. Ou bien retirez-vous de cette chambre. Cet homme – mon ami – est dans un état très grave.

Il fouilla la trousse du Dr Hurst, en tira un brassard et un stéthoscope, dont il enfonça les écouteurs dans ses oreilles. Puis lançant un coup d'œil à Benchley, il lui demanda :

– Auriez-vous l'amabilité de descendre à la chambre de Quentin et de ramener Mr Jordan ? Il pourrait nous être d'une aide précieuse en la circonstance.

Benchley acquiesça avec amabilité et se dirigea vers la porte. Dorothy fit mine de vouloir le suivre.

– Cela vous dérange-t-il que je me joigne à vous, Mr Benchley ? fit-elle.

– Merci bien, Mrs Parker, dit-il en souriant. Je crois que je vais me débrouiller.

Il sortit de la chambre et quitta rapidement l'appartement.

Alors, c'est non ? se dit-elle, coupée dans son élan. *Quoi maintenant ? Jalouse-t-il Mr Jordan ? Est-ce qu'il m'en veut de ne pas avoir été à ses côtés pendant les douze coups de minuit ? Ou sinon... quoi ?*

Pendant ce temps, Woollcott, Fairbanks et Mary étaient repassés dans le salon pour continuer leur discussion. Dorothy quitta à son tour la chambre pour les rejoindre.

– Je vous ai vue poignarder du regard Bibi toute la soirée, disait Woollcott à Mary. Vous détestiez qu'elle focalise ainsi l'attention. Et n'avez-vous pas été la dernière à quitter la suite avant minuit ?

Dorothy l'interrompit d'un ton plus tranchant que voulu.

– Ça suffit, Aleck ! Il s'agit ici de vie et de mort, pas d'un de vos petits jeux de salon.

Woollcott lui fit face, très sûr de lui.

– En effet, Mrs Parker ! Et personne ne le comprend mieux que moi. C'est très certainement une affaire de vie ou de mort, et j'en tiens compte. Bien, n'avez-vous pas déclaré que Mary avait été la dernière à quitter cette suite avant minuit ?

Dorothy ne répondit pas. Elle regarda Mary en s'attendant à ce qu'elle proteste de son innocence.

Mais c'est son mari qui parla à sa place.

– J'ai été le dernier à voir Bibi en vie. J'ai tenté de la persuader de sortir de la baignoire, mais elle a refusé, dit Fairbanks.

Woollcott tiqua.

– Foutaises. N'essayez pas de couvrir votre femme, Douglas. Je vous ai vu dans le hall après que vous avez chassé tout le monde de votre soirée.

Fairbanks marqua une hésitation.

– Ça s'est passé avant que vous ne m'aperceviez dans le hall.

– Ça ne tient pas debout, Douglas, répondit Woollcott, avant de se retourner vers la femme du premier. Avouez, Mary. Avez-vous, oui ou non, dit à Mrs Parker que vous alliez remonter dans la suite vous occuper de Bibi ?

Mary se mit à triturer une autre de ses anglaises.

– Eh bien oui, je l'ai dit…

– Tiens, tiens ! claironna Woollcott.

Mary haussa le ton.

– Oui, j'ai dit ça à Dottie. Mais je ne suis pas revenue ici. Je suis tombée sur Lydia Trumbull dans l'ascenseur. Elle était dans tous ses états, si bien que je l'ai suivie dans sa chambre au premier pour parler avec elle.

Woollcott tiqua de plus belle. Ça ne cadrait pas avec sa version.

– Parler ? Parler de quoi ?

Mary se mordit la lèvre.

– Tiens, tiens ! Vous nous cachez quelque chose ! s'exclama-t-il en pointant son index gras en l'air.

Dorothy porta une main à sa tête.

– Aleck, arrêtez de dire « tiens, tiens » !

Woollcott avait l'air enchanté.

– Mais nous voilà à présent avec une autre suspecte. Lydia Trumbull – qui était dans tous ses états ! D'où venait-elle quand vous êtes tombée sur elle dans l'ascenseur ?

– Je ne le sais pas exactement, fit Mary. De sa chambre, je suppose.

– L'ascenseur montait-il ou descendait-il ?

– Il descendait, bien entendu, répondit-elle. Lydia était dedans quand il est arrivé dans le hall.

– Donc, elle descendait, souligna Woollcott avec une lenteur théâtrale. Par exemple, elle descendait de sa chambre – ou peut-être, descendait-elle de la suite où nous nous trouvons, après avoir assassiné Bibi !

Dorothy croisa les bras.

– Attendez, *Inspecteur* Woollcott. Qui soupçonnez-vous précisément ? Mary ou Lydia ?

Il fit volte-face vers elle.

– Je soupçonne tout le monde ! Vous comprise, Dottie. N'étiez-vous pas seule avec le corps de Bibi quand je vous ai retrouvée ?

– Oh, morbleu, gémit Dorothy.

– Plus de mort que de bleu, en l'occurrence, fit-il en plissant les yeux.

– Aleck, arrêtez ça, lui dit-elle. Vous devenez morbide. Je ne suis pas du genre à être étouffée par les scrupules, mais le corps de cette femme se trouve dans la pièce voisine. Et il est à peine refroidi.

– Elle est froide comme la tombe, Dottie, poursuivit Woollcott. Et silencieuse aussi comme une tombe. Qui parlera pour elle ? L'hôtel est en quarantaine. Aucun policier ne peut y pénétrer. Quelqu'un doit déterminer ce qui s'est passé, et je suis justement celui-là. Le petit Acky n'a jamais perdu une affaire !

– Une affaire, peut-être pas, fit Dorothy. Mais la boule, oui, il l'a perdue, le petit Acky.

10

– Vous pouvez laisser tomber votre enquête, dit Dorothy à Woollcott. J'appelle la police.

Il s'inclina légèrement.

– À votre guise. Je me réjouis de son entrée en lice.

Un téléphone à combiné nacré était posé sur la table basse, près du canapé. Dorothy se dirigea vers l'appareil.

– Dottie, lui dit Fairbanks avec un léger mouvement d'impatience, est-ce absolument nécessaire ? Pourquoi déranger la police, surtout maintenant ? Comme l'a dit Aleck, personne ne peut accéder à l'établissement.

– Pourquoi la *déranger* ? se récria-t-elle. Vous avez un cadavre dans votre lit, Douglas. Je ne crois pas qu'un bref coup de téléphone la dérangera plus que ça.

Elle décrocha et tapota le bouton d'appel.

– Opératrice ?

Silence au bout de la ligne.

– Opératrice ?

Elle tapota à nouveau le bouton d'appel, plus vigoureusement cette fois.

Une voix de femme lasse et enrouée répondit.

– Ici l'opératrice.

– Mavis ? demanda Dorothy. C'est bien vous ? On dirait que vous avez un chat dans la gorge.

– Mais j'en ai bien un, Mrs Parker, répondit la femme à la voix rauque. Je n'ai pas quitté le standard de la soirée. Ma voix est *kapout*. Bon, que puis-je faire pour vous ?

– Mettez-moi en communication avec la police, s'il vous plaît, fit Dorothy.

– Je regrette, Mrs Parker. J'ai du mal à passer des appels extérieurs. Quelque chose coince dans cette vieille installation déglinguée. Ou bien la neige a affecté toutes les liaisons téléphoniques. Vous allez être obligée de descendre et d'appeler directement depuis le standard, en utilisant la ligne de secours.

Dorothy la remercia et raccrocha.

– Eh bien ? fit Woollcott. Ils vont venir ?

Elle l'ignora et retourna dans la chambre, où Case s'entretenait avec Conan Doyle.

– Que peut-on faire, en cas d'attaque, Dr Doyle ? demanda le directeur de l'hôtel. Quel est le traitement ?

– Ma foi, je ne sais plus trop, fit Doyle en se caressant le menton. Ça fait des décennies que je ne pratique plus la médecine.

– Lui soulever la tête peut-être ?

– Bien sûr, répondit Doyle avec assurance, avant d'être frappé d'incertitude. À moins que ce ne soit les pieds ?

– Je descends au standard prévenir la police, les interrompit Dorothy. Dois-je aussi appeler une ambulance ?

Doyle poussa un soupir de soulagement.

– Je vous en saurais infiniment gré, Mrs Parker. Merci. Dites-leur de venir tout de suite.

Ce fut au tour de Case de faire preuve d'incertitude.

– Je ne suis pas sûr qu'ils pourront pénétrer dans l'hôtel à cause de la quarantaine…

– Tout le monde n'arrête pas de dire ça, fit Dorothy.

Case examina le visage hâve et pâle du Dr Hurst.

– Mais ça vaut certainement le coup d'essayer.

Elle s'en alla en hochant la tête, Woollcott lui emboîtant le pas.

– Vous deux, dit ce dernier à Douglas et Mary au passage, ne bougez pas d'ici. On ne s'est pas tout dit.

– Et où irions-nous ? demanda Fairbanks. Nous sommes dans notre suite, je vous le signale.

Dorothy s'arrêta et fit face à Woollcott, qui manqua la heurter.

– Vous êtes obligé de venir avec moi ?

Woollcott bomba le torse.

– Je tiens à m'entretenir en personne avec les autorités. Et à obtenir leur autorisation officielle pour traiter cette folle affaire.

– Vous êtes le seul fou bon à être traité, dans le coin.

Passant dans le couloir, elle se dirigea vers l'ascenseur, tendit la main vers le bouton d'appel. Mais avant qu'elle ait pu le presser, la porte s'ouvrit. Et Benchley et Jordan sortirent de l'ascenseur.

– Ah Fred, vous voilà ! fit-elle. Suivez-moi, s'il vous plaît.

Benchley sourit – mais pas de son sourire chaleureux habituel « ravi-de-vous-voir ». Plutôt d'un sourire « ne-venez-pas-m'ennuyer-en-ce-moment ».

– Vous suivre ? demanda-t-il.

– Je descends dans le hall appeler la police.

Il lui refit ce même sourire.

– Je ne doute pas que vous puissiez passer un coup de téléphone toute seule, Mrs Parker. Artie et Mr Jordan pourraient avoir besoin de mon aide concernant le Dr Hurst.

Et sans cesser de sourire, il passa devant elle. Puis lui lança par-dessus son épaule :

– Et veuillez cesser de m'appeler Fred, s'il vous plaît.

Elle le regarda s'éloigner, figée sur place.

Vexée, exaspérée, elle tapa du pied et monta dans l'ascenseur. *Cherche-t-il à me punir ? Ce n'est pas du tout le genre de Benchley. Et me punir de quoi, d'abord ? D'avoir accordé un bref regard au beau Mr Jordan ? Le châtiment est disproportionné au crime !*

– Où allons-nous ? demanda Maurice le liftier, une fois Woollcott, monté à bord.

– *Où ?* fit-elle sèchement. Faites-nous faire deux fois le tour du parc, en prenant la route touristique.

– Voulez-vous m'indiquer l'étage ? demanda Maurice avec une nuance d'impatience dans sa vieille voix rouillée. Ou bien me laissez-vous le choix ?

– Le hall, répondit-elle d'un ton ronchon. Et appuyez sur le champignon.

– Hum, fit Woollcott. L'île de Cythère prendrait-elle l'eau ?

Elle serra les dents.

Devant son absence de réponse, il reprit la parole.

– Pas la moindre remarque caustique ou réplique assassine ?

– Parfois, la meilleure réponse à une pique n'est pas une autre pique, mais un bon coup de genou dans les parties, fit-elle. Vous avez toujours envie que je vous réponde ?

Ils n'échangèrent plus un mot mais Woollcott ne cessa de lancer des coups d'œil inquiets à Dorothy.

Avant leur arrivée dans le hall, une lumière clignota et une sonnerie retentit sur le panneau de commande. Maurice arrêta l'ascenseur au premier et ouvrit la porte. Lydia Trumbull se tenait là, les yeux mouillés de larmes.

– Tiens, tiens ! s'écria Woollcott, en la montrant du doigt

Lydia en fut décontenancée.

– Vous montez ? leur demanda-t-elle avec nervosité.

– Il y a très peu de chance, répliqua Woollcott. Car vous descendez.

– Comment, *je descends ?*

– Droit à la case prison. Vous êtes suspectée de l'assassinat de Bibi Bibelot !

Lydia ouvrit ses grands yeux clairs. Puis dans un battement de cils, elle bascula en arrière et s'effondra, évanouie.

Dorothy et Woollcott relevèrent Lydia, inconsciente.

– Vos compétences sont remarquables, détective, lui lança Dorothy en haletant. Vous avez failli faire mourir de frayeur cette malheureuse.

Les bras de l'actrice passés sur leurs épaules, ils la ramenèrent avec difficulté – ses pieds se prenant dans le tapis du couloir – jusqu'à sa chambre.

– Moi, je l'ai effrayée ? fit Woollcott, la respiration sifflante. Où il y a de la peur, il y a de la culpabilité. Et la culpabilité fuit Alexander Woollcott comme la peste !

– Le bon sens aussi, ajouta Dorothy alors qu'ils atteignaient la chambre de Lydia. Et maintenant, soutenez-la pendant que je déverrouille la porte.

Lydia tenait une clé lors de leur confrontation. Après son évanouissement, Dorothy l'avait ramassée sur le sol. Cette dernière fit glisser le poids du corps de Lydia vers Woollcott, qui geignit. Introduisant la clé dans la serrure, elle ouvrit la porte et alluma dans la chambre.

Puis ils firent franchir la porte à Lydia à grand peine. La comédienne avait beau être menue, pas plus Dorothy que Woollcott n'étaient costauds. Et il leur fallut mobiliser toutes leurs forces pour ne pas la laisser choir simplement sur le lit, mais la faire glisser en douceur sur le dessus-de-lit.

– *Pfiou*, dit Woollcott, à bout de souffle. Quelqu'un devrait prévenir le *Guide Michelin*. Les clientes tombent comme des mouches dans cet hôtel.

Dorothy le fusilla du regard.

– C'est *votre* œuvre. Donc votre faute, si elle est dans cet état. Et maintenant, repartez là-haut. Le Dr Hurst doit avoir des sels dans sa trousse. Allez les chercher.

Woollcott eut un reniflement de dédain.

– Pourquoi prêterions-nous main forte à l'accusée ?

– Et pourquoi ne vous ferais-je pas un œil au beurre noir ? Vous avez provoqué sa pâmoison, à vous de l'en tirer.

Il tiqua mais tourna les talons et finit par s'en aller. Dorothy poussa un soupir de soulagement. Cette petite course lui prendrait bien quelques minutes, et elle ne l'aurait pas entre les pattes pendant ce temps-là. Elle voulait parler à Lydia sans qu'Aleck la terrorise une fois de plus.

Elle observa la chambre autour d'elle. Avec quoi pouvait-elle faire revenir Lydia à elle en l'absence de Woollcott ?

Il y avait de nombreux médicaments sur la table de nuit. Dorothy déchiffra leurs étiquettes. Deux, trois étaient sous forme liquide, le reste, de cachets ou de poudre. La plupart étaient des somnifères ou des tranquillisants, elle le savait – laudanum, Véronal, hydroxycodone, morphine même. Aucun ne semblait être un stimulant.

Dorothy regarda le visage tourmenté de l'actrice inerte et réfléchit un moment. Elle avait lu quelque part que le principal ingrédient des sels était l'ammoniaque. Elle entra dans la salle de bains, mais bien sûr, pas d'ammoniaque. L'Algonquin, hôtel résidentiel, avait deux types de chambres – certaines louées à la nuit, d'autres étaient des minisuites pour des résidents comme elle. La chambre de Lydia était du premier type. Et en tant que telle, n'avait pas de produits de nettoyage en réserve.

Dorothy revint dans la chambre, ouvrit la porte et regarda à gauche et à droite. Dorothy pour sa part occupait une très petite suite à l'extrémité du même couloir. Mais n'avait pas d'ammoniaque chez elle, car elle ne faisait jamais le ménage. En face, en revanche, logeait la vieille Mrs Volney…

Dorothy fixa la porte de cette dernière. Même à cette heure avancée, elle entendait miauler les chats à l'intérieur. Mais c'étaient des créatures nocturnes, bien sûr. D'ailleurs, Mrs Volney elle aussi. Nuit et jour, cette vieille indiscrète passait la tête dans le couloir au moindre bruit, puis souriait de toutes ses dents grisâtres et de ses lèvres minces si elle voyait que quelqu'un avait trébuché et lâché un carton plein d'œufs ou s'était tordu la cheville dans un repli du tapis.

– Oh mon Dieu ! s'exclamait-elle toujours avec un rictus ravi. On devrait faire quelque chose à ce propos !

Mais si Mrs Volney déplaisait tant à Dorothy, ce n'était pas simplement parce qu'elle fourrait son nez partout. Au tréfonds de son cœur, l'une de ses plus grandes craintes était de finir un jour comme elle. En fouineuse fripée et gâteuse dont la seule occupation dans l'existence était de nourrir des chats remuants et de se nourrir tel un parasite des petits malheurs quotidiens d'autrui. Dorothy se jura de ne jamais devenir comme ça. Puis traversa le couloir d'un pas décidé et frappa à la porte comme pour contrecarrer le destin. Mrs Voley lui ouvrit presque aussitôt.

Les rares cheveux gris étain de la vieille dame étaient plaqués sur son crâne et roulés en bigoudis près des oreilles. Son peignoir ivoire, élégant autrefois, était élimé et jaunâtre. Le dos arrondi en « bosse de sorcière », elle levait constamment les mains pour protéger son corps frêle et fuselé, ce qui lui donnait l'aspect d'une mante religieuse, songea Dorothy. Ou plutôt d'une mante *belliqueuse*.

– Ah je vous salue bien, Miss Parker, lui dit-elle de sa voix stridente, qui grinçait tel un vieux mécanisme auquel manquait quelques rouages. Mais il est un peu tard pour une visite de courtoisie, non ?

– *Mrs* Parker, s'il vous plaît. Et il ne s'agit pas d'une visite de courtoisie…

– Ah oui, *Mrs* Parker. Et où se trouve votre cher mari ? Redites-moi encore une fois ce qui lui est arrivé ? J'ai oublié…

Tu parles que tu as oublié !

Dorothy s'exprima sans fioritures.

– Il est tombé dans une cage d'ascenseur et je n'en ai plus jamais entendu parler.

Il ferait beau voir qu'elle désaltère la soif de scandale et aiguise l'appétit pour les malheurs d'autrui de cette vieille punaise – ammoniaque ou pas !

La vérité, c'était que son mari, qui avait participé à la Grande Guerre en Europe et assisté à trop d'horreurs, n'était plus à son retour que l'ombre de lui-même et était devenu morphinomane. Dorothy et Edwin Parker s'étaient séparés avec tristesse et à leur grand regret. Dorothy avait conservé son nom – le plus beau cadeau qu'il lui avait fait.

Mais il était exclu que Dorothy répète cette histoire à ce vieux vautour femelle, qui l'avait déjà entendue une fois au moins de sa bouche et sans doute aussi de nombreuses fois de celle d'autrui.

– Une cage d'ascenseur, dites-vous ? Ma mémoire doit commencer à me faire défaut, vu mon grand âge. Je croyais qu'il était devenu dépendant à la drogue. Certaines femmes ont beaucoup de mal à garder un bon époux, ou même un médiocre, vous n'êtes pas de mon avis ?

Dorothy se gendarma pour tenir sa langue.

– Moi, je n'ai jamais eu ce problème, poursuivit Mrs Volney. Mon cher Donald, puisse-t-il reposer en paix…

– Comme nous tous, s'empressa de la couper Dorothy. Mais comme je vous le disais, il ne s'agit pas d'une vitesse de courtoisie. J'ai un besoin urgent d'ammoniaque. En auriez-vous à me prêter ?

– Ma foi, oui, certainement. Je garde mon petit intérieur impeccable. Avec quatre chats, la propreté s'impose. Et comme on dit, elle est voisine de la sainteté.

Mrs Volney se détourna et se dirigea d'un pas traînant vers sa kitchenette, ouvrit le placard sous l'évier et en sortit un flacon d'ammoniaque.

Dorothy jeta un regard sur le petit appartement bien tenu de sa voisine.

De la même surface que le sien, elle le savait, il paraissait un peu plus grand car chaque élément du décor y était plus petit : deux petits fauteuils, un petit canapé qui avait l'air tout sauf confortable, une petite table, avec une petite corbeille à tricoter juste à côté, une petite tasse à thé couverte d'une petite soucoupe. C'était comme si tout avait été légèrement miniaturisé, juste assez pour correspondre parfaitement à la petite Mrs Volney.

La vieillesse se réduisait-elle à ça ? songeait Dorothy. *Quand on est jeune, le monde qui nous entoure paraît tellement immense. Mais en prenant de l'âge, notre univers rétrécit de plus en plus, se réduisant peu à peu jusqu'à ce que notre modeste intérieur représente le monde entier à nos yeux.*

Cette idée fit frissonner Dorothy involontairement.

Mrs Volney la rejoignit en traînant des pieds, flacon d'ammoniaque en main.

– Cela ne vous gêne pas que je me montre indiscrète, n'est-ce pas ?

Comme si je vous en avais jamais empêchée, songea Dorothy.

– Fouinez à votre gré, lui dit-elle.

– Pourquoi avez-vous besoin d'ammoniaque à une heure pareille ?

Tu me crois mêlée à quelque chose de crapoteux ou scandaleux, c'est ça ?

– Des individus sont venus chasser le lion dans ma chambre, fit Dorothy en gardant son sérieux. Le lion s'est défendu comme un beau diable. Mais on l'a eu à la fin. En fait, pas à la fin – on l'a eu entre les deux yeux. Il y avait du sang partout. Hé bien, merci.

Dorothy, après avoir arraché le flacon des mains maigrichonnes de Mrs Volney qui en resta bouche bée, s'apprêta à partir.

Non, pas pertinent. Je ne peux pas laisser cette vieille taupe s'imaginer que je suis fêlée. Ça ne l'encouragerait qu'à colporter de nouveaux bobards... sur moi, en particulier.

Dorothy fit volte-face résolument, en affichant un sourire amical.

– Je plaisantais, Mrs Volney. En fait, une amie vient de s'évanouir, et j'espère la ranimer en lui faisant respirer de l'ammoniaque. C'est une actrice. Très portée sur le drame, voyez-vous. Elle tombe dans les pommes à tout bout de champ. Une disciple de Thespis[1] typique.

---

1. Il est considéré comme le plus ancien tragique grec. Les comédiens itinérants voyageaient dans le chariot de Thespis. *(N.d.T.)*

– Une… une quoi ?

Dorothy marqua un temps.

– Une disciple de Thespis.

– Oh, une de *celles-là*, vraiment ?

L'expression de Mrs Volney mêlait préciosité et curiosité salace.

– Ma foi, nous sommes à l'époque moderne, et une personne… les penchants amoureux d'une personne ne regardent qu'elle. On ne doit pas trop s'ériger en juge, Mrs Parker, fit-elle sur un ton qui démentait carrément ses propos. Non, il ne faut pas.

Dorothy ne corrigea pas l'erreur de la vieille dame. Elle décida même de s'en amuser un peu.

– Oh oui, Mrs Volney. Mon amie est une disciple de Thespis encartée. Et ne s'en cache pas, loin de là. Je l'ai vue se comporter « de la sorte » en public devant des centaines de personnes.

– Ah ciel.

– Et même sur scène, à Broadway.

– À Dieu ne plaise ! hoqueta Mrs Volney, choquée et ravie en même temps. Ces personnes devraient réserver ce genre de choses pour l'intimité. Mais les théâtres d'aujourd'hui sont de tels lieux de perdition. Je n'assisterais jamais à un aussi horrible spectacle, et encore moins je n'achèterais un billet. Les prix des places qu'on pratique aujourd'hui sont obscènes ! Et quel… quel est le nom de cette pièce… pour que je puisse l'éviter en connaissance de cause ?

– Son titre, c'est *Peter Pan*. Et c'est d'une immoralité folle. Merci pour l'ammoniaque.

Dorothy tourna les talons et franchit le seuil, en refermant la porte derrière elle.

Elle longea le couloir et dévissa le bouchon du flacon en regagnant la chambre de Lydia. L'odeur âcre de l'ammoniaque lui piqua les yeux. Soulevant la tête de l'actrice, elle lui maintint le flacon sous le nez. Rien ne se passa au début. Puis Lydia fit la grimace. Ses yeux s'ouvrirent. Elle toussa tout à coup et repoussa le flacon.

– Bon retour parmi nous, ma chère Lydia, lui dit Dorothy en reposant le flacon rebouché sur la table de nuit encombrée de médicaments.

– Dites-moi que vous avez du brandy ici, parmi tous ces remèdes et autres panacées. Ça nous requinquerait un tantinet. Même si vous, c'est déjà fait.

Lydia fit non de la tête.

– Que s'est-il passé ?

– Vous avez perdu connaissance quand Woollcott vous a accusée en vous montrant du doigt, lui répondit Dorothy qui s'assit au bord du lit. Dites-moi vite, avant que cette baudruche ne revienne. Avez-vous trempé, si j'ose dire, dans la mort de Bibi ?

Lydia enfouit son visage dans ses mains. Dorothy claqua de la langue.

– Ne faites pas ça, ma chère Lydia. Ça vous donne l'air coupable.

– Je ne suis pas coupable ! gémit-elle en retirant ses mains, dévoilant ses yeux rosis par les larmes. J'étais infirmière pendant la guerre. Je ne ferais pas de mal à une mouche. On m'a formée à soigner les gens, pas à leur faire du mal. Jamais au grand jamais, je ne ferais de mal *volontairement* à qui ce soit. Pas même à cette petite garce de Bibi !

Si sa façon de nier la chose disait à Dorothy que Lydia était sincère en affirmant qu'elle n'avait pas tué

Bibi, il était tout aussi évident à ses yeux que Lydia avait *quelque chose* à se reprocher.

En levant la tête, Dorothy aperçut Woollcott planté sur le seuil. Il applaudit… une seule fois.

– Prestation fort convaincante, ma chère Lydia. Digne de l'excellente actrice que vous êtes, fit-il en s'avançant dans la pièce. Maintenant, bas les masques, et dites-nous toute la vérité !

11

Dorothy poussa sans ménagement Woollcott dans le couloir. Avant de refermer la porte, elle s'adressa à Lydia étendue sur le lit.

– Reprenez vos esprits. Nous revenons dans un instant.

Woollcott croisa les bras sur son gros ventre.

– Vous ne pouvez pas la ménager toute la soirée, ma chère Dorothy. Je la soumettrai à un contre-interrogatoire, croyez-moi. Elle est coupable. Ça crève les yeux !

La porte de Mrs Volney s'entrebâilla.

Dorothy saisit Woollcott par les revers de sa veste.

– *Chhh !*

Puis elle l'entraîna vers l'escalier.

Tout en descendant les marches pour rejoindre le hall, elle réfléchit deux fois plutôt qu'une. *Qu'est-ce qui avait pu faire s'évanouir Lydia ainsi ? Avait-elle tué Bibi ? Alors, elle a simulé son évanouissement et je m'y suis laissée prendre. Mince, peut-être tout le monde me joue-t-il la comédie. À commencer par Woollcott et son jeu de l'Assassin, Benchley ensuite avec sa sensiblerie affectée, et enfin Lydia, maintenant, dans son grand numéro de l'innocente bafouée ?*

Dorothy se sentait déboussolée, surtout en l'absence de Benchley. Elle connaissait des moments difficiles, avait du mal à s'en sortir toute seule. Elle s'en était aperçu en début de soirée quand elle espérait seulement qu'il se montrerait à la réception. Mais à présent, elle était furieuse, meurtrie et en pleine confusion sans lui à ses côtés. Elle avait besoin de l'aide de quelqu'un. Quelqu'un qui saurait quoi faire. En tout cas, la situation requérait la présence de la police.

Dorothy traversa le hall bille en tête. On avait baissé les lumières. La fête était quasiment finie. Quelques petits groupes de traînards, s'appuyant aux colonnes ou se soutenant mutuellement, titubaient ça et là. D'autres invités, écroulés dans les fauteuils somptueux du hall, s'y vautraient, leurs chapeaux pointus en carton de travers sur la tête. Plusieurs attendaient l'ascenseur pour monter se coucher.

Dorothy, contournant le comptoir de la réception, ouvrit une porte où on lisait STANDARD. Dans la pièce minuscule, une femme d'âge mûr, les traits tirés, était assise à son poste. Elle toussa à leur entrée.

– Bonne et heureuse année, Mavis, lui souhaita Dorothy.

– Heureuse ? Il faudra le dire à ma gorge. Et à mon dos.

Mavis pivota sur son siège et s'étira. Elle portait casque et écouteurs, ainsi qu'autour du cou, un lourd micro en forme de cornet. Se débarrassant de ce pesant appareillage, elle le laissa tomber sur le standard avec fracas.

Dorothy lui exprima sa sympathie.

– Longue et dure soirée ?

– Longue et dure *journée* ! fit Mavis de sa voix de grosse fumeuse. Elle avait aussi un accent new-yorkais à couper au couteau. Je suis ici depuis midi. Alice devait me remplacer à huit heures du soir. Mais à cause de cette vacherie de quarantaine, elle n'a pas pu entrer. Je ne vois pas comment Mr Case s'attend à ce que je tienne toute la nuit. Vaudrait mieux qu'on me compte ça en heures supplémentaires, c'est sûr.

– Oh ma pauvre chérie… commença Dorothy.

Woollcott imposa sa présence dans la pièce.

– Assez ronchonné, moulins à paroles. Il faut joindre immédiatement la police. Bon, quel est le problème avec ce machin ? Pourquoi n'avez-vous pas pu nous passer l'appel dans la suite de Mr Fairbanks ?

Mavis prit un air revêche.

– La plupart des lignes sont coupées à cause de la neige, monsieur. Il existe une ligne d'urgence disponible, mais uniquement reliée à ce standard. Impossible de vous passer la communication dans une chambre.

– Alors passez-la nous d'ici, espèce d'opératrice bornée, lui dit Woollcott en le prenant de haut. Croyez-vous que nous soyons descendus du dernier étage pour rien ? Allez-y, appelez.

Dorothy se demanda (et pas pour la première fois) : *Pourquoi certains s'imaginent-ils qu'ils seront obéis plus vite en agissant avec arrogance comme des connards de première catégorie ?*

Elle tapota l'épaule de la standardiste.

– Montrez-moi juste comment faire, Mavis. Et vous pourrez ensuite prendre cinq minutes de pause bien méritées.

Pour quelqu'un qui paraissait épuisé, Mavis bondit de sa chaise à une vitesse surprenante.

– C'est bête comme chou ! Suffit d'abord de mettre ça, dit-elle en empoignant le casque dont elle équipa Dorothy.

Puis installant cette dernière sur le fauteuil, elle la fit pivoter vers le standard. Dorothy se retrouva face à un panneau vertical plein de trous et de petites lampes éteintes. En dessous, sur un genre de bureau à portée de doigts, on voyait un alignement de commutateurs, d'autres petites lampes éteintes et de nombreux câbles disposés verticalement.

Mavis lui montra la fiche métallique couronnant l'un d'entre eux.

– Vous tirez le câble puis enfoncez ça dans cette prise bordée de rouge là-haut. Ça vous mettra en communication avec le standard d'urgence.

Dorothy ne se le fit pas dire deux fois.

– Une fois prête, poursuivit Mavis, vous basculez votre commutateur en arrière. Ça envoie un signal de l'autre côté, et la lampe au-dessus de la prise s'allume. Puis s'éteint quand on répond. Remettez l'interrupteur en position médiane et demandez qu'on vous passe la police. Quand vous avez fini de parler, débranchez simplement le câble. Il se remettra en place automatiquement, alors gare à vos ongles. Pas plus compliqué que ça.

Tout en fournissant ces explications, Mavis avait retiré son épais pull-over et rajusté sa jupe. Elle fit bouffer ses cheveux que le casque avait aplatis, puis se remit du rouge à lèvres.

– Vous revenez dans cinq minutes, compris ? lui dit Dorothy.

– Bien sûr, Mrs Parker ! La fête dans le hall n'est pas encore finie, hein ?

– Pas tout à fait, reconnut Dorothy. On trouve encore à boire et des hommes à aborder. Mais un instant, Mavis. Et si jamais quelqu'un de l'hôtel voulait passer un appel pendant qu'on est ici ?

Elle balaya l'objection d'un geste en riant.

– Laissez sonner. Que peut-il y avoir d'important à minuit et demi, le soir du Nouvel An ?

Mais soudain, paraissant se rendre compte qu'elle ne se montrait guère coopérative, elle parla avec moins de désinvolture.

– Oh, dites-leur simplement la vérité – que les lignes sont coupées et qu'on ne peut passer aucun appel à l'extérieur.

Elle ferma son sac d'un coup sec, franchit la porte et disparut.

Dorothy fit face au standard avec ces rangées de câbles, de prises, ces colonnes de commutateurs et son ensemble d'ampoules éteintes.

– Eh bien, qu'attendez-vous ? lui dit Woollcott. Passez l'appel, ma belle.

Dorothy imita la voix de gorge imperturbable de Mavis.

– Un instant, monsieur.

Puis elle enfonça la fiche dans la prise de la ligne d'urgence et bascula le commutateur comme Mavis le lui avait indiqué. Une lampe rouge s'alluma puis s'éteignit à nouveau alors qu'une voix d'homme bourrue parlait dans son oreille.

– Services d'Urgences de New York. Que demandez-vous ?

– La police, s'il vous plaît, fit Dorothy avec son calme habituel.

– La police ? Quel poste, opératrice ?

– Oh, celui qui est disponible en ce moment.

– Celui qui est disponible ? Mais qui est à l'appareil ?

Dorothy devint un petit peu nerveuse.

– Quel est le poste de police le plus proche de l'hôtel Algonquin ?

L'homme à l'autre bout de la ligne renifla.

– Ne quittez pas. Je vous mets en communication.

La petite lampe rouge se ralluma.

Oups, est-ce que j'ai fait une erreur ? Puis on entendit un clic et elle s'éteignit d'elle-même.

Une nouvelle voix masculine parla dans les écouteurs.

– Seizième Commissariat. Quelle est la nature de votre urgence, opératrice ?

– Puis-je parler à l'inspecteur O'Rannigan, s'il vous plaît ?

– O'Rannigan n'est pas en service. À la place, je vais vous passer la permanence de nuit.

– Pas si vite, s'empressa de dire Dorothy, qui n'avait pas envie de voir se rallumer cette petite lampe. Le capitaine Church est-il là ?

– Quand n'est-il pas là ! Ne quittez pas, je vous le passe.

La ligne devint silencieuse, mais la lampe demeura éteinte. Aux côtés de Dorothy, Woollcott n'arrêtait pas de croiser et de décroiser les bras avec impatience.

Il y eut un déclic, puis :

– Ici, Church, fit une voix blanche.

– Bonsoir, capitaine. Ou devrais-je dire *Bonjour* ? Ici, Dorothy Parker. Vous vous souvenez de moi, n'est-ce pas ?

Il y eut un long soupir las à l'autre bout du fil.

– J'en ai bien peur. Mrs Parker, cette ligne est réservée aux urgences…

– Il y a urgence. Je me trouve à l'hôtel Algonquin. Une des clientes est morte. Une VIP – Bibi Bibelot, l'étoile montante de Broadway.

Elle entendit crisser un crayon à l'autre bout.

– Bibelot… répéta le capitaine Church. Que lui est-il arrivé ? Comment est-elle morte ?

– On ne le sait pas exactement.

Woollcott se pencha vers le micro cornet passé autour du cou de Dorothy.

– On l'a assassinée !

– Qui est-ce ? demanda Church.

– Alexander Woollcott, répondit Dorothy. Vous souvenez-vous aussi de lui ?

– Je le crains, fit Church.

– Bibi Bibelot a été assassinée ! hurla presque Woollcott. De sang-froid !

Pour contrebalancer les éclats de voix de ce dernier, Dorothy tenta de garder un ton calme et rationnel au possible.

– Ce n'était pas de sang-froid, capitaine. Dans un bain froid, plutôt.

Church émit à nouveau le même long soupir de lassitude.

– Mrs Parker, s'il s'agit d'un canular téléphonique…

– Ce n'est pas un canular. On a retrouvée Bibi morte dans la baignoire de Douglas Fairbanks, il y a juste un petit moment.

– Fairbanks… fit-il platement.

Et le crayon de crisser à nouveau. N'importe qui d'autre aurait hurlé ce nom célèbre.

– Pourquoi Mr Woollcott a-t-il dit qu'on l'avait assassinée ? Qui l'a découverte ?

– Eh bien… hésita Dorothy. Je suppose que c'est moi.

– Vous supposez ? Avez-vous des doutes ?

– Non, capitaine. Je l'ai découverte.

– A-t-elle été assassinée ?

– Je ne saurais le dire. Je ne suis pas de la police – pas plus qu'Aleck Woollcott ! ajouta-t-elle en fusillant ce dernier du regard.

– Je vous envoie une voiture de patrouille. Ne faites plus rien. Que personne ne touche au corps.

Dorothy décida que ce n'était pas le moment de raconter à Church que non seulement ils avaient touché le corps mais qu'ils l'avaient déjà déplacé. Puis elle se rappela autre chose.

– Oh, il nous faut aussi une ambulance. Un homme d'un certain âge a eu une attaque.

Elle entendit froisser des papiers à l'autre bout du fil.

– Un instant, fit Church. Vous avez bien dit l'hôtel Algonquin ?

– Oui, nous sommes…

– En quarantaine. Ce qui change tout. Hors de question que je vous envoie une voiture de patrouille.

– Quoi ? fit-elle, consternée. Et pourquoi ?

Woollcott se pencha plus près des écouteurs, s'efforçant d'entendre la conversation.

– Quoi ? Qu'est-ce qu'il y a ?

Dorothy lui donna une tape pour l'éloigner. Et se concentra pour obtenir des réponses de Church.

– Vous voulez dire que vos agents ne peuvent pas briser la mise en quarantaine ?

– Pas sans l'autorisation des services sanitaires.

– Pas même pour une question de vie ou de mort ? Car nous nous trouvons dans ce cas de figure, capitaine. Il s'agit bien de vie ou de mort.

– On ne peut pas s'attendre à obtenir l'autorisation des services sanitaires avant demain matin. Et encore, c'est une estimation optimiste de ma part.

– Le cadavre de Bibi repose sur le lit de Douglas Fairbanks, et son épouse, Mary Pickford, n'en est pas des plus ravies. N'appelleriez-vous pas cela une violation flagrante des règles d'hygiène ? Ne croyez-vous pas que le commissaire à la santé ferait une exception ?

Church répliqua sèchement :

– Le cadavre est sur le lit des Fairbanks ? Je croyais que vous m'aviez dit que la défunte Bibi était dans la baignoire ?

– Euh, ce que j'ai voulu dire, c'est que *la victime de la crise d'apoplexie* se trouve sur le lit, fit-elle sans épiloguer. Et l'ambulance, alors ? Elle pourrait passer outre à la quarantaine, non ? Les ambulanciers pourraient emporter le corps de Bibi après avoir examiné le Dr Hurst.

– Pour être tout à fait franc, j'en doute fort. Pas à cette heure-ci. La routine bureaucratique tourne au ralenti dans cette ville et davantage encore, aux premières heures de la nouvelle année, pendant une tempête de neige.

Dorothy fut prise d'impatience.

– Et si vous n'étiez pas tout à fait franc ? Et si vous n'étiez absolument pas franc ? Cela modifierait-il votre réponse ?

– N'ayez crainte ! s'écria Woollcott dans le micro. Je suis sur le coup, oh, capitaine, mon capitaine ! Vos gars en bleu peuvent prendre tout leur temps, car je vais emballer peser ce meurtre mystérieux *sur-le-champ**.

Church adopta un ton sévère.

– Dites-lui qu'il ne doit pas interférer avec une enquête policière.

Dorothy se tourna vers Woollcott.

– Le capitaine me dit que si vous vous en mêlez, il vous fera arrêter *sur-le-champ**.

Woollcott se fendit d'un large sourire.

– Ah ! Mais je vais tout démêler et rien emmêler du tout !

La voix de Church devint menaçante.

– S'il vous plaît, veuillez lui répéter de ne pas interférer avec cette enquête.

Dorothy transféra ceci à Woollcott :

– Le capitaine me dit qu'il vous bouclera dans les Tombs[1] et jettera la clé.

– Balivernes ! ricana Woollcott. Il me remettra celles de la ville. Rappelez-vous mes paroles.

Elle ignora Woollcott et s'adressa à nouveau à Church.

---

1. Surnom de la prison municipale de New York jusqu'en 1941. *(N.d.T.)*

– Si vous ne pouvez nous envoyer ni voiture de patrouille ni ambulance, peut-être pouvez-vous nous expédier un livreur avec des plats chinois ? On meurt de faim, ici.

– Ne quittez pas, Mrs Parker, je vous en prie. Laissez-moi voir ce qu'on peut faire.

– Pour mes plats chinois ?

Church soupira à nouveau avec lassitude.

– Pour le cadavre. Et l'homme d'un certain âge qui a eu une attaque.

Il y eut un déclic sur la ligne, qui se tut. Mais Dorothy fut soulagée de voir que la lampe restait éteinte, ce qui voulait dire que la communication n'était pas coupée.

Soudain, Woollcott fut autour d'elle, telle la mouche du coche.

– Il vous a raccroché au nez ? Il vous a raccroché au nez ! Ça, un fonctionnaire au service du public ! On devrait l'enduire de goudron et de plumes.

Elle le morigéna d'un claquement de langue.

– Il est sur une autre ligne, pauvre neuneu. Et il est vraiment au service du public, *lui*. Il est sur le pont en pleine nuit alors que tout le monde festoie partout à grands cris.

Enfin, presque tout le monde, songea-t-elle, morose. *Poupou pidou...*

– Tien, tiens ! Il est sur le pont ? fit Woollcott en agitant sa tête en forme de melon. Moi, je suis le seul dans cet hôtel à être sur le pont ! Et, à telle fin, je ne vais pas m'attarder ici à me répandre en vaines paroles…

– Trop tard.

– Je vais reprendre mon enquête subito presto.

Il se détourna, prêt à partir. Church revint en ligne.

– Mrs Parker ?

– Oui, je suis encore là, capitaine.

Entendant cela, Woollcott s'arrêta sur le seuil. Et tendit l'oreille.

– J'étais sur une autre ligne, continua Church, avec le Dr Norris de l'institut médico-légal. Vous rappelez-vous l'avoir rencontré ?

– Et comment. Nous avons eu rendez-vous une fois. Voyons… cœur froid, mains chaudes… des mains baladeuses, ajouta-t-elle, avec une légère irritation. Bon, à propos de cœurs froids, que va-t-on faire de Bibi ?

Church n'y alla pas par quatre chemins.

– D'après le Dr Norris, il est important de conserver le corps à basse température. Puisque vous êtes dans un hôtel, vous devez avoir une ample provision de glace à votre disposition. Entourez le corps de glace.

– De glace ?

De la glace dans le lit des Fairbanks ? Ah bah, Mary allait s'en débarrasser de toute façon.

Church répliqua :

– D'après le Dr Norris, le corps étant déjà dans une baignoire, il sera beaucoup plus simple d'ajouter une grande quantité de glace. Ça devrait être suffisant jusqu'à ce qu'on obtienne l'autorisation des services sanitaires de pénétrer dans les lieux.

– Combien de temps cela prendra-t-il pour obtenir cette autorisation ?

– Peut-être jusqu'à demain matin, comme je vous l'ai déjà dit. Ou plus tard dans la journée. L'administration municipale est officiellement fermée le 1er janvier. Donc, il faudra peut-être attendre jusqu'au 2.

– Bien entendu, personne n'a envie de déranger personne un jour férié, n'est-ce pas ? fit Dorothy d'un ton sarcastique. *D'un autre côté*, songea-t-elle, *Bibi n'ira nulle part.* Mais l'homme qui souffre d'apoplexie ? Vous n'enverrez pas une ambulance le chercher ?

– Non, fit Church simplement. D'après le Dr Norris, il faut le maintenir stable. On ne peut pas faire grand-chose d'autre pour lui en ce moment, qu'il se trouve dans un lit d'hôpital ou sur celui d'une star de cinéma, aucune différence.

– Hé, entre vous et moi, on ne pouvait pas faire grand-chose pour lui, même avant son attaque. Je suppose que ne rien faire du tout suffira pour l'instant.

Church termina en hâte la conversation.

– Merci de nous avoir signalé cette affaire, Mrs Parker. J'appellerai l'hôtel si j'ai du nouveau. Je suis confiant que vous ferez la même chose de votre côté.

– Je le crierai sur les toits.

La ligne fut coupée, et la petite lampe rouge s'alluma. Dorothy débrancha la fiche, comme Mavis le lui avait dit. Et la lampe s'éteignit.

– Eh bien ? fit Woollcott, impatient, près de la porte.

– Il m'a dit de garder le corps de Bibi au frais. De la coucher sur de la glace.

– Et à mon sujet ? demanda Woollcott, d'une humeur massacrante. Que veut-il que je fasse ?

– Que vous alliez vous faire pendre ailleurs.

12

– La coucher sur de la glace ? répéta Frank Case, incrédule.

Il se trouvait avec Dorothy dans le salon des Fairbanks.

– C'est ce qu'a dit le capitaine Church. Ça la conservera jusqu'à ce que les services sanitaires autorisent la police à pénétrer dans l'hôtel.

– Oubliez ça, leur cria Fairbanks, depuis le seuil de sa chambre. Il n'y a même plus un seul glaçon dans tout l'hôtel. On en manquait déjà avant même la fin de la réception.

– Oh là là. Vous avez peut-être raison, dit Case. Jacques, le chef, m'a averti qu'on risquait d'être à court de glace en début de soirée… et avec tout ce qu'on a bu ensuite…

– Ne pourrait-on pas en emprunter un bloc à la glacière de quelqu'un ? demanda Benchley.

Il était dans la chambre où il aidait Conan Doyle et Jordan à soulever le Dr Hurst afin de l'installer dans un vieux fauteuil roulant en bois tout bringuebalant.

Case regarda le fauteuil roulant.

– J'ai une meilleure idée.

– C’est une idée épouvantable, fit Benchley d’un ton acerbe.

Quelle mouche l’avait piqué ? Dorothy décida d’adopter une approche qu’elle pratiquait rarement avec Benchley. Une approche directe.

– Quelle mouche vous a piqué ? Vous étiez si adorable tout à l’heure. Qu’est-ce qui vous met de si mauvaise humeur maintenant ?

– Ma foi, Mrs Parker, fit-il avec un enjouement artificiel, on vient de nous forcer la main, et voilà que nous emmenons une morte dévêtue en fauteuil roulant jusqu’à la chambre froide de l’hôtel, située dans une cave à donner la chair de poule, et cela, au beau milieu de la nuit. Que pourrais-je bien trouver là à redire ?

Il engloba d’un geste le petit monte-charge sinistre et le cadavre de Bibi dans le fauteuil roulant en bois branlant, qui leur faisait face.

Dorothy soupira *in petto*. Cette expédition était de sa faute. Quand l’idée en avait surgi dans la tête de Frank Case, il s’était tourné vers Dorothy et lui avait demandé de la mener à bien. Le raisonnement du directeur était simple. Cette mission était trop sensible pour la confier à un employé et de plus, Dorothy lui devait au moins deux mois de loyer, habitude invétérée sur laquelle Casey fermait toujours les yeux. Quand il lui rappela subtilement la chose, elle ne put faire autrement que de donner son accord à son plan.

Mais était-ce la vraie raison de la mauvaise humeur de Benchley ? En effet, n’était-il pas jaloux, comme elle se l’était demandé plus tôt ? Lui était-elle chère au point qu’il en pique une crise, ce qui était si inhabituel chez lui ? Cela lui faisait vraiment du bien – qu’il se montre aussi à fleur de peau à son sujet, si jaloux de son temps et de son attention.

Puis elle songea à autre chose. Peut-être n'avait-elle rien à voir du tout là-dedans. Benchley avait femme et enfants en banlieue. Peut-être avait-il envie de se trouver auprès d'eux, au lieu d'être piégé dans cet hôtel avec elle ? Et si tel était le cas, passait-il à présent sa colère sur elle ?

Elle l'avait supplié de venir à cette réception coûte que coûte, et dans quel pétrin l'avait-elle mis. Après s'être sentie si appréciée il y avait un instant à peine, elle était maintenant au trente-sixième dessous. Réduite à une quasi moins que rien.

Elle regarda le corps recouvert d'un drap. Du moins, elle n'était pas morte comme Bibi. Il y avait là de quoi se réjouir.

Mais en prendre conscience ne la fit pas se sentir mieux. Mais pire, en réalité. *Alors ma vie se réduit à ça ? Au soulagement de ne pas être le cadavre d'une starlette qu'on va fourrer dans une chambre froide ? Je ne peux rien espérer de mieux ?*

Le monte-charge s'arrêta au second sous-sol. Glissant sa main par-dessus le corps, elle ouvrit la porte.

– Venez. Mettons cette fille sur de la glace et finissons-en.

Comparé à l'hôtel, le second sous-sol était un autre monde. Là-haut, en ce moment même, Woollcott devait harceler Lydia pour en obtenir des réponses. Ici en bas, il faisait sombre et on manquait d'air, le seul éclairage provenait d'ampoules nues très espacées qui laissaient des pans d'obscurité. Sur le sol mal cimenté et poussiéreux, le fauteuil roulant effectuait des dérapages imprévus. Câbles électriques et tuyaux couraient au-dessus de leurs têtes, avec des craquements et des cliquetis dus à la vapeur. D'étroits et sombres couloirs débouchaient au détour d'un angle sur des tunnels encore plus ténébreux menant on ne savait où.

Dorothy, pas plus que Benchley, n'avait jamais mis les pieds au second sous-sol. Frank Case leur avait fourni des indications pour leur éviter de se perdre – du moins, Dorothy l'espérait-elle. Au bout de ce couloir, ils devaient tourner à gauche. Ce qu'ils firent, trouvant enfin l'épaisse porte métallique de la chambre froide, qui ne comportait pas de judas.

Benchley cessa de pousser le fauteuil, ce qui fit balancer le corps de Bibi d'avant en arrière. Puis s'emparant de la longue barre prévue à cet effet, il débloqua la porte, qui s'ouvrit avec un grincement suraigu.

– Aïe, fit-il avec une grimace. Voilà un bruit à réveiller les morts.

Les deux amis se retournèrent pour vérifier que le corps sous son drap n'avait pas bougé.

La chambre froide, de la taille d'un dressing-room à peu de chose près, était presque entièrement remplie de cartons et de caisses de provisions. Des glaçons pendaient du plafond, aigus comme des poignards.

Benchley soupira.

– Il va nous falloir déplacer et entasser certains cartons pour caser Bibi et le fauteuil.

Abandonnant les deux dans le couloir, Dorothy et Benchley pénétrèrent dans la chambre froide. Malgré sa robe à manches longues, Dorothy se sentit incommodée par l'atmosphère glaciale. Elle souleva un carton cylindrique où on lisait « Glace à la pistache » et le déposa sur un autre contre le mur, mais eut du mal à en décoller ses mains.

– Ouille, fit-elle en soufflant sur ses paumes pour les réchauffer.

Sa respiration se condensait en bouffées de vapeur.

– Tenez, lui dit Benchley en retirant sa veste. Voici qui vous empêchera de geler à mort. Enfoncez vos mains à l'intérieur des manches, en les utilisant comme des mitaines.

Dorothy prit sa veste avec reconnaissance. En l'enfilant, elle sentit encore la chaleur du corps de Benchley. Mais hélas, cette chaleur s'évapora trop rapidement. Elle le remercia d'un signe de tête et s'empara d'un autre carton.

Comme c'est poétique, songea-t-elle. *Et prosaïque aussi. Les sentiments entre nous n'arrêtent pas de passer du chaud au froid, puis du glacial au brûlant. C'est un miracle que je n'attrape pas un rhume avec tous ces hauts et ces bas.*

Œuvrant de concert, ils réussirent à retirer un certain nombre de cartons du passage. Ils eurent bientôt dégagé un espace suffisant pour y loger Bibi et le fauteuil.

– C'est assez grand, fit Dorothy. Faisons-la rouler là-dedans et finissons-en.

Pile à l'instant où ils s'apprêtaient à quitter la chambre froide, un raclement métallique les fit sursauter et les figea sur place. De façon tout aussi surprenante, le battant se refermait en vitesse. Ils ne firent qu'un bond vers le rai de lumière qui s'amenuisait. Mais la porte leur claqua au nez, les laissant dans un noir glacial total. Dorothy cogna à deux poings le lourd battant métallique.

Il y avait une poignée, quelque part, à l'intérieur. Dorothy s'en souvenait. La cherchant à tâtons, les mains dans les manches de la veste de Benchley, elle la trouva enfin. Au même moment, un fracas violent retentit à l'extérieur, et la poignée lui vibra douloureusement dans la main : elle la retira par réflexe, mais la poignée suivit. Un rond lumineux brillait en ses lieu et place. Quelqu'un venait-il de la casser en deux, du côté extérieur ? Elle jeta le morceau de métal inutile sur le sol et, se baissant, colla son œil au trou.

Elle distingua du mouvement. Et du tissu sombre et grossier. Celui d'un pantalon ! Ensuite, plus rien. Rien que le mur d'en face et un bout du drap qui recouvrait Bibi. Puis même le drap disparut et Dorothy entendit grincer le fauteuil roulant qui s'éloignait.

– Oh, bon sang, fit-elle, le cœur au bord des lèvres. Un type nous a enfermés ici. Et le voilà qui embarque Bibi avec lui !

– Amusant, fit Benchley. C'est celle qu'on a refroidie qui nous la joue à la main chaude.

Bon, songea Dorothy, *Benchley a du moins retrouvé son sens de l'humour*.

13

– Il faut sortir d'ici, s'entendit dire Dorothy. Sinon, on va mourir gelés !

Elle formulait une évidence. Il faisait extrêmement noir et froid, et un frisson de panique lui remontait déjà le long de la colonne vertébrale.

– Vous avez des allumettes ? demanda Benchley. Peut-être pourrait-on faire du feu avec l'un de ces cartons ?

– Non, je n'en ai pas. J'attends d'un homme qu'il m'allume mes cigarettes. Et vous ?

– Non, j'allume les miennes moi-même d'habitude – ou ma pipe, selon le cas.

– Je voulais dire, lui expliqua-t-elle patiemment, vous n'avez pas d'allumettes ?

– Mais si ! Regardez dans les poches de ma veste.

Elle fouilla les susdites, en sortit une boîte d'allumettes et la lui tendit.

– Faites donc.

Il gratta une allumette, et son visage affable fut visible à la chaude lueur de la flamme. Il approcha l'allumette d'un des cartons, mais elle s'éteignit avant d'avoir pu l'enflammer.

– Ma foi, tant pis, dit-il. Il doit faire trop froid ici.

– Tendez la main vers le haut et brisez l'un de ces glaçons, voulez-vous ?

Elle l'entendit émettre un petit grognement, un craquement de glace qu'on casse suivit.

– Tenez, en voici un. Ça fera vingt-cinq *cents*, mademoiselle, s'il vous plaît.

– Mettez-le sur ma note, dit-elle.

– Mrs Parker, qu'avez-vous l'intention de faire de ce glaçon mince et pointu, si je puis vous poser la question ?

– Vous pouvez. Je compte le coller dans le trou du verrou. J'arriverai peut-être à le crocheter avec, ou qui sait, à ouvrir la porte ?

Visant le petit rond de lumière, elle y enfonça la pointe du glaçon. Prenant garde à ne pas le briser, elle tenta de le tourner comme une poignée de porte. Mais il glissait trop. Elle s'efforça alors, en le poussant en avant, d'ouvrir par pression le mécanisme du verrou. Mais le glaçon parut n'avoir aucun effet sur ledit mécanisme. Elle essaya enfin de le soumettre à une pression en biais, comme pour libérer la porte du loquet qui la bloquait. Mais alors le glaçon se cassa en deux entre ses mains.

– Bon, vous avez essayé, conclut Benchley. C'est l'intention qui compte.

– Je crois que je suis en train de… ge… geler sur place, fit-elle en serrant ses bras autour d'elle. Oh, et voilà maintenant que je bé… bégaie !

Elle sentit alors Benchley l'attirer à lui pour mieux l'envelopper de ses bras. Elle savait qu'il faisait ça pour qu'ils se tiennent chaud mutuellement et, sans plus se soucier du pourquoi, elle se nicha contre lui.

Ils restèrent serrés l'un contre l'autre un long moment, sembla-t-il. Elle savait qu'ils ne pourraient pas tenir encore très longtemps. Il fallait qu'ils sortent de là bientôt ou qu'ils meurent gelés, dans les bras l'un de l'autre.

– Vous voulez que je vous fasse rire ? finit-elle par lui demander.

– Oui, je... je... j'adorerais ça.

– J'ai l'impression que vous m'avez battu froid toute la soirée. Et voilà le résultat.

– Ah oui ? fit-il. Et moi, d'avoir fait quelque chose qui vous a mise sur des charbons ardents.

– Vous m'avez évitée tout simplement.

– Moi, vous éviter ? Ma foi, je suppose que oui. Mais seulement parce que vous étiez fâchée contre moi. Donc, j'ai pensé qu'il valait mieux, vous voyez, ne pas me re... me re... retrouver dans vos jambes.

– Fâchée contre vous ? dit-elle en resserrant son étreinte. Absolument pas, pauvre bêtasson. Et même si ça avait été le cas, pourquoi m'éviter à cause de ça ?

– J'ai cru que vous en aviez peut-être soupé de moi, répondit-il. Vous savez, ce mal embouché de Benchley, avec ses sempiternelles plaisanteries, qui ne participe jamais aux petits jeux de salon de Woollcott. Un vieux ra... rabat-joie, tout à fait moi. Je me suis dit que vous m'aviez carrément assez vu. Et bon, ça m'a franchement mis de mauvaise humeur contre vous.

– En avoir assez de vous ? Qu'est-ce qui a pu vous mettre cette idée en tête ?

Pouvait-il être sérieux ? Avant qu'il n'arrive à l'Algonquin, elle l'avait attendu comme un chiot, son maître. Elle lui aurait sauté dans les bras quand il était apparu, si elle l'avait pu.

– Ma foi, expliqua-t-il, je trouvais qu'on passait une très bonne soirée là-haut chez les Fairbanks, à plaisanter et à boire, comme d'habitude. Mais la première occasion de vous esquiver, vous l'avez saisie. Quelque chose dont vous deviez parler avec Mary Pickord et ensuite vous n'en aviez qu'après Woollcott. Puis je vous ai perdue de vue pendant un bon moment. « Ça y est, mon vieux », me suis-je dit, « te voilà passé de mode, rassis comme un vieux croûton ». Pas étonnant que vous soyez plus que fatiguée de moi. Je suis aussi appétissant qu'un bol de tapioca chaud.

Elle blottit sa tête contre lui en l'étreignant plus fort. Si elle n'avait pas été aussi frigorifiée, elle aurait pu mourir de joie ici et maintenant – et il y avait de fortes chances que cela lui arrive.

N'empêche, il n'était pas jaloux au fond. Comment avait-elle pu l'imaginer aussi mesquin ? Ça ne lui ressemblait pas du tout. Et il ne l'évitait pas parce que femme et enfants lui manquaient… *enfin, peut-être ben qu'oui, peut-être ben que non, mais en tout cas, il ne passait pas ses nerfs sur moi à cause de ça. Comment ai-je pu être aussi bête ?*

– Mr Benchley ?

– Appelez-moi Fred.

– Fred…

Elle tourna son visage vers lui. *Embrasse-moi, idiot*, eut-elle envie de lui souffler, mais elle se borna à pouffer à cette idée gnangnan.

– Qu'y a-t-il de si drôle ? demanda-t-il.

– Je… je ne sais pas. Sauf qu'il vous faut une cha… chambre fr… froide pour vous montrer plus chaleureux envers moi.

– C'est ab… absurde, Mrs Parker. J'ai toujours été…

On cogna vivement contre la porte.

Attendez, songea-t-elle. *Toujours ? Toujours été... quoi ? Qu'allait-il dire ?*

On cogna à nouveau.

– Y a quelqu'un là-dedans ?

– Allez-vous en ! cria Dorothy.

– Qui est là ? C'est vous, Mrs Parker ? fit la voix de Woollcott.

– Aleck, c'est vous ? s'écria Benchley.

– Benchley, ah zut ! répondit Woollcott avec colère. Ma parole, à quels excès certaines personnes se livrent-elles pour éviter de jouer à l'un de mes célèbres petits jeux. Que diable faites-vous là-dedans, tous les deux ? Sortez à l'instant.

Ils l'entendirent alors marmonner.

– Mais où est passée cette fichue poignée ?

– Un mauvais plaisant l'a cassée, répondit Benchley. Allez chercher Frank Case. Car on va périr d'hypothermie.

Ils entendirent Woollcott tourner en rond.

– Un instant, j'ai trouvé quelque chose.

Du métal tinta sur du métal, suivi d'un bruit de verrou. Et tout à coup, la porte s'ouvrit en crissant. Même si c'était celle des rares loupiotes de la cave, la lumière leur parut si vive qu'ils durent plisser les yeux. Woollcott de ses mains potelées les tira dans le couloir. Puis claqua la porte derrière eux.

Retrouver la chaleur du second sous-sol était délicieux. Dorothy aspira des goulées de cet air étouffant rien que pour se réchauffer les poumons. Et s'appuya contre le mur pour absorber la chaleur de la pierre. Benchley fit de même.

– Vous voyez ? fit Woollcott. Parfois, c'est assez pratique de m'avoir sous la main. Qu'en dites-vous ?

– P… p… peux pas dire un mot. Je frissonne trop, lui répondit-elle.

– Maintenant, racontez-moi ce que vous fabriquiez tous les deux là-dedans.

Ils échangèrent un regard en dessous, un peu coupable, comme deux écoliers surpris à se bécoter dans les vestiaires.

– Mais rien ! firent-ils en chœur.

14

– Je vais vous préparer mon célèbre Café Alexander, leur dit Woollcott en les guidant dans l'escalier. Ça vous réchauffera en cinq sept.

Après avoir grimpé, tremblants et frissonnants, une volée de marches, puis une autre, ils aboutirent dans la cuisine de l'hôtel. Pendant que Woollcott entrechoquait divers ustensiles, Benchley et Dorothy toujours frigorifiés restèrent adossés à la chaleur du radiateur.

Woollcott ne put dénicher ni bouilloire ni percolateur. Il alluma l'un des brûleurs du fourneau, remplit d'eau la moitié d'une casserole et la posa sur la flamme bleu vif.

Il fit signe de la main à Dorothy.

– Mrs Parker, voulez-vous bien me passer cette grande boîte à café ?

Dorothy descendit d'une étagère une boîte de café à moudre Horn & Hardart de plus de deux kilos et la lui tendit. La boîte une fois en main, Woollcott chercha un moulin. Son visage s'éclaira en apercevant un petit hachoir à saucisse fixé au comptoir.

– Mr Benchley, je sollicite votre collaboration, lui dit Woollcott, en lâchant une poignée de grains dans l'entonnoir du hachoir. Tournez cette manivelle, si vous le voulez bien. Cet exercice physique vous réchauffera.

Benchley s'exécuta. Le hachoir écrasait les grains avec des craquements du tonnerre de Dieu. Woollcott retira la casserole d'eau bouillante du brûleur pour récupérer le café moulu.

– Et voilà ! fit-il en remettant la casserole sur le feu. Et maintenant, en attendant que ça infuse, racontez-moi ce que vous faisiez dans cette chambre froide.

Dorothy lui narra exactement ce qui s'était passé. Woollcott ne l'interrompit qu'une seule fois.

– Donc, vous avez aperçu un pantalon par le trou du verrou, et apparemment celui qui le portait a embarqué Bibi en fauteuil roulant.

Elle confirma que c'était bien ce qu'elle avait vu. Elle ne précisa cependant pas ce dont Benchley et elle discutaient quand Woollcott avait cogné à la porte. Ni qu'ils étaient étroitement serrés l'un contre l'autre.

– Et vous, fit-elle, qu'est-ce qui vous a lancé à notre rescousse ? Comment avez-vous su qu'on était piégés là-dedans ?

– Je ne le savais pas.

Il consulta sa montre à gousset et vérifia la casserole où bouillait le café. S'armant d'une grande passoire à spaghettis, il la tapissa d'une étamine et plaça le tout au-dessus d'un plat à gâteau. Saisissant alors la casserole, il versa le mélange fumant dans la passoire. Puis mit celle-ci de côté, avec le marc qui s'y était déposé, et enfin transféra avec soin le café du plat à gâteau dans deux tasses déjà prêtes.

Dorothy, fascinée, suivait chacun de ses mouvements.

– Si vous ignoriez qu'on était coincés dedans, comme se fait-il que vous nous ayez trouvés ?

– Après vous avoir laissée au standard, je suis remonté voir Lydia pour l'interroger minutieusement, comme vous ne m'avez pas permis de le faire de prime abord, expliqua Woollcott. Mais Lydia était un vrai paquet de nerfs, et je n'ai pu lui soutirer un traître mot. J'ai un peu honte d'avouer que l'enquêteur aguerri que je suis a pris conscience qu'il lui faudrait toute la ruse et la sournoiserie d'une femme pour obtenir des réponses de sa part.

– Vous n'avez rien d'un enquêteur aguerri, Aleck. Vous êtes un critique théâtral, dit-elle. Et si je connais quelqu'un qui possède toute la ruse et la sournoiserie d'une femme, c'est bien vous.

– Ma foi, voilà un beau compliment à faire à une personne qui vient de vous sauver la vie, fit-il sans un soupçon de réelle colère, préoccupé qu'il était à fouiller dans les tiroirs. Mrs Parker, malheureuse ingrate, auriez-vous l'amabilité de vérifier s'il n'y aurait pas deux petites cuillères dans l'évier ?

Elle alla jusqu'à l'évier, mais il était vide. En revanche, il y avait juste à côté une sorte d'énorme tonneau en émail. Il était rempli d'argenterie sale et de billes d'acier, le tout plongé dans un liquide bleu.

– Qu'est-ce que c'est ?

Woollcott ne releva même pas la tête.

– Ne serait-ce pas une brunisseuse à billes ?

Elle regarda à l'intérieur du tonneau.

– Oui, ça m'en a tout l'air.

– Ça sert à nettoyer et à polir l'argenterie. Le personnel la laisse tremper toute la nuit dans cette concoction toxique puis la fait tourbillonner dans les compartiments à billes, ce qui détache les débris de nourriture des couverts. Le lendemain matin, on rince le tout sans la moindre difficulté.

Elle se tourna vers lui.

– Comment se fait-il que vous soyez aussi savant sur la cuisine de l'hôtel ?

Mais il était occupé à atteindre un placard en hauteur. Il en descendit une bouteille de cognac ambré.

– Ah, nous y voici. La planque secrète du Chef Jacques.

Puis il répondit enfin à Benchley et Dorothy.

– Je mets un point d'honneur à l'être.

Et il brandit la bouteille comme preuve de ce qu'il avançait.

– Vous habitez ici. Vous devriez faire la même chose. Les cuillères, s'il vous plaît ? Attention à ce liquide bleu, il peut vous brûler la peau. Rincez-vous immédiatement.

Elle cueillit deux cuillères dans le gros tonneau émaillé. Woollcott avait raison. Le liquide se mit à la picoter aussitôt. Elle se lava les mains et rinça les cuillères sous le robinet. Après les avoir séchées avec un torchon, elle tendit les cuillères à Woollcott.

Il additionna d'une bonne ration de cognac le contenu de chaque tasse. Puis découvrant une boîte à sucre, il en rajouta deux cuillérées pleines à ras bords par tasse. Ouvrant la glacière (plutôt une chaudière depuis que le bloc de glace en avait été retiré – sans doute pour les cocktails), il en sortit une bouteille de crème, dont il arrosa généreusement chaque tasse avant de remuer. Il avait déjà déniché deux noix de muscade, qu'il lâcha dans le hachoir à saucisse. Et tint chaque tasse sous le hachoir pour y ajouter une pincée de noix de muscade.

– Café Alexander ! annonça-t-il en tendant fièrement les tasses à Dorothy et Benchley. C'est bon pour ce qui vous fait du mal. À boire cul sec.

Même si l'atmosphère de la cuisine avait déjà réchauffé en grande partie le corps de Dorothy, elle n'en accepta pas moins la tasse avec gratitude.

Benchley leva la sienne, les yeux pétillants de joie.

– Santé à vous, Mrs Parker, fit-il. Bonne et heureuse année.

– Santé à vous, Fred, dit-elle en chuchotant à demi. Bonne et heureuse année.

Ils entrechoquèrent leurs tasses. Et comme si de rien n'était, il n'y eut à nouveau plus aucun nuage entre eux. Benchley se trouvait avec elle, il resterait à ses côtés toute la nuit, elle le savait. Sûrement qu'il y resterait… sûrement. Quelle que soit la suite des événements.

Se souriant à elle-même, elle sirota une gorgée de café. Le doux et chaud liquide la réchauffa jusqu'au bout des orteils.

– Excellent, commenta Dorothy.

Ce qu'elle regretta immédiatement. Elle détestait donner à Woollcott matière à boursoufler son ego qui ne l'était déjà que trop. Ce dernier sourit de contentement.

– Oh, ne prenez pas cet air suffisant, lui décocha-t-elle. Une tasse bouillante de ce liquide pour nettoyer l'argenterie me paraîtrait avoir aussi bon goût à l'heure qu'il est.

– Si vous le dites, fit-il avec un sourire en coin. Mais où en étions-nous ? Ah oui, primo, le collier de cette naïade disparaît. Puis on la retrouve dans une pièce fermée de l'intérieur ! Enfin, pour couronner le tout, ladite naïade est elle-même portée disparue. Qui l'aura prise et où l'aura-t-il emportée ? Car on peut dès à présent conclure, en se basant sur son pantalon, que la personne que vous avez entrevue était bel et bien un homme.

– Mais pourquoi l'a-t-il embarquée ? demanda Benchley. Et pourquoi nous a-t-il fourrés dans la chambre froide en sus ?

– Sans nul doute, il vous a enfermés pour s'échapper sans encombre avec le corps de Bibi.

– C'est inconsidéré, fit Benchley. Il n'avait qu'à nous réclamer simplement le corps. On le lui aurait volontiers remis. Inutile de nous faire mourir de froid pour ça.

Woollcott croisa les bras sur son gros ventre.

– On peut donc en déduire que ce quelqu'un n'avait pas envie d'être vu par vous. Il avait un objectif secret. Primo, il tue Bibi. Deuzio, il vole son cadavre.

Dorothy ne se fatigua plus à contester que Bibi ait été vraiment assassinée. Elle en était arrivée à certaines conclusions pendant son séjour dans la chambre froide. Quelqu'un voulait leur mort à elle et Benchley – du moins se souciait-il peu qu'ils en réchappent ou non – il était donc logique de croire que le même individu avait tué Bibi.

– Aussi absurde que ça paraisse, j'ai bien peur d'être d'accord avec vous, Aleck, dit-elle. Mais qui ? Et pourquoi ?

– Si nous devinons qui, nous déterminerons rapidement le pourquoi. Réfléchissons…

Une expression fielleuse balaya le visage de Woollcott.

– Ah, la jolie paire de sournois ! Quelle ruse ! Quelle audace ! Quelle effronterie !

– Mais… de quoi parlez-vous ? demanda Benchley.

– Vous voulez dire de *qui* ? De personne d'autre que de nos chéris d'Hollywood, Mary Pickford et Douglas Fairbanks !

Dorothy soupira en vidant sa tasse.

– Aleck, juste au moment où je commence à vous prendre au sérieux, vous faites le grand saut dans le vide. Il vous manque toujours une case, alors ?

Woollcott brandit un doigt en l'air.

– Ah, là est toute la beauté de leur plan. En surface, ça semble de la folie. Mais en y regardant de plus près, c'est d'une intelligence diabolique. Réfléchissez bien. Qui a été sans doute la dernière à avoir vu Bibi vivante ? Mary Pickford, exact ?

– Mouais, c'est peut-être vrai…

– Bien sûr que c'est vrai, la coupa-t-il. Mary a tué d'une façon ou d'une autre Bibi dans sa baignoire, mais vous et moi avons surgi avant qu'elle ait pu se débarrasser du corps. Alors que fait Mary ? Elle enrôle son mari pour qu'il l'aide, il vous suit jusqu'à la cave, vous enferme dans la chambre froide et s'éclipse avec le cadavre de la rivale de sa femme. Vous voyez ? Mary et Douglas ont procédé main dans la main. Elle a commis le meurtre, et il s'est chargé d'éliminer le corps. Et ils peuvent effacer réciproquement leurs traces. Diaboliquement intelligent !

– C'est dingue, voilà tout, conclut Dorothy. Pourquoi Fairbanks irait-il voler le cadavre de Bibi ? À quoi lui servirait-il ? Sa femme et lui forment le couple le plus célèbre de Broadway et d'Hollywood. Pourquoi au nom du ciel gaspilleraient-ils leur temps – tout en mettant en péril leur réputation – en assassinant Bibi, pour commencer ?

– Mrs Parker marque un point, dit Benchley.

Woollcott ouvrit la bouche pour répliquer, mais Dorothy poursuivit son raisonnement.

– Et pourquoi la tuer dans leur propre baignoire au beau milieu de leur réception ? Aucune femme de bon sens n'accepterait de souiller son foyer de la sorte.

– Ah, voilà le hic, fit Woollcott d'un air condescendant. Peut-être n'a-t-elle pas tout son bon sens.

Benchley opina.

– Aleck marque un point. Mary était plutôt contrariée par Bibi. Vous me l'avez dit vous-même.

Woollcott se rapprocha.

– Et n'a-t-elle pas accusé Fairbanks de manigances extraconjugales, et même d'avoir remis ce collier à cette jeune poulette ? Euh hum, starlette, je veux dire.

Dorothy fit non de la tête.

– Aleck, vous êtes venu me trouver parce que vous pensiez que Lydia était la coupable. Et maintenant, vous avez Mary et Douglas en ligne de mire ? Qui allez-vous accuser ensuite ?

– Ne vous croyez pas trop à l'abri, Mrs Parker, fit-il en lui reprenant aimablement la tasse vide. Je n'ai que votre parole quand vous affirmez avoir vu un homme emmener Bibi en fauteuil roulant. Et je n'ai aussi que votre parole quand vous affirmez que Bibi était déjà morte quand vous l'avez découverte. Vous pourriez mentir dans les deux cas, autant que je sache.

– Ce que vous savez tiendrait dans cette cuillère à café, lui dit-elle en lui tendant la sienne. Et il y resterait encore de la place.

– Tiens donc ? fit-il avec un sourire dur. À ce propos, que diriez-vous de remonter dans la suite des Fairbanks pour y interroger ses occupants ? Vous jugerez alors de la vaste étendue de mon savoir.

15

Ils prirent le monte-charge qui jouxtait la cuisine. Plus sombre et plus bruyant que l'ascenseur, mais c'était trop pratique pour s'en priver.

– Tout ça ne tient pas debout, Aleck, reprit Dorothy. Pourquoi Doug Fairbanks et Mary Pickford auraient-ils laissé Bibi barboter nue dans leur baignoire toute la soirée, avant de la tuer d'une façon mystérieuse mais en permettant qu'on dispose son corps sur leur lit, puis d'exiger qu'on l'en retire, pour mieux ensuite revoler ledit corps ? Tout ça n'a ni queue ni tête.

Woollcott la regarda par-dessus la monture de ses lunettes.

– Avez-vous une meilleure théorie ? Je suis tout ouïe.

– Bouché à l'émeri, ça oui, marmonna-t-elle.

Même si elle n'était pas meilleure, elle avait une théorie différente. *Et si Lydia Trumbull avait assassiné Bibi ?* On ne savait pas où se trouvait Lydia au moment du meurtre. Apparemment, elle était l'une des dernières personnes à avoir vu Bibi vivante. Et elle avait certes un compte à régler avec cette dernière. Sans oublier, songea Dorothy, qu'un évanouissement ne paraît pas la réaction d'une innocente confrontée à une accusation – même pour une actrice.

– Benchley, vous êtes terriblement silencieux, lui dit Woollcott. Vous avez quelque chose en tête ?

Benchley lança un coup d'œil coupable à Dorothy. Woollcott s'impatientait.

– Allez. Dites-le franchement. Qu'est-ce que – ou *qui* – avez-vous en tête ?

Dorothy retint son souffle. Était-ce *elle* qu'il avait en tête ?

– Allez, le pressa Woollcott. Dites-nous qui.

– Le Dr Hurst, lâcha finalement Benchley.

Dorothy souffla en silence. Woollcott haussa le sourcil.

– Vous avez mon attention pleine et entière. Je vous en prie, parlez, Robert. Discourez. Proclamez. Divulguez. Jasez. Lâchez le morceau !

Benchley prit une profonde inspiration.

– Hé bien, Bibi a paru plutôt déplaire au Dr Hurst, c'est certain. Rappelez-vous qu'il est entré dans la salle de bains pendant la soirée, a fermé la porte pour en ressortir peu après ? Et s'il lui avait fait quelque chose pendant ce laps de temps, quelque chose qui l'a tuée plus tard ?

Woollcott se rembrunit, même s'il était clairement intrigué.

– Poursuivez.

– Aussitôt après, le Dr Hurst s'est enivré et est devenu soupe au lait. Fairbanks lui a demandé de partir, et Conan Doyle l'a raccompagné dans sa chambre, où il s'est endormi sous l'œil vigilant de son valet. Un alibi parfait. Mais si j'ai raison, il avait déjà condamnée à mort Bibi bien avant son trépas effectif.

Il a peut-être utilisé un poison que seul un médecin peut avoir en sa possession.

Dorothy leva vers lui des yeux admiratifs. *Quelle intelligence chez mon cher ami Fred !*

– Mr Benchley, fit-elle, personne ne se douterait en se basant sur votre apparence angélique que vous ayez un esprit parfaitement démoniaque pour en venir à une conclusion aussi tortueuse.

Le monte-charge atteignit le dernier étage. Woollcott ne fit pas un geste pour ouvrir la porte. Il semblait mécontent – mécontent qu'il existât une alternative raisonnable à sa version incriminant le couple Fairbanks-Pickford.

– Mais si c'était le Dr Hurst, pourquoi aurait-il eu l'air aussi affolé quand on l'a amené pour examiner le corps ?

– Mauvais contact avec ses malades ? hasarda Benchley en haussant les épaules.

– C'est vous qui avez crié au meurtre, Aleck, intervint Dorothy. Juste après avoir remarqué que le médaillon de Bibi avait disparu. Médaillon qui appartenait au Dr Hurst. Donc, son affolement n'avait rien d'étonnant. Vous ne trouvez pas ça significatif ?

Woollcott leva une main.

– Ah mais, le Dr Hurst a bien précisé que ce collier n'avait aucune valeur. Et qu'il l'avait confié aux bons soins de Fairbanks. Ne trouvez-*vous* pas significatif qu'on retrouve ledit médaillon autour du cou de Bibi, puis qu'il disparaisse alors que le Dr Hurst n'était plus dans la suite mais revenu dans sa chambre ? Cela rejette la culpabilité sur Fairbanks, non sur le Dr Hurst. Ensuite, ultime mais non infime, la porte était fermée – de l'intérieur ! Et il n'y a aucune raison de croire que le Dr Hurst ou Lydia Trumbull en possédaient la clé.

– Hé bien…

Dorothy sentait que Woollcott avait en quelque sorte retourné ses propres arguments contre elle. Et s'apprêtait à soutenir que même si le Dr Hurst avait *déclaré* le médaillon sans valeur, peut-être que tel n'était pas vraiment le cas. Il avait peut-être une valeur sentimentale, ou autre. Peut-être le Dr Hurst avait-il dit qu'il était sans valeur juste pour éviter de paraître coupable. Mais Woollcott ne lui laissa pas l'occasion de développer.

– Assez de blabla ! dit-il, en ouvrant vivement la porte du monte-charge. Allons parler à Douglas et Mary et perçons l'abcès.

Mais en entrant dans la suite avec vue, ils la trouvèrent déserte. Ils allèrent dans chaque pièce, mais il n'y avait aucune trace de Fairbanks ni de sa femme nulle part.

– On fait quoi maintenant ? demanda Dorothy.

Woollcott hésita, puis se dirigea, songeur, vers la salle de bains.

– Comme on le dit dans les romans policiers, reconstruisons la scène de crime. Mrs Parker, montrez-nous exactement comment vous êtes entrée dans cette pièce, la première fois, puis tout ce que vous avez fait ensuite. En n'omettant rien.

– Mais Aleck, vous étiez présent quand je l'ai trouvée…

– Non, absolument pas. Quand je suis arrivé, vous étiez penchée sur la baignoire. Qu'aviez-vous fait juste avant ? Montrez-le-nous point par point. Et ne laissez rien de côté.

– Ah bah, s'il le faut.

Elle ferma la porte de la salle de bains.

– Quand je suis entrée dans la suite, elle était déserte. La porte de la salle de bains, fermée. Comme vous vous le rappelez, Aleck, je vous ai raconté que Mary avait besoin de votre aide pour faire sortir Bibi de la baignoire. J'ai donc pensé que ce serait tordant si en entrant dans la pièce, au lieu d'y trouver Bibi, vous m'y trouviez moi.

– Et vous m'auriez alors « assassiné » dans les règles.

– C'était mon idée, oui. Si bien qu'en trouvant la porte de la salle de bains verrouillée, je me suis rappelé que Douglas Fairbanks avait mentionné qu'il y avait une clé dans un tiroir de la cuisine.

Elle leur montra ensuite le tiroir où elle avait trouvé ladite clé, bien que celle-ci ne s'y trouvât plus. Ils retournèrent à la porte de la salle de bains, et elle leur montra la clé dans la serrure, juste là où elle l'avait laissée. Et ouvrit la porte.

– Il y avait une serviette sur le sol à l'intérieur tout contre le battant…

– À l'intérieur ? demanda Woollcott. C'est très étrange, vous ne croyez pas ?

– Plus qu'étrange, fit-elle. Comment l'assassin a-t-il placé cette serviette à l'intérieur… et pourquoi ?

– C'est impossible, dit Benchley. S'il y avait une serviette contre la porte *à l'intérieur* de la salle de bains, ça veut dire soit que l'assassin a quitté la pièce par d'autres moyens, soit qu'il ne l'a pas quittée du tout.

Ils regardèrent la baignoire où s'était trouvée Bibi en pensant tous la même chose. *Bibi était-elle sortie de la baignoire à un moment donné, avait-elle calé une serviette au bas de la porte avant de remonter dans la baignoire ?*

– Ça ne tient pas debout ! conclut Woollcott.

– Alors, c'est l'assassin de Bibi qui a dû le faire, d'une façon ou d'une autre, dit Benchley.

– Mais si c'est le cas, reprit Woollcott, comment a-t-il franchi la porte en laissant pourtant la serviette en place ?

– Il *ou* elle, précisa Dorothy.

– Peu importe ! s'exclama Woollcott. Quelqu'un a assassiné Bibi, puis a disparu comme un fantôme. Je n'aime pas ça.

Ils regardèrent autour d'eux. Le seul moyen d'accès était le seuil de la porte où ils se tenaient. Il n'y avait ni lucarne ni conduit d'aération au plafond. L'unique fenêtre était à un mètre vingt du sol et à peine assez large pour laisser passer Dorothy – et il y avait un à-pic de onze étages à l'extérieur.

Woollcott fit la moue.

– Oublions pour le moment la façon dont l'assassin a quitté la pièce. Reconstituons la scène de crime. Mrs Parker, c'est à vous.

– Alors, comme je vous l'ai déjà dit, fit Dorothy, j'ai ouvert la porte, en repoussant la serviette, puis j'ai aperçu Bibi dans la baignoire…

– Montrez sans raconter, la coupa Woollcott. Quel genre d'écrivain êtes-vous donc ?

Elle s'avança vers la baignoire avec un sentiment d'urgence bien moindre qu'au moment de sa découverte du cadavre.

– Je me suis approchée, agenouillée et, voyons voir, j'ai touché sa joue. Elle était froide comme la glace. Sa peau, blanche.

– Et la pièce ?

– La pièce ?

– Il faisait froid ? On cuisait littéralement pendant la réception.

Dorothy se releva.

– Écoutez, il faisait *froid*. Enfin, il a fait froid après que j'ai ouvert la fenêtre, en tout cas.

– Alors *vous* avez ouvert la fenêtre ? demanda Woollcott. Je me souviens de l'avoir fermée.

– Oui, je…

Elle avait honte de reconnaître qu'elle avait paniqué.

– J'avais besoin d'air frais. Alors j'ai ouvert la fenêtre.

Elle tendit la main vers elle.

– Stop, lui ordonna Woollcott. Ce seau à glace sur le sol et ce verre brisé. Où étaient-ils quand vous avez trouvé Bibi ?

Dorothy hésita.

Woollcott tira sa pochette en soie et s'en servit pour ramasser un éclat de verre.

– Peut-être Bibi a-t-elle été empoisonnée !

– Empoisonnée ?

– Elle a bu, senti que le poison faisait son œuvre, puis lâché le verre sur le sol pendant son agonie. Sa vie se brisait, ce verre aussi, lança-t-il d'un ton théâtral.

– Non, ça ne s'est pas passé du tout comme ça, fit Dorothy. Le verre et le seau à glace étaient posés sur le radiateur. Je les ai renversés en ouvrant la fenêtre un peu vite. C'est tout.

– Le verre était vide ?

– Je ne sais pas. Je crois.

– Bibi a donc pu être empoisonnée. Mais comme le verre est cassé, je doute que nous le sachions un jour, dit-il avec dédain. Et le seau à glace, il était vide lui aussi ?

– Non, il y avait encore des glaçons à l'intérieur. Ça, je m'en souviens. Parce qu'ils se sont éparpillés quand le seau est tombé.

– C'est étrange, parce que le sol est sec à présent. Il ne devait pas y en avoir beaucoup, fit Woollcott pensivement, même si Dorothy savait qu'il ne tirait rien de cette déduction. Donc, vous avez renversé par inadvertance la flûte à champagne et le seau à glace…

– Aleck, voyons, intervint Benchley. Elle venait de découvrir un cadavre. Accordez-lui une certaine latitude.

– En m'épargnant votre attitude, compléta Dorothy.

– Alors vous vous êtes relevée et avez remonté le châssis.

Elle acquiesça et ouvrit la fenêtre comme elle l'avait fait plus tôt. Regardant à l'extérieur, elle constata que la ville bloquée par la neige était devenue silencieuse. Elle avait été bruyante auparavant, alors que partout dans New York, la foule décomptait les douze coups de minuit.

Woollcott demanda dans son dos :

– Et ensuite, qu'avez-vous fait ?

– J'ai aspiré de l'air frais.

– Mrs Parker, inutile de nous détailler votre moindre souffle.

– Vous m'avez demandé de tout vous raconter par le menu, en n'omettant rien.

– Très bien, soupira-t-il. Et après ?

– Après, je me suis retournée et vous étiez planté là, fit-elle en montrant le seuil du doigt.

Woollcott recula vers l'entrée de la salle de bains.

– Et j'ai dit « Bonne et… »

– Des traces de pas ! lui cria Benchley presque dans l'oreille.

– Quoi ? fit Woollcott.

– Regardez, là, des traces de pas.

Benchley montrait quelque chose à l'extérieur de la fenêtre.

– Des traces de pas dans la neige, sur le toit ! Qu'en dites-vous ?

– Quelqu'un aurait emprunté « le chemin le moins fréquenté »[1] ? fit-elle.

1. Allusion au poème de Robert Frost (1874-1963) « The Road Not Taken », 1920. *(N.d.T.)*

16

Dorothy, Benchley et Woollcott s'entassèrent près de la fenêtre.

Benchley avait raison. Dorothy ne l'avait pas remarqué jusque-là : sur son rebord extérieur, on avait repoussé la neige de côté. Elle se pencha en avant. La tête légèrement dehors, elle aperçut une partie de toit plate – semblable à une très large corniche ou à un balcon – à quelques mètres en contrebas. Des traces de pas, légèrement masquées par la neige fraîche, partaient de sous la fenêtre et longeaient le toit sur la droite pour mieux tourner à l'angle de l'immeuble.

– Quelqu'un est entré ou sorti par ici ! s'écria Woollcott.

– Sorti, sans aucun doute, fit Dorothy. Il y aurait de la neige ou du moins de l'eau sur le carrelage, s'il était entré.

– Tiens, tiens ! Notre assassin s'est débrouillé pour tuer Bibi, verrouiller la pièce de l'intérieur, placer une serviette au bas de la porte pour une raison x et sortir par la fenêtre. Puis il s'est échappé par le toit.

– Ou *échappé-e*, fit Dorothy. Mais où ?

– Y a-t-il un autre moyen de rentrer dans l'hôtel ? Comme une trappe d'accès, par exemple ?

Tous deux regardèrent Dorothy.

– Comment le saurais-je ?

Elle fixa Woollcott en plissant les yeux.

– C'est vous qui avez mis votre point d'honneur à tout savoir sur l'hôtel.

Il ne releva pas.

– Quelqu'un doit passer par cette fenêtre et suivre ces traces.

– À vous de jouer, Sherlock, lui dit Benchley. Peut-être trouverez-vous le Professeur Moriarty là-bas.

– Hé, hé, gloussa Woollcott en tapotant sa prodigieuse bedaine. Je crains bien que cette fenêtre soit tout sauf à ma taille. Peut-être aimeriez-vous tenter l'aventure, Mr Benchley ?

– Je suis allergique aux traces de pas. Et à la neige. Désolé.

– Mrs Parker ?

– Je suis comme le service de nettoyage. Les fenêtres, ce n'est pas mon rayon.

– Tt, tt, vous avez bien envie de laver le nom de Fairbanks, non ?

Elle ne répondit pas.

– Qui d'autre aurait pu accomplir un exploit aussi acrobatique ? poursuivit Woollcott. Non seulement il est passé par la fenêtre, mais il a dû aussi se repencher à l'intérieur pour replacer coupe de champagne et seau à glace sur le radiateur, puis fermer le châssis de l'extérieur. Il a ensuite détalé à pas de velours le long du toit comme un chat. Cela ne correspond-il pas aux prouesses acrobatiques de Douglas Fairbanks, l'homme qui exécute un saut périlleux arrière ou marche sur les mains pour un oui pour un non ?

– Hé bien, que Fairbanks vienne ici et qu'il tente le coup. Très peu pour moi. Je ne me mets jamais en péril pour un homme.

– Et pour une femme ? Comme vous n'arrêtez pas d'y insister.

– Quelle femme ?

– Mary Pickford. La maîtresse de maison.

– Mary ne sortirait jamais de sa salle de bains par la fenêtre. Pas quand elle en possède la clé. Et d'ailleurs, pourquoi Fairbanks aurait-il fait aussi une chose pareille, la clé étant dans un tiroir de sa cuisine ?

– Pour écarter les soupçons ? Pour épaissir le mystère ? énuméra Woollcott. Bien sûr, Fairbanks ne s'attendait pas à ce que vous ouvriez cette fenêtre si vite. Au lever du jour, la neige fraîche aurait complètement dissimulé ses traces, devenues invisibles depuis la fenêtre. Mais vous nous avez aidés en découvrant cet indice, non ? Merci donc d'avoir aidé à l'incriminer.

– Comment ça ?

– Si vous n'aviez pas ouvert la fenêtre à l'instant, nous n'aurions jamais vu les traces de pas de Fairbanks, dit-il.

– Mais ce ne... fit-elle, les dents serrées. Comment savez-vous que ce sont les siennes ?

– Pourquoi ne passez-vous pas par la fenêtre pour les suivre et vous en assurer ?

Woollcott – et son sentiment de culpabilité mal placé – finirent par avoir raison de Dorothy. Elle eut bientôt renfilé la veste de smoking de Benchley qui, avec Woollcott, l'aida à grimper sur le radiateur brûlant puis à escalader la fenêtre tant bien que mal.

Une fois dehors, elle marqua un temps d'arrêt, à genoux sur le rebord enneigé. Elle se sentait gênée de montrer son postérieur aux deux hommes, même si sa robe assez longue couvrait ses jambes en grande partie. En revanche, sa robe et la veste de Benchley n'étaient pas assez épaisses pour la protéger du froid hivernal.

Elle baissa les yeux vers l'étroite bande de toit plat, qui ne faisait pas plus d'un mètre vingt de large. Même si la corniche de l'immeuble était assez haute pour l'empêcher de glisser du toit, elle était suffisamment basse pour lui permettre de voir par-dessus. Comme on était à l'arrière de l'hôtel, son regard plongeait dans l'obscurité – sur une ruelle, une cour ou autre, impossible de le savoir.

– He bien, qu'attendez-vous ? s'impatienta Woollcott. Allez, zou !

Dorothy inspira une profonde bouffée d'air glacé et libéra un de ses genoux en le faisant glisser sous elle. Pivotant sur l'étroit rebord, elle laissa pendre sa jambe. Pivotant une fois encore, elle laissa pendre l'autre, elle pouvait s'asseoir à présent. Elle sentait la neige froide et humide tomber sur son dos. Le toit n'était même pas à un mètre plus bas. Se propulsant prudemment, elle sauta du rebord. Glissant à l'atterrissage, elle dérapa vers la corniche. Elle ne pouvait pas s'arrêter, se dirigeant droit vers le bord. Ses genoux se dérobèrent sous elle et elle s'affala durement contre le ciment de la corniche. Le souffle coupé – et l'appétit, aussi – elle se retrouva à scruter le noir d'encre de la ruelle onze étages plus bas.

– Dottie, ma chère, ça va ? lui cria Benchley, le corps à moitié hors de la fenêtre. Je n'aurais jamais dû vous laisser y aller toute seule.

Sa voix avait l'air si paniquée que ça lui redonna du cœur au ventre. Elle se calma aussitôt.

– Ne craignez rien, Mr Benchley. Ce n'est pas la première fois que je frôle un précipice.

Elle jeta un nouveau coup d'œil au contrebas obscur.

– Métaphoriquement parlant, je précise.

17

Dorothy se remit sur pied, épousseta la neige sur ses jambes, puis suivit les traces de pas à moitié effacées. Elle nota que les chaussures qui les avaient faites étaient plus grandes que les siennes – ce qui ne l'étonna pas. Elle se rendit compte aussi que celui ou celle qui les avait laissées faisait de plus grandes enjambées qu'elle. Quand les traces de pas contournèrent l'angle de l'immeuble, elle les imita.

Elle faisait face à présent à une grande étendue de toit plate. En été, elle aurait pu servir de terrasse jardin. Il faudrait qu'elle le suggère à Frank Case. Mais le vent froid était plus âpre de ce côté-là. Il la giflait en plein visage. Elle resserra la veste de Benchley autour d'elle en frissonnant. Puis chercha les traces de pas dans la neige, mais les distingua à peine. Ce n'était plus que de légers creux dans la couche blanche qui s'amoncelait, apportée par le vent.

Elle les suivit jusqu'à un mur de briques où elles cessaient. En s'approchant du mur, elle s'aperçut qu'une échelle en fer y était scellée. Celui ou celle qui était passé là avant elle l'avait grimpée, c'était évident. Si Dorothy n'avait aucune envie de les imiter, elle n'avait pas non plus envie de se geler plus longtemps sur ce toit. Se servant des manches de la veste de Benchley comme de moufles, elle entama l'escalade.

Elle était aussi frigorifiée maintenant que dans la chambre froide du sous-sol, sauf que Benchley n'était plus là pour lui tenir compagnie. Aussi se jura-t-elle que Woollcott lui préparerait une autre boisson chaude au café dès qu'elle serait rentrée dans l'hôtel – peu importe comment elle y arriverait.

En haut de l'échelle, une rafale de vent souffla un froid glacial sous sa robe. Et elle faillit en perdre la respiration. Ah, Woollcott allait lui devoir une vie entière de boissons chaudes au café pour l'avoir persuadée de faire une chose pareille ! Elle descendit de l'échelle sur ce toit supérieur pour s'apercevoir que les traces de pas à demi effacées se terminaient, non loin de là, devant une trappe d'accès carrée. Dorothy la gagna vite fait. Elle était fermée et couverte d'une épaisse couche de neige. L'agrippant de ses doigts gelés, elle tenta de la soulever. Mais elle bougea à peine.

Ah mince ! Est-elle verrouillée ? Dorothy fit une nouvelle tentative et réussit à la hisser de quelques centimètres. Mais la neige qui pesait sur la trappe la rendait trop lourde pour ses faibles bras.

Avec les manches de la veste de Benchley, elle balaya la neige. La trappe étant large – un bon mètre cinquante – il lui fallut un certain temps pour la nettoyer. Une fois qu'elle eut fini, elle était épuisée et frigorifiée au dernier degré. *Maudit soit Woollcott ! Maudits aussi Fairbanks et Pickford ! Ils sont innocents, bien sûr, alors à quoi bon braver les éléments pour le prouver à ce neuneu de Woollcott ? Et que je sois maudite tant que j'y suis.*

Elle tenta de soulever la trappe à nouveau. Même plus légère à présent, Dorothy était trop fatiguée pour la soulever plus de quelques centimètres. Le temps de voir un rai de lumière filtrer à l'extérieur, elle dut la lâcher. Ah, échouer si près du but… Sortir sur ce toit sur un caprice idiot juste pour s'y geler à mort… c'était d'une telle banalité poétique. Toute l'histoire de sa vie.

Arrête d'être pessimiste et de te déprécier comme habitude, Dorothy, se morigéna-t-elle. *Mets-y toute la gomme.* Malgré son envie de renoncer, elle insinua ses doigts engourdis sous le bord de la trappe qu'elle essaya de soulever encore une fois – et ce serait cette fois ou jamais. À sa grande surprise, elle y arriva sans difficulté et la bloqua à angle droit. Dorothy s'assit à croupetons et, penchant la tête par l'ouverture, se réchauffa à l'afflux d'air à la température ambiante qui monta jusqu'à elle.

Le halo de lumière éclaira la silhouette d'une personne tout près d'elle.

– Mr Benchley ? s'écria-t-elle, surprise. Alors c'est vous qui m'avez aidée à ouvrir cette trappe.

– À votre service, Mrs Parker.

– Je ne vous ai même pas vu. D'où êtes-vous sorti tout à trac ?

– Une fois que vous avez disparu à l'angle, je n'ai pas supporté l'idée de vous savoir dans le froid ici dehors. Je vous ai suivie. Mais parlons plutôt de ça à l'intérieur. Là, donnez-moi vos mains. Je vais vous aider à descendre.

Il lui saisit les mains.

– Morbleu, elles sont glacées. Venez, il n'y a pas de temps à perdre.

Benchley n'était pas particulièrement costaud – loin de là. Mais Dorothy était menue. Si bien qu'il la souleva, puis la fit descendre dans la petite pièce en dessous d'eux, sans grande difficulté. Comme peu avant, elle aspira profondément l'air chaud. Un instant plus tard, Benchley s'était laissé tomber près d'elle, dans une pluie de flocons.

Ils se trouvaient dans une petite pièce où des piles de draps étaient rangées sur des étagères en bois – une lingerie. Contre le mur, il y avait une chaîne reliée à la trappe d'accès. Benchley tira dessus et la trappe se referma bruyamment.

– Hum, fit-elle. On devrait équiper Woollcott de ce genre de chaîne. Ce serait bien agréable de lui fermer son clapet aussi facilement.

Benchley éclata de rire et l'attira à lui. Si son corps était froid, songea Dorothy, son étreinte, elle, était…

La porte s'ouvrit alors et Douglas Fairbanks passa sa tête dans la pièce.

– Qu'est-ce qui a fait tant de bruit ?

Puis prenant conscience de la situation, il demanda :

– Mais que faites-vous ici tous les deux ?

– Rien, répondirent-ils en se séparant aussitôt.

Il faut qu'on arrête d'être surpris quasi en flagrant délit, songea Dorothy, qui ajouta :

– Un instant, Douglas. Que faites-vous ici, *vous* ?

– Je revenais dans ma chambre quand j'ai entendu comme un *crac*. Je suis venu voir de quoi il retournait.

– Pas plus de *crac* que de *crac crac* ici, fit Benchley en pouffant. Mais qui s'arrêta net en comprenant ce qu'il venait de dire.

– Mais j'ai bien entendu…

Dorothy réfléchissait.

– Douglas, vous venez souvent dans cette pièce ?

– Ben, non. Pas souvent. Presque jamais.

– Mais manifestement vous y êtes déjà venu.

– Évidemment. Comme je l'ai dit, c'est à un jet de pierre de mon apparte…

– Êtes-vous venu ici plus tôt dans la soirée ?

– Que voulez-vous dire ?

Elle s'avança vers lui.

– Ce que je veux dire, c'est : vous êtes-vous faufilé par la fenêtre de votre salle de bains comme un chat, avez-vous couru le long du toit, puis vous êtes-vous laissé tomber dans cette pièce ? Un jeu d'enfant pour un athlète tel que vous.

– Dottie, si vous suggérez bien ce que je crois que vous suggérez…

– C'est exactement ce que je suggère.

La porte s'ouvrit plus largement, Woollcott s'y encadra aux côtés de Fairbanks.

– Tiens, tiens, Mrs Parker ! Je vous ai converti à ma façon de voir.

– Aleck, au nom du ciel, cessez de dire « Tiens, tiens ! » – et tant que vous y êtes préparez-moi un de vos cafés bien chauds. Et que ça saute !

Woollcott parut blessé.

– Et que ça saute ? marmonna-t-il. C'est vous qui mettez le feu aux poudres.

Revenus dans la suite de Fairbanks, ils s'installèrent dans le salon et attendirent que Woollcott leur remonte le café. À plusieurs reprises, Fairbanks – qu'avait rejoint sa femme, Mary – tenta de demander à Dorothy à quoi elle pensait, mais celle-ci le fit taire en lui disant de patienter jusqu'au retour du « détective Woollcott ».

Ce dernier finit par réapparaître, suivi de Luigi, le serveur, qui poussait un chariot chargé d'une cafetière en argent sur un plateau également en argent ainsi que d'une carafe de crème et d'un sucrier en argent.

– Le café Alexander est avancé, annonça pompeusement Woollcott, qui s'installa en attendant qu'on le serve, comme s'il était un dignitaire royal. Luigi versa le café en silence, ajouta une tombée de cognac et de crème dans chaque tasse, râpa de la noix de muscade par-dessus, avant de les passer à la ronde. Woollcott y trempa les lèvres, approuva du chef et reposa la tasse sur la soucoupe posée sur ses genoux. Ceci fait, il fixa Mary Pickford sans ciller.

– Et maintenant, Mary, dites-nous pourquoi vous avez décidé de tuer Bibi dans votre propre baignoire pendant votre réception ?

La tasse de Mary faillit lui échapper des mains.

– De tuer Bibi ?

– C'est bien ce que j'ai dit.

– Je n'ai rien fait de pareil. Vous devez plaisanter, Aleck.

– Vraiment, Aleck ! se récria Fairbanks avec colère, en se levant. On ne parle pas sur ce ton à ma femme, et sous notre toit !

– Très bien, alors c'est à vous que je vais parler sur ce ton, fit Woollcott. Pourquoi lui avez-vous servi de couverture ?

– Quelle… quelle couverture ? bredouilla Fairbanks, dont le vernis de raffinement hollywoodien s'effrita provisoirement.

– Mettez-vous à table, Douglas. Votre femme en voulait à Bibi. Elle vous soupçonnait d'avoir une liaison avec elle. Sans oublier que Mary était contrariée que Bibi soit devenue le clou de sa soirée en se donnant en spectacle. Donc, quand tout le monde est descendu pour le décompte, à minuit, Mary s'est débrouillée d'une façon ou d'une autre pour l'assassiner.

– Arrêtez ça, Aleck… dit Fairbanks.

Mais Woollcott n'était pas parti pour.

– Alors, en époux loyal, vous avez tenté de brouiller la piste de votre femme en verrouillant mystérieusement la porte de l'intérieur puis en escaladant tel un singe la fenêtre pour mieux revenir par la trappe d'accès de la lingerie au bout du couloir. Mais vous n'aviez pas escompté que Mrs Parker ouvrirait la fenêtre de la salle de bains, ce qui nous a permis d'apercevoir les traces de pas que vous avez laissées derrière vous dans la neige. N'est-ce pas la vérité ?

– Non, pas le tiers du quart…

– Oh, je vous en prie, Douglas. Qui d'autre aurait l'agilité de sortir par cette fenêtre et de revenir par cette trappe aussi facilement ? Et qui d'autre avait un tel motif pour tuer Bibi… ?

– Presque tout le monde, protesta Fairbanks, plus calme à présent, retrouvant son entregent de vedette de cinéma.

– Je n'aimais pas Bibi Bibelot, ça n'a rien d'un secret, fit Mary. Mais Douglas pas plus que moi n'avons quelque chose à voir dans son décès. Ça m'horrifie même qu'elle soit morte dans notre suite.

– Mais n'avez-vous pas été la dernière à la voir vivante ? demanda tranquillement Dorothy.

Mary en resta bouche bée. Elle n'osa pas répondre.

– Et… fit Woollcott en se tournant vers Fairbanks, n'avez-vous pas essayé de couvrir votre femme en déclarant que *vous* avez été le dernier à l'avoir vue vivante ?

– Ma foi, c'était… c'était avant… fit Fairbanks, dont la voix devint inaudible.

– Avant quoi ? insista Dorothy.

Fairbanks se rassit et étreignit la main de sa femme.

– C'était avant que Mary et moi n'ayons eu une franche et bonne discussion. Nous étions en train quand je vous ai surpris tous les deux dans la lingerie. On faisait le tour de l'hôtel en parlant.

– En parlant ? bafouilla Woollcott, comme si c'était l'idée la plus saugrenue qu'il ait jamais entendue. Qu'est-ce que vous pouviez bien avoir à vous dire ?

Fairbanks inspira profondément.

– Vous avez raison : quand j'ai dit que j'ai été le dernier à voir Bibi vivante, je tentais de couvrir Mary…

– Tiens, tiens ! fit Woollcott.

Dorothy lui fila un coup de pied dans le tibia.

– Ouille !

– Continuez, Douglas, l'encouragea Dorothy.

– Si j'ai tenté de couvrir Mary, c'est que je ne savais pas avec certitude ce qui s'était passé. J'étais sûr qu'elle ne ferait jamais une chose pareille, mais… mais…

– Mais j'avais quelque chose à me reprocher, poursuivit Mary. Et Douglas le savait.

– Tiens… recommença Woollcott, qui s'interrompit après un coup d'œil d'avertissement de Dorothy.

– Voici ce qu'il en est, dit Mary. J'ignorais pourquoi Bibi portait ce médaillon que j'avais aperçu sur ma commode. Et je n'avais aucune envie de voir parader nue dans mon appartement une jeune femme de toute beauté. Sans être rabat-joie, ma patience ne va pas jusque-là. Alors, deux plus deux faisant quatre, je me suis imaginé – complètement à tort, je le sais maintenant…

Elle pressa la main de Fairbanks en plongeant tendrement son regard dans les beaux yeux de son mari.

– J'en ai conclu hâtivement et stupidement que Douglas avait une liaison avec elle. Donc, pendant que tout le monde était en bas dans le hall, j'ai retiré le médaillon du cou de Bibi, par jalousie pure et simple.

Dorothy se leva.

– Vous avez fait quoi ?

Mary anxieuse semblait accablée par la culpabilité.

– Je sais. C'était idiot. Mais j'ai pris le médaillon.

Dorothy avait des millions de questions, mais la seule chose qu'elle trouva à dire, ce fut :

– Je viens de me geler les fesses pour prouver votre innocence à tous les deux, et c'est votre façon de me récompenser ? Donnez-moi cette saleté de médaillon. Je le veux et l'exige.

L'anxiété de Mary grandit.

– Mais je ne peux pas, dit-elle, désemparée. Il a disparu.

18

– Disparu ? s'écria Woollcott avec incrédulité. Disparu où ça ?

– Je ne sais pas, répondit Mary. Après l'avoir repris à Bibi, je l'ai rangé dans mon premier tiroir. Je me voyais difficilement le porter – *je n'en avais d'ailleurs aucune envie*. Et cette robe n'a pas de poches. Mais plus tard, quand je suis allée le rechercher, il n'y était plus.

– Êtes-vous bien sûre qu'il ne s'est pas emberlificoté dans vos petites culottes en dentelle ? demanda Woollcott d'un ton condescendant.

Mary fit non de la tête.

– Un instant, intervint Dorothy. Bibi était-elle vivante quand vous le lui avait repris ?

– Oui. J'ai remarqué qu'elle respirait, comme si elle dormait. J'en suis tout à fait sûre. J'ai simplement supposé qu'elle s'était évanouie.

– Quelle heure était-il ? s'enquit une voix grave depuis la porte.

Ils se retournèrent tous. C'était Arthur Conan Doyle.

– À quelle heure, répéta-t-il, avez-vous vu Miss Bibelot vivante pour la dernière fois ?

– Onze heures et demie passées. Peut-être autour de minuit moins le quart.

– Dites-moi, si vous le voulez bien, fit-il en pénétrant carrément dans la pièce, avait-elle une rougeur autour des lèvres à ce moment-là ?

– Je… je crois, répondit Mary.

– Il faut en être sûre, insista Doyle. Fermez les yeux et rappelez-vous exactement tous vos mouvements. Remontez à l'instant où vous êtes entrée dans la pièce.

Woollcott se leva.

– Un instant. C'est moi qui mène cette enquête. Et je n'ai pas envie que le premier toubib à la ramasse vienne m'interrompre…

– Loin de moi cette pensée, répondit Conan Doyle avec calme à Woollcott. Vous faites un boulot du tonnerre, mon vieux. J'ai pensé que vous permettriez peut-être à un simple amateur de tenter sa chance. Entre-temps, vous pourrez mettre en repos vos petites cellules grises et les réserver à des points plus saillants de l'enquête.

Woollcott se rassit à contrecœur, en lorgnant Doyle d'un œil méfiant. Il ne savait trop si ce dernier se moquait de lui ou se comportait simplement en vieux gentleman poli – un peu les deux, sans doute.

– Essayons à nouveau, ma chère, fit Conan Doyle d'un ton rassurant. Fermez les yeux et racontez-nous tout ce qui s'est passé dès votre entrée dans la pièce.

Mary s'exécuta en battant des paupières.

– Il n'y avait plus personne dans l'appartement. La porte de la salle de bains était fermée, mais pas à clé. Je l'ai poussée et j'ai regardé Bibi. Elle ne bougeait pas. J'avais pensé vider mon sac avec elle, j'ai donc été très déçue de la trouver évanouie.

– Évanouie ? demanda Conan Doyle.

– C'est ce que j'ai supposé, dit Mary. Elle avait les yeux fermés, la tête penchée sur le côté. Dans une main, elle tenait toujours une flûte à champagne.

– Elle tenait une flûte à champagne ?

– Du bout des doigts. Après la lui avoir ôtée, je l'ai posée sur le radiateur près de la baignoire.

– À côté du seau à glace ? demanda Dorothy.

– Quel seau à glace ? fit Mary en rouvrant les yeux. Je ne me souviens pas d'un seau à glace.

– Fermez les yeux, lui intima Doyle en jetant un regard étonné à Dorothy. Réfléchissez à nouveau. Que s'est-il passé exactement quand vous avez posé la flûte ?

– Je l'ai placée au centre du radiateur, pour qu'elle ne tombe pas. Elle fait partie d'un service de verres qu'on nous a offert pour notre mariage, et je n'avais pas envie qu'elle se brise. Il n'y avait pas de seau à glace.

– Vous voyez ? fit-il. Vous *arrivez* à vous souvenir si l'on reprend tout étape par étape. Ensuite, qu'avez-vous fait ?

– Je me suis penchée au-dessus de Bibi. Je me rappelle avoir regardé sa… sa poitrine. Oui, elle se soulevait et s'abaissait, ça ne m'a pas échappé. Puis je lui ai tourné doucement la tête afin de pouvoir atteindre le fermoir du collier, qui était sur sa nuque, bien entendu.

– Et vous souvenez-vous d'avoir regardé son visage en faisant ça ?

– Oui, dit Mary, un peu surprise. Je me rappelle cette rougeur autour de sa bouche maintenant. Je suppose que j'ai dû croire qu'il s'agissait de traces de rouge à lèvres. Mais je n'y ai sans doute pas réfléchi plus que ça car j'avais juste envie de lui retirer ce satané collier avant qu'elle ne se réveille ou que quelqu'un n'entre par hasard.

– Et vous avez réussi ? À lui enlever le collier ?

– Oui, je l'ai détaché. J'ai laissé Bibi où elle était et je suis sortie de la salle de bains. Je suis restée un instant dans le salon, ne sachant trop quoi faire. Puis je suis allée dans ma chambre et j'ai rangé le collier dans le premier tiroir de ma commode.

– Et ensuite ?

– Ensuite, je suis partie. J'ai pris l'ascenseur pour descendre, et c'est là que j'ai croisé Lydia Trumbull. Nous sommes retournées dans sa chambre pour parler.

– Et lui avez-vous dit quelque chose au sujet de Bibi ?

– Ou du médaillon ? réussit à placer Woollcott.

– Non, je n'ai pas fait allusion au médaillon. Mais nous avons parlé de Bibi, bien entendu, et de sa façon de se comporter comme une… comme une…

– Oui, je crois que nous avons parfaitement compris, fit Doyle, toujours gentleman. Mais vous n'avez *pas* dit à votre amie Lydia que vous veniez d'abandonner Bibi dans la baignoire ?

– Non, fit Mary en baissant les yeux.

Dorothy fut prise alors d'une certaine anxiété. Elle n'avait pas eu l'occasion de revoir Lydia et de lui poser certaines questions. Par exemple, qu'est-ce qui l'avait bouleversée au point d'avoir besoin de parler à

Mary ? Et qu'est-ce qui avait provoqué son évanouissement, digne d'une douairière victorienne, après une seule et unique question posée par Woollcott ?

Ce dernier se leva à nouveau.

– Voilà une belle flopée de questions pour quelqu'un qui a refusé de jouer au jeu de l'Assassin, Artie. Vous me semblez avoir assez bien pigé le truc, mon vieux, fit-il sur un ton suintant le sarcasme. Mais comme je l'ai déjà dit, il ne s'agit plus d'un jeu de salon…

– En effet, fit Doyle en tiquant. Je crains bien qu'il n'y ait quelque chose d'absolument pas clair là-dessous, bien plus qu'il n'y paraît, même si l'on s'en tient au cadavre d'une femme dans une baignoire.

Puis il se tourna vers Dorothy et Benchley.

– Mrs Parker, Mr Benchley, voulez-vous bien m'accompagner ?

Dorothy reposa sa tasse vide sur la table basse et se leva.

– Où donc ?

– Jusqu'à la chambre de mon ami Quentin. Vous pourriez m'être d'un précieux secours pour y chercher un objet en particulier.

Là-dessus Doyle se tourna et franchit la porte. Dorothy et Benchley lui emboîtèrent le pas.

– Vous partez ? Maintenant ? bredouilla Woollcott avec indignation, en sautant sur ses pieds. Mais nous avons à peine commencé à obtenir des réponses ici. Et que faites-vous de Fairbanks se faufilant par la fenêtre tel un singe de cirque ?

– Je crains que votre hypothèse n'ait emprunté le même chemin, Aleck, lui lança Dorothy par-dessus son épaule. Sentez-vous libre de lui courir après.

19

Conan Doyle n'avait pas desserré les dents pendant la descente en ascenseur jusqu'au huitième étage, dont il longeait à présent le couloir. Il ralentit, se retourna vers Dorothy et Benchley et leur chuchota :

– Il faut que je retrouve quelque chose dans la chambre de Quentin. Un flacon marron. Vous voulez bien m'aider ?

– Nous ne vous avons pas suivi ici pour faire une partie de jeu de puce, lui dit-elle. Bien sûr, qu'on vous aidera. Quitte à mettre sa chambre sens dessus dessous s'il le faut.

Elle avança. Conan Doyle leva une de ses grosses mains.

– Un instant, je vous prie. Il y a un obstacle sur notre route : Mr Jordan.

Ce qui parut hérisser le poil de Benchley.

– L'assistant du Dr Hurst, un obstacle ? fit Dorothy. Priez-le simplement de rester à l'écart. Mieux encore, il pourra nous aider dans notre recherche.

Conan Doyle plissa le front sous l'effet de la réflexion. Il sortit une pipe de bruyère de sa poche et appuya son large dos au mur du couloir.

– Plus facile à dire qu'à faire.

Benchley prit ceci pour un encouragement à sortir sa propre pipe. Ne voulant pas être en reste, Dorothy fouilla son petit sac pour en tirer son paquet de Chesterfield. Et bientôt, tous trois enfumaient le couloir en faisant des messes basses.

– Je ne comprends pas, dit-elle. Qu'avez-vous contre Jordan, tout à coup ?

– Il est d'un abord des plus agréable, n'est-ce pas ? fit Conan Doyle en opinant.

Dorothy, pressentant que sa réponse déplairait à Benchley, garda le silence.

– Lui et moi, on s'entendait formidablement bien, du moins je le croyais. Rires, tapes dans le dos et cetera. En effet, après avoir ramené Quentin dans sa chambre et mis ce cher garçon au lit, Mr Jordan et moi nous sommes installés dans des fauteuils et avons entrepris de passer le temps en causant tels de vieux camarades de classe. On était comme les deux doigts de la main.

– Alors, je me répète : où est le problème avec lui ?

– J'y arrive, fit Doyle, agacé, en retirant sa pipe de sous sa moustache fournie d'un coup sec. Assez vite, notre conversation cordiale a roulé naturellement sur le meurtre et les circonstances dans lesquelles le corps de Miss Bibelot avait été découvert – et plus spécifiquement, sur la sorte de rougeur autour de sa bouche.

– Vous y avez fait allusion tout à l'heure, dit-elle. Savez-vous de quoi il s'agit ?

– J'ai été chirurgien volontaire sur le front pendant la Guerre des Boers et à l'occasion, on rencontrait ce genre d'affection cutanée, ou dermatite périorale. Elle n'était pas rare à l'époque, même si j'imagine que les chirurgiens la rencontrent beaucoup moins aujourd'hui.

– La guerre des Boers ? Quel rapport avec Bibi ? Est-ce à dire qu'elle souffrait d'une maladie exotique rare ?

– Oh, certes pas, pouffa-t-il. Au temps dont je vous parle, elle était due à une mauvaise utilisation du chloroforme, utilisé parfois pour endormir un soldat avant de l'opérer. On y recourait quand de meilleurs anesthésiques plus sûrs commençaient à manquer – ce qui arrivait bien trop souvent. Les toubibs qu'on avait sous la main ne faisaient pas la différence entre le chloroforme et la camomille. Ce n'étaient que des gamins, bien sûr.

Une lueur de mélancolie traversa le regard de Doyle, dont les pensées parurent se reporter en ce temps-là – ou peut-être à une autre source de tristesse de la même eau, songea Dorothy.

– Le chloroforme brûle la peau ? lui demanda-t-elle.

Conan Doyle fut ramené aussitôt au présent.

– Oui, si on l'applique mal ou avec un équipement inadapté, ou encore si on le laisse en contact avec l'épiderme trop longtemps, le chloroforme causera le même genre d'éruption que celle que Miss Bibelot présente autour de la bouche.

– Donc, quelqu'un a chloroformé Bibi ? demanda Dorothy.

– Et quelqu'un qui ne savait pas ce qu'il faisait ? renchérit Benchley.

– Ou peut-être, ajouta Conan Doyle pensivement, quelqu'un qui n'avait pas fait ça depuis très, très longtemps… quelqu'un qui avait peut-être beaucoup trop bu et n'a pas pris les précautions nécessaires.

Dorothy comprit alors.

– Le Dr Hurst, vous voulez dire ?

Doyle ne répondit pas. Il resta silencieux dans son nuage de fumée. Elle ne put donc déchiffrer son expression.

Se rappelant soudain quelque chose, elle claqua dans ses doigts.

– Vous l'avez su tout de suite ! Quand vous êtes venu avec le Dr Hurst examiner le corps de Bibi dans la baignoire, vous avez eu un comportement un peu étrange au début. C'était parce que vous aviez noté cette rougeur immédiatement, hein ? Pourquoi n'avoir rien dit alors ?

Conan Doyle se rembrunit.

– Eh bien, franchement, cette idée m'a pris par surprise. J'avoue que je ne suis pas aussi froid et calculateur que mon célèbre détective. Quand j'ai vu cette irritation de la peau et compris qu'elle avait été causée très vraisemblablement par du chloroforme, j'en ai tiré naturellement la même conclusion hâtive que vous – que mon ami Quentin n'y était pas étranger.

– Mais vous aviez des doutes sur sa culpabilité ?

– Très certainement, fit Doyle. Alors, j'ai tenu ma langue. Même si, après réflexion, je dois dire que les preuves indirectes semblent plutôt en sa défaveur. Bibi portait ce collier qui lui appartenait. Et il était allé dans cette salle de bains s'en expliquer avec elle. En agissant d'une façon peu digne d'un gentleman, je dois le reconnaître. Et, fait encore plus accablant, il est sans doute le seul dans cet hôtel à posséder un flacon de chloroforme.

– Sa trousse de médecin !

– Je ne vous le fais pas dire. Si vous vous en souvenez, je l'ai fouillée après qu'il a eu son attaque. Je cherchais son brassard de pression artérielle – mais j'avais aussi le chloroforme en tête.

– Et ?

– Il n'y en avait pas.

– Alors, il n'en avait pas du tout ?

Doyle fit non de la tête.

– Juste un compartiment vide avec une lanière pour maintenir le flacon. Et sur cette lanière, on lisait clairement « chloroforme ».

– Donc, s'il n'était pas dans sa trousse, vous pensez qu'il pourrait être dans sa chambre ?

Il opina.

– Si on pouvait jeter un œil sur ce flacon, ça pourrait confirmer l'innocence de Quentin.

– Et comment ?

Doyle n'en eut pas l'air très sûr.

– Hum, le bouchon pourrait être collé, ce qui indiquerait qu'on n'a pas ouvert le flacon depuis longtemps. Ou encore il serait plein, ce qui suggérerait qu'on ne s'en est pas servi du tout.

Ils savaient que Conan Doyle se raccrochait désespérément aux branches, mais ni l'un ni l'autre n'eut le cœur de le lui dire.

– Bah, je sais reconnaître un flacon plein quand j'en vois un, fit Dorothy en avançant dans le couloir en direction de la chambre du Dr Hurst. Laissez-moi faire.

– Un instant, fit Conan Doyle. Vous vous rappelez Mr Jordan ?

– Oh oui, répondit-elle. Il représente une sorte d'obstacle, avez-vous dit ? J'en doute fort.

– N'en doutez pas, c'est la pure vérité. Il n'a pas voulu me laisser fouiller la chambre. On en est presque venus aux mains.

– Il ne semble pas exister une affection débordante entre Jordan et le Dr Hurst, fit Dorothy. J'ai l'impression qu'il est même franchement mécontent de sa fonction auprès de lui.

– C'est peut-être le cas. En effet, je tiens de sa propre bouche qu'il n'est pas terriblement attaché à mon ami Quentin, son employeur. Je sais très bien qu'il est parfois difficile de s'entendre avec lui. Quoiqu'il en soit, Mr Jordan est un employé presque modèle et d'une loyauté à toute épreuve, quels que soient ses sentiments personnels. Il a refusé énergiquement de me laisser fouiller dans les affaires de Quentin.

– Avez-vous signalé à Jordan que cela pourrait confirmer la culpabilité du Dr Hurst ? demanda Benchley, qui ajouta en voyant le regard soucieux de Doyle : ou confirmer son innocence, bien sûr, je veux dire.

– Pas vraiment, fit Doyle. J'ai pensé qu'il valait mieux ne pas discuter du problème du chloroforme avec Mr Jordan. Je tiens à voir le flacon de mes propres yeux avant de le mettre dans la confidence.

– Mais vous nous y avez bien mis, nous ! fit Dorothy, souriante. Nous en sommes très honorés.

Doyle répliqua avec jovialité.

– On noue rapidement des amitiés dans les tranchées. On est là-dedans ensemble, pour le meilleur et pour le pire.

Dorothy ne sut pas trop si elle devait prendre ça pour un compliment.

– Bon, que voulez-vous qu'on fasse avec Jordan ? Qu'on le distraie pendant que vous chercherez le chloroforme ?

– Quelque chose comme ça, répondit Doyle, tirant une dernière bouffée de sa pipe. En fait, Mrs Parker, j'espérais que vous pourriez le distraire, pendant que Mr Benchley et moi chercherions le chloroforme.

Elle haussa le sourcil.

– Ma foi, on m'appelle Mata Hari. Je vais le faire.

Benchley croisa les bras.

– Non, Mata chérie, certainement pas. Je m'en charge.

Ils se disputèrent brièvement. Dorothy affirmait qu'elle était tout à fait capable de détourner l'attention de Jordan. Mais Benchley ne voulut pas en démordre. Il expliqua qu'il regrettait encore de l'avoir laissé s'aventurer sur le toit enneigé toute seule, et que cette fois, c'était son tour.

Elle le regarda en battant des cils.

– Ma foi, qui joue les Mata Hari, maintenant ?

20

Conan Doyle frappa à la porte de la chambre. Quand Jordan répondit, s'il lança un regard soupçonneux à ce dernier, il sembla sincèrement heureux de revoir Dorothy et Benchley.

– Tiens, nos petits détectives amateurs ! s'exclama-t-il gaiement.

Ce qui décontenança un peu Dorothy jusqu'à ce qu'elle comprenne que Jordan faisait allusion au jeu de déduction auquel ils s'étaient livrés à son sujet pendant la soirée.

– Oh, mais nos dons de détectives se sont grandement améliorés depuis notre première rencontre. Je détecte chez vous en ce moment… la forte envie d'une tasse de café.

Rien de mystérieux à ça. Jordan étouffait un bâillement à l'instant même. Néanmoins, il parut agréablement surpris.

– Ouais, tout à fait. Mais où trouver du café à deux heures du matin ou presque ? Le service d'étage doit être terminé.

– Pas si on se rend au bon endroit, dit-elle.

Benchley enchaîna.

– Mrs Parker a raison. Le café coule à flots dans la suite de Mr Fairbanks.

Jordan jeta un regard au Dr Hurst inerte dans son lit.

– Je ne peux pas le laisser tout seul, fit-il sans cesser d'observer Doyle avec suspicion.

Une idée vint à Dorothy qui en modifia son plan sur-le-champ.

– Absurde. Moi et Mr Benchley, allons rester ici et garder le docteur à l'œil. Vous deux allez prendre une tasse de café là-haut.

C'était maintenant sur Dorothy et Benchley que Jordan avait reporté sa suspicion.

– Si c'est une manœuvre…

Doyle secoua sa grosse tête hirsute et mentit d'une façon très convaincante.

– Pas du tout, mon bon. Je ne leur ai pas soufflé mot de notre différend – pas plus que vous, j'en répondrais. Ils ont suggéré, par pure bonté d'âme, que l'excellent café de l'hôtel ne pourrait que vous faire du bien. Allez, suivez-moi et passons l'éponge. J'ose dire que vous n'aurez pas trop d'un remontant pour rester debout toute la nuit.

Jordan se laissa entraîner par Doyle. Mais se retourna avant de fermer la porte.

– Ne touchez à rien. Dans le cas contraire, je le saurais. Et si le Dr Hurst fait le moindre mouvement, venez me chercher aussitôt. Compris ?

– Parfaitement, répondit Benchley. Parole de scout.

– Absolument, ajouta Dorothy. Parole de scoute.

Une fois la porte fermée, ils se tournèrent vers le Dr Hurst. Il était couché sur le dos, dans un pyjama bleu marine. Dorothy songea que Jordan, avec peut-être un coup de main de Doyle, avait dû déshabiller le vieillard paralysé et frissonna rien que d'y penser.

Ils se rapprochèrent. L'un des yeux du Dr Hurst était entrouvert. Dorothy se figea, et agrippa le bras de Benchley.

– Aïe, fit-il en retirant les ongles de Dorothy de son bras.

Il comprit ce qui l'alarmait.

– Pas d'inquiétude. C'est le côté paralysé, vous vous rappelez ? Le pauvre homme, il ne doit plus pouvoir fermer complètement la paupière.

Dorothy vint y voir de plus près. L'œil ne les observait pas. Il ne fixait rien devant lui. Elle s'approcha encore. L'œil ne la détectait toujours pas, alors qu'elle se tenait à présent tout à côté du lit. Semblant jeter un regard de sous la paupière à demi fermée, il continuait à scruter le vide. Elle agita une de ses mains devant le visage du Dr Hurst. L'œil ne bougea pas. Dorothy poussa un soupir de soulagement.

– Il doit être dans les pommes, Dieu merci, fit-elle. Allez venez, cherchons ce flacon de chloroforme.

Benchley, les mains sur les hanches, regarda alentour.

– Où pourrait-il bien être ?

Dans chaque angle de la large pièce, et un peu partout, étaient empilés des valises, des livres ou du matériel. Dorothy s'approcha de ce qui paraissait le plus intéressant : un bureau portatif qu'on avait déplié de l'intérieur d'une malle debout.

Benchley examinait un autre article de voyage : un banc de laboratoire tout équipé, logé dans une malle encore plus grande. Il comportait un bec Bunsen (éteint pour le moment) et un microscope. Benchley y colla un œil.

– On dirait que j'ai trouvé quelque chose. Une nouvelle espèce de moisissure, peut-être.

– Dans cette chambre, si quelque chose moisit, ça ne peut être que lui, fit-elle en jetant un nouveau coup d'œil au Dr Hurst alité. Continuez à chercher.

– À quoi ressemble un flacon de chloroforme ? demanda Benchley, en se tournant vers une caisse remplie de béchers et de livres.

– D'après Doyle, c'est en verre épais marron et ça a une contenance d'une trentaine de centilitres. Plus l'odeur des beaux rêves – si on en respire, évidemment.

Benchley jeta un regard dans une mallette.

– Et ça sent quoi exactement les beaux rêves ?

– Comme si je le savais, marmonna Dorothy.

Il s'étouffa à moitié.

– Ça n'a pas cette odeur-là en tout cas, toussota-t-il, en refermant violemment la mallette. Et moi qui pensais que la moisissure sentait le pourri.

– Quoi ? demanda-t-elle, alarmée. C'est quoi ?

– Son petit linge sale, ajouta Benchley en la laissant choir sur le sol.

Dorothy hocha la tête et s'attaqua à une pile de livres posée sur un fauteuil. Ils traitaient de toutes sortes de matières. La chasse aux papillons. Les collections de timbres. La chirurgie orthopédique. Les trains miniatures. La pêche à la mouche. Et cetera. Mais Dorothy nota leur point commun.

– Ça alors, écoutez un peu !

Elle lut à haute voix quelques titres.

Philatélie anglaise des dix-neuvième et vingtième siècles... Chirurgie articulaire du genou et du coude... Les Meilleurs ruisseaux à saumon des Highlands d'Écosse...

– Bah, le Dr Hurst ne dédaigne pas les lectures légères mais arides. Et alors ?

– Il ne les a pas lus. Il les a écrits !

– Voyez-vous ça.

Benchley vint regarder par-dessus son épaule. L'auteur de tous les ouvrages était Quentin Hurst, DG, MCRC.

– Notre bon docteur est un véritable homme de la Renaissance – enfin, si la Renaissance s'était consacrée à l'apiculture, aux maquettes de trains et à la collection de trombones, à la place de ces disciplines plus ordinaires telles que la peinture, la sculpture et l'architecture.

Il lança un coup d'œil furtif et coupable à l'homme couché.

– Assez de cette littérature rébarbative. Il faut mettre la main sur cette petite fiole marron avant le retour d'Artie et de Jordan.

Et en se mettant à siffloter l'air de jazz *Little Brown Jug*, il reprit ses recherches.

Dorothy posa les livres et regarda alentour. Avisant le costume en tweed du Dr Hurst suspendu derrière la porte, elle se dirigea vers lui. Il sentait le whisky mêlé à son odeur. Quelque chose alourdissait la poche de la veste. Elle glissa à contrecœur sa main à l'intérieur. Et en sortit un stéthoscope, puis un canif, de la menue monnaie et un morceau de papier roulé en boule. Mais aucune bouteille de chloroforme.

– Vous avez trouvé quelque chose ? lui demanda Benchley, tout en triant le contenu d'une trousse de toilette en cuir.

– Non, fit-elle en remettant les différents articles dans la poche de la veste.

Sauf le papier jaune en boule, qui lui rappelait quelque chose. Oui, c'était bien ça – la couleur était celle d'un télégramme ! Se pouvait-il que… ?

Elle le déplia soigneusement. C'en était bien un ! Elle se souvint de celui sous enveloppe que Frank Case avait remis au Dr Hurst dans le hall, un peu plus tôt dans la soirée. Elle regarda l'heure et la date imprimées en haut : SAM 31 DÉC. 19 H 41.

Oui, ce devait être le même télégramme. Bon, qu'est-ce qui avait rendu le Dr Hurst aussi anxieux en le lisant ?

– Que tenez-vous là, Mrs Parker ? demanda Benchley, qui avait abandonné la trousse de toilette.

Elle le mit au courant. Benchley n'était pas encore à l'hôtel quand on l'avait donné au médecin.

– Hé bien, bon sang, qu'est-ce que ça dit ? fit-il.

Dorothy observa à nouveau le vieil homme. Ses cheveux blancs clairsemés étalés sur l'oreiller. Son seul œil à peine ouvert, pareil à celui d'un poisson mort. Elle se détourna en frissonnant.

C'était mal, elle le savait, de lire la correspondance privée du médecin. N'empêche, si elle avait un rapport quelconque, même lointain, avec la mort de Bibi, Dorothy avait l'obligation de la lire. Après tout, dès réception de ce télégramme, le Dr Hurst avait soudain réclamé de mettre en lieu sûr son médaillon – celui que Bibi avait eu autour du cou, et maintenant disparu.

– Je vous en prie, Mrs Parker, lisez !

Benchley trépignait d'impatience comme un enfant.

Elle lut à haute voix :

DOCTEUR, AUTORITÉS ANGLAISES AU COURANT QUE VOUS AVEZ PRIS OBJET DE VALEUR. APPORTEZ-LE CHICAGO TOUT DE SUITE OU MARCHÉ NE TIENT PLUS. LLOYDS A ENGAGÉ PINKS. FRÈRES BERLEY AUSSI SUR VOS TRACES. SEMEZ-LES TOUS. S'ILS VOUS SUIVENT À CHICAGO, MARCHÉ NE TIENT PLUS. CONSERVEZ OBJET EN SÉCURITÉ ET BON ÉTAT OU MARCHÉ NE TIENT PLUS.

– C'est tout ? demanda Benchley.

– Oui. Pas de signature.

– Qu'est-ce que ça veut dire ?

– Un objet de valeur. Ça doit être le médaillon, non ?

– Vous pensez qu'il l'a volé ? Et qui se trouve à Chicago ? Et de quelle sorte de marché… ?

Dorothy l'interrompit.

– Et « Lloyds a engagé Pinks », qu'est-ce que ça veut dire ? Qui est ce Lloyds et qui est ce Pinks ? Ce sont des prénoms ou des noms de famille ?

– Ou des surnoms ?

– Et…

Le vieillard gémit alors. Ce qui les fit se retourner. Si son œil mort fixait toujours le vide, l'autre, grand ouvert à présent, était braqué sur eux. Et cet œil-là avait un regard dur, clair et indéniablement furieux. Sans bouger le bras, le vieil homme, de sa main valide, leur fit signe d'approcher. Il poussa un nouveau gémissement – un son guttural fort peu naturel. Il avait la bouche à peine entrouverte.

Dorothy et Benchley ne bougèrent pas. *Devrait-on se sauver à toutes jambes ?* se demanda-t-elle.

Le vieillard poussa encore sa drôle de plainte entre ses dents serrées. L'œil rivé sur eux était enflammé. Il leur refit signe de venir jusqu'à lui.

Incapables de s'enfuir, Dorothy et Benchley s'approchèrent lentement du lit. Elle voulut cacher le télégramme dans son dos, mais il était clair que le Dr Hurst les avait surpris en train de le lire. Ils se tenaient maintenant à son chevet. Sa main se tendit à nouveau, leur intimant de se pencher vers lui. Il gémissait plaintivement à présent.

Était-il même lucide ? se demanda Dorothy. Mais cet œil était si vif – si plein de rage rentrée – qu'elle savait que l'esprit du médecin était parfaitement conscient dans son vieux corps paralysé.

Avec répugnance, elle se pencha plus près. Elle distinguait la moindre ridule de son visage fripé. Il avait le teint pâle, et Dorothy sentait son haleine fétide, chargée de whisky.

Soudain sa main osseuse saisit Dorothy par le poignet. Et l'attira si près que le regard de Dorothy plongeait droit dans son unique œil valide. Elle était presque couchée sur lui. Alors il lui parla d'une voix cassée et sur un ton pressant… mais elle ne comprit pas ce qu'il disait…

Il répéta… était-ce un mot ? Un endroit ? Un nom ?

Il relâcha alors sa prise. Et elle s'écarta rapidement de lui.

– Qu'y a-t-il ? demanda Benchley. Qu'est-ce qu'il a dit ?

Elle faisait toujours face au lit. L'œil du Dr Hurst ne la quittait toujours pas, mais trahissait du désespoir à présent et plus de la colère. Elle remarqua que sa main pointait quelque chose. Lui-même ? La porte ? Puis il poussa à nouveau ce gémissement sourd, d'un autre monde…

Ça suffisait comme ça ! Attrapant Benchley par le bras, elle l'entraîna à sa suite. Ce dernier en remorque, elle ouvrit vivement la porte et se précipita dans le couloir. Il eut à peine le temps de refermer derrière eux qu'elle se ruait déjà vers l'ascenseur – comme vers la sécurité retrouvée.

Elle se préparait déjà à appuyer sur le bouton d'appel quand, la devançant, la porte de l'ascenseur s'ouvrit. Dorothy se retrouva nez à nez avec Conan Doyle qui en sortait, suivi de Jordan, Frank Case et Alexander Woollcott. Elle et Benchley faillirent entrer en collision avec eux.

– Mrs Parker, fit Doyle, la rattrapant de ses grandes pattes d'ours. Sapristi, vos tremblez comme une feuille. Qu'est-ce qui vous a inspiré une frayeur pareille ? La colère de Dieu ?

– Ce n'est pas Lui que je redoute, répondit-elle, essoufflée, mais le diabolique Dr Hurst !

21

Au premier étage, Dorothy, affalée sur le canapé de sa minisuite, sirotait un verre de brandy tout en flattant distraitement la tête de Woodrow Wilson, son Terrier de Boston, lové confortablement sur ses genoux.

– Hé bien ? demanda Doyle avec impatience.

Enserrant son torse puissant de ses bras costauds, il lui lançait de ses yeux tombants un regard désapprobateur.

– On attend.

Plantés aussi devant elle, agités d'une impatience au moins égale, il y avait Frank Case et Alexander Woollcott. Benchley, prudent, s'était assis à distance à l'autre bout du canapé.

Dorothy avait *presque* retrouvé son état normal, fait d'indifférence, d'affabilité et de sarcasme – presque, mais pas en totalité. Elle ressentait encore une légère nervosité.

Woollcott consulta sa montre pour la troisième fois.

– Parbleu, Dottie ! Nous allons sur quatre heures du matin, et il reste beaucoup à faire. Je n'ai pas encore questionné Lydia Trumbull. Et je n'ai pas tout à fait prouvé de manière satisfaisante à mes yeux que c'est bien Fairbanks qui a laissé ces traces de pas sur le toit enneigé. En outre, en supposant qu'on puisse prendre pour argent comptant la parole de Mary Pickford, qui a subtilisé le médaillon dans sa commode ? Et, détail encore plus important, nous n'avons même pas encore entamé les recherches du corps de Bibi qui, à coup sûr, se trouve toujours quelque part dans cet hôtel. Maintenant, je vous en prie, rapportez-nous ce que le Dr Hurst vous a dit !

Dorothy soupira et prit une nouvelle gorgée de brandy. Si elle détestait impatienter Doyle et Case, elle adorait carrément avoir le moindre prétexte de contrarier Woollcott.

À cet instant, la porte s'ouvrit et Jordan entra en clopinant. Et toujours aussi beau. Le voir la ragaillardit. Benchley parut, lui, sur des charbons ardents.

Conan Doyle se tourna vers le dernier arrivant.

– Du nouveau ?

Jordan fit non de la tête.

– Il est inanimé. S'il dort ou s'il est inconscient, impossible à dire.

– Vous voyez bien ? fit Woollcott à Dorothy, en se claquant les hanches. Hurst ne peut plus rien nous apprendre. Alors, la chose vous incombe. Que vous a-t-il confié ?

Elle étouffa un bâillement, commençant malgré elle à accuser la fatigue.

Le visage poupin de Woollcott vira au rouge tomate.

– Mais parlez donc, vous êtes infernale ! Qu'a-t-il dit ?

– Moi, je l'ai entendu alors qu'on sortait en courant – euh, qu'on se hâtait de prendre congé, intervint

Benchley. Mais pas nettement, figurez-vous. Sa voix était très… rauque, presque un grognement.

Ils se tournèrent tous vers lui.

– Hé bien ? demanda Doyle. Qu'a-t-il dit ?

– Un nom, je crois. Ned Besh.

– *Ned Besh ?* répéta Woollcott lentement, d'un ton dubitatif.

– Non, pas Ned, finit par dire Dorothy. Mais Ted. Ted Besh. J'en suis sûre. Je l'ai entendu me le répéter deux fois à l'oreille, puis une autre fois au moment de notre départ – Ted Besh.

Pour une fois, elle ne plaisantait pas ni n'inventait un nom idiot. Elle était même assez fière de faire preuve de tant de retenue, sachant pertinemment que ça serait de courte durée.

– Ted Besh ? Ned Besh ? fit Doyle. Puis se tournant vers Jordan : Qui est-ce ? Qu'est-ce que ça peut bien vouloir dire ?

Jordan haussa les épaules.

– Jamais entendu le docteur prononcer aucun de ces deux noms.

Case se tapota les lèvres d'un doigt effilé.

– Accordez-moi un moment, je vais descendre à la réception consulter le registre de l'hôtel. Peut-être un autre client s'est-il inscrit sous ce nom-là.

Il se tournait déjà pour s'y rendre quand…

– Si vous trouvez trace d'un tel individu, Mr Case, lui conseilla Doyle, ne vous avisez pas d'aller frapper à sa porte non accompagné. Venez nous chercher et nous irons groupés.

– Ce qui sera tout à fait digne de cette soirée qui n'en finit pas de finir, murmura Dorothy, en déposant son verre vide sur la table basse. Et une réception mémorable de plus !

Case franchit la porte. Doyle se retourna alors vers Dorothy, en la dévisageant d'un air qui en disait long.

– Hé bien ? lui demanda-t-il dans l'expectative. Y a-t-il… autre chose ?

Elle fut troublée par sa question car elle leur avait dit depuis le début que le Dr Hurst n'avait prononcé qu'un seul nom, même s'il l'avait répété trois fois. Puis elle se souvint du chloroforme. C'était de *ça* que s'informait Doyle – mais Jordan se tenait juste à côté de lui.

– Euh, non. C'est tout. Rien de plus, fit-elle.

Elle avait failli mentionner le télégramme – mais s'était rappelée l'avertissement de Jordan. Il l'avait prévenue de ne rien toucher dans la chambre du Dr Hurst, il n'apprécierait donc pas qu'elle ait pris le télégramme. À leur arrivée tout à l'heure, elle l'avait laissé sous son sac à main sur la petite table du courrier, près de la porte d'entrée. Elle décida de le passer sous silence pour l'instant. Peut-être en parlerait-elle à Doyle plus tard… peut-être pas…

Ce dernier parut considérer sa réponse comme un bon signe. Ils n'avaient pas trouvé le chloroforme – ce qui indiquait que le Dr Hurst avait toutes les chances de ne pas être impliqué. Le visage de Doyle s'éclaira.

– Ma foi, comme l'a dit Mr Woollcott ici présent, il reste beaucoup à faire. Il est temps de nous y mettre, voulez-vous ?

– En effet, allons-y, confirma Woollcott. Pourquoi vous ne…

Doyle parut ne pas l'entendre. Et se mit à lancer des ordres tel un commandant sur un champ de bataille ou un chirurgien en salle d'opération.

– Mr Woollcott, descendez au standard et appelez la police. Faites-leur part de nos découvertes et demandez-leur de rechercher à la fois dans les archives municipales et leurs dossiers criminels le nom d'un certain Ted ou Ned Besh.

– C'était Ted, murmura Dorothy. J'en suis certaine.

Woollcott restait planté là, bouche bée. Il n'était pas habitué à recevoir des ordres.

– Mr Benchley, poursuivit Conan Doyle, entamez la recherche du corps disparu de Miss Bibelot. En commençant par la cave, là où vous l'avez vu pour la dernière fois.

Benchley parut atterré de cette injonction. *Descendre tout seul au second sous-sol chercher le corps disparu de Bibi ?* Dorothy fut à deux doigts de pouffer. Même si elle n'avait pas vu son expression d'horreur, elle aurait su qu'il ne se mettrait jamais en quête, et en solo, d'un cadavre dans une cave obscure.

Conan Doyle continua à distribuer ses ordres.

– Mr Jordan, il serait avisé que vous retourniez immédiatement dans les appartements de Quentin au cas où il reprendrait connaissance.

Jordan approuva du chef et s'apprêta à partir.

– Mrs Parker, peut-être serait-il mieux que vous ayez une bonne conversation avec Lydia Trumbull, lui ordonna Doyle à son tour. Et lui faire confirmer que Mary et elle étaient bien terrées dans sa chambre, juste avant minuit et y… devisaient entre femmes.

Dorothy sourit. *« Deviser entre femmes » en quoi cela peut-il bien consister à ses yeux ?*

– De mon côté, fit Doyle, je vais remonter dans la suite de Mr Fairbanks reprendre le fil de cette enquête criminelle.

De retour dans le couloir, ils se séparèrent. Doyle et Jordan prirent l'ascenseur pour monter, tandis que Benchley, Woollcott et Dorothy s'attardèrent.

– Cet Artie ! éructa Woollcott, fou de rage. Non, mais pour qui se prend-t-il ?

Dorothy allait lui répondre : *Pour le plus grand auteur à succès du moment*, mais Woollcott continua à vitupérer en bredouillant :

– Me donner des ordres comme à son domestique ! Que je sois pendu si je lui obéis !

Benchley acquiesça.

– Nous sommes deux, Aleck. Je ne redescendrai pas dans cet horrible second sous-sol – et tout seul ! Voulez-vous qu'on échange nos missions ?

Le visage de Woollcott s'éclaira aussitôt.

– Absolument, mon cher Robert ! Je m'en vais fouiller de fond en comble ce second sous-sol – au diable, araignées, revenants et autres croque-mitaines. Et si je n'y déniche pas le corps de Bibi Bibelot, je ne m'appelle plus Alexander Woollcott ! Ça montrera à ce gros malin d'Artie qui est le véritable détective ici.

Dorothy et Benchley échangèrent un regard entendu. Mais Woollcott se dirigeait déjà vers l'escalier menant au hall. Une fois qu'il fut hors de portée de voix, Dorothy se tourna vers Benchley.

– Avant de descendre au standard appeler la police, auriez-vous l'obligeance de m'escorter jusqu'à la chambre de Lydia ?

– Vous escorter, Mrs Parker ? Craignez-vous de vous crêper le chignon avec Miss Trumbull ?

– Non. J'aimerais simplement avoir de la compagnie.

Un instant plus tard, ils atteignaient la porte de Lydia. Dorothy frappa. Personne ne répondit.

– Elle dort, peut-être ?

Benchley frappa à son tour, mais plus fort. Toujours pas de réponse.

Dorothy se remémora la collection de somnifères et autres calmants sur la table de nuit de Lydia. Benchley cogna à la porte cette fois.

– Elle dort comme une morte.

Dorothy avait lâché ça assez innocemment – mais en réfléchissant à ce qu'elle venait de dire, elle s'en alarma.

– C'est plutôt répandu ce soir, ajouta Benchley, s'alarmant à son tour.

Il cogna de plus belle contre le battant.

– Miss Trumbull ! Tout va bien ?

Dorothy y alla aussi de ses coups de poing. Et se fit mal aux mains. Ce qui l'incita à tenter autre chose de plus simple. Elle empoigna le bouton de la porte – et le tourna.

Bizarrement, la porte n'était pas fermée à clé.

– Ah bien sûr, lui dit Benchley. Si vous préférez donner dans la facilité.

Ils ouvrirent la porte d'une poussée. Le lit, sur lequel Dorothy avait laissé Lydia, était vide mais défait. Et les draps en étaient froissés.

Dorothy pénétra dans la pièce.

– Lydia ? Êtes-vous là ?

La chambre resta silencieuse. Dorothy gagna la salle de bains et alluma la lumière. Personne là non plus.

En repassant dans la chambre, elle retrouva Benchley en train d'examiner l'arsenal médicamenteux sur la table de nuit.

– Bon Dieu de bon Dieu ! Elle a assez de somnifères pour mettre K.-O. une armée une semaine entière. Mais pardon, c'est quoi, ça… ?

Il avait avisé quelque chose derrière la table de chevet. Il se pencha et ramassa un flacon marron. Dorothy ne l'avait pas vu la dernière fois. Il lut l'étiquette.

– Je l'ai trouvé !

Il le tourna vers Dorothy afin qu'elle puisse voir.

– Le chloroforme ! s'exclama-t-elle en s'en emparant. Et regardez qui l'a prescrit… Quentin Hurst, DM !

– Mais comment Lydia a-t-elle mis la main dessus ? demanda-t-il. Le Dr Hurst le lui aurait-il bêtement donné ?

– Hurst ? Ce vieux radin ? Bien sûr que non. Lydia a dû le voler dans sa trousse.

– Quand ? Comment ? Et pourquoi ?

– Le pourquoi est évident, fit-elle. Pour mettre Bibi hors jeu.

Elle soupesa le petit flacon. Il était plutôt lourd – presque plein.

– Heureusement que vous l'avez retrouvé, fit-elle. Imaginez si on avait continué à croire que le Dr Hurst s'en était servi sur Bibi… du moins, c'est ce qu'Arthur

Conan Doyle semble penser. Il va nous falloir le désabuser puisque c'est Lydia qui l'a utilisé.

– Oui, mais son hypothèse tombait sous le sens, dit-il. Le Dr Hurst avait du chloroforme dans sa trousse. Et Bibi en portait des traces autour de sa bouche. Et pendant une bonne partie de la soirée, le Dr Hurst était visiblement furieux contre elle. Doyle n'a fait qu'additionner toutes les données.

– Pour en tirer une conclusion erronée. Le créateur de Sherlock Holmes n'est pas tout à fait à la hauteur des capacités de son héros. D'autre part, tous les indicateurs semblaient désigner le Dr Hurst, presque comme si…

Mais elle se tut. Quelque chose clochait.

– Presque comme si… ? reprit Benchley qui termina à la place de Dorothy l'idée qui lui était venue : comme s'il était victime d'un coup monté ?

– Exactement.

Elle fut soudain prise d'inquiétude.

– Pourquoi Lydia n'est-elle pas ici ? Où est-elle ? Et que fait-elle ?

– Vous ne pensez pas…

– Le Dr Hurst ! Elle a d'abord tué Bibi, puis l'a piégé, lui, par-dessus le marché. À présent, il est couché là-haut sans défense – vulnérable comme un chou à la crème.

Ils franchirent la porte en courant et enfilèrent le couloir.

– Le Dr Hurst n'est absolument pas sans défense, dit Benchley pendant qu'ils se hâtaient. Et il n'avait rien d'un chou à la crème, il y a un quart d'heure encore, quand on se trouvait dans sa chambre. Il m'a même paru carrément immangeable. Un squelette revenu à la vie. On a détalé de là-bas comme des lapins paniqués.

– Il est quasi paralysé, Fred. Un enfant pourrait entrer dans sa chambre et l'étouffer sous un oreiller.

– Pourquoi un enfant l'étoufferait-il avec un…

– Simple figure de style. Vous savez ce que j'ai voulu dire.

Ils atteignirent l'ascenseur. Dorothy l'appela. Puis, avec impatience, réappuya sur le bouton.

– Lydia est peut-être là haut en train d'assassiner le Dr Hurst pendant que nous parlons.

L'ascenseur arriva, la porte s'ouvrit et ils entrèrent dans la cabine. Maurice, le liftier, dormait quasiment debout.

– Huitième étage, et que ça saute, lui dit Dorothy.

Maurice, paraissant se remuer à peine, mit quand même l'ascenseur en branle.

– Expliquez-moi encore une chose, dit Benchley à Dorothy, pourquoi Lydia se donnerait-elle la peine de l'étouffer sous un oreiller ? Quel intérêt ? Le Dr Hurst peut à peine parler.

– Mettez-vous à la place de Lydia. Vous avez déjà tué une fois ce soir, sans doute sous l'impulsion du moment, sans avoir rien prémédité. Heureusement pour vous, tout le monde ou presque semble soupçonner quelqu'un d'autre. Après tout, le Dr Hurst possédait le chloroforme et avait lui aussi une dent contre Bibi. Même son ami Sir Arthur le soupçonne. Maintenant, si vous étiez Lydia, quoi de plus facile que de masquer entièrement votre culpabilité en étouffant simplement un vieillard frappé d'incapacité ? Personne ne vous soupçonnerait. Tout le monde croirait que le Dr Hurst a succombé à son attaque – et qu'il était bien le coupable. Vous vous en tireriez à bon compte.

– Un instant, fit Benchley. Le Dr Hurst n'a nul besoin de se défendre. Votre merveilleux Mr Jordan s'en chargera pour lui.

C'est vrai, songea-t-elle, *Jordan paraît terriblement protecteur. Et fort capable de gérer tout ce que pourrait tenter d'infliger la frêle Lydia à son cher employeur.*

L'ascenseur s'arrêta, et Maurice, tel un automate, l'ouvrit, en gardant les yeux mi-clos.

Ils se ruèrent jusqu'à la chambre du Dr Hurst et surpris, en trouvèrent la porte entrebâillée. Benchley la poussa.

La pièce était sens dessus dessous – vêtements, livres, papiers, instruments médicaux et autres valises étaient éparpillés dans tous les coins.

– On dirait qu'un ouragan est passé par là, fit Dorothy.

– Il n'a pas fait que passer, rectifia Benchley, ouvrant de grands yeux. Il a pris tout son temps.

En dépit de ce cataclysme, le Dr Hurst était toujours immobile et impassible dans son lit.

Ils entrèrent précautionneusement, tâchant de ne pas trébucher ni de glisser sur le moindre débris qui couvrait le sol. Dorothy remarqua que la porte de la chambre contiguë était ouverte. Ce qui n'avait pas été le cas, la fois précédente. Et un corps était étendu en travers du seuil.

– Regardez, dit-elle. C'est Jordan !

Il gisait sur le sol encombré, le corps mou et tordu comme un gant de toilette. Ils se précipitèrent vers lui.

– Il est mort ? demanda Dorothy.

Benchley se baissa et fit rouler doucement Jordan sur le dos.

– Bonne nouvelle. Il respire.

– Ah, Dieu merci !

Benchley lui jeta un coup d'œil intrigué.

– Ne me regardez pas sur ce ton, fit-elle. Je ne supporterais pas de voir un autre cadavre ce soir – celui de Woollcott, excepté.

– Et proprement exécuté, renchérit Benchley. Mais à présent que nous savons que Mr Jordan est vivant, qu'allons-nous faire de lui, au juste ?

Dorothy haussa le sourcil.

– Moi, je sais très bien ce que j'aimerais en faire.

– Je vous en prie, Mrs Parker, fit Benchley, d'un air dégoûté. Il y a un instant à peine, vous le croyiez mort.

Elle sourit. Elle avait simplement envie de le faire bisquer.

– Très bien, alors. Réveillons-le.

Benchley gifla Jordan deux, trois fois, doucement d'abord puis d'une main de plus en plus ferme.

– Ouh… fit Jordan, en fronçant le nez.

– Ça suffit, Fred, lui dit-elle. Vous allez l'abîmer.

– Non, ce n'est pas lui qui me fait mal, gémit Jordan, qui battit des paupières puis ouvrit les yeux. Se redressant sur un coude, il se palpa la nuque en grimaçant. C'est ma tête. Quelqu'un ne m'a pas raté.

– Qui vous a attaqué ? demanda Dorothy, puis balayant la pièce d'un geste de main : et que s'est-il passé ici ?

– J'sais pas.

Jordan désigna du pouce la chambre contiguë.

– J'étais sur mon lit quand j'ai entendu du remue-ménage ici dedans. J'ai couru dans la pièce, mais à peine la porte franchie – *paf !* Quelqu'un a dû me frapper par-derrière. Tout ce que je sais, c'est qu'en rouvrant les yeux, j'ai aperçu votre joli minois.

– Vous êtes trop aimable, fit Benchley en battant des cils. Bon, on va vous relever de ce sol salissant avant que vous ne vous couvriez de ridicule.

Ils aidèrent Jordan à se remettre d'aplomb. Il était vêtu d'un maillot de corps ajusté, d'un large pantalon de pyjama à rayures et chaussé de pantoufles semblables à des mocassins.

– Attendez un instant, leur demanda-t-il, en jetant un coup d'œil au désordre ambiant. Puis il se pencha et récupéra sa chaussure orthopédique en cuir noir. Mieux vaut que je n'oublie pas ça. J'ai cru qu'elle pourrait me servir d'arme.

– Quelle ironie, observa Benchley, pince sans rire. Vous vous êtes armé au débotté.

Jordan haussa les épaules.

– On peut le dire. Mais ça ne m'a pas été d'une grande utilité.

Il s'approcha en claudiquant du lit du Dr Hurst, s'assit sur le bord du matelas et examina le vieil homme.

– Il n'a pas une seule égratignure. Ça ne l'a même pas réveillé. Quel qu'il fût, l'intrus n'en avait pas après le Dr Hurst.

– Mais après quoi, alors ? demanda Dorothy.

– Quelque chose que le docteur possède – ou possédait.

Avec un pincement de culpabilité, elle repensa au télégramme dans son sac. Elle l'avait repris en quittant sa minisuite. L'intrus cherchait-il le télégramme ?

Jordan ne fit qu'un bond dans la chambre adjacente. Il ramassa son autre chaussure et regarda à l'intérieur.

– Envolé ! Il n'est plus là ! Nom de Dieu !

Il jeta sa chaussure sur le sol.

– Qui que ce soit, il l'a pris !

– Il ? demanda Dorothy. Qui, il ? Et il a pris quoi ?

Benchley lança alors d'un ton qui ne présageait rien de bon :

– Peut-être est-ce *vous-savez-qui.*

Dorothy se rappela les noms du télégramme. *Lloyds ou Pinks ? Ou les Frères Berley ? Ou même... Lydia ?*

Mais Benchley garda le silence.

– Qui ? insistèrent Dorothy et Jordan simultanément.

– Ted Besh, bien sûr !

À l'énoncé de ce nom, le Dr Hurst rouvrit son œil valide qui, roulant dans son orbite, évalua la dévastation de la chambre avant de se refermer en silence. Le visage en partie déformé du médecin prit un air peiné.

– Il vaudrait mieux que vous partiez, dit Jordan avec colère, en croisant les bras sur sa poitrine. Tout de suite.

22

– J'ai besoin d'un verre, dit Dorothy en fonçant dans le couloir. Venez, retournons dans ma chambre et tâchons de démêler tout ça.

Benchley s'empressa de la suivre. Une fois dans l'ascenseur, Dorothy souleva l'une des paupières de Maurice.

– Vous rappelez-vous si quelqu'un est monté à cet étage il y a peu ? Quelqu'un qui portait peut-être un médaillon ?

– Hum… pff… grogna Maurice.

Elle lui relâcha la paupière, qui se referma d'un coup sec telle une souricière.

– Je crois qu'on peut considérer ça comme un non, dit Benchley.

De retour dans sa minisuite, Dorothy, son chien trottinant dans ses jambes, leur servit à tous deux un petit verre de mauvais scotch.

– Faites-le durer, conseilla-t-elle à Benchley en lui tendant le sien. C'est la dernière bouteille de ma réserve de secours, ma planche de salut.

Benchley porta un toast.

– Aux planches de salut.

– Et au secours qu'elles nous réservent.

Ils trinquèrent et sirotèrent.

– Donc, commença-t-il, nous avons appris que votre Jordan n'est certes pas quelqu'un avec qui badiner.

– Primo, Fred, ce n'est pas *mon* Jordan, fit-elle avec fermeté. Deuzio, je ne badinais pas avec lui. Et tertio, de quoi parlait-il, bon Dieu ? Qu'est-ce qui a disparu ?

– Vous l'avez déjà deviné, à mon avis, fit-il. Le collier – le médaillon du Dr Hurst. Celui que portait Bibi autour de son cou gracile. Celui que Mary Pickford a escamoté. Celui qui a ensuite disparu de sa commode.

– Est-ce à lui que fait allusion ce télégramme ? dit Dorothy en montrant le bout de papier jaune. Le soi-disant « objet de valeur » ?

Benchley lui prit le télégramme des mains et le relut.

« Conservez objet en sécurité et en bon état ou marché ne tient plus. » Donc, le Dr Hurst allait emporter le collier à Chicago pour une transaction x ?

– Mais il a sans doute modifié ses plans à cause de la quarantaine, dit-elle. Et il l'a confié alors à la garde de Fairbanks.

– Mais ensuite, Bibi l'a trouvé et piqué là où Fairbanks l'avait mal planqué, là où Mary l'avait vu. Et puis, encore plus tard, cette dernière l'a repiqué à Bibi.

– Puis Jordan l'a piqué à son tour dans la commode de Mary, poursuivit-elle.

– Et pour finir quelqu'un l'a piqué dans la chaussure de Jordan. Et a mis ce dernier au tapis et à sac la chambre du Dr Hurst, tant qu'il y était.

– Mais qui ? demanda Dorothy.

– Pas seulement qui, mais pourquoi ?

– Le pourquoi, c'est qu'il s'agit d'un objet de valeur, dit-elle avant de vider son verre de scotch.

Elle s'assit sur le canapé, et Woody sauta sur ses genoux.

– Quant au qui…

Benchley lança un coup d'œil au télégramme.

– Ce sont peut-être les dénommés Lloyds ou Pinks. Ou encore ces mystérieux frères Berley, quels qu'ils soient.

Dorothy soupira.

– On ne peut écarter Lydia. Rappelez-vous, c'est d'abord à cause d'elle que nous sommes revenus en vitesse dans la chambre du Dr Hurst ! On craignait qu'elle ne s'en prenne à lui physiquement.

– La petite Lydia Trumbull, fit Benchley qui faillit éclater de rire. Elle a déjà du mal à monter dans les aigus, je la vois encore moins monter d'un cran et frapper un jeune aventurier costaud comme votre Mr Jordan. Je n'arrive pas à l'imaginer le mettant K.-O.

– Je vous le répète, ce n'est pas mon Mr Jor… commença-t-elle. Mais bon, glissons. Et l'on ne sait toujours pas où est passée Lydia, c'est certes un mauvais point pour elle qu'elle ait caché ce chloroforme.

Dorothy sortit le petit flacon marron de son sac qu'elle posa sur sa table de nuit.

– Je parie toujours sur l'infâme Ted Besh, affirma Benchley. Et si Ted Besh était un rival de longue date du Dr Hurst ?

– Ma foi… dit Dorothy, incertaine.

– Il y avait, c'est certain, comme une appréhension dans sa voix quand il a prononcé ce nom, poursuivit

Benchley, dont le visage s'anima. Peut-être que cet individu, ledit Besh, a resurgi du passé dans le seul but de se venger d'un préjudice que lui aurait causé autrefois le Dr Hurst. Une ablation des amygdales bâclée, peut-être ?

Elle tiqua.

– Ça m'a l'air un peu tiré par les cheveux. Et je parie que Frank Case n'a trouvé aucun client de ce nom dans le registre.

Benchley haussa un sourcil amusé.

– Peut-être ce mystérieux Mr Besh s'est-il inscrit sous un pseudonyme ?

– Johnny Untel ? fit-elle d'un ton sceptique.

– Ou Walker ? demanda-t-il, espiègle.

– Jack Daniels ?

– Ou Jim Bean !

Elle pouffa.

– Besh, où va t-on pêcher un nom pareil, de toute façon ?

Il éclata de rire.

– Bêcher, pas pêcher, ma chère.

Elle éclata de rire à son tour en le regardant droit dans les yeux. Et posa sa main sur la sienne.

– Je suis tellement contente que vous soyez là, Fred. Je ne sais pas comment je me débrouillerais sans vous.

Il appuya sa tête contre le divan en lui rendant son regard.

– Je n'en doute pas, Mrs Parker, fit-il doucement. Je me sens, ma foi, un peu honteux d'avoir laissé Gertrude et les garçons seuls à la maison par une nuit aussi froide et enneigée. Mais pour vous dire toute la vérité, je suis ravi d'être ici, moi aussi.

Elle ressentit une pointe de jalousie – et de culpabilité, pour être tout à fait honnête – en l'entendant mentionner femme et enfants. Mais surmonta la chose vite fait. Après tout, il était ici avec elle, non ?

– À vrai dire, Fred, lui dit-elle, si vous ne vous étiez pas montré ce soir, j'aurais eu l'esprit en berne.

Il la gratifia d'un sourire réconfortant et chaleureux.

– Sottises, Mrs Parker. Votre esprit ne baisse jamais pavillon.

Il s'exprimait dans un murmure aussi intime qu'un froissement de draps.

– La flatterie vous mènera où vous voudrez, lui chuchota-t-elle en retour, en se rapprochant de lui.

– Et où exactement ?

Woodrow Wilson, se dressant soudain, faufila sa truffe humide entre eux deux. Dorothy et Benchley reculèrent à l'unisson sous l'effet de la surprise. Elle avait quasiment oublié son petit chien. Il se tourna et retourna sur ses genoux, avant de se caler confortablement, en fixant tristement sur elle ses gros yeux noirs globuleux.

Dorothy saisit la tête du chien, aux oreilles en forme de chauve-souris, entre ses deux mains.

– Oh, mon petit bonhomme, tu as besoin d'aller dehors, hein ? Ça fait des heures que tu n'es pas sorti. Mon pauvre chéri.

Benchley avança la main et gratta le chien derrière les oreilles.

– Pauvre toutou.

Puis s'adressant à Dorothy :

– Mais comment faire ? Vous ne pouvez pas l'emmener dehors. Impossible de quitter l'établissement avec la quarantaine.

Elle eut une idée.

– Mais si, je peux aller dehors, je l'ai déjà fait.

Il la regarda avec curiosité.

– Sur le toit. Je peux l'emmener là-haut.

Avec des sentiments mitigés, elle s'éloigna de Benchley et se leva du canapé. Le chien bondit sur le faux tapis persan usé jusqu'à la corde. Elle regrettait en partie que Woody ait fourré sa truffe dans ses affaires…

En étant bien consciente qu'une autre partie d'elle-même, plus infime, était soulagée. *Où les choses allaient-elles sur le divan, il y a à peine un instant ? Elle ne pouvait pas dévoyer un homme marié, non ? Ou bien était-ce lui qui la dévoyait ?*

Elle s'ébroua pour s'éclaircir les idées. Et prit le flacon de chloroforme – il lui faudrait le montrer à Doyle – puis elle se dirigea vers le placard de l'entrée chercher son manteau et la laisse de Woody, qu'elle attacha au collier du petit chien. Elle se redressa et s'adressa à Benchley :

– Pendant que je l'emmène en promenade, peut-être pourriez-vous descendre au standard et appeler le Capitaine Church, à la place de Woollcott, et contrairement aux ordres de Doyle.

Benchley, qui s'était levé à son tour, fouillait dans ses poches, l'air ailleurs. Il en tira sa pipe et se la colla entre les dents. Dorothy soupçonna qu'il n'avait pas envie de fumer, mais seulement besoin de s'occuper, de se distraire en se donnant du mouvement.

– Oui, chuinta-t-il, la pipe au bec. Le standard. Oui, en effet, bonne idée, Mrs Parker. Très bonne idée. J'y vais de ce pas.

Sans ajouter un mot, il la suivit ainsi que son chien hors de la chambre et dans le couloir.

– Remontez dans la suite de Doug et Mary, une fois que vous aurez terminé, lui dit-elle.

Il leva sa pipe en guise d'acquiescement, puis pivota et se dirigea vers l'escalier.

Elle tira doucement sur la laisse du petit chien et avança vers l'ascenseur.

– Eh bien, Woody, je crois que tu viens de m'apprendre une bonne leçon. Charité bien ordonnée commence par soi-même.

Elle entendit alors un bruit surprenant, et surtout inattendu.

23

Cette clameur insolite provenait de l'appartement de Mrs Volney. On percevait des éclats de rire et des bavardages. Et pas une seule voix, mais plusieurs. Les conversations animées n'étaient pas rares à l'Algonquin – le côté surprenant, c'était que celle-ci se tenait chez Mrs Volney, et au petit matin. Mais la chose aurait surpris Dorothy à tout moment de la journée.

Woody et elle s'approchèrent lentement de la porte, et le bruit de conversation mêlée de rires devint plus fort, et plus distinct. On n'entendait aucune voix d'homme. Uniquement des rires de femmes.

Punaise, un thé serait-il en cours ? se demanda-t-elle, un peu agacée. *Ou n'est-ce qu'un ramassis de femmes oisives qui taillent une bavette pendant une enquête criminelle ?*

Le groupe se mit à rire de plus belle. Ce qui fit glapir Woody.

Hochant la tête, Dorothy tira sur sa laisse et s'éloigna de l'appartement de Mrs Volney.

Dans son dos, la porte s'ouvrit.

– Attendez, Dorothy, appela Jane Grant.

Ruth Hale s'encadrait derrière elle dans l'embrasure.

Woody pivota et voulut revenir en arrière. Dorothy le suivit.

– Jane ? Ruth ? Que faites-vous là, toutes deux ? leur demanda-t-elle. Mrs Volney préside-t-elle une assemblée de sorcières ? Et Alexander Woollcott ferait-il bouillir là un grand chaudron, par hasard ?

Sous-entendant en fait : *que fabriquent deux jeunes femmes intelligentes dans l'appartement de cette odieuse vieille mégère ?*

– Nous discutions de Bibi. Venez vous joindre à nous.

Dorothy aperçut derrière elles une dizaine d'autres femmes. Et fut surprise de constater qu'elle avait vu juste : une *tea-party* battait son plein. Mrs Volney faisait le service. Woody tirait toujours sur sa laisse, essayant d'entrer.

– Non, lui dit-elle avec fermeté.

Elle s'adressa tout aussi fermement, mais avec moins de rudesse, aux deux jeunes femmes.

– Non, merci, je suis trop occupée. Primo, je dois sortir ce petit bonhomme pour son pipi et deuzio, j'aide le Dr Doyle.

Sous-entendant, encore une fois : *Je préfère partir à la recherche du corps de Bibi et découvrir qui l'a tuée, que rester assise à casser du sucre sur le dos de cette pauvre fille.*

Jane et Ruth eurent l'air de prendre ça pour une réprimande.

– Bonne chance alors, fit Jane calmement. Et revenez si vous changez d'avis.

Elles refermaient déjà la porte. À cet instant, Dorothy repéra Lydia Trumbull dans l'assemblée. Elle faillit la héler – pour attirer son attention.

Mais la porte claqua. Et Dorothy resta plantée là, furieuse contre elle-même de s'être montrée arbitrairement si rigoriste contre le papotage et autres racontars. Un petit cancan par-ci par-là, elle n'avait rien contre.

Mais la vraie raison de son courroux, c'était qu'elles étaient là-dedans comme larronnes en foire tandis qu'à son habitude, elle se retrouvait seule, et en dehors. En dehors de leur groupe. En dehors de ce cercle d'invitées. En dehors, et aux aguets. Woody restait face à la porte, attendant d'être admis.

Elle allait tirer sur sa laisse pour l'entraîner plus loin, mais renonça.

Plutôt que de passer sa colère sur le petit chien, elle se pencha, le prit dans ses bras et le serrant contre elle comme un bébé, l'emporta jusqu'à l'ascenseur.

Pour se rendre au standard, Benchley traversa le hall, quasi silencieux à présent. Harpo Marx, roulé en boule sur l'un des canapés, dormait du sommeil du juste. Benchley, en pleine confusion d'idées, envia la sérénité d'Harpo.

Si bien qu'en voyant Frank Case et Luigi le serveur s'approcher de lui en toute hâte, Benchley apprécia cette diversion. Case et Luigi portaient des brassées d'oreillers et des piles de couvertures.

– Il faut bien que les membres du personnel dorment quelque part, expliqua Case. Les chambres de service du dernier étage ne sont pas assez nombreuses pour les héberger tous. Ils devront donc en alternance faire un somme dans leur salle de détente au sous-sol ou roupiller à même le sol dans la Pergola Room[1], à la dure.

Les chambres de service du dernier étage ? La salle de détente au sous-sol ? Voilà qui ouvrait des horizons inconnus à Benchley.

Il se mit à interroger Case à ce sujet, mais le directeur l'interrompit.

– Avant que vous ne me posiez la question, j'ai consulté le registre. Nous n'avons aucun client du nom de Ted Besh ou approchant. Pas plus de Ted que de Théodore. Ni Besh, Bosh, Bush ou nom de famille similaire.

– Et Beam ? Jim Beam ?

Case en resta perplexe.

– Sans importance, dit Benchley, en tapant sa pipe éteinte au-dessus d'un palmier en pot. Tout se mélange dans ma tête, je ne sais plus ce que je dis.

– Ni ce que vous faites, dit Case, qui tiqua en le voyant disperser ses cendres sur la plante verte.

– Oh. Vous avez raison, fit Benchley, penaud, en glissant sa pipe dans sa poche.

Case et Luigi sortirent en vitesse.

Toujours dans le brouillard, Benchley gagna le standard. Contrairement à Dorothy, qui résidait à l'hôtel, il connaissait fort peu l'opératrice. Il frappa doucement, presqu'à regret, puis ouvrit la porte en hésitant.

La terreur qui le saisit balaya aussitôt ce qui lui embrumait le cerveau.

1. Autrement dit, dans le cabaret boîte de nuit de l'hôtel, qui fut l'un des premiers du genre à New York. *(N.d.T.)*

Mavis était affalée sur le standard, la tête dans une position inconfortable. Ses bras étaient écartés au hasard parmi les commutateurs et autres prises.

Elle était aussi immobile et silencieuse qu'une pierre tombale écroulée.

Suivant les minuscules traces de pattes de Woodrow Wilson, Dorothy et Doyle longeaient le toit enneigé. Le chien avançait en zigzag, flairant la poudreuse en quête d'une piste.

Cette fois, au lieu d'emprunter une fenêtre, Dorothy utilisa la porte menant sur le toit qui, apprit-elle, se trouvait au fond du couloir non loin de la suite des Fairbanks. À présent, elle dominait les lumières de la ville blanche et silencieuse. La neige avait enfin cessé de tomber. Un vent léger mais glacial chassait de son souffle les lambeaux de nuages teintés de clair de lune à travers le ciel sombre. Au-dessus, la nuit était de velours noir, pointillée d'étoiles bleu argenté. Elle inspira profondément l'air nocturne, d'un froid vif. Pour une fois, il ne sentait pas la suie.

Elle avait retrouvé Doyle dans la suite avec vue. Il n'était arrivé nulle part avec Mary Pickford et Douglas Fairbanks, lui confia-t-il. Leurs explications tournaient en rond. Le couple se livrait à un jeu de bascule, se disputant âprement à un moment pour mieux se réconcilier passionnément l'instant suivant. Quand Dorothy avait invité Doyle à se joindre à elle pour aller promener son chien, il avait littéralement sauté sur l'occasion.

Une fois sur le toit, Dorothy lui avait appris le saccage récent de la chambre du Dr Hurst, tout en le rassurant : ce dernier n'avait pas été blessé – ni même réveillé par ce remue-ménage. En revanche, on avait assommé Jordan.

– Frapper un homme par-derrière ! se récria Doyle, en agitant sa grosse tête. Parfaitement répréhensible. Qui peut commettre un acte aussi discourtois et brutal ?

– Un voyou discourtois, peut-être ? fit-elle, sur un ton un brin trop désinvolte, peut-être.

Elle essayait simplement de mettre Doyle à l'aise. En tout cas, la blessure la plus grave dont semblait souffrir Jordan, c'était celle qu'on avait infligée à son amour-propre.

– Je devrais descendre l'examiner, fit Doyle.

– Oui, bien sûr. Et vous assurer que lui et le Dr Hurst vont bien. Mais conseil d'amie… ne questionnez pas Jordan sur le médaillon.

Elle lui expliqua que ce dernier avait reconnu avoir dissimulé le médaillon volé dans sa chaussure. Mais qu'il avait disparu lors de l'agression.

Doyle était furieux après Jordan à présent. Il se mit à arpenter la neige à grands pas. Woody détala à toutes pattes de son chemin.

– Quel brigand ! Aller dérober un médaillon dans la commode d'une dame. Objet qui, en outre, appartenait à Quentin avant tout. En substance, il a fait les poches de son patron ! Je n'aurais jamais cru Mr Jordan capable d'une chose pareille. Il avait tout du parfait gentleman et de l'employé modèle.

Dorothy pensa soudain quelque chose qu'elle n'avait pas envisagé jusque-là.

– Et si Jordan ne l'avait pas volé *au* Dr Hurst, mais *pour* le Dr Hurst.

Doyle s'immobilisa.

– Que dites-vous ? C'est quoi ces âneries ?

– Et si Jordan savait d'une façon ou d'une autre que le médaillon se trouvait dans la commode de Mary ? Et si, en employé modèle, il était allé le récupérer au profit de son patron, que son état empêchait d'agir lui-même ?

Conan Doyle grogna. Elle venait clairement de semer le doute dans son esprit.

– Peut-être devrais-je aller en parler avec Mr Jordan en personne.

Il se dirigea vers la porte pour rentrer dans l'hôtel.

– Faites, lui dit Dorothy. À propos, vous rappelez-vous le numéro de la chambre occupée par la famille souffrant de la varicelle ?

Doyle se retourna.

– De la varicelle ? De la variole, vous voulez dire.

– Ah oui… de la variole.

– Non je ne m'en souviens pas. Je n'ai pas rendu visite à cette famille. C'est Quentin qui a établi le diagnostic.

– Oui, c'est vrai. Aucune importance. Je poserai la question à Frank Case. Il saura dans quelle chambre ils se trouvent.

Doyle marqua une pause sur le seuil.

– Je perçois votre scepticisme, Dorothy. Il se démarque de votre ironie habituelle. Vous pensez que Quentin s'est trompé dans son diagnostic.

– Oui, répondit-elle, impassible. Et je crois qu'il l'a fait à dessein.

Doyle réfléchit à ce qu'elle venait de dire.

– Peut-être. Mais dans quel but ?

– Pour essayer d'échapper à quelqu'un. Il s'est dit que la quarantaine barrerait l'accès de l'hôtel à son poursuivant. Mais c'était déjà trop tard. Celui qui est à ses trousses, quel qu'il soit, était déjà à l'intérieur.

Benchley fixait le corps sans mouvement de l'opératrice.

– Ah non, pas encore une, gémit-il lamentablement.

Un frisson lui parcourut l'échine. Était-il bien seul dans la petite pièce ? songea-t-il en regardant autour de lui. Il n'oubliait pas qu'il y avait peu *quelqu'un* l'avait bouclé avec Mrs Parker dans la chambre froide au second sous-sol. Et que ce quelqu'un se trouvait toujours dans l'hôtel, quelque part

Même si l'unique lampe du standard n'éclairait pas tous les recoins, Benchley voyait bien qu'il n'y avait personne d'autre. Il était seul avec le corps. Tout seul.

Il secoua son inertie et se rapprocha de la femme pour l'examiner.

Mavis, effondrée sur le standard, lui tournait le dos. Son casque encerclait sa tête comme une tiare. Sa chevelure brune lui voilait la face.

Pauvre femme. Qui a fait ça ?

Un des bras était bizarrement recroquevillé près de la tête. L'autre, étalé sur toute la longueur du standard, menaçait d'en glisser. Benchley imaginait très bien ce qui en résulterait si jamais cela arrivait : tout le corps, entraîné par le poids, basculerait sur le parquet, où il s'affalerait comme une poupée de chiffon.

Il ne supporterait pas ce spectacle. Alors s'emparant délicatement du bras à deux mains, il le remonta en douceur sur le standard, loin du bord.

Mais pendant la manœuvre, le corps s'effondra en arrière, et la tête, se décollant du standard, se renversa contre le fauteuil. Benchley eut le visage blême de Mavis sous les yeux : quelques mèches folles semblaient le balafrer.

Puis elle ouvrit soudain les paupières.

Benchley recula en hurlant.

Mavis se redressa d'un seul coup, face à lui. Le casque vola dans les airs et atterrit avec fracas aux pieds de Benchley, qui l'évita d'un bond comme s'il s'agissait d'une araignée géante.

– Qu'est-ce qui vous prend, bon Dieu ? lui cria-t-elle. Vous avez décidé de me faire mourir de peur ?

– *Vous* faire mourir de peur ? hoqueta-t-il. J'ai cru que vous étiez déjà morte. C'est vous qui avez manqué *me* faire mourir de peur.

– Je piquais un petit roupillon bien mérité, lui rétorqua-t-elle sèchement en ramassant son casque. Quelle idée de tirer une pauvre fille d'un sommeil réparateur !

– Et quelle idée de jouer les cadavres ambulants ! lui demanda-t-il. Il n'y a pas déjà eu assez de bazar comme ça ?

Elle l'ignora, occupée à farfouiller dans un grand sac. Elle en sortit un poudrier qu'elle ouvrit d'un coup sec. Se regardant dans le miroir, elle lissa ses cheveux ébouriffés.

Au bout d'un moment, Benchley réussit enfin à contrôler sa respiration et ses battements de cœur.

– Écoutez, lui dit-il, Mr Case est en train d'aménager… des aménagements… pour que le personnel puisse dormir. Dans la Pergola Room. Vous seriez installée plus confortablement là-bas que toute seule, ici.

– Ma foi, comme je n'arrive pas à dormir ici d'un sommeil réparateur…

Elle se leva, prête à partir.

Il se souvint alors de la raison de sa venue.

– Un instant. Il faut que j'appelle la police.

Elle s'immobilisa, le sourcil froncé.

– Il n'y a pas déjà eu assez de bazar comme ça ?

Il avait pensé qu'elle pourrait passer l'appel pour lui. Mais au lieu de cela, elle lui marmonna quelques instructions avant de franchir la porte en flageolant.

Benchley fit face au standard avec une inquiétude certaine – l'installation avait presque la taille d'un piano droit. Il n'entretenait pas de bons rapports avec le matériel mécanique et autres instruments. En fait, il redoutait in petto que la technologie ne le vise tout spécialement. Réveille-matins électriques, machines à écrire, tourniquets du métro, automobiles – tous comportaient un élément de danger. Il racontait souvent l'histoire d'un ouvre-boîte qui avait failli le décapiter – d'après lui, du moins.

Mais, hormis l'ensemble intimidant de lampes, prises, câbles, commutateurs, etc., ce truc-là n'avait pas l'air si dangereux au fond. Il finit par s'installer dans le fauteuil de Mavis, se débrouilla pour s'équiper du casque et du micro sans trop de difficulté. Puis, pour s'amuser, il bascula un commutateur au hasard – et se pinça le doigt. Il le porta à sa bouche et se mit à le sucer.

– Très bien, à nous deux, standard, fit-il en plissant les yeux et en retroussant les manches. Et que le meilleur gagne !

24

Dorothy se tenait devant la porte de Mrs Volney, Alexander Woollcott, à ses côtés. Elle n'avait aucune envie qu'il se trouve là. Pas plus qu'elle de se trouver ici. Mais elle était tombée sur Woollcott devant la suite des Fairbanks en revenant avec Woody du toit. Et Woollcott s'était collé à ses basques comme une sangsue. Dorothy s'était débarrassée de son manteau et avait laissé le chien dans sa minisuite. Alors seulement, elle avait permis à Woollcott de la traîner chez Mrs Volney.

– Vous êtes bien certaine de l'avoir vue là ? insista-t-il.

– Oui, pour la énième fois, j'ai aperçu Lydia ici. Oui, je vais entrer et la faire sortir. Oui, vous pourrez la cuisiner autant qu'il vous plaira. La faire passer sur le grill comme un hamburger. Pour ce que ça me fait…

– Magnifique, dit Woollcott, en souriant jusqu'aux oreilles.

Il était toujours aussi excité, peut-être plus même, qu'au début de leur stupide petit jeu de l'Assassin, il y avait plusieurs heures de ça. Il jouait encore et toujours au détective.

Elle l'avait déjà vu dans un état semblable à plusieurs reprises par le passé. Tous les deux ou trois mois, il se découvrait une nouvelle passion. Le *cribbage*[1], le croquet, les mots croisés – n'importe quoi faisait l'affaire. Woollcott avait passé un hiver entier à organiser le mariage de Jane Grant et d'Harold Ross. Aucun détail n'était trop infime pour être négligé. Au final, tout avait davantage tourné autour de Woollcott que de Jane et de Ross. Aujourd'hui, il ne cesserait pas de jouer au détective tant qu'il n'aurait pas résolu ce meurtre – ou tant que quelqu'un ne l'aurait pas coiffé sur le poteau.

– Vous n'avez pas besoin de moi pour ça, soupira-t-elle. Allez chercher Lydia vous-même.

– Dans une pièce pleine de femmes ? Jamais de la vie. Elles me mangeraient tout cru.

– Vous plaisantez ? Vous êtes deux fois plus barracuda que n'importe laquelle.

Il rayonna de l'entendre, considérant que c'était là un immense compliment.

– Vous avez peut-être raison. Mais j'ai eu récemment un désaccord avec Mrs Volney, cette vieille commère revêche dont les oreilles traînent partout, et j'ai juré de ne plus lui adresser la parole. Je refuse fortement de mettre le pied dans son repaire.

Elle lorgna sa bedaine.

– Vous faites tout fortement. Inutile de le claironner sur les toits.

---

1. Jeu de cartes datant du XVIIe siècle, très populaire aux U.S.A. à l'époque, connu aussi sous le nom de Crib ou 121. *(N.d.T.)*

Il rentra instinctivement le ventre mais, expirant rapidement suite à cet effort, le relâcha aussitôt.

– Quoi qu'il en soit, c'est une mission importante, ma chère Dorothy, que vous – et vous seule – pouvez mener à bien. Et maintenant pénétrez dans l'antre de cette lionne et faites m'en sortir Lydia !

– Un instant, fit-elle vivement, en se rappelant ce que Woollcott était censé faire en cet instant. Et Bibi ? L'avez-vous même cherchée au second sous-sol ? Qu'avez-vous découvert ?

Il fixa ses pieds ; peut-être visualisait-il au-delà le second sous-sol, tout en bas.

– J'ai découvert qu'obscurité et humidité y régnaient, fit-il doucement.

– Non, mais quelle colossale couardise que la vôtre ! Comment avez-vous dit déjà ? « Au diable, araignées, revenants et autres croque-mitaines. Si je ne déniche pas le corps de Bibi, je ne m'appelle plus Alexander Woollcott » ? Alors, comment vous nomme-t-on maintenant ?

– Je n'ai pas abandonné mes recherches ! s'exclama-t-il, sur la défensive. Je les ai seulement mises en suspens.

– C'est votre crédibilité, je trouve, qui est en suspens.

– Et tout ce suspens vous fait gagner du temps ! dit-il sèchement. Bon, vous allez frapper à cette porte ou dois-je le faire à votre place ?

Après plusieurs faux numéros et encore plus de pincements de doigts, Benchley finit par entrer en communication avec le 16e commissariat et avoir le Capitaine Church au bout du fil.

– Mr Benchley, comment avancent vos affaires à l'Algonquin ?

– *Mes* affaires ? déglutit-il, en songeant inévitablement à Dorothy. Les affaires, comme vous dites, sont… très déroutantes.

– La situation ne va pas tarder à s'éclaircir, lui dit Church d'un ton rassurant. J'ai de bonnes nouvelles. J'ai pu joindre le commissaire des services sanitaires, que j'ai tiré de son sommeil. Et j'ai bon espoir d'obtenir de lui l'autorisation de lever la quarantaine – temporairement, du moins – dans la matinée.

– J'espère qu'il ne se sera pas levé du pied gauche après ça, capitaine.

Church, quant à lui, ne releva pas l'astuce.

– Avez-vous refroidi le corps ?

– Refroidi le corps ?

– Miss Bibelot. Est-elle sur ou dans de la glace, comme l'a ordonné le Dr Norris ?

– Ah oui, bien sûr. Mrs Parker et moi l'avons descendue dans la chambre froide, fit Benchley, qui tut la vérité à Church. À savoir que là où se trouvait le corps à présent relevait d'un jeu de devinette.

– Et le Dr Hurst ? L'individu d'un certain âge qui a eu une attaque. Récupère-t-il confortablement ?

Benchley songea au Dr Hurst reposant paisiblement au milieu du chaos de sa chambre dévastée.

– Tout à fait confortablement. Comme un coq en pâte. Comme l'œil d'un cyclone. C'est justement à cause de lui que je vous appelle. Il a repris brièvement conscience et prononcé un nom. Pouvez-vous le rechercher dans vos dossiers et autres archives ?

– Un nom ? Absolument. Lequel ?

– Ted Besh.

Church répéta. Dans les écouteurs, Benchley l'entendait griffonner au crayon.

– S'il habite New York, y a commis un délit ou encore travaillé et payé des impôts ici, on retrouvera immédiatement sa trace, affirma Church. De façon assez inattendue, j'ai des informations surprenantes à vous communiquer au sujet du Dr Hurst.

Benchley se redressa. À l'entendre, ça semblait effectivement intéressant.

– Allez-y.

– Nous avons reçu une dépêche d'Angleterre. Le Dr Hurst est recherché par la police.

– Recherché ? C'est difficile à croire.

– Parce que c'est un homme respectable d'un certain âge ?

– Non, parce qu'ici, il a été persona non grata d'emblée, fit Benchley. Et on le recherche pourquoi ?

– Vol et exportation de biens volés.

On entendit un froissement de papier à l'autre bout du fil.

– Il est le principal suspect du vol d'un objet rare au London Museum. Il aurait pris l'objet qu'il aurait remplacé par un faux.

– Un objet rare ? Lequel ?

– Malheureusement, le câble ne précise pas ce détail crucial.

– Un médaillon en argent, peut-être ?

– Le Dr Hurst a-t-il un médaillon en argent en sa possession ?

– Eh bien, non. Il ne l'a plus. Mais il l'avait à son arrivée.

Il y eut un silence sur la ligne. Un silence irrité, furieux. Quand Church reprit enfin la parole, sa voix n'était plus qu'un ronchonnement.

– Mr Benchley, s'il se trouve que vous ou Mrs Parker ayez endommagé ou perdu un objet de grande valeur dérobé à une nation amie, vous allez au devant d'ennuis d'une extrême gravité.

Benchley fut tellement soulagé qu'il éclata de rire.

– Aucune inquiétude, Capitaine. Mrs Parker et moi-même ne l'avons ni endommagé ni perdu.

– Je suis enchanté de l'entendre.

– C'est Benedict Jordan qui l'a égaré.

– Égaré ? explosa Church. Et qui diable est Benedict Jordan ?

Oups…

Dorothy se rappela qu'elle avait le flacon de chloroforme dans son sac. Et qu'elle avait oublié d'en parler à Doyle sur le toit. Il lui vint soudain à l'esprit qu'elle pourrait en retirer le bouchon et le lancer telle une grenade dans l'appartement de Mrs Volney. Ça endormirait toutes ces femmes pour une bonne semaine. Ne serait-ce pas tordant ?

– Allez-y, la pressa Woollcott une fois de plus. Entrez donc et faites sortir Lydia de là. Je vous attendrai ici dans le couloir.

Il la poussa du coude en avant. Dorothy en éprouva de la rancune comme chaque fois qu'on lui donnait un ordre. Elle toqua fort à la porte. Puis nouant son bras à celui de Woollcott, qui s'écartait déjà, elle le ramena vers elle.

– Quoi ? Non… bafouilla-t-il.

La porte s'ouvrit et Mrs Volney, une assiette de biscuits à la main, les regarda d'un air interdit. Dorothy lui décocha un large sourire.

– Vous donnez une réception, paraît-il. Pouvons-nous y assister ?

Mrs Volney ouvrit la bouche.

– Eh bien, très cer…

– Des biscuits !

Woollcott s'avança et lui prit l'assiette des mains.

– Laissez-moi en faire la distribution à votre place, chère amie.

– …tainement, termina Mrs Volney, avec incertitude.

Woollcott avait déjà enfourné trois macarons avant même que Dorothy n'ait pénétré dans l'appartement et refermé la porte.

– Je vous repose la question, Mr Benchley, gronda le Capitaine Church, qui est Benedict Jordan ?

– Un homme très bien, répondit Benchley, puis se rappelant l'intérêt de Dorothy pour lui, il ajouta : certaines personnes le trouvent même plutôt bel homme, ayant fière allure.

– Mr Benchley, arrêtez de dire n'importe quoi…

Ce dernier enchaîna.

– Mr Jordan sert de valet de chambre au Dr Hurst, mais aussi d'aide de camp, de capitordome, major – je veux dire de majordome, capitaine.

– Son valet de chambre ? fit ce dernier, digérant l'information. Et d'après vous, c'est ce même Benedict Jordan qui a subtilisé le médaillon au Dr Hurst ?

– Je n'ai pas dit ça.

– Le Dr Hurst le lui avait-il confié ?

– Non, je ne crois pas.

Church se montra à nouveau impatient.

– Mr Benchley, je ne vais pas jouer aux vingt questions avec vous.

– Ça tombe bien, je déteste les jeux de salon.

Il tenta à nouveau de lui expliquer la situation.

– Jordan conservait le médaillon dans l'une de ses chaussures, voyez-vous. Puis, il a disparu.

– Sa chaussure a disparu ?

– Non, le médaillon. Il s'était armé de sa chaussure, ce que j'ai trouvé plutôt cocasse.

– Pourquoi s'était-il armé… ? commença Church, qui renonça et changea son fusil d'épaule. Laissons tomber. Pourquoi le médaillon se trouvait-il dans la chaussure de Jordan ?

– Par mesure de sauvegarde.

– Donc, le Dr Hurst lui avait *bien* confié le médaillon ?

– Non, non ! Jordan l'a pris.

– Jordan l'a pris, répéta Church lentement. Il a pris le médaillon au Dr Hurst ?

– Non, il n'aurait jamais fait ça. Jordan a la fidélité d'un labrador.

– Alors, comment Jordan s'est-il procuré le médaillon ?

– Il l'a volé.

– Il l'a *volé* ? Au London Museum ? Vous voulez dire que le voleur n'est pas le Dr Hurst ?

– Je ne veux pas dire ça du tout. Comme vous le savez, le Dr Hurst est britannique. De son côté, Jordan est aussi américain qu'un fusil à canon scié. Le Dr Hurst l'a engagé ici, sur le sol étasunien. Donc, si Jordan n'était même pas en Angleterre, comment aurait-il pu prendre le médaillon au London Museum ? Non, il a fallu que ce soit le Dr Hurst.

Church réfléchit à ces données.

– Très bien. Alors, comment Jordan l'a-t-il récupéré ?

– Via Mary Pickford. Enfin, via sa commode, je devrais dire.

– Mary Pickford ? reprit Church, d'un ton sceptique. La star d'Hollywood ?

– Elle-même.

– Et comment Mary Pickford est-elle entrée en possession du médaillon ?

– Elle l'a volé, fit Benchley. À Bibi Bibelot.

– Bibi Bibelot ? La morte ?

– Elle-même.

Benchley l'entendit grincer de dents à l'autre bout du fil.

– Mr Benchley…

– Dois-je tout vous récapituler une fois de plus ? fit ce dernier avec obligeance. C'est très simple. Avant que Mr Jordan n'emploie sa chaussure comme arme, il l'a utilisée comme coffre – ce qui, en y repensant, est tout aussi drolatique. Cela revient à s'armer de pied en coffre, si vous me suivez…

– Mr Benchley !

Mais ce dernier s'était tu. Il venait de se rendre compte de quelque chose. En reprenant la parole, il s'adressa autant à lui-même qu'à Church.

– Jordan a couru dans sa chambre pour vérifier dans sa chaussure…

– Oui. Mais la question demeure : qui a pris le médaillon dans sa chaussure ?

– Je n'en sais rien. Mais ce n'est pas ce qui me taraude en ce moment, ajouta brièvement Benchley. Je vais devoir vous rappeler plus tard. Et vous m'apprendrez alors ce que vous aurez découvert sur Ted Besh. Bye !

– Non, Mr Bench... !

Mais Benchley débrancha la fiche, dont le câble se remit seul en place en claquant. La ligne se tut.

Je dois retrouver Mrs Parker. Il allait retirer le casque et partir à sa recherche, mais regarda alors l'ensemble des lampes et des prises du standard. Chaque lampe éteinte et chaque prise correspondaient au téléphone de chaque chambre de l'hôtel. Chacune avait un minuscule numéro – celui de la chambre – imprimé en dessous. *Dans laquelle, Mrs Parker se trouve-t-elle en ce moment ?* Il comprit qu'au lieu de courir partout dans l'hôtel, il lui suffisait de passer un appel ou deux pour la joindre...

Grrrzzzz !

Benchley sursauta sur son siège alors qu'un fort bourdonnement mécanique retentissait dans ses oreilles. L'une des petites lampes s'alluma. Elle était rouge vif, et le bourdonnement, insistant. Benchley devint nerveux. Qui appelait ? Par ailleurs, peut-être était-ce Mrs Parker qui essayait de l'atteindre ?

Benchley bascula le commutateur correspondant, se pinçant à nouveau le doigt.

– Allô ! Opérateur, j'écoute ! fit-il, phrase qu'il avait déjà entendue un bon millier de fois.

Aucune réponse. Puis le bourdonnement reprit et la lampe clignota à nouveau.

Ah oui ! Brancher le câble ! Benchley, saisissant le plus proche, enfonça sa fiche dans la prise sous la lampe rouge. Qui s'éteignit. La ligne était connectée.

– Opérateur, j'écoute ! s'exclama joyeusement Benchley.

Ce ne fut pas la voix de Dorothy qui répondit. Mais celle d'un homme. Une voix bourrue.

– Passez-moi Klondike-5, 5482.

– Un… un instant, bégaya Benchley.

Il fut si surpris de ne pas avoir Dorothy en ligne et si perturbé par cette voix rocailleuse que, rebasculant le commutateur, il coupa promptement la communication.

25

– Trop heureuse que vous ayez pu enfin vous joindre à nous, Dorothy, lui dit Jane Grant.

Ruth Hale, l'autre amie de Dorothy, assise près de Jane, avait l'air également ravie. *Que font ces deux jeunes femmes intelligentes dans l'antre de cette vieille harpie ?* se demanda une nouvelle fois Dorothy.

Une dizaine d'autres femmes, dont Lydia Trumbull, se pressaient aussi dans le salon de Mrs Volney. L'actrice évitait le regard de Dorothy.

Woollcott avait apparemment tout oublié concernant Lydia. Il continuait à piocher dans le plat de cookies et acceptait maintenant avec plaisir une tasse de thé servie par Mrs Volney, encore surprise de son intrusion, semblait-il.

Ces femmes étaient réunies là en cercle restreint. Certaines se tassaient dans les petits fauteuils et sur le petit canapé inconfortable. Mrs Volney avait apparemment sorti quelques chaises pliantes bancales supplémentaires, et les autres invitées s'y étaient installées en équilibre instable. Ses chats avaient disparu quelque part.

– Venez vous asseoir ici, Dorothy, lui dit Jane, en lui faisant de la place sur le canapé.

Ruth, se poussant de l'autre côté, lui fit signe d'approcher. Dorothy s'aperçut qu'en allant s'asseoir là-bas, elle ferait face à Lydia Trumbull. Et s'empressa de se faufiler entre Jane et Ruth.

Elle prit conscience qu'en fait, ça n'avait rien de désagréable de se retrouver entre femmes – Woollcott ne comptant évidemment pas. Elle était souvent la seule femme dans un groupe d'hommes. La plupart du temps, elle était aussi la seule femme à siéger à la Table Ronde de l'Algonquin. Elle était également la seule femme dans la salle de rédaction du *New Yorker*. Et l'une des rares à être invitée à la partie de poker entre hommes du samedi soir, même si elle ne jouait jamais.

Elle adorait la compagnie des hommes et était fière d'être leur égale. Nombre d'entre eux étaient diplômés des universités de la prestigieuse Ivy League. Et pourtant elle frayait avec eux, elle qui, diplômée ès-rien du tout, plafonnait à un mètre cinquante – ce qui ne l'empêchait pas de leur tailler des croupières ou de les faire plier de rire. Et parfois, les deux.

Dès lors, se retrouver dans un large groupe de femmes, une première depuis longtemps, revenait pour elle à visiter un pays étranger. Elle n'avait pas tout à fait tranché si c'était réconfortant ou déprimant. Quel langage parlait-on ici ? Quelles étaient les coutumes ? Dorothy l'avait presque oublié.

– Bon, demanda-t-elle, de quoi causez-vous, les filles, à une heure si avancée de la nuit – ou de si bon matin, selon le cas ?

– De Bibi, évidemment, encore et toujours, répondit Jane.

– Jane allait nous en dire plus sur l'article qu'elle a écrit dans le *Times*, à l'automne dernier, déclara Ruth.

– Ah oui, se rappela Dorothy, en se tournant vers Jane. Celui qui a mis Bibi sur orbite. Vous y avez fait allusion plus tôt dans la soirée…

– Nous étions justement en train de spéculer sur l'identité du riche bienfaiteur de Bibi, ajouta Jane. Elle n'avait pas voulu me la révéler quand je l'ai interviewée.

– Et… ? Avez-vous des idées sur la nature de ce mystérieux protecteur ?

– Un papa gâteau de Wall Street, très probablement, fit Jane en haussant les épaules. Il est sans doute marié, raison pour laquelle Bibi devait taire son nom.

Ruth haussa le sourcil.

– Et ce Dr Hurst ? Il me semble qu'il pourrait bien être le papa gâteau type.

Dorothy songea au vieil homme chétif couché dans son lit, paralysé peut-être. Et éprouva de la pitié pour lui.

– D'autre part, Bibi n'avait peut-être pas de riche bienfaiteur, avança-t-elle. Ce n'était peut-être qu'un simple mensonge et voulait-elle simplement tromper son monde en faisant croire qu'elle était chère à quelqu'un.

Lydia prit enfin la parole.

– Ça n'avait rien d'un mensonge, fit-elle d'un ton malveillant. *Quelqu'un* finançait Bibi. Impossible pour une fille comme elle de surgir de nulle part. Quelqu'un lui payait les meilleures leçons de danse, les meilleures leçons de chant, ses vêtements à la toute dernière mode ; lui offrait sa carte de membre des divers night clubs ; l'introduisait auprès des agents, attachés de presse ou producteurs de Broadway. Faites-moi confiance, une fille sans le sou ne descend pas d'un bus un jour pour devenir la coqueluche de Broadway le lendemain. Elle a besoin d'un sacré coup de pouce.

Dorothy fixa Lydia, actrice de théâtre célèbre dont l'étoile pâlirait bientôt, et qui le savait. Comme toutes celles présentes dans la pièce.

– Alors, qui lui donnait ce coup de pouce ? demanda Dorothy.

L'expression de Lydia vira à l'aigreur et elle regarda ailleurs.

– Qui sait ? Est-ce même important ?

Dorothy s'étonna. *Si c'était important ?*

– Quelqu'un doit contacter sa famille, dit-elle en se tournant vers Jane. Vous disiez qu'elle avait des parents à New York ?

– Un frère, je crois ? Ou bien un cousin ? répondit Jane. Elle n'a jamais parlé d'un père ni d'une mère, ça j'en suis sûre.

– Nouvelle embarrassante à communiquer, fit Dorothy, mimant un coup de téléphone. « Votre sœur est morte nue dans une baignoire la veille du jour de l'an, assassinée semble-t-il. » Nul membre d'aucune famille n'a envie d'entendre ça, même brouillé avec la victime.

– Ma foi, il n'y aurait guère de quoi être surpris, fit Lydia d'un ton amer. On ne peut pas traverser à poil la réception d'une star d'Hollywood en s'attendant à se réveiller le lendemain matin sans la moindre égratignure.

– Qu'entendez-vous par là ? l'interpella Dorothy. Que Bibi l'a bien cherché ?

– Oui, dit Lydia. Parfaitement.

Ruth fit non de la tête.

– Aucune femme ne mérite ça.

– Absolument pas, tomba d'accord Dorothy.

– Mais je n'approuve pas ce qu'elle a fait, ajouta Ruth rapidement. Ce genre d'attitude retarde de plusieurs années le mouvement pour l'égalité des droits des femmes. Se pavaner entièrement nue conduit-il les hommes à nous considérer comme leurs égales ? Est-ce pour cela que nous nous sommes battues pour obtenir le droit de vote – pour qu'une bêtasse blonde de bas étage se conduise en pur objet sexuel et fasse oublier à la ronde que les femmes sont en majorité plus intelligentes que ça ?

Des égales ? Le droit de vote ? se demandait Dorothy. *Qu'est-ce que ça a à voir là-dedans ?*

– Il ne s'agit pas d'intelligence, Ruth, argumenta Jane. Ni de sexe non plus.

– Enfin quelqu'un dans cette pièce qui fait preuve de bon sens, déclara Dorothy.

Jane acquiesça.

– Il s'agit de pouvoir. Le sexe était sans doute la dernière chose que Bibi avait en tête, sauf pour s'en servir à ses propres fins. Soyons honnêtes. Habillée, elle pouvait envoûter les hommes. Mais nue, elle pouvait carrément régner sur eux.

– Quoi… ? fit Dorothy, éberluée.

– Elle ne faisait pas un simple étalage de sa nudité, développa Jane. Mais surtout la démonstration de son pouvoir. Et quelqu'un – quelqu'un qui, soit enviait ce pouvoir, soit en avait peur – l'a tuée pour cette raison.

Toutes les autres femmes présentes dans la pièce – Mrs Volney comprise, et même Woollcott, qui ne comptait pas – approuvèrent la pertinence de l'analyse.

Toutes sauf Dorothy. Qui se leva.

– Vous êtes devenues dingues toutes autant que vous êtes ?

Elles la dévisagèrent, bouche bée.

Grrrzzzz ! Nouveau bourdonnement dans le casque. Benchley avait beau s'y être attendu, il n'en sursauta pas moins. À présent, la lampe rouge clignotait comme si elle lui en voulait. On aurait dit un œil – celui d'un ogre – qui clignait vers lui avec colère.

Grrrzzzz !

Benchley enfonça une fiche sous l'œil rouge furieux. Par bonheur, la lumière s'éteignit.

– Opérateur… fit-il d'une voix onctueuse.

– Pourquoi vous m'avez raccroché au nez ? l'apostropha l'homme à la voix bourrue, sans attendre de réponse. Passez-moi Klondike-5, 5482.

– Certainement, monsieur, fit Benchley, qui ne voyait pas du tout comment le mettre en communication avec Klondike-5 machin truc…

En dessous des prises et des lampes éteintes, il y avait des numéros à trois chiffres. Ce devait être ceux des chambres, supposa Benchley. Mais mieux valait s'en assurer.

– Monsieur, dit-il poliment, vous êtes bien dans la chambre 420 ?

– Ouais. Et alors ?

Benchley fut surpris de la facilité avec laquelle il dosa mensonge et vérité dans sa réponse.

– Cela risque de prendre un petit moment pour établir la connexion. La tempête de neige a détraqué le réseau. Puis-je tenter d'obtenir le numéro et vous rappeler dans votre chambre, une fois la liaison établie ?

L'homme eut un soupir d'impatience.

– C'est pas un appel longue distance. C'est seulement à Brooklyn.

– La tempête de neige, monsieur…

– Très bien. Mais n'y passez pas la nuit…

– Certainement pas, monsieur.

L'homme raccrocha. La ligne devint muette. Benchley débrancha la fiche en soupirant de soulagement. Il avait gagné quelques minutes, mais pas plus…

Non, mais attends ! se dit-il. *Rien ne m'oblige à rester ici toute la nuit à passer des appels. C'est pas mon boulot.* Évidemment pas ! Il pouvait se lever et quitter le standard à tout moment. *Non, mais quelle bourrique !*

Mais d'abord, il fallait qu'il tente de joindre Dorothy. Et lui apprendre que le Dr Hurst était recherché par les autorités – et aussi lui faire part de ses nouveaux soupçons concernant Jordan.

– Voyons un peu…

Il pouvait essayer d'appeler sa chambre. Et être capable de le faire sans se repincer un doigt. Il enfonça la fiche principale au-dessus du numéro 113 – celui de la chambre de Dorothy. Il bascula le commutateur et appela. Pas de pincement !

L'appareil vrombit une fois… deux fois… trois… Il s'imagina Woodrow Wilson étendu sur le canapé à poils longs, ne levant même pas la tête vers la sonnerie du téléphone.

– Ah bah, elle ne doit pas être là, se dit-il en déconnectant l'appel.

Puis il appela la suite des Fairbanks, avec un seul pincement. Douglas Fairbanks lui répondit – Benchley eut l'impression qu'il attrapait le coup de main d'un standardiste – pour lui dire que Dorothy n'était pas là.

Et maintenant, quoi ? Où pouvait-elle se trouver ? Dans la chambre de Lydia Trumbull, peut-être ? Mais Benchley fut incapable de se rappeler le numéro de chambre de l'actrice. Elle était au bout du couloir au même étage que celle de Dorothy, donc elle devait porter le numéro cent et quelque…

Grrrzzzz !

Oh non ! Revoilà l'œil rouge de l'ogre furibond, accompagné de ce bourdonnement de malheur dans l'oreille. L'occupant de la chambre 420 !

Fais quelque chose ! se dit Benchley. Il arracha le casque. Mais l'œil rouge n'arrêta pas de clignoter, avec davantage de fureur encore, aurait-on dit, à présent qu'il clignotait en silence.

Il ne pouvait plus le supporter. Il avait envie de s'enfuir à toutes jambes, mais ce clignotement rouge l'hypnotisait. Il attrapa le câble et enfonça la fiche sous la lampe. Puis remit le casque à contrecœur.

– Opérateur, j'écoute, fit-il d'une voix lasse, abattue.

Le standard lui avait infligé le pire et avait gagné.

– Et mon appel, mon pote, ça vient ? C'est important !

– Désolé, monsieur. Peut-être ai-je mal noté le numéro. Pourriez-vous me le redonner ?

Benchley s'empara d'un bloc et d'un crayon.

– Ouais, bon. Klondike-5, 5482.

L'homme à la grosse voix débita le numéro encore plus vite que précédemment. Mais l'une des choses que Benchley savait faire, c'était écrire vite.

– Compris, monsieur. Un instant, s'il vous plaît.

Benchley s'aperçut que certaines prises portaient clairement le nom des différents arrondissements. CENTR. BROOKL. lisait-on sur l'une d'elles.

Central de Brooklyn ! Benchley enfonça la fiche dans la prise correspondante, basculant le commutateur qui se trouvait juste en dessous. Sa lampe vira au rouge, et il eut l'opératrice en ligne.

– Votre numéro ? demanda une voix de femme avec un fort accent de Brooklyn : *Vat' numéra ?*

Benchley lui répéta en vitesse celui que lui avait dicté le type.

– Ne quittez pas, lui dit l'opératrice de Brooklyn.

Benchley lui obéit, comme si sa vie en dépendait, agrippant à pleines mains le standard. Il savait qu'il aurait dû s'en moquer et se lever tout de suite de son siège. Mais c'était plus fort que lui : quand on lui réclamait de l'aide ou lui disait de faire quelque chose, il se sentait contraint de s'exécuter. Et cette lampe rouge furibonde et le ton bourru de l'homme étaient fort contraignants.

– Vous avez votre appel, dit l'opératrice. À vous.

Il y eut un déclic et une voix d'homme fit :

– Ouais, qui est à l'appareil ?

Il fallut un quart de seconde à Benchley pour répondre. Non seulement, les liaisons téléphoniques semblaient à nouveau rétablies, mais il avait réussi à passer un appel de bout en bout !

– Ici… ici, l'Hôtel Algonquin, bégaya Benchley, mi stupéfait mi triomphant. L'occupant de la chambre quatre cent vingt désire vous joindre.

– Ah ouais ? Ben, passez-le moi, z'attendez quoi ? fit la voix d'homme.

Gâche pas tout maintenant, mon p'tit Bob, se dit-il. *Coupe pas la communication !*

Il croisa les câbles et bascula l'un des commutateurs, puis un autre. Il retint son souffle.

– Allez-y, parlez.

– Mr Caesar… vous êtes là ? fit l'homme à la grosse voix.

– Ouais, pauvre pomme, dit l'autre, d'un ton calme et autoritaire. Pas de noms.

Benchley faillit se mordre la langue. Il avait envie de crier d'exultation. *J'ai réussi ! J'ai réussi !* Il avait affronté le standard et l'avait maté !

– Pas grave, répondit l'homme bourru. Le standardiste est un idiot. Il m'a fallu cinq bonnes minutes avant de vous avoir.

Un idiot ? La joie de Benchley vira à la déception. *Cinq minutes ? Certainement pas !*

– Ferme-la, lui intima l'homme autoritaire, haussant calmement le ton. Opérateur, vous êtes encore là ? Opérateur !

Benchley ne pipa mot.

– Pas grave, répéta l'homme bourru. Il n'est plus sur la ligne.

– Pourquoi tu as mis si longtemps à appeler ? fit l'homme tranquille. Vous avez l'objet ?

– Les lignes étaient coupées. Ouais, on l'a. Les doigts dans le nez, comme piquer un bonbon à un bébé.

La voix de l'homme tranquille descendit d'un cran.

– J'te parle pas de bonbon, là. Mais d'un article inestimable.

– On l'a votre article inestimable, reprit la grosse voix. On l'a votre tête-bêche.

Votre tête-bêche ? Cette fois, Benchley se mordit bien la langue.

Ted Besh ?

26

Dorothy perçut un subtil changement d'atmosphère, comme si un froid s'insinuait dans la pièce. Ces femmes formaient là un cercle chaleureux et une même communauté d'esprit. Et Dorothy était sur le point de les briser, l'un comme l'autre. Impossible pour elle de faire autrement. Il fallait qu'elle parle.

– On n'a pas assassiné Bibi pour avoir montré son pouvoir, lança-t-elle ironiquement à Jane, avant d'ajouter, en s'adressant à Ruth : Et on ne l'a pas tuée non plus parce qu'elle représentait une menace pour la gent masculine.

Elles l'observaient toutes d'un air sceptique, et même avec colère. Il y avait quelques instants à peine, elles bavardaient gaiement, un groupe de femmes que leur conversation liait entre elles. Terminé. Dorothy avait tout anéanti en exprimant simplement son désaccord.

– J'ignore pourquoi on l'a assassinée, poursuivit-elle, mais je sais que ce n'est pour aucune de ces raisons. Ce n'est pas parce qu'elle était une femme ni parce qu'elle était un *sex symbol* – ou tout autre type de symbole. On l'a assassinée parce qu'elle était

Bibi, purement et simplement. On l'a assassinée parce qu'elle a fait – ou n'a pas fait – quelque chose.

– Qu'est-ce qui vous rend si sûre de vous ? demanda Jane.

– L'intuition féminine, répondit Dorothy.

Elle avait dit la chose en blaguant sans y penser. Mais elles ne la prirent pas à la blague. Et crurent qu'elle se moquait d'elles, elle l'aurait juré. Elles croyaient qu'elle les prenait de haut.

Ce qui n'était pas du tout le cas ! Elle ne se sentait pas du tout supérieure, plutôt mal à l'aise, en fait. Elle n'avait pas envie de s'aliéner ces femmes. Elle aimait bien leur camaraderie chaleureuse. Pour une fois, elle aimait bien être l'une d'entre elles, faire partie de leur groupe – mais pas au prix de devenir un mouton de Panurge.

Peut-être que si elle parvenait à leur faire épouser sa façon de voir…

– Écoutez, leur dit-elle, si un homme nu traversait la pièce, et qu'on le retrouvait plus tard, assassiné, serions-nous toutes en train de nous demander si on l'a assassiné parce qu'il voulait démontrer son… pouvoir ?

Elle sourit et certaines des présentes sourirent aussi.

– Nous demanderions-nous si on l'a tué parce qu'il représentait quelque chose ? Bien sûr que non. Nous penserions, ah mince, il avait dû se faire un ennemi. Ou bien, zut, dans quel pétrin s'était-il fourré ? À qui devait-il de l'argent ? Avec la femme de qui couchait-il ? Donc, puisque nous penserions ça d'un homme, pourquoi le penserions-nous différemment d'une femme ?

– Parce que, précisément, intervint Lydia, Bibi était une femme. Et ça fait toute la différence.

Toutes opinèrent à la conclusion de Lydia, même celles qui avaient pouffé il y avait un instant à peine. Elles dévisageaient maintenant Dorothy comme si elles la défiaient de prouver qu'elles avaient tort.

Oui, bien sûr, c'était une femme, songea Dorothy. *Mais qu'est-ce que ça vient faire là-dedans ?*

Comme si elle lisait dans ses pensées, Lydia répondit, crachant ses mots comme du venin :

– Bibi n'était pas qu'une vamp blonde bêtasse. Elle *représentait* certaines choses. Le sexe, le pouvoir, la célébrité, le succès. Regardez-moi bien en face, Dorothy, et essayez de me soutenir le contraire.

Dorothy fixa Lydia dans les yeux – et découvrit qu'elle ne pouvait pas la contredire.

Benchley en restait stupéfait. *Alors Ted Besh n'était pas un individu ? Mais un article inestimable volé !*

Il avait désormais deux choses importantes à apprendre à Mrs Parker. Il fallait qu'il aille la trouver tout de suite.

Mais l'homme tranquille – Mr Ceasar – parlait.

– Qu'est-ce que vous attendez ? Apportez-le ici. Le client le veut, et comment.

– On peut pas, fit l'homme à la grosse voix. La baraque est en quarantaine. Bouclée plus serré que les genoux d'une bonne sœur.

– En quarantaine ? Et alors ? Y a qu'à passer par la petite porte. Qui vous en empêchera ? Le groom ? Ramenez juste la marchandise ici.

– Vous emballez pas, fit l'homme à la grosse voix, il neige super fort. Impossible de trouver un tacot à l'heure qu'il est. Au lever du jour, on sortira. Ça vous ira comme ça ?

Silence au bout de la ligne. Silence menaçant, pénible, songea Benchley.

Pour le combler, l'homme à la grosse voix reprit la parole, en hésitant cette fois.

– Mr Caesar ?

La voix calme de ce dernier explosa.

– Me dis pas de pas m'emballer, sale escroc de quat'sous ! Si tu rappliques pas ici avec la marchandise à neuf heures demain matin, c'est pas deux, trois flocons de neige que t'auras à redouter. Mais deux, trois grains de plomb… dans ta caboche !

– Sans problème, Mr Caesar, sans problème ! répondit vite fait l'homme à la grosse voix, se confondant en excuses. On sera là à neuf heures. Peut-être plus tôt. Dès qu'on pourra, promis.

On ? L'homme à la grosse voix avait déjà dit « on », non ? *Donc, il y a au minimum deux escrocs de quat'sous dans l'hôtel*, songea Benchley. *Ce sont eux sans doute qui ont mis à sac la chambre du Dr Hurst et pris le médaillon dans la chaussure de Jordan !*

– Oh, il faut que je raconte tout ça à Mrs Parker, se dit-il à haute voix.

Il y eut un nouveau silence – plus court, cette fois.

– Qui est là ? demanda Mr Caesar. Qui a dit ça ?

– Standardiste ! aboya l'homme à la grosse voix. Vous êtes encore en ligne ?

Oups…

– C'est bien ce que je pensais, fit Lydia à Dorothy quand elle ne lui répondit pas. On ne peut pas contester la vérité, Dorothy. Bibi représentait toutes ces choses et elle en est morte. Ce qui arrive à quiconque essaie d'apprivoiser le monstre de la célébrité. Il vous dévore tout cru.

Dorothy fit non de la tête.

– C'est si vrai, renchérit Mrs Volney. Si triste et si vrai. Je vis dans cette ville depuis plus de quatre-vingts ans et ça n'a fait qu'empirer. Le crime. La boisson. La fornication. La musique jazz. Les personnes qui se mettent en danger, comme cette fille, Bibi, y laissent des plumes. C'est ce que cette ville vous réserve, en particulier si l'on fait preuve d'orgueil et d'immoralité, asséna-t-elle avec mépris. Si on joue avec le feu, on s'y brûle – c'est ce que disait toujours mon cher Donald. Au jour d'aujourd'hui, je pense souvent qu'il vaut mieux enfouir sa tête dans le sable comme une autruche.

– Je pense souvent la même chose, soupira Lydia, le regard dans le vague.

D'autres femmes acquiescèrent.

Dorothy ne s'était pas rassise, même si elles ne lui prêtaient plus attention.

– Un instant ! La ville n'a pas mâché Bibi pour mieux la recracher. Tout ça n'a rien à voir avec un grand complot ni avec des représailles morales infligées par les divinités de la destinée.

Maintenant, elles lui reprêtaient attention. Mais parmi elles, Mrs Volney et Lydia surtout, l'observaient d'un air sceptique.

– C'est un simple mortel qui a tué Bibi. Une personne – ayant agi seule, très probablement. Quelqu'un qui lui en voulait.

Dorothy fixa Lydia.

– *Vous* lui en vouliez.

Cette dernière écarquilla ses yeux bleu glacier. Et bondit sur ses pieds.

– Comment pouvez-vous m'accuser d'une chose pareille ? Je détestais Bibi, c'est vrai. Mais je n'aurais jamais…

Elle battit des paupières et Dorothy craignit qu'elle ne s'évanouisse une fois de plus.

– Vous ne l'auriez jamais tuée ? termina Dorothy. Peut-être pas volontairement – encore que. Mais accidentellement ?

Toutes les femmes présentes se montrèrent alarmées, furieuses, choquées ou surprises. Offusquées, elles portaient leurs mains à leurs bouches, reprenaient brièvement leur souffle ou se murmuraient l'une l'autre des dénégations.

Inquiète maintenant, Lydia se laissa retomber sur sa chaise.

– Que voulez-vous dire par là ?

Dorothy sortit le flacon de chloroforme de son sac.

– Qu'avez-vous fait avec ça ?

Lydia ouvrit de grands yeux à la vue du flacon puis gratifia Dorothy d'un regard malveillant. Elle bredouilla.

– Je n'ai jamais vu ça de ma vie.

– Je l'ai trouvé dans votre chambre. Mr Benchley était présent. Il peut en attester.

Jane tendit son cou pour mieux voir.

– Qu'est-ce que c'est ?

– Du chloroforme, répondit Dorothy. Le Dr Doyle pense que Bibi a été chloroformée.

Woollcott laissa tomber bruyamment son assiette vide sur le plateau que tenait Mrs Volney qui faillit le lâcher. Puis Woollcott se rua en avant, sans rien remarquer.

– Dorothy ! D'où sortez-vous ça ? C'est mon enquête ! C'est moi qui lance les accusations !

– *Votre* enquête ? Vous qui êtes trop peureux pour aller chercher le corps de Bibi au sous-sol !

– Le corps de Bibi se trouve au sous-sol ? s'écria Ruth, atterrée.

Les autres femmes hoquetèrent de surprise puis murmurèrent.

– Elle a disparu, dit Dorothy à Lydia. Sauriez-vous quelque chose à ce sujet ?

Lydia battit des paupières encore une fois, puis ferma les yeux. Et s'écroula sur son fauteuil, bel et bien évanouie.

Les femmes qui entouraient Lydia s'empressèrent de s'occuper d'elle. Elles lui glissèrent un oreiller sous la nuque en lui caressant la joue. Toutes les autres se tournèrent vers Dorothy comme si elle avait forcé Lydia à sombrer dans l'inconscience.

– Elle a disparu, c'est-à-dire ? lui demanda Mrs Volney de sa voix de crécelle.

Dorothy sentait leurs yeux à toutes posés sur elle, en attente, exigeant une explication.

– Enfin, nous l'avons perdue si l'on veut, répondit-elle d'une toute petite voix. Moi et Mr Benchley, c'est-à-dire.

– Vous l'avez *perdue* ? l'apostropha Mrs Volney d'un ton accusateur.

Elle dénuda ses antiques quenottes grises, en un rictus qui lui parut soudain féroce et effrayant. Dorothy n'avait jamais entendu la vieille mégère s'exprimer d'une façon aussi violente ni aussi brusque.

Dorothy remarqua alors que Woollcott la fusillait du regard. Non seulement, elle s'était aliénée toutes les femmes présentes, mais elle n'avait même pas accompli son objectif : faire sortir Lydia. Loin de là. Lydia, surtout à présent qu'elle était plongée dans l'inconscience, était engoncée dans ce cercle féminin dont elle représentait le maillon le plus fort. Dorothy s'en trouvait bien à l'écart.

Une fois de plus, elle fut fortement tentée de déboucher le flacon de chloroforme, de le fracasser sur le sol pour mieux les endormir rapidement toutes autant qu'elles étaient.

Au lieu de ça, elle tourna les talons sans un mot et se dirigea vers la porte.

– Standardiste, parlez ! cria l'homme à la grosse voix. On vous a entendu. On sait que vous êtes sur la ligne !

– Désolé, faux numéro, s'empressa de répondre Benchley, qui retira aussitôt la fiche hors de la prise afin de déconnecter l'appel.

Pour faire bonne mesure, il s'empara d'un autre câble dont il enfonça la fiche dans la prise correspondant à la chambre 420. Puis croisant un autre câble par-dessus, il enfonça sa fiche dans la prise du central de Brooklyn. Il attrapa un autre câble, puis un autre et encore un autre, enfonçant leurs fiches au hasard dans différentes prises. Et continua ainsi…

Grrrzzzz !

C'était l'œil rouge de l'ogre furieux qui clignotait à nouveau. Benchley imagina que l'homme à la grosse voix de la chambre 420 avait des yeux rouges identiques. Mais Benchley n'aurait pas pu reprendre la communication même s'il l'avait voulu car les câbles s'entrecroisaient sur le standard tels les fils d'une épaisse toile d'araignée.

Grrrzzzz !

Il ne pouvait plus supporter de revoir cette lampe rouge se rallumer encore ! Arrachant le casque, il le balança sur le standard. Il allait s'en éloigner puis quitter les lieux quand il remarqua que le casque avait accidentellement basculé deux commutateurs, allumant deux lampes rouges de plus.

Par simple désespoir ou espièglerie, Benchley se mit à basculer l'un après l'autre tous les commutateurs. Le panneau s'embrasa comme un incendie de forêt. Les sonneries zonzonnaient tel un essaim furieux d'insectes mécaniques géants.

Grrrzzzz ! GrrrZZZZ ! GRRRZZZZ !

Tout à coup, le panneau s'éteignit. Toute la pièce s'éteignit. Benchley se retrouva plongé dans le silence et un noir d'encre.

– Oups…

Pendant que Dorothy longeait en vitesse le couloir loin de l'appartement de Mrs Volney, elle entendit soudain des sonneries de téléphone retentir un peu partout. Le téléphone semblait sonner dans chaque chambre.

Elle gagna rapidement l'escalier et ouvrit la lourde porte d'une poussée. De haut en bas des marches, les téléphones sonnaient à chaque étage de l'hôtel.

Tout à coup, les deux religieuses mastoc – celles qui avaient veillé sur Bibi dans la baignoire pendant la réception – surgirent en dévalant l'escalier quatre à quatre. En apercevant Dorothy, elles la dépassèrent en la saluant à peine. Et dévalèrent toujours plus bas.

Aussi brusquement qu'ils s'étaient mis à sonner, les téléphones se turent. Que se passait-il ? Les bonnes sœurs les avaient-elles d'une façon ou d'une autre déclenchés ? Cela semblait une drôle de coïncidence… ces téléphones sonnant, ces bonnes sœurs courant.

Mais alors Dorothy comprit qu'il ne pouvait y avoir qu'une seule réponse à ce mystère : Benchley !

Elle se précipita dans l'escalier menant dans le hall pour l'y retrouver.

27

Benchley était planté dans le standard plongé dans l'obscurité.

– Voilà ce qui arrive quand on perd son sang-froid, se morigéna-t-il. On fait sauter les plombs.

Il progressa petit à petit, les mains tendues devant lui dans le noir. À tâtons, il trouva la porte, puis le bouton, et l'ouvrit. Il fut surprit de constater que dans le hall, les lumières étaient encore allumées.

Je vais devoir féliciter Mr Case de l'ingéniosité de l'installation électrique de son établissement, songea-t-il. *Le standard doit avoir son propre circuit électrique.*

Sans trop savoir en quoi consistait un circuit électrique, il savait quand même que cela garantissait à certaines pièces de bénéficier de l'électricité tandis que d'autres pouvaient en être privées. Il savait aussi que de son côté l'ascenseur pouvait continuer à fonctionner.

Il contourna en vitesse le comptoir désert de la réception et se dirigea vers l'ascenseur. Après l'avoir appelé, il fut ravi d'entendre la cabine démarrer quelque part au-dessus de lui, dans la cage. Un instant plus tard, l'ascenseur arriva – Benchley aperçut sa lumière à travers le minuscule hublot. Mais la porte ne s'ouvrit pas comme d'habitude.

Benchley ne patienta qu'un instant ; puis il renonça et ouvrit la porte lui-même.

À l'intérieur, Maurice, le liftier, appuyé dans un angle, ronflait bruyamment. Benchley monta, en repoussant la grille de cuivre en accordéon. Il jeta un coup d'œil à Maurice, puis aux commandes de l'ascenseur. Avec un haussement d'épaules, il referma porte extérieure et grille intérieure. Puis, encore tout confiant d'avoir maîtrisé le standard, il poussa le levier pour être hissé jusqu'au dernier étage.

Au lieu de ça, l'ascenseur se mit à descendre. Alarmé mais peu surpris, Benchley ne put que constater qu'il se dirigeait vers le sous-sol.

Au pied de l'escalier, Dorothy ouvrit d'un coup la porte du hall. Il était encore plus silencieux qu'avant – exception faite des ronflements sonores d'Harpo Marx couché sur un canapé voisin. Elle passa devant lui en se dirigeant vers le standard. Mais s'aperçut en approchant de la porte, qu'elle était entrouverte, et qu'il faisait noir à l'intérieur.

Puis, à sa grande stupeur, les deux religieuses sortirent de la pièce en courant. Soulevant légèrement le bas de leur robe pour ne pas trébucher, elles se précipitèrent vers elle.

– Excusez-nous, ma fille, lui dit la plus grande, essoufflée. Avez-vous vu le standardiste ?

– Non. Mais peut-être a-t-elle pris une pause et fait un petit somme quelque part.

– *Elle ?*

La religieuse parut perplexe.

– Le standardiste est une femme ?

– Oui. Et depuis pas mal de temps. Mavis l'a été toute sa vie, à mon avis.

Les bonnes sœurs échangèrent un regard. À cet instant, Frank Case arriva en hâte de la salle à manger.

– Ah, Frank, lui dit Dorothy en lui faisant signe. Ces saintes femmes cherchent Mavis. Savez-vous où elle est passée ?

Case, imperturbable comme toujours, lui répondit poliment :

– Dans la Pergola Room. Juste là-bas.

Il montra l'endroit d'où il venait.

– Mais elle dort pour le moment.

Les religieuses soulevèrent derechef leurs robes et se dirigèrent prestement dans cette direction.

– Merci, mon fils, dit la seconde religieuse à Case, au passage. Il les salua de la tête ainsi que Dorothy et s'avança vers le comptoir de la réception.

– Frank, le héla-t-elle. Puisque vous semblez savoir où se trouve tout le monde, auriez-vous aperçu Mr Benchley ?

Case se retourna.

– Oui, Mrs Parker, je l'ai vu ici même dans le hall, il y a un quart d'heure, vingt minutes. Mais si vous voulez bien m'excuser, ajouta-t-il, imperturbable, j'ai une urgence à régler.

– Une urgence ? Est-ce une allusion au fait que tous les téléphones de l'hôtel se soient mis à sonner de concert ?

Elle jeta un coup d'œil à la vieille et imposante horloge de parquet du hall – elle allait marquer cinq heures du matin.

– Un drôle de réveil téléphonique.

– Vous l'avez dit, approuva Case. Mais il n'y a plus d'électricité dans certaines chambres non plus.

Contournant la réception, il passa derrière le comptoir. Puis se penchant, il récupéra un coffret à cigares qu'il lâcha sur le comptoir et ouvrit. Dorothy le rejoignit par curiosité. Case fouilla parmi un assortiment de fusibles.

– Ah ! fit-il avec une nuance de triomphe dans la voix. Voici le bon.

Le serrant dans sa main, il remit le coffret où il l'avait pris et se releva. Puis repassant devant la réception, il se trouva face à face avec Dorothy et ralentit l'allure.

– Désirez-vous autre chose, Mrs Parker ?

Mais où était donc Benchley ? Un instant plus tôt, il était au standard, aucun doute là-dessus. Où avait-il bien pu aller traîner à présent ?

– Non, merci, Frank, lui répondit-elle. Mais si jamais vous croisez Mr Benchley, voudriez-vous avoir l'amabilité de lui dire que je le cherche ?

Ce dernier passa la tête à la porte de l'ascenseur. Il était au premier sous-sol. Mieux éclairé que le second, il était aussi moins poussiéreux et sale, paraissant utilisé plus souvent.

L'ascenseur l'avait recalé. Il n'avait plus envie de forcer sa chance sur un plan mécanique. Et ne pouvant se résoudre à réveiller Maurice, il décida de s'aventurer et de trouver l'escalier pour regagner le hall. Il ferma la porte de l'ascenseur, qui remonta presque aussitôt.

Il se frappa le front. *Allons bon, pourquoi n'ai-je pas attendu que quelqu'un appelle l'ascenseur ?* Si sa mauvaise décision lui fit hocher la tête, après un bref haussement d'épaules, il s'avança dans le couloir cimenté. Contrairement au second sous-sol, les murs ici étaient peints d'un gris industriel. Ce n'était pas plus gai mais n'empêche, plus moderne, moins médiéval.

Un peu plus loin, une porte ouverte projetait une vive lumière sur le sol du corridor. Des sons en provenaient – des bruits de pas et une voix qui marmonnait. Benchley jeta un coup d'œil prudent à l'intérieur.

La pièce – grande et très éclairée – combinait apparemment salle à manger et salon pour le personnel. La première chose qu'aperçut Benchley, ce fut un jeune homme en salopette qui allait et venait, en grommelant.

– Peux plus supporter ça. Faut que je sorte d'ici, ou je vais devenir dingue. Dingue, je vous dis !

Il faisait les cent pas entre les deux longues tables de banquet, qui occupaient le centre de la pièce. Des chaises métalliques bon marché entouraient chaque table. Dans un angle, on voyait près d'un vieux canapé usé jusqu'à la trame un cendrier sur pied, débordant de mégots. Luigi, le serveur, était tassé sur le canapé, la tête dans ses mains, les coudes plantés fermement sur ses genoux. Il avait un air désespéré comme si on l'avait abandonné là depuis des millions d'années. En apercevant Benchley sur le seuil, il bondit tout excité sur ses pieds avec un grand sourire.

– Mr Benchley ! s'écria Luigi avec son accent italien prononcé en s'avançant vers lui. Que ça fait du bien de vous voir. Entrez, entrez. Quel bon vent vous amène ?

– Je me suis un peu égaré, j'en ai peur. En fait, je cherchais Mrs Parker. L'avez-vous vue ?

Luigi ouvrit de grands yeux.

– Mrs Parker ? Non, monsieur. Elle n'est pas ici. Non.

Il lança un coup d'œil à l'individu grognon qui arpentait la pièce.

– Mais je peux vous aider à la chercher, vous voulez bien ? Laissez-moi vous aider. On y va.

L'homme en salopette leur décocha un regard furieux. Il fallut un petit moment à Benchley pour le reconnaître. Oui, c'était bien lui qui avait renversé le baquet de glaçons quand Bibi avait surgi nue comme un ver dans la suite des Fairbanks.

– Par ici, fit Luigi, en poussant Benchley loin de la porte. L'escalier est là-bas. On va monter à la cuisine, puis passer dans le hall. C'est par ici !

Benchley suivit le serveur vêtu de son gilet et de son nœud papillon noirs et de son tablier blanc, comme en début de soirée.

Luigi lui chuchota en se retournant vers lui :

– Ce type-là me rend fou. Tout le monde devient fou dans cet hôtel, vous savez ?

– Il doit y avoir une épidémie de claustrophobie, suggéra Benchley aimablement.

Luigi exprima sa frustration par un soupir.

– D'abord, la variole, maintenant la claustrophobie. Les gens tombent comme des mouches ici. Pas étonnant s'ils deviennent fous aussi.

Benchley le suivit jusqu'à l'escalier dont la rampe était un tuyau métallique. Luigi attaqua la montée des marches et Benchley suivit. Une fois en haut, ils se retrouvèrent dans la cuisine – du moins, Benchley le supposa-t-il, car les lumières étant éteintes, il faisait noir comme dans un four.

Il y eut des claquements en série.

– J'ai actionné les interrupteurs, dit Luigi, troublé. Mais rien ne s'allume. Quelque chose ne tourne pas rond.

Benchley, ne sachant que trop de quoi il retournait, ne put s'obliger à expliquer que c'était sa faute si les plombs avaient sauté. Au lieu de ça, il fit :

– Comme tout le monde, l'hôtel lui-même a perdu la boule.

Dorothy attendait l'ascenseur dans le hall pour rejoindre la suite des Fairbanks. Elle ignorait si Benchley s'y trouverait, mais elle ne voyait pas où le chercher ailleurs.

L'avait-elle effrayé ? Sur le canapé dans sa chambre, jusqu'où les choses seraient-elles allées ? L'aurait-elle embrassé ? Plus important, l'aurait-il embrassée, *lui* ?

Oh, absurde ! C'est un homme marié ! Laisse-le tranquille. Accepte son amitié et restes-en là !

Mais elle savait qu'elle ne pourrait pas en rester là. Et n'était pas non plus certaine que Benchley le pourrait, lui non plus.

La porte de l'ascenseur s'ouvrit brusquement – elle était tellement perdue dans ses pensées qu'elle ne l'avait pas entendu arriver. Ben Jordan était à l'intérieur. Il sourit en l'apercevant, et tout son visage s'éclaira. Il avait quitté son pyjama pour une tenue de ville.

Sa beauté un peu sauvage la frappa à nouveau. *Benchley, il n'y a pas un instant, Jordan, l'instant suivant.*

La tête lui tourna suite à ce saute-mouton mental pour passer de l'un à l'autre.

– Mrs Parker, vous allez bien ? lui demanda-t-il chaleureusement, en lui prenant le bras sans hésiter. On dirait que vous allez vous évanouir.

– Je vais on ne peut mieux, Mr Jordan. Mais appelez-moi Dorothy, s'entendit-elle lui répondre. *Mais qu'est-ce qui me prend ?*

– Va pour Dorothy, fit-il en souriant.

Il la ramena dans le hall. Malgré sa claudication, il se déplaçait tout en souplesse. Bon sang, il pouvait la promener partout comme un chienchien bien dressé.

Elle rameuta tout son bon sens.

– Au fait, Mr Jordan, comment va le Dr Hurst ?

– Il dort profondément. Et appelez-moi Benedict.

Benedict ? Impossible qu'elle l'appelle ainsi !

– O.K., Ben, fit-elle. Qu'est-ce qui vous amène ici, au rez-de-chaussée ?

– Je cherche le Dr Doyle. L'avez-vous vu ?

– Non, mais je sais où il est, dit-elle en libérant son bras en douceur. Il est allé visiter la famille atteinte de variole.

– Quelle bonté pur jus chez cet homme. C'est tout lui, ça. Dommage qu'il soit un peu fêlé.

– Fêlé ?

Plaisantait-il ?

– Vous savez bien, toutes ces histoires de fantômes, d'esprits et le reste.

Il parlait en le plaignant, comme si Doyle souffrait d'un mal incurable.

– Il croit vraiment à tout ce charabia.

Oh, je vois…

Avant qu'elle ait pu étoffer sa réponse, il lui demanda :

– Et vous, que faites-vous ici ?

– Je cherche Mr Benchley. L'avez-vous vu ?

– Non, mais peut-être pouvons-nous chercher ensemble. Moi, le Dr Doyle, et vous, Mr Benchley.

Lui reprenant le bras, il la ramena à l'ascenseur. Elle ne put réprimer un léger frisson d'excitation à son contact. Il était si costaud et si doux, en même temps. Et à cause de son pied bot, elle ne pouvait s'empêcher d'être attendrie par lui. Elle n'éprouvait pas de la pitié, mais de la sympathie à son égard. Le désir de prendre soin de lui comme il semblait prendre soin d'autrui…

Ouvrant la porte de l'ascenseur, il l'accompagna à l'intérieur.

28

Luigi actionna une dernière fois les interrupteurs, mais la cuisine demeura dans le noir.

– Faut oublier ! dit-il, assaisonnant le tout d'un ou deux jurons en italien.

Derrière Luigi et Benchley, l'escalier qui menait au sous-sol s'ouvrait tel un gouffre obscur. Devant eux, la cuisine était noyée dans l'ombre. Seuls les contours des ustensiles se dessinaient dans les ténèbres.

Puis, à l'autre bout de la pièce, les portes s'ouvrirent soudain à deux battants. Quelqu'un entra. Et les portes se refermèrent tout aussi rapidement.

– Qui ça va là ? dit Luigi, alarmé. Sa connaissance de l'anglais ne résista pas à sa tension nerveuse. *Chi è ?*

– Luigi ? dit l'inconnu avec calme. Bon Dieu, c'est vous ? Que faites-vous ici dans le noir ? Vous m'avez fait drôlement sursauter.

– Mr Case ? demanda Luigi.

– Frank ? ajouta Benchley.

– Ah, Mr Benchley, dit Case en pouffant. Bien entendu, vous êtes ici aussi. Que faites-vous donc ensemble dans ma cuisine à cette heure indue ?

– On tremble comme deux feuilles, voilà quoi, répondit Benchley.

Ils entendirent Case avancer.

– Mr Woollcott a déjà dévalisé ma réserve secrète de brandy, si c'est ce que vous cherchez.

– Certainement pas, répondit Benchley. Mais peut-être avez-vous une autre réserve du même tonneau que vous pourriez nous offrir pour compenser votre grossière accusation ?

– Malheureusement pas, fit Case en gloussant. Mais puisque nous en sommes au chapitre des excuses et compensations, les téléphones ont été pris de folie et un fusible a sauté il y a quelques minutes. Vous ne seriez pas un peu au courant de ce qui s'est passé, par hasard, Mr Benchley ?

Ce dernier grogna vaguement.

– Vous venez à nouveau de m'insulter de façon infondée !

Puis son ton se radoucit.

– Mais je veux bien enterrer la hache de guerre autour d'un verre de scotch de derrière les fagots.

– Oh, très bien, soupira Case.

Ils entendirent claquer la porte d'un placard qu'on ouvrit et referma, puis tinter une bouteille contre l'émail de la table de préparation. Enfin un couinement de bouchon fut suivi d'un glouglou clapotant dans un verre.

– Ah, quelle douce musique à mes oreilles, fit Benchley, en s'approchant de cette source sonore. Il flairait aussi l'odeur sapide de tourbe fumée d'un bon vieux whisky écossais.

Case lui glissa un verre, petit mais lourd, dans la main.

– Bonne et Heureuse Année, Mr Benchley. Je vous en sers un, Luigi ?

– Pas pendant que je travaille, monsieur, merci.

– Ni moi, fit Case. Ne jamais toucher à ça.

– Exactement du même avis que vous, renchérit Benchley ravi qu'ils ne puissent pas le voir mentir à leur nez et à leur barbe. Mais je déteste le gaspillage. Alors, cul sec !

Il lampa une bonne gorgée et éprouva cette chaleur familière si apaisante.

– Oh, Mr Benchley, j'ai failli oublier, fit Case en s'excusant. Mrs Parker vous cherche. Je viens de la croiser dans le hall.

Benchley reposa le verre à moitié plein.

– Vraiment ? Eh bien, allons voir ce qu'elle me veut.

– Par ici, fit Case en se détournant. Suivez ma voix. Je trouverais mon chemin partout dans cet hôtel, même les yeux bandés. Vous aussi, Luigi ?

– Bien sûr, monsieur, répondit le serveur.

Mais Benchley sentit Luigi agripper sa manche de chemise.

Ils suivirent Case qui, prenant les devants, poussa les portes battantes et gagna le couloir de service. Comme de la lumière venue du hall y filtrait, Luigi lâcha la manche de Benchley en lui adressant un clin d'œil reconnaissant. Benchley lui fit signe *pas de quoi* en retour.

Un instant plus tard, ils étaient dans le hall aux lumières tamisées. Mais on ne voyait Dorothy nulle part.

– Bien ma veine ! fit Benchley. Où est-elle passée ? Je dois vraiment lui parler.

Case s'apprêtait déjà sans doute à aller réparer le fusible. Mais il hésita.

– C'est en rapport avec le mystère de ce soir, je suppose ?

– Très perspicace de votre part, Mr Case. Le manque d'alcool n'a pas du tout émoussé vos capacités intellectuelles. C'est plus particulièrement en rapport avec le Dr Hurst – et Mr Jordan.

Case fut intrigué. Même Luigi écoutait avec attention.

– Mr Benchley, dit Case au bout d'un instant, vous ne pouvez pas lâcher une allusion pareille et vous attendre à ce qu'on fasse comme si de rien n'était.

– Faites comme il vous plaira.

Puis Benchley pesa le pour et le contre.

– Pouvez-vous garder un secret ?

Ils tombèrent d'accord que oui.

– Le Dr Hurst n'est pas exactement celui qu'on croit, leur chuchota Benchley. Et je soupçonne que Mr Jordan, non plus.

Une fois dans l'ascenseur, Dorothy et Jordan se livrèrent à un rapide examen de Maurice qui, posé dans l'angle tel un vieux balai, ronflait toujours paisiblement.

Jordan referma la porte et tendit la main vers les commandes. L'ascenseur s'éleva sans à-coup. Jordan, se tournant vers Dorothy, lui décocha un regard à faire fondre la glace, songea-t-elle.

– Écoutez, lui dit-il doucement, je tiens à m'excuser auprès de vous de ma conduite, tout à l'heure dans la chambre du Dr Hurst. Je suis désolé de m'être laissé emporter.

– Ce… ce n'est rien, répondit-elle, tâchant de se montrer détachée.

D'ailleurs, n'était-elle pas entourée d'hommes beaux et virils qui craquaient avant de s'excuser dans les ascenseurs, à tout bout de champ ? Ça lui arrivait tous les jours.

– C'est juste que… je prends mon poste très à cœur. Or, j'ai manqué à tous mes devoirs, et à deux reprises, ce soir. Le Dr Hurst a eu une attaque, et je n'étais pas là pour le secourir. Ensuite, on lui a volé l'un de ses biens les plus précieux dont il m'avait confié la garde.

Il s'était rapproché. Elle distingua les petites rides aux coins de ses yeux et la barbe naissante qui ombrait sa mâchoire bronzée.

– J'ai peur, voyez-vous… peur de commettre une nouvelle bévue.

– Vous ? fit-elle. Vous avez l'air de n'avoir peur de rien ni de personne.

Il sourit, se rapprochant encore plus.

– D'habitude, je ne connais pas la peur.

Elle posa doucement sa main sur sa poitrine : elle n'avait pas envie qu'il avance au-delà… sans avoir envie non plus qu'il se recule. Son torse était dur. Musclé. *Oh bon sang*… Elle aurait dû retirer sa main, mais n'en fit rien. Et plongea son regard dans le sien, serein et confiant.

– Bon, fit-il dans un murmure, puis-je vous demander quelque chose, Dorothy ?

– Bien sûr, lui répondit-elle en chuchotant. N'importe quoi.

– Le nom qu'a prononcé le Dr Hurst. C'était quoi déjà ?

L'ascenseur s'arrêta avec une secousse – mettant fin à l'intérêt que Dorothy portait à Jordan. Elle le frôlait de très près et lui, il voulait juste savoir quelle ineptie son patron avait bien pu dire ?

Détachant sa main de sa poitrine, elle s'écarta. Et remarqua alors celle de Jordan posée sur les commandes. C'était lui qui avait arrêté la cabine. Mais il n'avait pas encore ouvert la porte.

– C'était quel nom ? redemanda-t-il, en ne chuchotant plus.

Devait-elle le lui répéter ? Il l'avait déjà entendu une fois.

Il sourit et la vrilla à nouveau de son regard sans détour. Autant il lui avait paru charmant, envoûtant même, un instant plus tôt, autant son attitude lui semblait artificielle et forcée à présent, se dit-elle. Mais c'était qui, ce type ?

– Ted Besh, fit-elle. Le Dr Hurst a dit Ted Besh.

Jordan opina et réfléchit à la chose.

– Je ne connais pas de Ted Besh, et je n'ai jamais entendu le Dr Hurst prononcer ce nom jusque-là. Qui est-ce ?

Et comment le saurais-je, bon Dieu ?

Elle se contenta de hausser les épaules. Elle voulait descendre de cet ascenseur.

– Peut-être est-ce lui qui a mis à sac la chambre du Dr Hurst, hasarda-t-il. Peut-être est-ce lui qui a volé cet objet de valeur. Peut-être que le Dr Hurst n'était pas assoupi, a vu qui c'était et essayé de nous le dire.

S'animant à cette idée, Jordan s'approcha derechef. Dorothy n'avait plus la place de reculer. Et avait le dos collé à la paroi de la cabine.

– Mais, fit-elle, le Dr Hurst a prononcé ce nom *avant* qu'on ait mis sa chambre sens dessus dessous, vous avez oublié ?

À présent, Jordan la dominait de toute sa hauteur. Son regard n'avait plus rien de serein – mais reflétait ruse et cruauté.

– Alors peut-être, le Dr Hurst l'a-t-il lancé comme un avertissement. Peut-être savait-il que ce Ted Besh allait l'attaquer. Peut-être cet homme est-il plus proche que vous ne le pensez.

Elle le fixa. *Essaie-t-il de me faire comprendre que Ted Besh,* c'est lui ?

– Plus proche que je ne le pense ? fit-elle, en croisant les bras sur sa poitrine. Ah mais, c'est que moi, je ne pense pas du tout à ce type-là.

Frank Case se montra sceptique.

– Le Dr Hurst n'est pas celui qu'on croit ?

Il posa ses poings sur ses hanches.

– Alors qui est-il ?

Benchley sourit.

– Il est toujours lui-même. Mais pas… celui que vous pensez.

– Qui est-il, alors ? demanda Case avec impatience.

– Un voleur. Il a dérobé un objet de très grande valeur en Angleterre et l'a introduit ici en contrebande. Le médaillon.

– Celui qu'il m'a demandé de mettre au coffre ? Celui qui a fini autour du cou de Bibi ? Vous avez bien dit qu'il l'a volé ?

– Tout à fait !

– Absurde, fit Case, drôlement. Le Dr Hurst est venu à New York assister à un congrès. C'est un homme riche dont les ouvrages sont largement publiés tant dans le domaine médical que dans d'autres. Pourquoi volerait-il un simple médaillon ? C'est d'une absurdité totale.

Benchley fit la moue. Puis gagna l'ascenseur et l'appela.

– Ma foi, je n'ai pas prétendu que je pouvais l'expliquer. Mais c'est ce que la police m'a dit. Le Dr Hurst est un individu recherché.

Frank Case et Luigi se tenaient derrière lui. Le premier était toujours aussi sceptique.

– Et Mr Jordan ?

Benchley ouvrit de grands yeux.

– Devinez quoi ? Ce n'est pas un infirme.

L'expression de Case vira à la grimace.

– Ah non, là, vraiment, Mr Benchley ! Mr Jordan a un pied bot. Vous l'avez vu vous-même.

– Mais je l'ai vu aussi courir entre deux chambres, Frank. J'étais au téléphone avec le Capitaine Church quand je me suis rappelé avoir vu Jordan courir. Pas boitiller rapidement – il courait ! Comment expliquez-vous cela ?

– Peut-être vous souvenez-vous mal.

– Non, non, fit Benchley. Je l'ai bien vu. Mrs Parker était avec moi. Et il faut que je lui demande si elle s'en souvient aussi.

Case fronça le sourcil et regarda alentour.

– Je vous jure qu'elle était ici, il n'y a pas un instant.

– Peut-être vous souvenez-vous mal, le taquina Benchley, qui pressa à nouveau sur le bouton d'appel. Et vous savez quoi d'autre ? Il y a des cambrioleurs dans l'hôtel. Ils ont le médaillon et vont le remettre à un homme à Brooklyn. J'ai surpris leur conversation quand j'étais au standard.

Case eut un sourire sournois.

– Ainsi, c'est vous qui avez déclenché la sonnerie de tous les téléphones de l'hôtel ? Et j'en déduis que c'est vous aussi qui avez fait sauter le fusible ?

Benchley se figea, accusant le coup. Puis se retournant vers l'ascenseur, il appuya sur le bouton d'appel, encore et encore.

– J'aimerais bien rester à causer avec vous, mais je dois vraiment retrouver Mrs Parker. Il faut que je la mette au courant de toutes ces choses. Mais que fait ce maudit ascenseur ?

Case se radoucit. Sa voix perdit de son mordant.

– Ce cher vieux Maurice a dû s'endormir. Suivez-moi, Mr Benchley. Je vais vous faire prendre le monte-charge. Il est plus rapide de toute façon.

Benchley répugnait à abandonner l'ascenseur, pressentant qu'il pouvait arriver à tout moment et que Dorothy en descendrait. Mais d'autre part, si Maurice s'était endormi et que l'ascenseur ne fonctionnait plus, Dorothy ne s'y trouverait pas. Donc, il pouvait tout aussi bien utiliser le monte-charge. Il suivit Case et Luigi qui se redirigeaient vers la cuisine plongée dans l'obscurité.

29

Jordan ouvrit enfin la porte. Le précédant, Dorothy, pas fâchée de quitter l'ascenseur, s'empressa de gagner le couloir du huitième et la chambre du Dr Hurst, dont la porte était entrebâillée. En l'ouvrant en grand, Dorothy découvrit Doyle au chevet du Dr Hurst. Installé dans un fauteuil, il était plongé dans un livre. En les apercevant, il se leva et ôta ses lunettes demi-lunes.

– Je me demandais où vous aviez bien pu déguerpir, fit-il.

Dorothy et Jordan parlèrent en même temps.

– Je cherchais Mr Benchley, dit-elle.

– Je vous cherchais, dit Jordan.

Conan Doyle les observa avec curiosité.

– C'est à Mrs Parker que je m'adressais, Mr Jordan. Avez-vous coutume de déguerpir ?

Dorothy, baissant les yeux vers la chaussure orthopédique de Jordan, se demanda : *a-t-il coutume de déguerpir ?*

Jordan répondit rapidement à Conan Doyle tel un écolier tâchant d'expliquer à un professeur sévère pourquoi il a oublié de faire ses devoirs.

– Je n'ai laissé seul le Dr Hurst que quelques minutes pour aller à votre recherche. Vraiment, rien que quelques minutes. Je… je suis tombé sur Mrs Parker…

– Hé bien, vous m'avez retrouvé, si j'ose dire, fit Conan Doyle.

Il avait beau s'exprimer doucement, son regard aux yeux tombants avait beau être amène, Dorothy perçut une pointe de défi dans sa voix.

– Qu'attendez-vous de moi ?

– Le collier, bredouilla Jordan en lançant un coup d'œil à Dorothy.

Il n'avait pas envie d'aborder ce sujet en sa présence, elle l'aurait juré.

– Il a disparu. C'est…

– Je suis bien conscient de la disparition du collier, fit Conan Doyle. Mais il n'est pas en ma possession.

– Je le sais. Ce n'est pas pour cela que je vous cherchais. Je veux dire, c'est exactement pour cela que je vous cherchais…

– Décidez-vous, jeune homme.

L'embarras de Jordan ne fit que croître.

– Non, voyez-vous, j'ai trouvé le collier…

– Ah bon ? C'est une merveilleuse nouvelle. Mais si vous l'avez trouvé, comment peut-il avoir disparu ?

– On l'a volé ! s'exclama Jordan. J'espérais que vous pourriez utiliser vos… vos capacités pour m'aider à le récupérer.

Le visage de Conan Doyle se rembrunit.

– Mes capacités ? Quelles capacités ?

– À cause de… bredouilla Jordan. À cause de…

– À cause de Sherlock Holmes ? fit Doyle avec lassitude. Comme je l'ai souvent dit, la marionnette et son créateur, ça fait deux.

– Oui, bien sûr que oui. C'est juste que… s'enferra Jordan.

Dorothy s'assit au bord du lit du Dr Hurst.

– Avant qu'il ne résolve ce mystère pour vous, vous pourriez peut-être faire quelque chose d'abord ?

– Bien entendu, dit Jordan en acquiesçant avec enthousiasme.

– Descendre à la cuisine et remonter un verre de lait.

– Du lait ? Pour vous ? fit Jordan, incrédule.

– Pas pour moi, dit Dorothy, railleuse. Pour Artie ici présent.

– Pour moi ? fit Doyle en relevant ses yeux tombants.

Elle se tourna vers lui.

– Votre estomac vous chiffonne, non ?

– Si, tout compte fait, dit-il, surpris. Indigestion plus dyspepsie, dues très probablement à ce homard dont j'ai dîné tout à l'heure. C'est un aliment riche.

– Qu'est-ce que je vous disais, fit-elle à Jordan. Disparaissez. Allez chercher du lait pour le maestro.

Toujours troublé et confus, ce dernier sortit lentement – et à reculons – de la pièce.

– Et empruntez le monte-charge au bout du couloir, lui cria-t-elle. Il est plus rapide.

Une fois Jordan parti, Doyle se tourna vers Dorothy.

– Comment saviez-vous que je ne me sentais pas bien ?

– Élémentaire ! fit-elle en le prenant de haut. C'est évident pour une observatrice à l'œil exercé. La poussière sur votre manchette de chemise comme l'odeur de votre eau de toilette vous ont trahi, ça va de soi.

– Ah vraiment ?

Elle opina.

– Ladite poussière est clairement du pollen d'abeilles éthiopiennes, un irritant bien connu de la muqueuse de l'estomac. Et l'eau de toilette que vous portez fleure bon la menthe verte qui, nul n'en ignore, est ce que tout gentleman britannique utilise pour masquer sa mauvaise haleine, symptôme courant d'une indigestion.

En fronçant le sourcil, Doyle mit sa moustache en berne.

– Observations fort intéressantes, Mrs Parker. Mais totalement inexactes. Par exemple, comment expliquez-vous les faits suivants : je n'ai pas de pollen sur la manchette de ma chemise, l'abeille éthiopienne n'existe tout bonnement pas, je ne porte aucune eau de toilette, et pour autant que je sache, je n'ai pas mauvaise haleine ?

Elle lui répondit avec désinvolture, comme si elle lui faisait la leçon.

– Une fois éliminé le digeste, ce qui reste, même indigeste, doit être l'aliment.

Il lui sourit d'un air entendu.

– Ce que dit Sherlock Holmes en réalité, c'est : « Une fois éliminé l'impossible, ce qui reste, même improbable, doit être la vérité. » Maintenant, dites-moi tout. Comment avez-vous su que je souffrais d'embarras gastrique ?

Elle haussa les épaules en lui faisant un clin d'œil.

– J'ai entendu votre estomac gargouiller et j'ai extrapolé.

Elle se pencha plus près.

– Et ça m'a donné une bonne raison pour me débarrasser de ce Ben Jordan, qui vire carrément au sale type.

– Pensez-vous que Mr Jordan a dit la vérité – à savoir qu'il a découvert le médaillon, puis qu'on le lui a volé ?

Elle acquiesça.

– En partie. Quand il dit qu'on le lui a volé, oui. Mr Benchley et moi étions dans sa chambre quand il a constaté sa disparition. Sa surprise était aussi peu feinte que le cri d'un nouveau-né. Et il avait effectivement une grosse bosse à l'arrière du crâne. Je doute fort qu'il se la soit faite lui-même pour nous en mettre plein la vue. Quelqu'un l'a bel et bien assommé.

Doyle réfléchit à ce qu'elle venait de dire.

– Mais comment avait-il récupéré le médaillon tout d'abord ?

– Je n'en sais rien. Jordan l'a peut-être chipé dans la commode de Mary.

– C'est possible, je suppose. Et en admettant que ce soit vrai, qui l'a repris à Mr Jordan ?

Dorothy haussa les épaules.

– Je n'en sais pas plus que vous sur ce point, Artie.

Il se carra dans son fauteuil et fixa le Dr Hurst, toujours inconscient.

– Au fait, Dorothy, vos soupçons sur le diagnostic discutable de Quentin étaient tout à fait justifiés. Je suis allé rendre visite à la famille à l'origine de cette quarantaine. Les pauvres bougres. Ils étaient encore éveillés et tous, très abattus. Les deux malheureux parents ont à peu près votre âge, leur fillette de quatre ans en est chagrinée et leur garçonnet de deux ans ne tient pas en place. Au premier coup d'œil, j'ai su qu'ils n'avaient pas la variole. Mais la varicelle. De loin moins redoutable pour la santé, mais fort désagréable, malgré tout. En particulier, quand une famille entière en est atteinte en même temps.

– Et comment distingue-t-on l'une de l'autre ?

– De plusieurs manières. La variole a une période d'incubation plus longue et les boutons en général se répartissent également sur la peau. Ceux de la varicelle se présentent souvent en grappes, dit-il. Mais le plus révélateur dans le cas qui nous occupe, c'est qu'aucun membre de cette famille n'a souffert de fièvre ni de maux de tête, nausées et vomissements quelques jours avant l'éruption cutanée. Ce sont là des symptômes classiques de variole. La varicelle d'habitude ne se manifeste par aucun signe avant-coureur, sauf une poussée de température et de menus accès de mauvaise humeur.

– Donc le Dr Hurst s'est trompé délibérément. Et cette quarantaine est sans objet ?

– Apparemment, oui. Mais, par ailleurs, elle claquemure l'assassin dans l'hôtel avec nous.

– Vous voyez toujours le bon côté des choses, n'est-ce pas ?

Doyle se leva.

– C'est d'une injustice crasse de laisser cette famille, les clients et autres invités, continuer à croire à la nécessité de cette quarantaine. Il nous faudra faire rouvrir les portes au lever du jour.

– Et puisque la quarantaine emprisonne l'assassin dans l'hôtel, nous devrons résoudre ce mystère avant demain matin ? fit Dorothy, d'un ton dubitatif.

Doyle la laissa sans réponse. Et fixa le Dr Hurst avec colère.

– Qu'est-ce qui a bien pu pousser Quentin à faire une chose pareille ? C'est un médecin réputé. Il a dû savoir à coup sûr que cette malheureuse famille n'avait que la varicelle, pas la variole. Pour quelle raison a-t-il institué cette quarantaine ?

Dorothy ramassa son sac qu'elle avait posé par terre.

– J'ai un télégramme adressé au Dr Hurst qui peut tout expliquer. Vous rappelez-vous qu'il l'a reçu hier soir, juste avant de décréter la quarantaine ?

– Vous avez tout à fait raison, Mrs Parker. Je l'avais complètement oublié. Et maintenant que j'y repense, il s'est montré plutôt réservé sur la teneur de ce télégramme.

En ouvrant son sac, Dorothy aperçut le chloroforme.

– Oh, mais d'abord, jetez un coup d'œil à ça.

Elle lui lança le flacon marron. Il l'attrapa au vol facilement.

– C'est le chloroforme que vous cherchiez.

Doyle remit ses lunettes et examina l'étiquette.

– Alors le voilà.

Il alla chercher dans un coin la trousse en cuir noir du Dr Hurst. Et plaça le flacon dans son compartiment.

– Oui, c'est lui très certainement. Ah bon Dieu…

Il se relaissa tomber dans son fauteuil.

– Qu'y a-t-il ? lui demanda Dorothy. Je croyais que vous seriez ravi.

Il fit non de sa grosse tête.

– Le flacon a été ouvert. Et il manque du produit.

Une fois de plus, il regarda avec tristesse le Dr Hurst.

– Quentin, vieux fou, qu'as-tu fait ?

– Je ne crois pas qu'il ait fait quoi que ce soit, dit Dorothy. En tout cas, pas avec le chloroforme. Je l'ai retrouvé dans la chambre de Lydia Trumbull. Vous vous souvenez d'elle à la soirée ? Chevelure d'un noir de jais, yeux bleu glacier ? Une autre actrice de Broadway, mais pas aussi jeune que Bibi ?

Il opina.

– Pas aussi jeune, hein ?

– Les actrices et les grands crus ont quelque chose en commun, dit-elle. Quelques années de plus ou de moins font toute la différence.

– Donc, j'en conclus que, d'après vous, c'est cette Lydia, et pas Quentin, qui a chloroformé Miss Bibelot ? demanda-t-il.

– Lydia me l'a dit de sa propre bouche, il n'y a pas une demi-heure, dans la chambre de Mrs Volney.

– Qui est-ce ?

– La vieille commère aigrie qui vous a bombardé de questions pendant la réception des Fairbanks. Mais laissons là Mrs Volney.

Elle l'évacua d'un geste.

– Apparemment Lydia a tué Bibi en la chloroformant.

– Mais ne venez-vous pas de me dire que c'est une actrice ? Comment saurait-elle administrer du chloroforme ?

– Les femmes savent faire toutes sortes de choses, mon cher Artie. Par exemple, Lydia a été aussi infirmière pendant la Grande Guerre.

– Ah bon ? Comment le savez-vous ?

– Elle me l'a raconté… entre deux évanouissements. Aleck Woollcott la faisait passer sur le grill.

– Je vois. Donc elle a glané deux ou trois trucs en étant infirmière dans un hôpital de campagne, hein ? C'est tout à fait possible. Les infirmières remplaçant les médecins et vice-versa. J'ai souvent vu de mes propres yeux le protocole opératoire être fréquemment jeté à l'eau à la suite d'un combat.

– Et une actrice combat plus férocement que n'importe qui, renchérit Dorothy. C'est quand tout le monde est descendu dans le hall avant minuit que Lydia a dû administrer à Bibi la dose de chloroforme qui l'a tuée.

Doyle leva le flacon à la lumière.

– Un instant, Mrs Parker. Le verre foncé a obstrué mon observation. Ce nouvel examen me montre qu'il manque très peu de produit – moins de trois centilitres, je dirais. Administrée correctement, cette dose suffirait à peine à plonger dans l'inconscience une personne menue ou mince – une femme de la taille et de la stature de Miss Bibelot, par exemple – mais elle aurait du mal à provoquer un arrêt cardiaque entraînant la mort.

– Ah bon ?

– Sauf si elle l'avait bue.

Dorothy claqua des doigts.

– C'est cela. Lydia l'a versée dans le verre de Bibi !

Doyle secoua la tête.

– Non. Loin de moi l'intention de suggérer qu'elle l'a effectivement bue. Je me suis montré facétieux.

– Sautons le facétieux et passons au factuel.

Il eut un petit sourire.

– Ce qui a éveillé d'emblée mes soupçons, c'est cette inflammation autour de la bouche de Miss Bibelot – cette rougeur était très caractéristique de l'ancienne façon d'administrer le chloroforme. Cette substance irrite la peau. La méthode plus moderne, et bien meilleure, consiste à équiper le patient d'un genre de masque respiratoire et de faire tomber le liquide goutte à goutte sur ledit masque. Mais concernant Miss Bibelot, on a sans doute appliqué le chloroforme avec une serviette ou un gant de toilette qu'on lui a maintenus sur la bouche.

– Et le chloroforme a causé une brûlure apparente de la peau. D'accord, elle ne l'a donc pas avalé.

– Non. Mais si cette Lydia – ancienne infirmière dans l'armée – a utilisé moins de trois centilitres de chloroforme, cela suggère que la victime a été simplement anesthésiée. Je n'arrive pas à comprendre qu'elle soit morte d'une dose si faible.

– Simplement anesthésiée ? Alors mon hypothèse et l'assassin s'envolent en fumée.

Dorothy s'effondra sur son siège.

– Ah, qui espérais-je tromper ? À part moi-même, je suppose. Infirmière ou pas, Lydia se serait évanouie avant d'avoir pu se résoudre à assassiner qui que ce fût. Même Bibi.

– Ne vous découragez pas, lui dit Conan Doyle avec chaleur. Dans la réalité, mobiles et assassinats ne sont pas aussi clairs que dans un roman policier. Bon, qu'en est-il de ce télégramme ?

– Juste, j'ai failli l'oublier.

Tendant à nouveau la main vers son sac, elle lui remit le papier jaune.

– Dépêchez-vous d'y jeter un œil avant que Jordan ne vous rapporte ventre à terre votre verre de lait.

– Oh ça, j'en doute fort. Avec son pied bot, Mr Jordan serait bien en peine de courir.

La mémoire lui revenant soudain, Dorothy se leva d'un bond.

– Oh mais si, il peut ! Je viens de me rappeler que je l'ai déjà vu faire ça… et ici même, dans cette chambre !

30

Luigi et Frank Case traversèrent la salle à manger et disparurent *via* les portes battantes dans l'obscurité de la cuisine. Benchley les suivit mais lentement. En atteignant les portes, il entendit Case crier :

– Qui est là ? Qu'avez-vous en tête ?

Benchley s'empressa de pousser l'un des battants. Dans le noir, il perçut un grognement. Puis quelque chose de lourd et de métallique se mit à rouler dans leur direction. Il y eut une sorte de choc violent suivi du fracas d'objets qui se brisaient en percutant le sol. Luigi poussa un hurlement et Benchley l'entendit tomber.

– Frank ! s'écria Benchley. Qu'y a-t-il ? Que se passe-t-il ?

Case ne lui répondit pas, mais hurla à la place :

– Ne bougez plus, qui que vous soyez ! Vous ne pouvez pas entrer dans mon hôtel et tout dévaster dans ma cuisine…

Quelque chose vola dans les airs et vint cogner Case qui, projeté en arrière, entra en collision avec Benchley, qui le reçut dans ses bras.

Case, la respiration sifflante, eut du mal à parler.

– Ouch, je crois que c'était notre marmite à soupe. Elle m'a frappé dans la poitrine.

Benchley fit asseoir Case sur le sol. Puis cria à travers la pièce à l'assaillant :

– Très bien, monsieur ! Suspendez les jets de vaisselle, svp. Je ne vous veux aucun mal.

Quelque part par terre, Luigi gémit.

– Il m'a balancé mon chariot à thé en plein dans les *coglioni*.

– C'est ce qui s'appelle frapper au-dessous de la ceinture, dit Benchley en compatissant.

Il prit conscience alors que des trois, il était le seul à n'avoir pas été touché, donc encore debout. Ce qui le rendit des plus nerveux. N'empêche, rassemblant tout son courage à la va comme je te pousse, il cria :

– Convenons d'une trêve, voulez-vous ? La trêve, toute la trêve, rien que la trê…

Quelque chose siffla à l'oreille de Benchley, alla percuter la porte derrière lui, puis frappa le sol avec un bruit métallique pour mieux glisser et venir s'échouer à ses pieds. Il s'accroupit et le ramassa. C'était un hachoir de boucher.

– Vous voulez enterrer aussi le hachoir ? s'écria-t-il d'une voix tremblante. Partout sauf dans mon crâne, s'il vous plaît !

Un nouveau projectile vola dans le noir. Un couteau. Benchley le déduisit en l'entendant s'enfoncer dans le bois de l'une des portes battantes. Bonne idée qu'il avait eue de s'accroupir, sinon il l'aurait sans doute reçu en pleine tête.

Benchley sentit qu'on lui saisissait la jambe. Il leva le hachoir, prêt à frapper. Mais Frank Case prit la parole, sa voix douce réduite à un sifflement.

– On l'a surpris qui essayait de déverrouiller la porte donnant sur la ruelle derrière l'hôtel. Mais elle est condamnée. Alors, il nous a attaqués.

Benchley éleva la voix.

– Vous avez entendu ça, qui que vous soyez ? La porte de service est condamnée. Il n'y a pas d'issue. Vous êtes cerné.

– Mais qu'est-ce qui vous prend, Mr Benchley ? hoqueta Case.

Soudain, plateaux, couverts et casseroles se mirent à grêler en rafale dans leur direction. *Bon Dieu, qu'est-ce qui me prend ?* se dit Benchley. Puis la mémoire lui revint : le chariot à thé ! Lâchant le hachoir, il tendit la main. Quelque chose le frappa durement au bras. Il glapit, mais cela ne l'arrêta pas. Attrapant le chariot à thé, il le fit rouler vers lui pour s'en protéger.

– Frank ! Luigi ! Venez par ici !

Agrippant Case par le bras, il le tira près de lui, puis fit de même avec Luigi. Ils se tapirent derrière le chariot sous une pluie d'assiettes.

– Vous nous avez sauvés, fit Case, la respiration entrecoupée. Très généreux de votre part.

– Même pas, répondit Benchley. Si quelque chose vous arrivait à Luigi et à vous, il n'y aurait plus de déjeuner. Et sans déjeuner, plus de Table Ronde. Et que ferait notre petit cercle chaque jour ? Il se réunirait sur le trottoir autour d'une baraque à hot dogs ?

– Vous êtes le bon sens même, Mr Benchley, dit Case avec lassitude. Mais que fait-on à présent ?

Benchley se représenta la cuisine éclairée *a giorno* – comme quand il s'y était rendu plutôt avec Dorothy et Woollcott. Le fourneau était en face de lui, à droite.

La porte menant aux caves, juste après. Quelque part entre leur assaillant et lui se trouvait la longue et large table de préparation. (Il y avait laissé son verre de scotch à moitié plein – une victime probable de cette rixe à l'heure qu'il était, songea-t-il tout morose.) À quelques pas, à gauche, le double évier jouxtait l'égouttoir. Et à côté…

Benchley eut soudain une idée. Et ne fit qu'un bond. Pile à cet instant, un objet plutôt mou le gifla. Benchley se débrouilla pour l'attraper au vol. Une manique ! Ce qui lui apprit deux choses. Primo, que l'intrus n'avait plus grand-chose à leur lancer sous la main. Deuzio, qu'une fois à court de munitions, il se précipiterait à travers la pièce, prêt à faire le coup de poing.

Benchley ne pouvait hésiter plus longtemps. Il se rua en direction de l'évier. Mais dérapant sur un plateau ou autre, il tomba. Sa tête vint cogner l'angle du comptoir.

– Ouille ! hurla-t-il.

Tout resta en suspens – il y eut une demi-seconde de silence – du côté de l'assaillant à l'autre bout de la pièce. Benchley eut le sentiment que l'homme, aux aguets, restait en attente. Ce dernier était le chasseur bien armé tapi au fond du bois et Benchley, le pauvre daim sans défense.

– Ah bon Dieu, marmonna-t-il en se redressant, les jambes flageolantes.

Cela suffit à leur adversaire qui, avec un grognement de satisfaction sinistre, se mit en mouvement.

Benchley entendit l'homme se diriger rapidement vers lui.

Allongeant la main, il palpa le rebord de l'évier. Puis s'étirant vers la droite, il chercha à tâtons le gros tonneau, juste à côté.

Les pas de leur agresseur, plus proches, étaient presque à son niveau.

Protégé par la manique du liquide bleu acide, Benchley fit basculer le tonneau sur le sol de la cuisine, où il atterrit dans un fracas assourdissant, en déversant son contenu – nettoyant liquide, fourchettes, couteaux, cuillères et autres billes d'acier – à la ronde.

Conan Doyle tombait des nues.

– Que me chantez-vous là, Mrs Parker ? Vous avez vu courir Mr Jordan ? Impossible ! Ce pauvre garçon est infirme.

Dorothy lui rapporta comment Benchley et elle avaient trouvé Jordan en pantoufles, inconscient sur le sol. Puis qu'il s'était empressé d'aller chercher le médaillon en courant de la chambre du Dr Hurst dans la sienne. Pour découvrir que le collier avait disparu de là où il l'avait caché.

Doyle se frottait le menton.

– Vous pensez donc qu'il a un faux pied bot ? C'est monstrueux et d'une absurdité sans nom.

Elle passait et repassait devant lui.

– Et si c'est bien le cas ? Cela met Jordan au nombre des suspects. Il me semble athlétique et téméraire – pied bot excepté. Peut-être même assez athlétique et téméraire pour se faufiler par la fenêtre de la salle de bains, après avoir tué Bibi, je précise.

– Mais pourquoi ? Pourquoi un individu adulte prétendrait-il souffrir d'une telle infirmité ?

– Pourquoi un individu adulte fait-il ce qu'il fait ? demanda-t-elle avec lassitude. D'habitude, c'est pour une question d'argent ou de sexe.

– Point de vue strictement féminin, fit-il d'un ton dédaigneux.

Elle s'arrêta net.

– Ah oui ? Antoine n'a t-il pas déclenché une guerre uniquement pour sauter dans le lit de Cléopâtre ?

– Pas tout à fait. J'estime que vous réduisez l'Histoire à une pure peccadille.

– Ah bon ? Point de vue strictement masculin. C'est bien d'un homme de déclencher une guerre pour une peccadille.

Il tiqua.

– Bon, qui est en train de déclencher une guerre à cause d'une peccadille, Mrs Parker ? Pouvons-nous s'il vous plaît en revenir au problème du pied de Mr Jordan ?

Elle baissa la tête.

– Excusez-moi, Artie. Je me suis fait admonester, il y a peu, et j'en suis encore agacée. Je n'avais pas l'intention de passer mes nerfs sur vous.

Il lui sourit avec bonté.

– Et moi, je m'excuse d'avoir taxé votre point de vue de strictement féminin. Alors, oublions ça. Bon, êtes-vous certaine d'avoir vu courir Mr Jordan ? Il clopinait peut-être, mais avec célérité, et vous vous seriez méprise ?

– Nân. Il ne clopinait pas. Loin de là.

– Alors, pourquoi ne pas en avoir pris conscience plus tôt ?

Elle y réfléchit.

– Je crois que Mr Benchley et moi avons été tellement étonnés en voyant Jordan aux cent coups d'avoir perdu le collier que ça nous a complètement échappé.

– Très bien, fit Doyle. Tenons pour acquis que Mr Jordan est capable de marcher normalement. Et que pour une raison inconnue, il porte une chaussure orthopédique en prétendant souffrir d'un pied bot. Où cela nous mène-t-il ?

Dorothy montra le carré de papier jaune qu'elle avait en main.

– À ça.

– Ah oui. Le télégramme ?

Il rechaussa ses lunettes de vue.

Voyons voir ce qu'il dit. Hum…

Il le parcourut en lisant des bribes à haute voix.

– *Autorités anglaises… Objet de valeur… Apportez-le Chicago… Lloyds a engagé Pinks…* Lloyds a engagé Pinks ? Qu'est-ce que ça veut dire ?

– C'est du charabia pour moi. Que signifie le moindre mot de ce texte ?

Il poursuivit sa lecture.

– *Frères Berley aussi sur vos traces… Semez-les tous… S'ils vous suivent à Chicago, marché ne tient plus. Conservez objet en sécurité et en bon état…*

– … Ou marché ne tient plus, répéta Dorothy. Le marché en question, c'est sans doute la vente du médaillon à ce type de Chicago.

Doyle approuva du chef.

– Quentin m'a dit qu'il quitterait le congrès médical de bonne heure pour aller dans une autre ville. Il a peut-être mentionné Chicago, mais je ne m'en souviens pas. Il prétendait qu'il devait y donner une conférence. Encore un mensonge !

Doyle cracha quasiment ces mots en direction du Dr Hurst toujours dans le coma. Dorothy se tourna vers le corps de ce dernier immobile sur le lit. Elle avait presque oublié sa présence.

– Tout ça est totalement incompréhensible pour moi, poursuivit Doyle. Outre qu'il est un médecin excellent et novateur, Quentin est aussi un vrai tenant de la cause humanitaire. Il a voué sa vie à son hôpital, là-bas en Angleterre. Il en est le pivot central. On ne s'en douterait pas à le voir maintenant, mais cet homme est un saint.

– Le genre de saint qui vous assomme à coups de Bible ? demanda-t-elle, pince sans rire.

– C'est vrai. Il a des manières très rigides. Le légendaire flegme britannique. Celui d'un gentleman collet monté.

– Son collet est tellement monté qu'il n'a pas besoin de l'amidonner.

Conan Doyle ne prit pas ombrage du sarcasme.

– Oui, Mrs Parker. Je ne connais que trop sa susceptibilité. Tout comme ses internes et ses stagiaires. Ils s'enfuient comme des lapins dans les couloirs à son approche. Mais croyez-moi, sous cette épaisse armure rouillée, bat un cœur compatissant.

– Alors, si c'est un saint pareil, à quoi lui sert de vendre un bijou de quatre sous à un truand de Chicago ?

– Peut-être vaut-il plus, après tout. Mr Jordan était dans tous ses états quand on le lui a volé, et si l'inconnu de Chicago se montre si anxieux de le récupérer, c'est qu'en fait ce médaillon a une valeur peut-être assez conséquente – ce que semble indiquer ce télégramme.

– Ce qui expliquerait pourquoi tous ces autres types sont aux trousses du Dr Hurst ? Tels que ce Lloyds ou Pinks ou encore les frères Berley ?

Il opina.

– S'il s'agit d'un objet de valeur dérobé en Angleterre, alors le nom Lloyds devient évident. Il s'agit de la Lloyd's de Londres, la célèbre compagnie d'assurances. Vous en avez sûrement entendu parler ?

– Oh, certes. La Lloyd's de Londres. Grande compagnie d'assurances. J'ai pris une police pour mon yacht chez eux, plaisanta-t-elle. Alors, comme ça, une grande compagnie pareille aurait loué les services d'un petit mec nommé « Pinks » pour filer le Dr Hurst ? Ça me paraît dénué de sens.

– Peut-être que « Pinks » n'est pas le nom d'une personne ni de plusieurs d'ailleurs, mais le raccourci sténo d'autre chose. En tout cas, sans pouvoir m'expliquer ce « Pinks », je suis certain – surtout dans le cas d'un objet de valeur – que « Lloyds » se réfère à la Lloyd's de Londres.

Elle se mordit la lèvre. *Je suppose que ça tombe sous le sens*. Elle avait lu quelque chose sur la Lloyd's de Londres dans un article de presse ou un livre. On y associait la compagnie avec l'assurance de tous les biens de luxe – diamants rares, toiles de maître, meilleurs pur-sang.

– Mais le reste du message ?

Doyle, levant les yeux du télégramme, les tourna vers le Dr Hurst.

– C'est là que le pouvoir du monde spirituel nous serait d'un grand secours. Si seulement on pouvait entrer en communication avec l'esprit de Quentin…

Ah mon Dieu, songea Dorothy. *Il a perdu la tête. Comme Jordan me l'a dit.*

– Avec son esprit ? fit-elle d'un ton hésitant. Comme lors d'une séance de spiritisme ?

– Ma foi oui, c'est l'une des façons de communiquer avec le monde spirituel. Mais ce n'est pas la seule.

– Ne devrait-il pas être mort pour faire l'objet d'une séance ? C'est-à-dire, n'est-ce pas un outil de communication réservé, vous savez bien, aux personnes décédées ?

Il pouffa avec bonhomie.

– C'est l'un des malentendus concernant le spiritualisme. Le monde spirituel n'est pas quelque part *là-bas*. Il ne se trouve ni dans les nuages ni au centre de la terre. Il est ici même, tout autour de nous. Morts ou vivants, nous existons tous dans le monde spirituel, comme les poissons dans l'océan. Seulement, nous ne pouvons ni le voir ni l'entendre – la plupart d'entre nous en sont incapables, de toute façon.

Ses traits devinrent mélancoliques, ses yeux, plus tombants. Puis, tout aussi vite, son visage s'éclaira à nouveau.

– Mais si l'on pouvait seulement soulever le voile du monde spirituel – oh, quelle joie ce serait ! Oh, quelle sagesse et quelle puissance seraient nôtres !

Oh, quelles balivernes ! songea-t-elle.

31

Avec fracas et force éclaboussures, le tonneau émaillé déversa son contenu : argenterie et nettoyant liquide giclèrent, suivis de centaines de billes d'acier que Benchley entendit crépiter, rebondir et rouler sur le sol de la cuisine.

Son assaillant hurla. Benchley distingua la silhouette d'un homme de haute stature disparaître soudain en s'écrasant par terre. Dans son vol plané, il envoya valser couteaux, fourchettes et autres billes.

Benchley resta figé, en attente, l'espace d'un instant. L'inconnu se mit à hurler. À pousser des cris aigus.

– *Ahhhhhh !* Ça brûle. *Mes jambes me brûlent !*

L'homme avait de la peine à se remettre debout, car il glissait sur les billes et pataugeait dans le nettoyant acide.

Benchley ne reconnut pas l'homme à sa voix, mais n'en eut pas moins mal pour lui. Se demandant ce qu'il pouvait faire, il tendit la main vers le double évier. Dans l'un des bacs, il y avait une grande casserole – celle dans laquelle Woollcott avait préparé son café. Elle était pleine d'eau – sale, sans doute, mais Benchley jugea que ça n'avait pas d'importance.

Soulevant la casserole de l'évier, il la renversa à l'endroit où il supposait que l'homme devait se trouver.

– *Agghh !* Qu'est-ce que c'est que ça ? crachota ce dernier.

– De l'eau, c'est tout, lui dit Benchley. Plus deux doigts de café froid, peut-être.

Il y eut un bruit de trottinement cliquetant, celui d'un crabe qui détalait sur une surface caillouteuse. L'homme était à nouveau sur pied.

Benchley prit conscience qu'à présent Case et Luigi s'étaient relevés eux aussi.

– Arrêtez-le, Mr Benchley ! lui cria le serveur. Ne le laissez pas sortir d'ici !

Poussant un gémissement lamentable, la silhouette se fondit dans l'obscurité.

– Où est-il passé ? demanda Case. Il est encore ici ?

Des pas dévalèrent bruyamment les marches menant au sous-sol.

Bon débarras, songea Benchley.

– Venez ! On y va ! dit Luigi en le tirant par la manche. Il faut le poursuivre. Tout de suite !

La voix de Case retrouva son ton égal :

– Je crois qu'il y a eu suffisamment de grabuge, Luigi. Ne pourchassons pas cet intrus au sous-sol – dans le noir. Nous l'en débusquerons après avoir remplacé le fusible.

– Entièrement d'accord. Assez de grabuge comme ça, fit Benchley.

– Tout ce qu'il nous faut, c'est une lampe électrique ou une bougie, reprit Case. On va en chercher une, Luigi ? Vous venez avec nous, Bob ?

– Ne comptez pas sur moi, répondit Benchley, qui éprouvait toujours une légère culpabilité d'avoir entrecroisé les câbles du standard et fait sauter les plombs. Mais guidez-moi d'abord jusqu'au monte-charge. Il faut que je retrouve Mrs Parker.

Dorothy sentait l'hôtel reprendre vie. Des gens se réveillaient et s'activaient. L'aube n'avait pas encore paru, pourtant. La sonnerie de tous les téléphones de l'établissement avait tiré invités et clients de leur sommeil, supposa-t-elle.

Conan Doyle marchait en silence à ses côtés. Ils venaient de quitter la chambre du Dr Hurst et se dirigeaient vers l'ascenseur. Elle se posait des questions à son sujet. *Qu'est-ce qui avait pu pousser un homme aussi intelligent – l'inventeur d'un personnage aussi logique que Sherlock Holmes, pas moins – à se laisser hanter par le spiritualisme, ce concept douteux et discutable ?* Croyait-il vraiment qu'on pouvait parler avec les morts ? Avait-il perdu la boule, comme Jordan semblait le penser ? Ou bien y avait-il une raison plus profonde, qui avait poussé Doyle à y croire dur comme fer ?

– Donc, d'après vous, s'enhardit-elle, il n'est pas nécessaire qu'une personne soit décédée pour pouvoir communiquer avec le monde spirituel ? Voulez-vous dire par là, lire dans les pensées ?

Doyle l'observa d'un air interrogateur, un brin sceptique.

– Les vivants parfois communiquent mentalement entre eux. On appelle ça de la télépathie ou transmission de pensée. Ça n'est pas vraiment la même chose que lire dans les pensées. C'est plus une sensation entre deux esprits, ou deux âmes.

– Ça n'a rien à voir avec la lecture dans les pensées ? fit Dorothy, déçue, songeant à Benchley. Il y a une ou deux personnes dont j'aimerais bien déchiffrer les leurs.

Doyle pouffa en connaissance de cause.

– Ce serait fantastique, n'est-ce pas ? Peut-être que les savants un de ces jours prochains inventeront un genre de machine qui nous permettra de le faire.

– Nân, oublions ça. J'ai déjà une pile de livres en attente sur ma table de nuit, que je n'ai pas le temps de parcourir. Où trouverais-je celui de lire les pensées des autres ? Une faible femme doit connaître ses limites.

Ils atteignirent l'ascenseur. Dorothy l'appela. La porte s'ouvrit presque aussitôt sur Alexander Woollcott. Dorothy tiqua.

– Quand on parle de limites, je crois que je viens d'atteindre les miennes.

Woollcott sortit de l'ascenseur, suivi d'un pas hésitant par Lydia Trumbull. L'actrice avait les yeux rouges et pleins de larmes.

– Bonjour à vous aussi, Mrs Parker, fit Woollcott. Vous n'êtes guère ravie de me revoir, si je ne me trompe ?

– Pas plus que d'habitude, murmura Dorothy. Oubliez ce que j'ai dit.

– Je vais m'empresser de vous obéir, répondit-il, la mine rayonnante. Car j'ai une annonce importante à faire : J'ai résolu le mystère ! J'ai résolu le meurtre de Bibi Bibelot !

– Vraiment ?

– Oui, vraiment. Et Lydia Trumbull ici présente s'est révélée être le pivot de l'affaire, pour ainsi dire.

À ces mots, Lydia poussa un sanglot, suivi d'un nouveau torrent de larmes.

– N'ayez aucune inquiétude, Lydia, la rassura Woollcott en posant avec indifférence une main sur son épaule. La justice se montre indulgente envers les femmes, surtout jolies comme vous l'êtes. Vous ne serez pas pendue – c'est plus que probable.

Lydia gémit et pleura de plus belle.

– N'écoutez pas les vantardises de ce fanfaron, lui dit Dorothy. Vous n'avez pas tué Bibi.

Lydia secoua la tête et se moucha dans le mouchoir que lui tendit Conan Doyle.

– Si, je l'ai tuée. Oh, j'en ai bien peur. Je l'ai empoisonnée… avec du chloroforme.

– Non, affirma Dorothy d'un ton sans réplique. Vous ne l'avez pas tuée.

– Si ! insista Woollcott. Elle l'a tuée !

– Non, elle ne l'a pas tuée, répéta Dorothy en se tournant vers Doyle. Artie, veuillez leur expliquer.

– Certainement, fit Conan Doyle. En deux mots, vous n'avez pas pu tuer Miss Bibelot, car vous n'avez pas utilisé une dose suffisante pour cela.

Les yeux de Lydia brillèrent d'une lueur d'espoir, même si elle redoutait d'espérer.

– Je… je ne l'ai pas… ?

– Si, vous l'avez tuée ! aboya Woollcott. Bien sûr que si. Vous l'avez avoué.

– Mais… mais peut-être… bafouilla Lydia, l'espoir grandissant en elle.

– Il n'y a pas de peut-être qui tienne ! s'exclama Woollcott en tapant du pied.

– Il n'y a aucune chance que vous l'ayez fait, Lydia, poursuivit Dorothy. Artie est médecin. Il vient de m'expliquer que vous n'avez pas pu tuer Bibi avec moins de trois centilitres de chloroforme.

Le visage de Lydia s'éclaira.

– Oh quel soulagement ! J'espérais bien que je ne l'avais pas… je l'ai trouvée évanouie, soûle. Et j'ai voulu lui administrer assez de chloroforme pour m'assurer qu'elle serait malade. Vraiment, uniquement ça. Vous devez me croire.

– Jamais de la vie ! beugla Woollcott.

– Certes, nous vous croyons, lui affirma Doyle en la réconfortant gentiment, avant d'ajouter d'une voix égale : Mais vous lui en avez administré assez pour l'anesthésier et la plonger dans l'inconscience. Ce qui a facilité grandement la tâche du véritable assassin quand il a perpétré son crime odieux.

– Ou de *l'assassine !* intervint Dorothy. Soyons équitables.

Wollcott toussota mais ne souffla mot.

– Mais pourquoi avoir fait ça, Lydia ? lui demanda Dorothy. Quel avantage pour vous de mettre Bibi K.-O. ?

Lydia renifla.

– Le deux janvier, on auditionne pour une nouvelle comédie musicale.

Elle porta vivement la main à sa bouche.

– Mon Dieu, c'est déjà demain. Hé bien, j'avais de bonnes chances d'obtenir le rôle-vedette – si Bibi ne se présentait pas, voilà tout.

– Et grâce à vous, ajouta Woollcott, ce sera effectivement le cas !

Lydia se recroquevilla et éclata à nouveau en sanglots.

– Ne l'écoutez pas, ma chère, fit Dorothy. Dites-nous plutôt où vous avez trouvé le chloroforme.

Lydia se tamponna les yeux avec le mouchoir.

– Chez ce vieux médecin scrogneugneu. Enfin, dans sa trousse. Il l'a laissée sans surveillance pendant la réception des Fairbanks. J'ai subodoré qu'elle contiendrait quelque chose que je pourrais utiliser – c'est une décision que j'ai prise tout à trac ! Je n'avais pas prémédité de faire du mal à Bibi. Vous devez me croire.

Dorothy se rappela les nombreux calmants et somnifères sur la table de nuit de Lydia. Si elle avait réellement prémédité son acte, elle se serait débrouillée pour employer l'un d'entre eux.

– Bien sûr qu'on vous croit, lui dit Dorothy.

– *Moi pas !* brailla Woollcott.

Mais personne ne lui prêta attention.

– Dites-moi, poursuivit Dorothy, après avoir administré le chloroforme à Bibi, avez-vous verrouillé la porte derrière vous ? Ou disposé une serviette contre le battant ?

Lydia en resta perplexe.

– Non. J'ai fermé la porte, mais pas à clé. Et je me suis servi d'un gant pour le chloroforme, que j'ai laissé tomber dans la baignoire afin que personne ne puisse le renifler plus tard. Je n'ai rien mis contre la porte.

Il y avait bien un gant abandonné dans la baignoire, se rappela Dorothy.

– Quelque chose d'inhabituel vous a-t-il frappé dans la pièce ? Le champagne dans la baignoire était-il froid ? La fenêtre était-elle ouverte ?

Lydia fit non de la tête. Elle redevenait maîtresse d'elle-même, à la mode de Broadway.

– Non, le champagne était… ma foi, il était tiède, je suppose. Quant à la fenêtre, elle était fermée. Je l'aurais remarqué, si elle avait été ouverte.

– Y avait-il d'autres objets dans la pièce ? demanda Doyle. Réfléchissez bien. Imaginez-vous à nouveau dans cette salle de bains.

Lydia sembla se perdre dans ses pensées.

– Je me souviens maintenant… Bibi tenait une flûte à champagne à la main. Mais je n'ai pas eu envie d'y toucher. Je… je ne voulais pas laisser mes empreintes dessus.

Doyle approuva du chef.

– Autre chose ?

Revoyant le moment où elle avait découvert Bibi morte, Dorothy se représenta elle aussi la salle de bains.

– Et un seau à glace ? Vous rappelez-vous si un seau à glace était posé sur le radiateur ?

– Non, je ne crois pas. Je ne me souviens pas d'un seau à glace…

Woollcott ne put se contenir plus longtemps.

– Mais ce seau à glace, on s'en tamponne comme du premier iceberg ! Tout le monde se fiche que cette femme ait causé la mort de Bibi… directement ou indirectement !

Conan Doyle tricota de ses sourcils broussailleux.

– Lydia n'a pas tué…

– Oh oh ! Le voilà reparti, fit Woollcott en levant les bras au ciel. Un docteur prend la parole. Tout le monde l'écoute ! Cette vieille baderne parce qu'il a fait des études de médecine, il y a des siècles, doit avoir absolument raison sur tout.

Il fixa Doyle de ses yeux de fouine.

– Mais vous vous prenez pour qui, *docteur* ?

Dorothy ne put réprimer un petit sourire. *Comment Woollcott réagirait-il quand il saurait à qui il s'adressait ?*

– Non seulement, il est médecin, Aleck, mais c'est le plus grand auteur à succès de romans policiers de tous les temps. Au cours de la soirée, sans même le savoir, vous avez joué au détective au vu et au su du créateur du plus célèbre détective du monde. Permettez-moi de vous le présenter dans les formes. Voici Sir Arthur Conan…

Woollcott l'interrompit dédaigneusement.

– Arthur Conan Doyle. Oui, oui, je sais exactement de qui il s'agit, Mrs Parker. Qu'est-ce que vous croyez ? Je viens de me montrer sarcastique en lui demandant pour qui il se prenait. Je sais fort bien qui il est, et ça ne m'impressionne pas du tout.

Dorothy lança un coup d'œil à Doyle, qui parut troublé et blessé.

– Ce n'est qu'un vieux *has been* timbré, et rien d'autre !

32

Benchey se trouvait seul dans l'obscurité, et dans le couloir de service. Sa minuscule allumette projetait juste assez de lumière pour qu'il aperçoive la porte du monte-charge devant lui. Mais la maigre lueur de la flamme ne suffisait pas à éclairer le reste du corridor, qui demeurait dans le noir – un noir presque compact.

La flamme de l'allumette vacilla en lui brûlant le bout des doigts. Il la lâcha et aussitôt se retrouva…

Complètement dans le noir, se dit-il. *L'histoire de ma vie.*

Il gratta vite fait une autre allumette. Et s'aperçut que c'était la dernière. Dans le silence, il guetta le bruit du monte-charge, mais ne l'entendit pas en mouvement. Il pouvait être immobilisé au sous-sol ou au dernier étage – aucun moyen de le savoir. Lui, en tout cas, ne pouvait rester planté dans le noir plus longtemps. Il allait grimper aux rideaux.

Se déplaçant prudemment pour éviter que la flamme ne s'éteigne, Benchley revint sur ses pas. Et se retrouva dans la cuisine. Il prit garde de ne pas marcher dans les flaques de liquide bleu ni de poser le pied sur les billes d'acier. Il atteignit les portes battantes menant à la salle à manger juste au moment où l'allumette s'éteignait dans un crachotement.

Si la pièce était elle aussi dans le noir, des traînées de lumière en provenance du hall l'éclairait suffisamment pour permettre à Benchley de se faufiler entre les tables et les chaises.

Une fois dans le hall, il marqua un temps d'arrêt près de l'ascenseur. Mais comme le monte-charge, il était indisponible. Alors, il renonça et ouvrit d'un coup sec la porte de l'escalier de service.

Il grimpa jusqu'au premier étage et gagna la mini-suite de Dorothy. Il aurait aimé pouvoir allumer sa pipe… *Rigolo comme dès qu'on n'a plus d'allumettes, l'envie de fumer vous prend.*

Il frappa et patienta un instant. Il ne fut pas surpris qu'on ne lui réponde pas. Il tourna le bouton – la chambre n'était pas fermée à clé – et glissa un œil à l'intérieur. Woodrow Wilson leva la tête sur le canapé. Et commença à agiter son tronçon de queue.

– Pardon, jeune homme, lui dit Benchley. La dame de la maison est-elle là ?

Woody bâilla et, laissant retomber sa tête sur ses pattes, ne frétilla pas de la queue plus longtemps.

Benchley referma la porte et se retourna. De l'autre côté du couloir, une porte s'était entrouverte. Dans l'entrebâillement, une petite vieille dame le lorgnait.

– Et bonjour, Mrs Volney, lui dit-il avec un joyeux petit salut des doigts.

Il s'approcha du battant.

– Avez-vous vu Mrs Parker aller et venir ?

Elle pinça sa bouche fripée.

– Je ne saurais dire.

– Vous ne sauriez – ou vous ne voudriez ?

Tout à coup, la porte s'ouvrit en grand de l'intérieur. Mrs Volney pivota, surprise. Ruth Hale et Jane Grant sortirent de chez la vieille dame.

– Oh, Mr Benchley, fit Jane, qui faillit le heurter. Nous cherchons Dorothy. L'avez-vous vue ?

– En fait, je la cherche moi aussi.

– Nous lui devons toutes des excuses, fit Ruth, se tordant les mains.

– Parlez pour vous ! intervint Mrs Volney. Moi, je ne lui dois rien sauf un bon savon. Cette arrogante jeune personne va me le payer cher…

Jane lui ferma la porte au nez. Ruth sourit en pressant le bras de Jane, puis se tourna vers Benchley.

– La nuit a été longue, très longue. Trouvons Dorothy afin de faire la paix avec elle.

– Et nous pourrons jouir ensuite d'un repos bien mérité ! s'exclama Jane. C'est peut-être ce que fait déjà Dottie au creux de son lit.

Benchley était bien placé pour savoir que non. Il pensa alors à Jordan. *Mais non, bien sûr, elle ne peut pas être au creux de son lit à lui… encore que ?*

– Bob, que vous arrive-t-il ? lui demanda Jane tout à coup. Vous êtes blanc comme un linge, mon cher.

Il se força à sourire puis à pouffer.

– Oh, trois fois rien. Je me disais que j'avais le chic de me mettre dans de beaux draps. Venez, tâchons de prendre l'ascenseur.

– Aleck ! Montrez donc un peu de respect ! s'écria Dorothy, dont la voix menue se répercuta dans le couloir du huitième étage.

– *Quel respect ?* fit Woollcott avec rudesse. Je ne peux pas en montrer davantage à ce vieux birbe qu'à un aboyeur de foire ou un artiste de cirque. Je vous le répète, Dorothy, ce vieux siphonné n'est plus ce qu'il a été. Il *a été* médecin, et il *a été* auteur de romans policiers. Mais ces hauts faits sont derrière lui. Ce n'est plus aujourd'hui qu'un vieux fêlé qui gagne trois francs six sous en donnant des conférences où il divague sur les fantômes et autres esprits !

Doyle resta bouche cousue. On ne lisait que tristesse et chagrin dans son regard.

– Si seulement, vous saviez… marmonna-t-il, d'une voix tremblante.

Puis tournant les talons tout à coup, il s'enfonça dans le couloir à grands pas en direction de sa chambre.

Ils le regardèrent s'éloigner en silence.

Accablée et honteuse, Dorothy frappa Woollcott en pleine poitrine.

– Qu'est-ce qui vous prend ?

Il leva ses mains potelées pour se protéger, mais le seul dommage qu'elle lui infligea fut de déloger le brin de houx passé à sa boutonnière.

Elle le refrappa néanmoins.

– Je croyais que vous étiez censé chercher le corps de Bibi au second sous-sol ! Au lieu de ça, vous n'inventez rien de mieux que d'insulter et d'accuser les autres.

Woollcott l'ignora. Sans un mot, il arrangea sa boutonnière, puis ses lunettes, puis se lissa les cheveux.

Dorothy se tourna vers Lydia.

– Retournez dans votre chambre pour l'instant. Et restez-y pour qu'on sache où vous trouver au cas où on aurait besoin de vous.

Puis, d'un ton moins sévère, elle ajouta :

– Et reposez-vous, ma chère. Dieu sait que nous en avons tous besoin.

Lydia essaya d'ouvrir la porte de l'ascenseur, mais la cabine n'était plus là. Elle appuya sur le bouton.

– Quant à vous, Aleck, venez avec moi, lui dit Dorothy. Rendons-nous au sous-sol pour y dénicher enfin Bibi. Et avec un petit peu de chance, nous rencontrerons Benchley, chemin faisant.

L'ascenseur arriva au premier. Benchley se permit un petit hourra victorieux. Ça lui sembla avoir pris des heures pour qu'il obtienne l'un des ascenseurs.

– À quoi rime cette acclamation ? lui demanda Jane alors qu'ils y montaient.

– Oh, je trouve juste les ascenseurs excellents pour remonter le moral, fit-il.

Maurice roupillait toujours tranquillement dans son coin.

Benchley jugea mieux de le laisser dormir.

– L'une de vous sait-elle actionner cet engin ? leur demanda-t-il.

Ruth semblait le savoir. Appuyant sur la pédale de déblocage, elle s'empara du levier de commande.

– Simple comme bonjour. Où va t'on ?

Il réfléchit. Conan Doyle, le Dr Hurst et Jordan avait tous leurs chambres au huitième. Mais quelque chose turlupinait Benchley… sans qu'il puisse mettre le doigt dessus… qu'était-ce donc ?

– Au quatrième ! lança-t-il soudain.

– Quatrième, c'est parti, dit Ruth en relevant le levier. Que fait donc Dorothy au quatrième ?

– Rien, répondit-il. Elle ne s'y trouve pas. À ma connaissance, en tout cas.

Jane et Ruth échangèrent un regard perplexe.

– Hé bien, pourquoi aller alors au quatrième ? demanda Jane.

– J'ai failli oublier quelque chose.

Les occupants de la chambre 420 !

– Ça ne prendra qu'un instant. Celui d'aller jeter un œil à deux redoutables gangsters cambrioleurs, qui s'expriment au téléphone d'une façon absolument scandaleuse.

Une minute plus tard, Benchley, Jane et Ruth longèrent en silence le couloir du quatrième avant de s'arrêter devant la porte numéro 420.

Jane regarda Benchley de travers.

– Vous avez bien parlé de « gangsters cambrioleurs redoutables » ?

Il acquiesça.

– Et qui font la paire, oui.

Ruth haussa le sourcil.

– Et pourquoi voulez-vous leur jeter un œil ?

– Histoire d'y regarder de plus près. Je les crois en possession de l'objet au cœur de tout ce beau mystère.

– Quel objet ? demanda Ruth.

– Appelons-le Ted.

Il frappa à la porte. Il n'avait certes pas l'intention de se frotter à l'individu à la grosse voix ni à son acolyte. Il leur jetterait un simple coup d'œil en leur marmonnant une vague excuse. *Pardon, je me suis trompé de chambre*. Et en prenant soin de contrefaire sa voix afin qu'ils ne la reconnaissent pas.

Mais Benchley n'obtint aucune réponse. Il frappa à nouveau, plus fort cette fois. Toujours rien.

Il se mordit la lèvre. Les deux voleurs ne pouvaient quand même pas s'être déjà échappés ? Ils avaient dit qu'ils s'en iraient aux premières lueurs de l'aube... mais d'autre part, ce Mr Caesar s'était montré si exigeant. Peut-être étaient-ils déjà partis – et avant même que Benchley ou quiconque ait pu les identifier !

Il se prépara à refrapper.

– Essayons d'ouvrir, lui suggéra Jane qui, tendant la main, tourna le bouton. Mais la porte était verrouillée.

– Laissez-moi tenter ma chance, dit Ruth, forte femme pleine d'énergie.

Jane poussa doucement Benchley de côté. Ruth saisit le bouton à pleine main.

– Vous n'espérez pas l'enfoncer, hein ? lui demanda-t-il, sceptique.

Ruth le toisa en tiquant. Puis tira un coupe-papier de son sac.

– Certainement pas. Je vais me servir de ceci.

Elle introduisit la partie pointue du coupe-papier dans la serrure, en le manipulant délicatement.

– Oserai-je vous demander pourquoi vous transportez un coupe-papier dans votre sac ?

– Pour me protéger, répondit-elle. Dans le métro.

– Subissez-vous de fréquentes attaques d'enveloppes cachetées dans le métro ? lui demanda-t-il avec légèreté.

– Pas depuis que je porte ça sur moi, lui répondit-elle fraîchement.

Puis, souriante, elle retira le coupe-papier de la serrure et tourna le bouton. La porte s'ouvrit sans difficulté.

– Stupéfiant, dit-il. Et vous décachetez vos lettres avec une clé ?

Ruth eut un petit sourire, puis pénétra dans la pièce plongée dans le noir. Et alluma.

C'était une chambre d'hôtel banale pour l'Algonquin. Deux lits jumeaux étaient séparés par une petite table de toilette. Leurs draps n'étaient pas défaits, mais quelqu'un, c'était évident, s'était assis sur le lit le plus proche. Contre le mur d'en face, il y avait deux commodes identiques. Sur l'un des murs, était accrochée la gravure encadrée d'un geai bleu, provenant des *Oiseaux d'Amérique*, l'ouvrage d'Audubon.

Ruth, s'approchant de la première commode, en ouvrit le tiroir du haut. Et en sortit une grande chemise de nuit d'homme.

– Ne faites pas ça, lui dit Benchley d'un ton anxieux.

À l'extérieur, dans le couloir, il avait débordé de confiance en lui. Mais pénétrer dans cette chambre, c'était une autre paire de manches.

Elle remit la chemise de nuit à sa place. Puis sortit un épais portefeuille en cuir fatigué.

– Qui laisse donc traîner son portefeuille dans sa chambre d'hôtel ?

Jane ouvrit le tiroir du haut de la commode voisine. Elle aussi en sortit un portefeuille. Qu'elle ouvrit.

– Bah, nous sommes au petit matin, dans un hôtel en quarantaine. Pourquoi aurait-on besoin de son portefeuille ?

Elle en retira une petite photo.

– Vraiment, fit Benchley, en leur reprenant les portefeuilles. Je crois qu'on devrait sortir.

Il remit les portefeuilles dans leurs tiroirs respectifs.

– Regardez… lui dit Jane, les yeux rivés sur la photo, Ruth se pencha par-dessus son épaule pour la voir aussi. Ces deux hommes vous rappellent-ils quelqu'un ?

Ruth prit la photo et tendit le bras.

– Trop floue pour moi sans lunettes. C'est qui ?

Benchley s'empara du cliché.

– Bon, parfait, mesdames. Vous vous êtes bien amusées. Maintenant, on va…

– Rien qu'un instant, lui dit Jane. Regardez-la d'abord. Ensuite, on s'en ira.

Il jeta un coup d'œil à la photo. On y voyait deux hommes au bord d'une rivière armés de cannes à pêche. Le plus grand des deux était de carrure moyenne, l'autre plus petit était aussi plus costaud. Le plus grand souriait en brandissant un poisson de la taille de son avant-bras.

– Alors ? demanda Jane.

– Alors quoi ? fit-il. C'est une grosse truite.

– Pas ça. Reconnaissez-vous ces hommes ?

Benchley regarda mieux leurs visages. Jane avait raison.

– Maintenant que vous y faites allusion… mais je n'arrive pas à me rappeler où je les ai vus.

Jane lui reprit la photo.

– Je crois qu'ils se trouvaient à la réception des Fairbanks hier soir.

Ruth ricana.

– Tous ceux qui étaient à l'hôtel y assistaient. Qu'est-ce qui les rend si inoubliables ?

À cet instant précis, la porte s'ouvrit brusquement. Et un homme hagard en pyjama entra en trombe dans la chambre.

33

Dorothy et Woollcott montèrent dans l'ascenseur. Elle poussa du coude Maurice qui était assoupi.

– Premier étage, s'il vous plaît, lui murmura-t-elle.

Ronflant encore légèrement, le vieux liftier tendit la main et se débrouilla pour abaisser le levier. L'ascenseur se mit à descendre.

Dorothy approuva de la tête, satisfaite. Peut-être les choses allaient-elles finir par tourner comme elle le désirait pour une fois. Même l'air dans l'ascenseur sentait agréablement bon… *Est-ce que… ?*

Elle renifla l'odeur familière. C'était celle de la lotion capillaire de Benchley, non ? Venait-il d'emprunter l'ascenseur ? Elle se tourna vers Maurice. Mais le vieil homme dormait à poings fermés.

Elle pouvait difficilement demander confirmation de cette odeur à Woollcott. Pas après l'avoir dûment frappé et morigéné. Elle eut soudain mal au cœur.

Où êtes-vous, Fred ? Nous étions censés passer la soirée ensemble. Et pourtant, la voilà à tenir compagnie à ce grincheux de Woollcott.

L'ascenseur s'arrêta au premier, et ils descendirent. La porte se referma derrière eux.

– Hé bien ? demanda Woollcott.

– Hé bien quoi ?

– Que faisons-nous ici ? Je croyais que nous partions à la recherche de Bibi au sous-sol.

– Nous avons besoin de Woody, lui dit-elle. Pour nous protéger.

– Votre monstrueux petit laideron est déjà incapable de se protéger de la moindre puce, fit-il avec dédain. Quelle protection en attendre ?

– Primo, Woody, lui, n'aura pas peur d'aller flairer partout – contrairement à certains individus de ma connaissance.

Woollcott prit de grands airs et ne répondit que par un grognement offensé.

Dorothy récupéra son chien chez elle. Elle le prit dans ses bras et ils empruntèrent l'escalier pour regagner le hall. Comme elle l'avait senti auparavant, l'hôtel s'éveillait – mais pas vraiment du bon pied. Deux des grooms remettaient de l'ordre en maugréant. La plupart du mobilier était encore poussé contre les murs. Partout s'accumulaient confettis, coupes de champagne vides et tas de mégots après les festivités de la veille. Quelques hôtes déjà descendus tournaient en rond ou bayaient aux corneilles. Harpo, lui, dormait toujours à poings fermés et confortablement sur l'un des canapés.

Dorothy et Woollcott se hâtèrent de traverser le hall puis d'entrer dans la salle à manger. Ils passèrent devant leur célèbre Table Ronde, et poussèrent les portes de la cuisine. La pièce brillamment éclairée était dans un état indescriptible.

– Diable, que s'est-il passé ici ? fit Woollcott, atterré.

Le sol était couvert de tous les ustensiles imaginables. De la batterie de cuisine et autres couvercles métalliques cernaient leurs pieds. Ils marchaient en écrasant sous leurs chaussures des fragments de vaisselle. Au milieu, un chariot à thé était renversé sur un côté – et quelques mètres plus loin, théière, tasses, soucoupes et petites cuillères étaient éparpillées en un large arc de cercle. Sous le double évier, une véritable collection de fourchettes, couteaux et cuillères sans oublier d'innombrables billes d'acier baignaient dans des flaques de liquide bleu.

Une lueur vint frapper Dorothy au coin de l'œil. Elle se retourna et aperçut un couteau à viande planté dans l'une des portes.

Benchley ! Il s'était trouvé ici : elle le savait. Et il y avait été en danger. *Peut-être l'est-il toujours.*

– Bougez-vous, aboya-t-elle à Woollcott. Allons-y.

Serrant le chien contre sa poitrine, elle se fraya prudemment un passage à travers les débris, en évitant de poser le pied dans l'une des flaques bleues. Woollcott souffla avec exaspération mais la suivit.

Elle rejoignit enfin l'escalier qui descendait au sous-sol et se trouva soudain face à face avec l'un des serveurs, qui remontait péniblement les marches. Elle reconnut l'homme, dont elle ignorait le nom.

– Qu'est-il arrivé ici ? lui demanda-t-elle.

Le serveur hocha la tête en haussant les épaules, puis la dépassa.

Privé de pourboire la prochaine fois, songea-t-elle, avant de se rappeler avec un brin de culpabilité qu'elle n'était pas coutumière du fait. Elle prit note mentalement de se munir de menue monnaie à l'avenir. Pas étonnant qu'ils lui donnent à peine l'heure.

Elle dévala l'escalier jusqu'au sous-sol. *Bon, où est Benchley ?*

Woollcott la rejoignit.

– Si j'étais Bibi, morte en fauteuil roulant, où serais-je ?

Ah oui. Ils étaient là pour chercher Bibi, pas Benchley. Mais désormais, elle espérait bien qu'ils les retrouveraient... tous les deux.

– Au second sous-sol, fit-elle, d'un ton sinistre.

Woollcott opina, tout aussi sinistrement.

Ils enfilèrent le corridor à gauche, puis encore une fois à gauche, ce qui les amena dans un couloir encore plus sombre. L'escalier du second sous-sol démarrait là. Le petit chien se tortilla un peu dans les bras de Dorothy pour mieux se blottir contre elle. Elle le serra plus étroitement.

Woollcott toisa Woody d'un air narquois.

– Quel chien de garde.

Elle l'ignora. Et rassemblant son courage, se mit à descendre l'escalier cimenté menant au second sous-sol.

Il y faisait plus sombre. Et plus froid, aussi. Le couloir plus étroit lui donna l'impression d'être dans un espace confiné. L'atmosphère plus humide sentait le renfermé. Le silence qui régnait était étrange, comme si le moindre son y était aussitôt étouffé.

– On va de quel côté ? demanda Woollcott en hésitant.

– Vous vous êtes chargé de connaître cet hôtel, dit-elle avec condescendance. Donc, vous pouvez ouvrir la voie.

– C'est vous qui avez un chien de garde. Alors, à vous d'ouvrir la voie.

Elle inspira une bouffée de cet air moisi et poisseux et s'avança prudemment. Au bout de quelques pas, le corridor virait à droite. Au moment où elle tournait, Woody se tortilla en geignant dans ses bras. *Il y a quelque chose, là !*

Instinctivement, elle recula d'un bond et se cogna durement à Woollcott, qui tomba en glapissant de frayeur.

– Mrs Parker ! Mr Woollcott ! s'écria Frank Case, émergeant d'entre les ombres.

Luigi, le serveur, se tenait près de lui.

– Que venez-vous faire ici ?

Woollcott fit effectuer un roulé-boulé à son corps enveloppé, puis se remit avec peine sur pied.

– Mourir de peur, grâce à vous deux, voilà quoi !

L'homme en pyjama brandissait un débouchoir à ventouse au-dessus de sa tête semblant prêt à s'en servir.

– Ne bougez plus d'un pouce ! Restez où vous êtes !

Benchley, Jane et Ruth n'avaient nulle intention de lui désobéir, bien trop stupéfaits par le bizarre spectacle qu'il offrait.

L'intrus paraissait avoir la petite trentaine. Ses cheveux clairsemés blond roux étaient en bataille, comme s'il n'avait pas dormi de la nuit. Son corps frêle flottait dans son pyjama bleu pastel. Mais le détail qui tuait, hormis le débouchoir entre ses mains crispées, c'était l'éruption de têtes d'épingle rouges qui couvrait son visage et son cou.

– Vous n'avez rien à faire ici, leur dit l'homme. Ce n'est pas votre chambre !

Benchley trouva qu'il serait peu judicieux de lui faire remarquer que cette chambre n'avait pas l'air non plus d'être la sienne.

– Vous avez raison, lui répondit-il avec un sourire amical. Je crois bien que nous nous sommes trompés. Nous allons y aller, n'est-ce pas mesdames ?

Jane et Ruth approuvèrent d'un signe de tête aimable. Mais l'homme leur bloqua le passage.

– Pas question, fit-il. Je vous ai épiés à travers mon judas, de l'autre côté du couloir. Vous n'êtes pas entrés ici par accident. Vous avez trafiqué la serrure et commis une effraction.

Benchley arbora le plus jovial des sourires.

– Vous avez raison. Mais n'ayez aucune inquiétude. Cette chambre est celle de mon ami George…

– Non, ce n'est pas vrai, fit l'homme en plissant les yeux. Aucun George ne loge là.

– Ma foi, non, pas en ce moment, dit Benchley en regardant autour de lui. Il doit être en bas dans le hall, je suppose. Donc, si vous n'y voyez pas d'inconvénient, nous allons…

– Si, j'en vois un, reprit l'homme. Je vais appeler le directeur. Aucun homme ne loge ici. Cette chambre est occupée par deux religieuses.

Ils restèrent tous un instant à dévisager l'étrange type en pyjama. Puis, incapable de se contrôler plus longtemps, Benchley éclata de rire. Jane et Ruth l'imitèrent en ne se contentant pas de pouffer. Elles se mirent à rire de bon cœur.

L'individu brandissait toujours le déboucheur au-dessus de sa tête, mais de façon moins menaçante, à présent. Leur hilarité le troublait, ce qui le rendait encore plus drôle par ricochet. Les trois rigolèrent de plus belle. Il y avait un instant à peine, il leur avait paru follement dangereux. Maintenant, ce n'était plus qu'un type ridicule en pyjama, un débouchoir à la main et le visage grêlé de rouge, qui croyait que des religieuses occupaient la chambre. Pauvre garçon, il était d'un grotesque achevé !

Benchley, sans cesser de glousser bêtement, lui tapota l'épaule.

– Vous pouvez baisser votre arme, mon ami. Le seul qui est complètement bouché ici, c'est bien vous.

Et Jane et Ruth de rire de plus belle.

– Qu'y a-t-il de si drôle ? Je ne pige pas, demanda l'homme tout déconfit.

– Vous vous trompez. Ce ne sont pas deux bonnes sœurs qui logent dans cette chambre, lui expliqua Benchley.

Il ouvrit les tiroirs et lui montra chemises de nuit et portefeuilles.

– Ce sont deux hommes qui l'occupent.

L'individu examina chemises de nuit et portefeuilles en plissant les yeux. Il fit non de la tête, perplexe.

– Nân, je n'y crois pas. J'ai vu deux religieuses entrer ici et en sortir. Elles m'ont même une fois donné leur bénédiction en me croisant dans le couloir.

Benchley haussa les épaules. Il ne trouvait rien à dire s'il ne voulait pas plonger l'homme encore plus dans l'embarras.

Ce dernier parut prendre une décision.

– Hé bien, il n'y a qu'une seule façon d'en être sûr, c'est d'aller le leur demander.

Ce fut au tour de Benchley de refuser du chef.

– Pas dans votre état, mon ami. Vous devriez être bouclé dans votre chambre. C'est nous qui irons le leur demander.

– Monsieur, fit l'homme d'un ton piteux, voilà douze heures que je suis cloîtré avec une épouse déchaînée contre moi et deux enfants qui braillent sans arrêt. Nous sommes censés être en vacances d'hiver. Résultat ? J'ai dépensé toute ma prime de Noël dans ce voyage pour me retrouver interné dans une sorte d'asile de fous.

Il regarda Benchley d'un ton implorant.

– Pouvez-vous comprendre que j'ai envie de m'échapper ne serait-ce que pour descendre dans le hall ?

Benchley acquiesça.

– Venez avec nous, alors. Allons retrouver ces deux hommes. Et faites suivre votre débouchoir.

– Nous sommes en quête du corps de Bibi, expliqua Dorothy au directeur.

– Vous ne le trouverez pas ici, fit Case, qui jeta un coup d'œil alentour où tout était obscur, froid et humide.

Luigi, le serveur, tentant de dissimuler sa crainte, restait près de lui.

– À vrai dire, vous ne trouverez personne, ajouta-t-il.

– Nous vous avons bien trouvés, vous, non ? fit Woollcott d'un ton désagréable, en s'époussetant. À quoi jouez-vous en rôdant dans le noir pour mieux surgir d'entre les ombres ?

– Nous recherchons simplement quelqu'un qui nous a agressés et qui dégouline de nettoyant liquide, fit Case, qui leur narra rapidement l'attaque qu'ils avaient essuyée dans la cuisine plongée dans le noir.

– Mr Benchley va bien ? s'enquit Dorothy, en s'efforçant de parler calmement, comme si elle demandait le temps qu'il faisait. Mais elle se sentait tout sauf calme.

– Vous le connaissez, lui dit Case d'un ton rassurant. Comme d'habitude, il a pris ça du bon côté. La vie n'est qu'une plaisanterie pour ce cher Mr Benchley.

Ah bon ? se demanda-t-elle. *Tout n'est-il qu'une plaisanterie pour ce cher Mr Benchley ? Y compris… Moi ?*

– Il vous cherche, ajouta Case, interrompant le cours de ses pensées. Il a quelque chose d'important à vous dire, à l'en croire.

– Ma foi, n'est-ce pas bizarre ? Je le cherche partout moi aussi. Woollcott n'arrive pas à retrouver Bibi. Vous ne retrouvez pas votre agresseur. Moi, je ne retrouve pas Mr Benchley. Et lui n'arrive pas à me retrouver. Certes, cet hôtel est relativement grand, mais quand même pas à ce point !

Case adopta son ton poli de directeur, qu'il utilisait rarement avec elle.

– Nous faisons de notre mieux. Pour nous, l'Algonquin est avant tout un lieu intime et pourtant confortable.

Elle l'avait froissé et blessé son orgueil professionnel sans le vouloir.

– Vous m'avez mal comprise, Frank. C'est simplement – une idée lui traversa soudain l'esprit. On vous a agressé dans votre cuisine ! Il y a quelques minutes à peine !

– Oui, comme je viens de vous le dire.

– Jordan ! s'exclama-t-elle. Doyle l'a expédié à la cuisine lui chercher un verre de lait. Il y a fort peu de temps de cela. Croyez-vous que ce soit Jordan qui vous ait attaqués ?

Case et Woollcott se montrèrent tous deux dubitatifs.

– Mr Jordan ? demanda Case. Vous voulez dire l'assistant du Dr Hurst ? L'homme au pied bot ?

– Ridicule ! rugit Woollcott. Non seulement il est infirme, mais c'est aussi la crème des hommes.

– Il n'est pas infirme, pour reprendre votre terme, fit Dorothy qui se rappelait comment Jordan avait traversé sa chambre au pas de course. Et ce n'est pas non plus exactement une crème.

Elle se souvenait comment il l'avait coincée dans l'ascenseur.

– Venez, remontons dans la chambre du Dr Hurst ! Jordan y est peut-être retourné. Et elle fit volte-face.

– Prenons le monte-charge, dit Case dans son dos. C'est plus…

– Beaucoup plus rapide, le coupa-t-elle avec impatience. Oui, je sais !

34

Benchley, Jane, Ruth et l'individu en pyjama s'entassèrent dans la cabine. Ruth prit les commandes de l'ascenseur. Elle abaissa le levier, et ils entamèrent leur descente vers le hall.

Benchley, en regardant le visage hagard et piqueté de rouge de l'homme, eut de la peine pour lui. Il était clair que c'était sa famille qui avait provoqué la mise en quarantaine. Cet homme avait passé une nuit agitée, et en avait sans doute encore plus d'une devant lui.

– Robert Benchley, à votre service, lui dit-il avec amabilité. Pardonnez-moi de ne pas vous serrer la main dans l'état où je vous vois.

– Vous êtes tout excusé, lui répondit l'homme en montrant d'un geste son visage criblé de pustules. Je ne souhaiterais pas ça à mon pire ennemi.

– On voit que vous ne connaissez pas notre ami Alexander Woollcott, fit Benchley en souriant. Mais passons. Je vous présente Jane Grant et Ruth Hale. On vous appelle comment ? Pas Ted Besh, je suppose ?

– Non, John Simpson, répondit l'homme, perplexe. Qui est Ted Besh ?

– Oui, en effet, qui est Ted Besh ? demanda Ruth. L'un de vos pseudonymes ?

– Oh, mieux vaut pour vous ne pas le savoir, pouffa Benchley. Comme d'habitude, je parlais pour ne rien dire. De plus, il ne s'agit pas vraiment de Ted Besh, de toute façon. Mais de *tête-bêche*.

– *Tête-bêche ?* John Simpson eut l'air surpris. *Vous parlez français* ?*

Ce fut au tour de Benchley d'exprimer sa surprise.

– Quoi ?

– *Tête-bêche*, c'est du français, j'ai supposé que vous le parliez.

– Non. Et vous ?

– Oui. J'étais traducteur en France pendant la guerre. Ma mère me l'a appris. Elle est québécoise.

– Et *tête-bêche* veut dire quelque chose en français ? demanda Benchley.

– Oui, tête à queue.

– Tête à queue ? demanda Jane en souriant. Est-ce une expression coquine ?

Simpson fit non de la tête.

– C'est juste une autre façon de dire « tête aux pieds ».

Il chercha un exemple.

– Comme des chaussures dans leur boîte. Ou des sardines en conserve. L'une est pointée vers le haut, l'autre vers le bas. Tête à queue. *Tête-bêche.*

Benchley eut beau prendre la chose en considération, il ne put rien en tirer. Tête à queue ? Pourquoi le Dr Hurst aurait-il fait tant d'efforts pour dire une chose pareille ? Et en français, en plus. Il demanda à Simpson :

– Je suppose que vous n'avez pas de dictionnaire français sous la main qui nous en apprendrait davantage ?

– Non. Je n'ai pas l'habitude de trimballer ma bibliothèque personnelle en voyage, vous savez.

– Bien sûr. Qui fait ça ? répondit Benchley, déçu. Puis après avoir réfléchi un instant, il claqua des doigts : Le Dr Hurst, si !

Ils regardèrent tous Benchley comme s'il était devenu fou. Il s'en moquait.

– Ruth, arrêtez l'ascenseur. Et remontez-nous au huitième.

Dorothy et Woollcott gagnèrent en vitesse la chambre du Dr Hurst. Frank Case et Luigi les talonnaient de près. Dorothy frappa, puis essaya de tourner la poignée. La porte était fermée à clé.

– Frank, dit-elle au directeur de l'hôtel. Avez-vous un passe-partout ?

Case opina et s'approcha de la porte. Il frappa doucement le battant de ses jointures d'abord.

– C'est le directeur. Y a-t-il quelqu'un ?

Sans attendre de réponse, il sortit un trousseau de clés bien garni. Il en choisit une rapidement et l'enfonça dans la serrure. Un instant plus tard, il ouvrait grand la porte.

Le Dr Hurst était couché dans la même position que la dernière fois où ils l'avaient vu. Et la chambre, toujours en désordre, suite à sa récente mise à sac.

Dorothy montra du doigt la porte de communication, légèrement entrebâillée.

– Là, c'est la chambre de Jordan.

Se hâtant de traverser le fatras de matériel, livres et vêtements qui jonchait le sol, elle poussa la porte.

Jordan, la poitrine nue, se tenait au milieu de la pièce : il finissait de s'habiller, à ce que vit Dorothy. Il boutonnait sa chemise. Elle nota aussi qu'il avait des pectoraux et des abdominaux bien dessinés.

– Ah mince, fit-elle.

Elle remarqua alors les taches rouges semblables à des traces de brûlure sur son corps. Causées sans doute par ce nettoyant liquide acide !

Jordan releva les yeux vers Dorothy et les autres qui venaient de surgir dans sa chambre.

– Comment êtes-vous entrés ?

– Oubliez ça, répondit-elle. Comment se fait-il que vous soyez brûlé partout… sur votre torse si musclé ?

Jordan acheva de boutonner sa chemise.

– J'ai glissé sur le sol de la cuisine et suis tombé dans une flaque d'un liquide quelconque, merci beaucoup à vous. Je suis allé chercher ce verre de lait pour rien, car à mon retour, vous et le Dr Doyle aviez disparu.

– Tiens, tiens ! s'écria Woollcott.

Au même instant, Benchley, Ruth, Jane et John Simpson – l'homme en pyjama – pénétrèrent dans la chambre du Dr Hurst, derrière eux.

Le cœur de Dorothy ne fit qu'un bond. Et elle ne put réprimer un sourire à la vue de son meilleur ami.

– Ah Benchley, vous voilà ! s'exclama Woollcott. Approchez. Dites-nous, est-ce lui qui vous a attaqué dans la cuisine ?

Benchley les rejoignit à la porte séparant les deux chambres.

– Mr Jordan ? C'était *vous* ?

– Mais de quoi parlez-vous ? fit Jordan. Oui, j'étais dans la cuisine il n'y a pas une minute…

– Tiens, tiens ! s'écria Woollcott.

– Arrêtez de répéter ça, maugréa Dorothy, puis se tournant vers Jordan : Avez-vous attaqué Mr Benchley, Mr Case et Luigi ?

– Non, fit-il, la moutarde lui montant au nez. Je viens de vous le dire. Je suis allé dans la cuisine préparer un verre de lait pour le Dr Doyle.

– Assez de bobards, dit Woollcott. Vous venez de mettre les pieds dans le plat.

– Votre pied bot dans le plat, ne purent s'empêcher d'ajouter Benchley et Dorothy à l'unisson.

Ils se firent face. Elle parla la première, incapable de dissimuler son inquiétude.

– Fred, où étiez-vous ? Je vous ai cherché partout. Quand j'ai vu la cuisine dévastée et que j'ai appris que vous étiez présent quand ça s'est produit, j'ai… j'ai simplement…

Benchley lui sourit avec chaleur, pour la rassurer.

– Oh, ça. Rien qu'une petite chamaillerie. Il n'y avait pas lieu de vous inquiéter, ma chère Mrs Parker.

– *Une chamaillerie ?* éructa Luigi. Puis en pointant Jordan du doigt : Cet individu a failli nous tuer !

Benchley ignora cet échange. Il saisit la main de Dorothy et la tapota.

– Là, là. Tout va bien.

– Tout va bien ? se récria-t-elle en lui retirant sa main. Inutile de me cacher des choses pour me protéger. Et de me traiter comme une enfant.

Benchley parut blessé.

– Croyez-moi, lui chuchota-t-il, je suis loin de vous considérer comme une enfant, Mrs Parker.

– Remettez à plus tard vos retrouvailles, vous deux, grommela Woollcott. Bon, Jordan. Comment vous êtes-vous fait ces brûlures à la poitrine ?

– Comme je tentais de vous l'expliquer, reprit ce dernier avec impatience, je suis descendu à la cuisine chercher un verre de lait pour le Dr Doyle. Elle était plongée dans le noir le plus complet. L'électricité ne fonctionnant pas, j'ai dû tâtonner jusqu'à la glacière. Une fois que je l'ai eu atteinte, j'y ai pris du lait. Mais alors ma chaussure orthopédique a glissé sur je ne sais quoi et je me suis retrouvé dans une flaque de liquide corrosif, parsemée de minuscules billes métalliques. J'ignore la nature de ce liquide, mais il m'a brûlé. Plus je tentais de me relever, plus je glissais. Le temps que je me remette debout, j'étais quasi trempé. Je suis remonté ici en courant et j'ai pris rapidement un bain pour me rincer. Puis vous avez tous surgi…

Woollcott l'observait attentivement.

– Comment être sûr que ce n'est pas vous l'assaillant de ces trois messieurs dans la cuisine ? Pourquoi vous croirions-nous ?

– À cause de ça, fit Dorothy en montrant la commode – où était posé un verre de lait. S'il les avait attaqués, se serait-il donné la peine de rapporter le lait ?

Woollcott en resta comme deux ronds de flan, puis haussa le sourcil.

– C'est une couverture parfaite.

Jordan eut un geste dégoûté.

– Vous venez de nous dire que vous êtes remonté ici en courant, continua Dorothy. Je ne pensais pas que vous pouviez courir. Alors, dites-nous : avez-vous réellement un pied bot ?

– Quand j'ai dit que *j'avais couru*, c'était juste une façon de parler.

Il s'avança en boîtant. Son pied gauche arborait la grosse chaussure orthopédique disgracieuse : plus large qu'un soulier normal, le talon et la semelle en étaient aussi épais que la tranche d'un livre.

– Porterais-je ceci si je n'y étais pas obligé ? À votre avis ?

Benchley se récria de satisfaction.

– Vous rappelez-vous, Mrs Parker ? Mr Jordan a paru courir pour aller vérifier le contenu de sa chaussure tout à l'heure. En tout cas, courir lui ne semblait pas impossible.

– Vous avez raison, fit-elle, ressentant bien moins d'irritation contre Benchley à présent. Cela vous a donc frappé, vous aussi ?

Il opina.

– De même, j'ai découvert un certain nombre d'autres choses.

Il leur communiqua rapidement à tous la teneur de son coup de fil au Capitaine Church : on recherchait le Dr Hurst pour le vol du médaillon au London Museum, et les deux malfrats qui l'avaient désormais en leur possession, étaient prêts à le livrer à un escroc de la pègre de Brooklyn dès qu'ils pourraient quitter l'hôtel.

Il précisa aussi qu'au lieu de Ted Besh, il fallait sans doute entendre « tête bêche ».

– Ce pauvre Mr Simpson ici présent a éclairci l'énigme pour nous.

Case n'avait pas remarqué ce dernier jusque-là.

– Mr Simpson ? Que faites-vous hors de votre chambre ? Vous devez y retourner immédiatement. Vous êtes contagieux !

Le visage de Simpson tacheté de rouge s'empourpra encore davantage.

– Je m'excuse, mais il fallait que j'en sorte. Du moins, un petit moment. Je n'ai certes pas oublié que je suis contagieux.

– Contagieux ? On savait que vous étiez malade… commença Jane, et Ruth parut s'en alarmer elle aussi. Contagieux à quel point ? On vient de monter jusqu'ici dans un tout petit ascenseur avec vous.

Dorothy intervint.

– N'ayez aucune inquiétude. D'après le Dr Doyle, il ne s'agit pas de la variole, mais de la varicelle. Vous l'avez tous attrapée quand vous étiez petits, non ?

Acquiescement général.

– Alors vous n'avez aucun souci à vous faire.

Elle lui tendit la main.

– Dorothy Parker. Enchantée de rencontrer l'homme qui a causé tant de barouf.

Il hésita un instant, puis lui serra la main sans arrière-pensée.

– Vous plaisantez ? Ce n'est pas vraiment la variole ?

Elle fit non de la tête.

– Pour une fois dans ma vie, je ne plaisante pas. Je suis heureuse de vous apprendre que vous avez la varicelle.

Il eut un grand sourire, ce qui le rajeunit de plusieurs années.

– Ma femme va être tellement soulagée.

– Pardonnez-moi, les interrompit Jordan, pouvez-vous m'en dire plus sur ces « malfrats » qui ont maintenant le médaillon en leur possession ?

Benchley opina.

– Certainement. Qu'aimeriez-vous savoir ?

– Où je peux les trouver – eux, et le médaillon !

– Euh, fit Benchley. Je n'en sais rien. Il se pourrait qu'ils regagnent la chambre quatre cent vingt. Ou bien il se pourrait que des bonnes sœurs la regagnent. Cela semble poser question.

– Des bonnes sœurs ? fit Jordan, dubitatif.

– Pour rester sur le plan questions, poursuivit Benchley, nous en avons quelques-unes à propos de ce médaillon. Saviez-vous que le Dr Hurst l'avait volé ?

Jordan resta bouche cousue.

– Hum, très bien, fit Benchley. Savez-vous ce que c'est qu'un tête-bêche ?

– Un Ted quoi ? demanda Jordan, interloqué. Puis regardant Dorothy : ne m'avez-vous pas dit quelque chose de ce genre, tout à l'heure ?

Elle se tourna vers Benchley.

– Où voulez-vous en venir, Fred ?

– À des livres ! s'exclama-t-il. On va tous fouiller la chambre du Dr Hurst pour trouver des livres. À la recherche d'un dictionnaire de français ou d'un recueil d'expressions françaises.

Ils fouillèrent la pièce un bon quart d'heure. Résultat : ils se débrouillèrent pour y remettre de l'ordre tout en fourrageant. Pendant ce temps, le Dr Hurst, apparemment endormi, reposait immobile sur le lit. Mais ils ne découvrirent ni dictionnaire ni autre ouvrage en français.

– Rien ! ragea Woollcott. Comment dit-on « rien » en français ?

– *Rien**, fit Simpson.

– C'était une question purement rhétorique, francophone à la manque, fit Woollcott.

– Aleck, le morigéna Dorothy, vous déraillez une fois de plus, parce que je viens justement de trouver quelque chose. Regardez.

Ils firent cercle autour d'elle, Woollcott y compris. Elle avait mis ses lunettes à monture d'écaille. Et tenait dans ses mains un lourd et épais dictionnaire encyclopédique.

– Vous n'allez pas me croire.

– Mais encore ? demanda Benchley.

Elle se mit à lire à haute voix :

– «Tête-bêche. Mot français signifiant côte à côte en sens inverse. Littéralement : à deux têtes. Terme d'impression de certains timbres-poste. »

– Des timbres-poste ! se récria Benchley.

– Voici qui nous intéresse, poursuivit-elle. « Pour en savoir plus, cf. Hurst *Philatélie Britannique des* XIX*e et* XX*e siècles* » – un ouvrage écrit par le Dr Quentin Hurst en personne.

– Philatélie ? demanda Simpson. Qu'est-ce que c'est ?

– Le fait de collectionner des timbres, lui répondit-elle. Quelqu'un aurait-il vu le gros livre du Dr Hurst sur le sujet ?

– Je viens juste de le ranger ! s'exclama Jane, en retirant l'imposant volume du bureau de voyage portatif.

– Moi, je suis prêt à m'en ranger… m'en jeter un derrière la cravate, marmonna Benchley. Quelqu'un aurait-il vu de quoi boire dans les parages ?

Tout le monde l'ignora. Jane tendit le livre du Dr Hurst à Dorothy. On refit cercle autour d'elle.

– Je l'ai. « Tête-bêche – erreur du procédé de fabrication des feuilles de timbres-poste, consistant à en imprimer par négligence une planche à l'envers adjacente à une autre dans le bon sens. On ne constate l'erreur qu'en rassemblant les timbres par paires. À ne pas confondre avec un timbre inversé. » On en voit un exemple en photo.

Elle pointa du doigt une petite image noir et blanc de deux timbres reliés entre eux, montrant un profil noble, celui d'un comte ou d'un duc, peut-être.

Le premier était dans le bon sens, l'autre dans le sens opposé.

– C'est ça ? Et c'est tout ? demanda Woollcott. Et c'est quoi un timbre inversé ?

Dorothy feuilleta les pages jusqu'à ce qu'elle trouve la rubrique.

« Timbre inversé – Les timbres requérant deux impressions séparées (par exemple, ceux imprimés en deux couleurs) ont donné lieu à nombre d'erreurs d'impression curieuses. Une planche passée à l'envers dans la presse après l'impression d'une première couleur par exemple, a pour résultat que le dessin est en partie inversé. Lors d'une émission de timbres en 1869 aux États-Unis, pas moins de trois tarifs différents avaient leur partie centrale imprimée à l'envers. Souvent, l'imprimeur s'aperçoit de l'erreur avant la mise en circulation des timbres et les planches sont détruites. Cependant, dans plusieurs cas, l'erreur n'a été découverte qu'après. Les quelques timbres inversés restants de ce tirage acquièrent souvent beaucoup de valeur aux yeux des collectionneurs, du fait de leur rareté et de leur aspect inhabituel. À ne pas confondre avec le tête-bêche. »

– C'est tout ? répéta Woollcott. À l'entendre, il me semble qu'un timbre inversé a plus de valeur qu'un tête-bêche.

– Non, ce n'est pas tout, dit Dorothy. La dernière ligne est celle-ci : « Cf. Annexe 19. Une rareté : le tête-bêche inversé. »

Se reportant à la fin du livre, elle y trouva l'annexe en question. La première chose qui attira son attention fut une photo en couleur – l'une des rares à figurer dans le livre – d'une étrange paire de timbres.

Elle recommença à lire à voix haute :

« Un tête-bêche inversé combine l'erreur d'impression d'un timbre inversé juxtaposée à la frappante disposition du tête-bêche. L'un des exemples les plus rares et les plus singuliers de tête-bêche inversé est le timbre de deux pence anglais de Lady Cecily Shrewsbury datant de 1899, surnommée la « Femme à barbe Britannique » par les collectionneurs philatélistes d'aujourd'hui. Cette appellation vient de ce que, suite à l'erreur d'impression, la tiare posée sur la tête de Lady Shrewsbury fut inversée dans l'une des planches, avec pour conséquence de la doter d'une fausse barbe sur le timbre tête-bêche adjacent.

Benchley pouffa.

– Je suis certain que cela n'amusa pas la lady en question.

Dorothy poursuivit sa lecture.

« L'erreur fut remarquée avant la mise en vente. Lord Shrewsbury ne manqua pas, bien entendu, de bouter le feu aux planches déjà imprimées comme aux plaques d'impression. Cependant, on estime qu'un employé de poste réussit à s'enfuir au préalable avec l'une des planches, qu'il vendit par la suite à un riche collectionneur français, lequel ne tarda pas à se vanter de cette acquisition dans son pays natal. Lord Shrewsbury, ayant eu vent de l'existence de ces timbres, provoqua ledit collectionneur en duel. Les deux adversaires furent blessés lors de cette rencontre, et la planche fut quasiment détruite dans l'affaire. Ce qu'il en restait fut récupéré et retourné au Royal Mail. Lord et Lady Shrewsbury se retirèrent du monde pour résider paisiblement sur leurs terres. De nos jours, les seuls exemplaires connus de ce rarissime tête-bêche inversé dit de la « Femme à barbe » se trouvent aux archives du London Museum. Leur valeur est inestimable. »

Dorothy, baissant le livre, se retrouva face au vieillard couché dans le lit. Les deux yeux grands ouverts, il la fixait. Puis levant une main, recroquevillée comme une griffe, il gémit :

– Tête-bêche… !

Sa tête retomba sur l'oreiller, suite à l'effort fourni. Refermant les yeux, il retrouva son immobilité première. Jordan s'approcha du lit pour s'assurer de son état.

– Il est toujours vivant ? demanda Dorothy.

Jordan opina.

– Alors, articula lentement Woollcott, l'objet de valeur volé, ce n'est pas le médaillon, mais un timbre-poste.

– Une paire de timbres-poste, au minimum, rectifia Dorothy.

– Qui doit être dissimulée dans le médaillon, conclut Benchley.

– Tout cela nous ramène à la sempiternelle question, fit Jordan. Où se trouve ce médaillon ?

– C’est moi qui pose les questions ici, si ça ne vous dérange pas, le coupa sèchement Woollcott. Puis se tournant vers Dorothy : très bien, alors « où se trouve ce médaillon » ?

– Pour ça, il nous faut un détective, Aleck. Et un *vrai*, lui répondit-elle en fronçant le sourcil.

35

Dorothy frappa à la chambre de Conan Doyle.

On ne répondit pas tout de suite. Puis de l'intérieur, il dit calmement :

– Entrez.

Ouvrant la porte, elle passa la tête dans la pièce. On n'y voyait goutte ou presque. Une minuscule bougie votive dans son verre, placée sur la commode, diffusait sa faible lueur. Dorothy finit par distinguer Doyle assis au bord du lit, le visage tourné de l'autre côté. Il semblait fixer un point précis sur le mur – en parlant tout seul ?

Alors, sans même se retourner, il lança :

– Bon point du jour, Dorothy.

– Bonjour à vous, lui répondit-elle par automatisme.

Avant de prendre conscience qu'il n'avait pas pu la voir et qu'elle n'avait pas prononcé un traître mot en entrant.

– Un instant, Artie, comment avez-vous su que c'était moi ?

Il lui fit face enfin et s'adressa à elle d'un ton calme, mais joyeux.

– C'est mon fils qui me l'a dit.

Un froid la saisit.

– Votre fils ?

Il opina.

– Je viens juste de lui parler.

– Ah bon ?

Elle ne voyait personne d'autre dans la chambre.

– Où est-il donc ?

La voix de Conan Doyle eut à nouveau son intonation joyeuse – ravie, même.

– Il est décédé.

– Pardon ?

– Il est mort pendant la Grande Guerre. Il a été blessé à la Bataille de la Somme. Suite à son état de faiblesse, il a attrapé la grippe et il est mort. En de rares occasions, son esprit vient me visiter.

Dorothy frissonna malgré elle. Conan Doyle parlait-il réellement avec le fantôme de son fils ? Ou plus vraisemblable : était-il carrément fou ? Dans l'un ou l'autre cas, cela la perturbait. Ce qui la mettait particulièrement mal à l'aise, c'était l'humeur joyeuse, presque enivrée, avec laquelle il évoquait son enfant mort.

– Ah oui ? fit-elle, d'un ton désinvolte, comme si parler avec l'esprit de son fils était parfaitement normal. Et comment va-t-il ?

– Il est aux anges, merci pour lui, répondit Doyle, en souriant de contentement.

La faisait-il marcher ? Croyait-il vraiment de telles absurdités ?

Soudain une autre idée lui vint. Elle hésita, mais quelques secondes à peine, à la formuler. Après tout, qu'avait-elle à perdre ?

– Dites-moi, votre fils pourrait-il nous donner un indice sur l'endroit où se trouve le médaillon disparu ? Ou bien nous révéler qui a tué Bibi ? Ou encore où est passé son corps ?

– Ma foi, fit Doyle, un peu pris de court. Je suppose que je peux le lui demander.

Il fit face à nouveau au mur et marmonna quelque chose. Dorothy plantée là attendit en sentant se dresser les poils follets de sa nuque, pendant qu'elle écoutait. Elle n'entendait que la voix de Doyle, mais son intonation absolument normale – comme s'il bavardait avec quelqu'un au téléphone – l'emplissait d'effroi.

Son marmonnement cessa enfin, et il se retourna vers elle.

– Il est parti.

Tel père, tel fils, songea-t-elle. *Il est parti, très bien.*

– Allumez, s'il vous plaît, lui dit-il. J'ai du mal à vous distinguer.

Elle appuya sur l'interrupteur près de la porte et la petite pièce fut baignée d'une vive lumière. Conan Doyle se leva en se protégeant les yeux. S'approchant de la bougie, il la souffla.

– Bon, finit par dire Dorothy. Où est-il parti ?

– Ma foi… répondit Conan Doyle en haussant les épaules, partout et nulle part.

– Comment s'appelait-il, votre fils ?

– Kingsley. C'était un garçon formidable.

– Quel âge avait-il ?

– Vingt-cinq ans.

– Vous y croyez vraiment ? Au spiritualisme ? lâcha-t-elle avant d'y réfléchir à deux fois.

Il sourit, pas offensé pour deux sous.

– J'ai abandonné un travail agréable et lucratif, j'ai voyagé longtemps et très loin de chez moi, je me suis exposé à toutes sortes d'inconvénients, de pertes et d'insultes pour apporter la vérité à autrui. C'est ma seule et unique mission depuis quelques années maintenant.

– Quelques années ? fit-elle. Et depuis quand ?

– Mon intérêt pour ces matières s'est éveillé vers la cinquantaine, je suppose. Et n'a fait que croître avec les années. Plus je vieillis, plus ma conviction grandit.

– Et votre conviction a encore grandi… après la mort de votre fils ?

Il sourit à nouveau.

– Je cherchais déjà des réponses bien avant la mort de Kingsley.

Elle réfléchit à ce qu'il venait de dire.

– Ça doit être triste de perdre un fils. Ça doit vous briser le cœur.

Son visage s'illumina de la foi du converti.

– C'est là que réside l'importance du spiritualisme ! Nous ne sommes jamais seuls. La vie n'a pas vraiment de fin.

Elle ne savait pas si elle devait le plaindre ou l'envier. *Nous ne sommes jamais seuls… ce serait agréable d'éprouver un tel réconfort*, songea-t-elle.

Mais elle trouvait difficile d'avaler cette idée en totalité. Conan Doyle croyait-il vraiment qu'il pouvait parler avec l'esprit de son fils défunt ? Elle regarda son visage béat et comprit que c'était sans importance. Qu'il se l'imagine ou pas, l'effet était le même. Il était heureux de son savoir, et tout s'arrêtait là. Elle ne pouvait avancer des faits contre la foi – en tout cas pas contre celle d'un vieux monsieur si agréable, si rayonnant de joie même.

Elle prit une profonde inspiration.

– Que vous a dit votre fils ? Sait-il qui a tué Bibi ?

– Il ne me l'a pas dit. Il ne pouvait pas me le dire.

– Oh…

Elle sentit croître son scepticisme.

– Mais il m'a fait deux suggestions.

– Ah ouais ? Écoutons voir.

– Il m'a dit : « Mettez Toby sur la piste. Et tendez un piège. »

Dorothy regarda Doyle attendant un complément d'explication, qui ne vint pas. Elle finit par lui poser la question :

– Et puis zut, qui est Toby ?

Conan Doyle se mordilla la lèvre et sa grosse moustache de morse.

– Toby, c'est un chien dans l'une des aventures de Sherlock Holmes – un chien doté d'un flair phénoménal. Holmes et Watson s'en servent pour débusquer un criminel.

– Je subodore que ce cabot est purement imaginaire ?

Doyle opina.

– D'après moi, Kingsley faisait référence à votre petit chien, Woody.

– Woody ? C'est un chien policé, pas policier.

Il haussa ses fortes épaules.

– Très bien, soupira-t-elle. Je suppose que c'est dans la nature d'un esprit de rester vague sur les détails. Mais qu'entendait-il par « tendre un piège » ?

– Kingsley a été un peu plus précis sur ce point. Il m'a dit de nous servir du haut-de-forme – celui de

Mr Woollcott, je présume – et de jouer une nouvelle partie. Du jeu auquel vous avez joué auparavant.

Dorothy sentit à nouveau ses poils follets de sa nuque se hérisser.

– Celui de l'Assassin ? Votre fils veut qu'on joue à l'Assassin ?

Doyle acquiesça.

– Mais d'utiliser un bout de papier différent cette fois, ajouta-t-il. Cela a-t-il du sens pour vous ?

Elle y réfléchit un instant, puis pouffa.

– À vrai dire, Artie, oui, cela a du sens pour moi. Quelle fichue bonne idée ! Suivez-moi, maintenant. On va gagner la salle à manger – et la Table Ronde. Et nous montrerons bientôt du doigt celui ou celle qui a tué Bibi.

36

Filant entre les chaises et sous les tables, Woodrow Wilson tirait sur sa laisse. Comme à l'Algonquin, le chien n'avait pas souvent accès à la salle à manger, il était surexcité et remuait son bout de queue avec entrain. En apercevant Benchley près de la Table Ronde, Woody entraîna Dorothy à travers la pièce. Doyle, médusé, les suivit.

– Bonjour, mon petit bonhomme, fit Benchley, en se baissant pour gratter la tête du chien. Te voilà bien réveillé par une heure si matinale.

– Ça fait au moins l'un d'entre nous qui l'est, lança Dorothy en bâillant.

Tous les lustres étaient allumés. On y voyait comme en plein jour dans la salle à manger, même si l'aube n'était pas encore levée. Serveurs et autres membres du personnel s'activaient déjà, entraient et sortaient, en pleins préparatifs du petit déjeuner. Benchley arrêta l'un d'eux au passage.

– Excusez-moi, mon bon. Pourriez-vous apporter un café à Mrs Parker ?

Dorothy sourit. Ce brave vieux Benchley. Toujours aux petits soins pour elle.

Le serveur, une asperge, était celui qui avait répondu du bout des lèvres à Dorothy dans l'escalier. Toujours aussi peu aimable, il gratifia Benchley d'un signe de tête indifférent et continua vers la cuisine.

– Et peut-être aussi une tasse de thé, mon bon ? le héla Doyle.

Le serveur ne se retourna même pas. Et disparut dans la cuisine *via* les portes battantes. Ils entrevirent le personnel en train de nettoyer et de remettre en ordre les lieux.

– Mon petit doigt me dit que nos boissons chaudes n'arriveront pas de sitôt, dit Benchley en tapotant à nouveau la tête de Woody. On voit fort peu souvent ce petit bonhomme dans les parages. À quoi devons-nous le plaisir de sa délicieuse compagnie ?

Dorothy pointa Doyle du doigt.

– Artie m'a donné cette idée. Et s'il ne l'a pas trouvée non plus tout seul – ça c'est une autre histoire – il me l'a soufflée. Nous allons utiliser Woody pour retrouver Bibi ou son assassin. Ou même les deux. Nous verrons bien.

Benchley parut à la fois amusé et curieux.

Et comment Woody va-t-il procéder exactement ?

Dorothy se tourna vers Doyle.

– Oui, au fait, comment ?

– En règle générale, un limier connaît déjà l'odeur de sa proie. Lors d'une chasse au renard, on lâche les chiens dans un périmètre où ils sont censés repérer la piste. Mais dans les cas où la meute n'a aucune familiarité avec la proie ou bien si les chiens sont en cours de dressage, le piqueur a recours à un leurre imprégné de l'odeur du renard – un truc ou un autre en provenance de sa tanière, par exemple.

– Sa robe de chambre et ses pantoufles ? plaisanta Benchley.

– Pas vraiment, répondit Doyle. Bon, quand la proie est humaine – dans le cas d'un prisonnier en fuite ou d'un enfant disparu – on présente souvent au limier une pièce de vêtement de la personne recherchée. Avez-vous quelque chose ayant appartenu à Bibi ? Que sont devenus ses vêtements, au fait ?

Dorothy y réfléchissait quand l'arrivée de Frank Case porteur d'une carafe en argent fumante l'interrompit.

– Il me semblait bien avoir reconnu vos voix. Voulez-vous du café ?

Dorothy prit tasse et soucoupe en porcelaine sur une table dressée voisine.

– Merci, Frank. Juste ce que le docteur a commandé.

– À vrai dire, j'ai commandé du thé, rectifia Doyle en souriant. Mais du café fera parfaitement l'affaire. Merci.

Lui aussi tendit une tasse, tout comme Benchley. Case leur servit à tous trois du café chaud, dont l'arôme richement torréfié suffit à ravigoter Dorothy. Woody s'assit en l'implorant du regard.

Case était sur le point de se retirer.

– Y a-t-il autre chose que je peux aller vous chercher ? demanda-t-il, presque après coup.

– Oui, répondit Dorothy avec vivacité. Tout le monde.

Le directeur de l'hôtel s'arrêta net, l'air perplexe.

– Je vous demande pardon ?

– Allez nous chercher tout le monde, s'il vous plaît. Merci.

– *Tout le monde ?* Qu'entendez-vous exactement par là, Mrs Parker.

– Faites descendre tout le monde ici. Il faut en finir une bonne fois avec cette affaire. Et tout le monde doit être présent pour cela.

– Mais qui, tout le monde ? Tous ceux présents dans l'hôtel ?

Elle réfléchit.

– Est-ce trop demander ? Bon, d'accord, alors. Faites venir tous ceux qui ont assisté à la réception des Fairbanks, hier soir. Ça devrait suffire.

Case déposa bruyamment la carafe en argent sur la Table Ronde.

– Vous savez très bien, Mrs Parker, que cela m'est impossible. Je ne peux pas faire le tour de l'hôtel en réveillant nos hôtes et clients à six heures du matin.

– Aucune crainte à avoir sur ce plan-là, répondit-elle. Mr Benchley s'en est déjà chargé, il y a peu, en déclenchant la sonnerie de leurs téléphones. Il ne vous reste plus qu'à les faire descendre.

Benchley eut un sourire penaud.

– Et sous quel prétexte ? demanda Case.

Dorothy prit une gorgée de café chaud. Cela la réconforta tout en la réveillant.

– Pour le petit déjeuner, bien entendu.

Case croisa les bras. Dorothy lui sourit.

– Je veux les prendre au dépourvu. On commencera par faire griller du bacon et des œufs, avant de les faire passer à leur tour sur le grill comme suspects.

Case inspira profondément.

– Nous ne sommes pas en mesure d'assurer un service de petit déjeuner pour autant d'hôtes à la fois.

– Et êtes-vous vraiment en mesure de prolonger cette quarantaine ? Hier soir, malgré ses inconvénients, elle a pu passer pour une idée amusante, car nous étions tous d'humeur à faire la fête. Mais je suis persuadée que le retour à la réalité s'impose à présent, n'est-ce pas Frank ? Comment allez-vous nourrir et distraire un hôtel plein à craquer pendant une semaine ou plus – en particulier avec un effectif réduit de serveurs et de femmes de chambre grognons car surchargés de travail ?

Case y réfléchit.

– Vous n'avez pas tord…

Elle enchaîna rapidement.

– Si nous procédons à un interrogatoire des suspects, l'un après l'autre, et à une petite vérification de mon renifleur canin que voici, nous mettrons la main sur l'assassin de Bibi en un rien de temps – et ferons aussi lever la quarantaine. Alors qu'en dites-vous ?

Case approuva du chef.

– L'idée n'est pas sans intérêt. Mais j'ai déjà appelé les services sanitaires pour qu'ils annulent la mise en quarantaine… et viennent retirer avis et sceau des portes d'entrée.

Dorothy écarquilla les yeux.

– Pourquoi avoir fait *ça* ?

Case se montra confus.

– Le Dr Doyle a confirmé que la famille Simpson avait la varicelle, pas la variole. Cette quarantaine n'a plus aucune nécessité.

– Mais si, et comment ! se récria-t-elle. C'est elle qui confine le coupable dans l'hôtel. Si elle est levée, si les portes ne sont plus barricadées, alors on peu dire bye bye à l'assassin de Bibi.

Il retroussa les lèvres, songeur.

– Combien de temps avant l'arrivée des autorités ? demanda Dorothy.

– Avec toute cette neige dehors, et étant donné que nous sommes le jour de l'An, elles pourraient bien n'être là que dans une heure.

– *Une heure*, seulement ? Si vite ?

Puis, se parlant à elle-même autant qu'aux autres :

– Comment cette ville peut-elle faire preuve d'une inefficacité aussi abyssale quand on est vraiment dans le besoin et se trouver miraculeusement sur le pied de guerre quand ce n'est pas le cas ?

– Très bien, reprit Case, avec résolution. Je n'ai pas la moindre envie de permettre à un assassin de quitter mon toit, libre de ses mouvements. Je vais faire de mon mieux pour réunir sur-le-champ tout le monde ici. Et vous pourrez les cuisiner tout à votre aise.

Ayant ainsi parlé, il fit demi-tour et sortit précipitamment.

Ils le regardèrent partir. Woody, qui s'ennuyait, s'étira et se coucha sur le tapis.

– Ah non, bonhomme, au travail, dit Dorothy à son chien. Il faut que tu déniches un cadavre.

Conan Doyle tiqua.

– Mais avec quoi, si j'ose dire ? La dernière fois qu'on a vu cette femme, elle était nue comme au premier jour. Où pouvons-nous trouver des vêtements de Miss Bibelot afin que le chien flaire son odeur ?

Dorothy réfléchit, tentant de se remémorer les déplacements et les actes de Bibi au cours de la soirée de la veille. Puis, elle claqua dans ses doigts et Woody bondit sur ses pattes.

– Je crois que je tiens le fil. Vous rappelez-vous la grande entrée de Bibi dans le hall ? Elle a laissé tomber son manteau sur le sol et s'est exhibée dans sa petite robe de garçonne.

Benchley fit non de la tête.

– Ça a dû avoir lieu avant mon arrivée.

– Peu importe, dit-elle. Suivez-moi.

Avec son chien en laisse, elle prit leur tête et traversa la salle à manger pour revenir dans le hall. Elle se dirigea d'abord vers la porte d'entrée, puis tourna à droite vers le vestiaire.

– Ici, fit-elle. Je crois que Bibi a laissé son manteau ici.

L'entrée du vestiaire était une porte coupée, dont la partie haute était entrouverte. Dorothy débloqua la partie inférieure. Tirant sur un cordon, elle alluma le plafonnier avant de passer rapidement en revue les nombreux manteaux, écharpes et vestes.

– À son arrivée, Bibi portait un manteau de fourrure argenté qui lui tombait à la cheville. Je le reconnaîtrais entre mille – et le voici !

Elle sélectionna un long manteau de fourrure soyeux. Woody le renifla avec curiosité.

– Bien joué, Mrs Parker, lui dit Benchley.

Doyle tendit la main pour tâter la fourrure.

– Bon sang, est-ce bien… du renard argenté ? Comme c'est extraordinaire, je parlais justement de renards, n'est-ce pas ? Peut-être son esprit est-il en communication avec le mien… ?

Il caressa doucement la fourrure lustrée.

– Absurde, fit Dorothy en la lui retirant des mains. Vous avez dû voir Bibi entrer dans l'hôtel comme nous tous. Et vous avez emmagasiné ça à votre insu, voilà tout.

Doyle parut en douter mais ne protesta pas.

– Bon, maintenant qu'on tient le renard, voyons ce que notre fin limier peut en faire, dit Benchley.

Ils fixèrent tous le petit chien. Celui-ci, se laissant choir sur son postérieur, entreprit de se gratter paresseusement le derrière de l'oreille.

– Woody, dit Dorothy en lui présentant la fourrure. Tiens, sens. Sens Bibi. Tu as compris. Sens bien cette petite renarde rusée.

Le chien flaira la fourrure avec indifférence, puis y enfouissant sa truffe, renifla à fond. Il en retira enfin son museau, et éternua.

– À tes souhaits, lui dit Dorothy avec une affection maternelle. Puis relevant les yeux vers Conan Doyle : comment lui faire prendre la piste ?

– Vous me demandez comment ? fit-il, en beuglant d'une voix profonde comme le son d'un basson : lâchez les chiens !

Dorothy se baissa et détacha la laisse du collier de Woody.

Woody n'hésita pas. Propulsé autant par sa liberté retrouvée que par l'ordre tonitruant de Conan Doyle, il traversa le hall ventre à terre. Puis se faufila comme une flèche entre les fauteuils confortables et les tables basses avant de s'engouffrer tout de go dans la salle à manger.

Ils se précipitèrent tous derrière lui.

Une fois dans la salle à manger, ils ne virent plus le chien nulle part. Mais les portes de la cuisine qui se refermaient leur indiquèrent que Woody venait de s'y frayer un passage.

– Le chien a fort bien flairé la piste, dit Benchley. Celle du petit déjeuner.

Ils pénétrèrent dans la cuisine en plein boum. Les odeurs alléchantes d'œufs au bacon, de toasts et de café et la vision du personnel et des serveurs s'activant bruyamment ça et là submergèrent leurs sens.

Le désordre causé par le pugilat nocturne avait en grande partie disparu. Luigi était planté au milieu du chaos, serpillière en main, seau en fer à ses pieds, l'air dégoûté du monde et les traits fatigués. En baissant les yeux, ils aperçurent la trace de petites empreintes de pattes qui salissaient le carrelage blanc.

– Vous cherchez votre chien ? fit Luigi d'un ton vaseux. Il est entré par ici et sorti par là, ajouta-t-il en désignant le couloir de service.

Présentant leurs excuses à Luigi, ils traversèrent en hâte – et sur la pointe des pieds – le sol épongé de frais de la cuisine.

Une fois dans le corridor, ils tombèrent sur le chien, le museau collé à la porte close du cellier. De sa truffe humide, il flairait l'interstice entre le bas de la porte et le sol, en agitant tout excité son petit tronçon de queue.

– Il a peut-être localisé son gibier ? fit Doyle avec une excitation qui égalait celle de Woody.

– Aucun doute là-dessus, répondit Dorothy, un tantinet déçue. Malheureusement son gibier n'est autre qu'un biscuit pour chien. Frank Case en conserve une boîte là-dedans.

– Oh, fit Doyle, déçu lui aussi, sa grosse moustache tombante. Alors que fait-on ?

– Élémentaire, mon cher Doyle, lança Benchley plein d'entrain. Donnons à ce pauvre chienchien son biscuit. Puis allons tous prendre notre petit déjeuner avant de poursuivre cette aventure. Je meurs de faim !

Sur ce, il ouvrit la porte du cellier – et poussa un petit cri de surprise. Dorothy et Doyle se pressèrent à ses côtés et suivirent son regard.

Là, au centre du réduit, le corps de Bibi trônait dans le fauteuil-roulant. Vêtue de sa robe de garçonne moulante et dûment chaussée, elle donnait l'impression de dormir à poings fermés, même si la pâleur extrême de son teint trahissait qu'elle était bien au-delà du sommeil.

Woody, entrant à toutes pattes, alla renifler autour de ses pieds et donna un coup de langue de rigueur à sa jambe inerte. Puis jappa fièrement.

– Tout bien réfléchi, se dit Benchley, j'ai perdu l'appétit.

37

Dorothy, pénétrant dans le petit cellier, éloigna Woody du corps de Bibi à force de cajoleries. Benchley s'empara du chien et lui caressa le poil.

Le lieu avait de quoi rendre claustrophobe. Il y avait à peine la place pour le fauteuil roulant. Le long des murs, des étagères débordaient de conserves, boîtes, cartons et autres stocks de nourriture. Un gros sac de pommes de terre en toile de jute dans l'un des angles dégageait une odeur de renfermé et de terre moisie.

Dorothy ouvrit la boîte de biscuits pour chien et en sortit une friandise pour Woody, qui n'en fit qu'une bouchée. Puis s'approcha du corps pour mieux l'examiner. Bibi n'avait plus le collier, bien entendu. Sinon, elle paraissait la même qu'à son arrivée, la veille. Enfin, *presque* la même…

Conan Doyle, près d'elle, inspectait Bibi lui aussi.

– Hum, qu'observez-vous ?

Dorothy n'aimait pas être mise à l'épreuve. Mais soit, c'était par le géniteur de Sherlock Holmes. Et puis zut – elle pouvait bien endosser le rôle du Dr Watson si cela signifiait que Doyle coifferait la casquette de Holmes, métaphoriquement parlant.

– Elle est habillée de pied en cap. On l'a même remaquillée.

– Quelle conclusion en tirez-vous ?

– Quelqu'un qui tenait à elle – ou du moins se souciait de son apparence – a fait tout ça à sa place.

– Et pourquoi cette personne se soucierait autant d'elle, étant donné qu'elle est morte désormais ?

– Je ne vois que deux raisons. La première, c'est que cette personne l'aimait et souhaitait qu'elle paraisse beaucoup moins… morte.

– Et la seconde ?

– Peut-être que celui ou celle qui l'a apprêtée voulait la faire sortir de l'hôtel. Une femme joliment habillée en fauteuil roulant offre à coup sûr un spectacle plus acceptable sur la Sixième Avenue qu'un cadavre en petite tenue.

Conan Doyle sourit.

– Vous vous débrouillez plutôt bien, je trouve. Mais pourquoi la faire sortir de l'hôtel ?

Il parlait comme s'il connaissait déjà la réponse.

– Pas d'habeas corpus, fit-elle. Pas de corps, pas de crime.

– Pas strictement, d'un point de vue légal, nuança-t-il. Mais bon, c'est sans doute grosso modo l'idée du meurtrier. Ce qui nous conduit à penser que c'est bien lui qui l'a pomponnée et rangée ici. Je me trompe ?

– Que nenni. C'est lui qui l'a mise à l'abri, en attendant le moment propice de la véhiculer loin d'ici quand tout le monde regarderait ailleurs.

– *Lui ?* souligna Doyle d'un ton malicieux. N'aviez-vous pas suggéré que l'assassin pourrait être tout aussi bien de sexe féminin ?

– Je sais que c'est un homme.

Conan Doyle fut décontenancé. Jusque-là, il avait paru anticiper toutes les réponses de Dorothy.

– Je tombe d'accord avec vous que notre coupable est sans doute un homme. Mais, en envisageant toutes les possibilités, on ne peut pas exclure qu'une femme dotée de la force et de la détermination nécessaires a très bien pu rhabiller Miss Bibelot et la disposer de la sorte, ne le croyez-vous pas ?

– Non, répondit Dorothy d'une voix ferme. Du moins, je ne suis pas d'accord qu'une femme ait pu faire ça.

Doyle eut un froncement de sourcil sceptique.

– Et qu'est-ce qui vous en rend si certaine ?

– Son maquillage, mon cher Doyle. C'est un homme qui le lui a appliqué.

Ce dernier haussa le sourcil. Puis, ajustant ses lunettes, il examina de plus près le visage de Bibi.

– Grand Dieu, vous avez raison ! s'exclama-t-il. Je le vois maintenant. La poudre lui plâtre les joues, mais il y en a à peine sur le nez.

– Une femme exècre avoir le nez luisant, fit-elle.

– Et le rouge à lèvres, continua-t-il. La couche est trop épaisse et irrégulière. Pas très féminin, je dirais.

– Et vous avez parfaitement raison. Une femme s'estompe les lèvres après avoir mis du rouge. Si une femme l'avait maquillée – même pressée par le temps – elle aurait au moins rendu ce léger service à la bouche de Bibi.

Doyle se redressa et toisa Dorothy avec admiration.

– Donc, nous savons que c'est un homme qui l'a habillée et remisée ici – un homme qui apparemment tient à elle, l'admire peut-être même. Mais où tout cela nous mène-t-il ?

Benchley soupira.

– Quasiment à la case départ. Faites votre choix parmi les hommes qui l'admiraient. Il doit y en avoir une bonne vingtaine rien que dans cet hôtel.

Woollcott apparut soudain sur le seuil du cellier.

– Tiens, tiens ! Vous êtes tous là ! J'attends à la Table Ronde depuis…

Il retint son souffle en apercevant Bibi et se tourna vers Conan Doyle.

– Vous l'avez retrouvée ! Chapeau bas, monsieur. Vous êtes vraiment aussi fort que votre célèbre héros…

Doyle l'interrompit au moment où il allait littéralement lui tirer son chapeau.

– Je ne peux pas m'en attribuer le mérite. C'est le petit limier de Mrs Parker qui nous a conduit au corps. C'est lui qui a droit à vos louanges.

– Oh, fit Woollcott qui, se tournant vers le chien dans les bras de Benchley, lui tapota la tête du bout des doigts. Beau travail, marmonna-t-il. Puis s'adressant à Dorothy : et maintenant que nous avons le corps, qu'allons-nous en faire ?

– Le laisser ici pour l'instant, je suppose. Les autorités ne vont pas tarder à arriver. En attendant, je suggère que nous continuions notre petit jeu comme prévu, dit-elle avec une lueur rusée dans l'œil. Retrouver le corps de Bibi avait dopé sa confiance en elle. Je vois que vous avez fait suivre votre haut-de-forme, dont nous aurons bientôt besoin. Tous les hôtes sont-ils descendus dans la salle à manger ?

– La plupart d'entre eux, oui – Doug Fairbanks, Mary Pickford, Ruth Hale, Jane Grant, Ben Jordan, Lydia Trumbull, Mrs Volney et une dizaine d'autres – et il y a de plus en plus de nouveaux arrivants. À bien y penser, je devrais réveiller Harpo…

– Hé bien, retournez là-bas alors. On vous suit.

Woollcott s'empressa de sortir. Woody se tortillait dans les bras de Benchley.

– Vous pouvez le reposer par terre, lui dit-elle. Je vais le remettre en laisse.

Benchley s'exécuta et Woody courut rejoindre Dorothy. Mais se faufilant entre ses jambes, il rentra dans le cellier. Il flaira un instant la jambe nue de Bibi, puis s'en détournant, alla renifler les emballages cylindriques de Quaker Oats. Avant que Dorothy ait pu s'emparer de lui, il avait atteint un grand carton vide, qu'il se mit à gratter de la patte, puis sautant dedans, il se mit à y tourner en rond en le flairant à fond.

– Suffit comme ça, bonhomme, lui dit-elle en rattachant sa laisse.

Mais avant d'avoir pu l'éloigner, quelque chose dans le carton attira son regard. Un morceau de papier gris et taché – un genre de bordereau. Mais c'était surtout la signature figurant dessus qui retint son attention. Elle le ramassa vivement et l'examina de plus près.

Le papier était un bordereau. Ou bien une facture ? Elle n'aurait su trancher. Il s'agissait d'une liste tapée à la machine qui détaillait un envoi de douze homards vivants plus celui d'un assortiment de fruits de mer. La signature qui lui avait tapé dans l'œil était nettement tracée à l'encre bleu vif…

B. Bibelot.

Dans la cuisine, Dorothy attrapa Frank Case par la manche de sa veste stylée et lui mit le papier sous le nez.

– Bibi a-t-elle acheté ces homards ?

Case fut pris de court un instant. Mais se ressaisissant rapidement, il s'empara du papier.

– Certainement pas, fit-il avec calme.

– Alors que fait la signature de Bibi au bas de cette facture ?

Case examina la feuille de près.

– Ah, je vois. Les initiales de Luigi figurent au bas. Cela signifie que nous avons accusé réception de cette livraison et que l'hôtel est en compte avec ce mareyeur. Vous voyez ? Tout a été payé d'avance, c'est marqué ici. C'est nous qui avons réglé, pas Bibi.

Dorothy reparcourut la facture, mais n'y vit que la liste des homards et autres poissons, plus une flopée de nombres indéchiffrables – et la signature *B. Bibelot*.

– Mais alors que vient faire là la signature de Bibi ?

– Hé bien, fit-il, quelque peu troublé. Cela veut dire que c'est elle qui a *livré* la commande.

Dorothy mit ses mains sur ses hanches.

– Mais comment une fille maigrichonne comme elle aurait pu livrer deux dizaines de homards plus un assortiment de fruits de mer ? Et *pourquoi* aurait-elle effectué une telle livraison ? Je ne parle même pas de *quand*.

Case fit la moue. Et rendit la facture à Dorothy.

– Je ne me l'explique pas. Cela nécessite une personne très robuste pour transporter autant de produits de la mer – dont certains étaient emballés dans de la glace carbonique, ce qui rajoute encore du poids.

Ou alors, bien sûr, on a pu transporter facilement le tout en chariot. Mais si vous n'y voyez pas d'inconvénient, nous devons préparer le petit déjeuner pour plus d'une centaine d'hôtes à votre instigation, encore un grand merci. Donc, si vous voulez bien m'excuser, peut-être pourrons-nous étudier tout ceci plus tard dans la matinée ?

Sur ce, il se détourna avec un sourire navré et se remit à la tâche, distribuant ses ordres aux serveurs et chefs de partie, tout en répondant à leurs questions et gérant leurs problèmes.

Doyle et Benchley, près des portes de la cuisine, s'apprêtaient à retourner dans la salle à manger. Dorothy allait les rejoindre quand soudain elle s'immobilisa. Quelque chose venait de lui revenir. Elle fit volte-face et se précipita à nouveau vers Case.

– Frank.

– Oui, Mrs Parker. Autre chose ?

Sa patience semblait à bout.

– Il y a toujours autre chose, fit-elle. Vous m'avez bien dit que les fruits de mer étaient emballés dans de la glace carbonique ?

Il porta la main à sa bouche.

– Pas les homards. Ils étaient vivants à la livraison. Mais en ce qui concerne les fruits de mer, et surtout certains poissons importés de fort loin, on les emballe dans de la glace carbonique pour préserver leur fraîcheur.

– Que faites-vous de cette glace carbonique ?

– De la glace carbonique ? Ce qu'on en fait ?

– Vous vous êtes subitement transformé en perroquet ? L'hôtel était à court de glace hier soir, et pourtant nulle trace nulle part de cette glace carbonique. Qu'en a-t-on fait ?

Case laissa enfin libre cours à son agacement.

– On ne s'en est pas servi, si c'est là ce que vous insinuez. D'ordinaire, on déballe le poisson, puis on se débarrasse de la glace dans la ruelle derrière l'hôtel. Où elle disparaît en un clin d'œil. D'un autre côté, quelqu'un peut-être l'a-t-il laissée traîner et s'est-elle évaporée. On était *plutôt* occupés, hier soir. Et nous le sommes actuellement aussi, Mrs Parker ! Donc, si cela ne vous dérange pas…

Il lui montra d'un geste les doubles portes menant à la salle à manger.

– Elle s'est évaporée ?

– Oui, évaporée. Vous ne connaissez rien à la glace carbonique ?

– Bien sûr que si, s'empressa-t-elle de répondre.

Puis en y réfléchissant à deux fois – et prenant conscience qu'elle connaissait fort peu de chose à la glace carbonique – elle lui demanda :

– Vous pouvez me rafraîchir la mémoire ?

– Elle est incroyablement froide. Beaucoup plus que de la glace ordinaire. C'est du gaz congelé. Si bien qu'en se réchauffant, elle passe directement de l'état solide à l'état gazeux, mais jamais à l'état liquide, vous voyez.

Incroyablement froide. Froide au point de causer des brûlures ? se demanda-t-elle. Lorsqu'elle était tombée dans le monte-charge, elle se rappela que sa main était entrée en contact avec un éclat de glaçon – extrêmement désagréable au toucher.

– Oui, bien sûr, elle passe à l'état gazeux. *Tout le monde* sait ça, fit-elle, tout en s'avouant *in petto* qu'elle l'avait peut-être oublié.

– Et bien voilà, poursuivit Case. Qu'on l'ait jetée dans la ruelle ou laissée traîner hier soir, il n'en reste sans doute plus rien depuis belle lurette.

– Sans doute ?

– Oui, sans doute. À ce que j'en sais, Mrs Parker, lui dit-il pour clore le débat. Si vous avez d'autres questions sur la glace carbonique, interrogez Douglas Fairbanks. Nous sommes dans une cuisine ici, pas dans un laboratoire de chimie, et nous avons un petit déjeuner sur le feu. Donc, si vous voulez bien m'excuser…

– Doug Fairbanks ? Pourquoi y connaîtrait-il quelque chose ?

Case commençait à prendre du champ.

– On utilise la glace carbonique au théâtre pour certains effets. Si on en lâche un gros morceau dans un baquet rempli d'eau, on fabrique du brouillard – et des tourbillons de brume traversent la scène. Vous avez certainement déjà vu ça ?

– Ma foi, oui, je suppose…

Les portes de la cuisine s'ouvrirent alors à deux battants. Le droit vint heurter Conan Doyle, le gauche repoussa Benchley de côté. Alexander Woollcott entra en majesté.

– Venez, venez, ma chère Mrs Parker ! Le décor est planté. La salle est archicomble, c'est à vous. Tout le monde attend votre apparition en retenant son souffle.

– Votre souffle, Aleck, ne connaît, lui, aucune retenue, lui lança-t-elle. Sucez une pastille à la menthe ou autre chose.

Benchley pouffa.

– Ça vous apprendra à faire de la lèche, Aleck.

Woollcott se retourna vers lui.

– Ah, l'esprit Benchley, dit-il. Aussi affûté et tranchant qu'un couteau à beurre.

– Hum, fit Doyle en s'éclaircissant la gorge. Assez échangé de grossièretés. Peut-on revenir à ce qui nous occupe ?

– Mais, dit Benchley déçu, l'échange de grossièretés, c'est notre fonds de commerce.

– Pardon, mais Artie a raison. Il est temps que le spectacle commence.

Dorothy décoiffa Woollcott de son haut-de-forme et, tirant sur la laisse de Woody, poussa les doubles portes.

Pour mieux s'arrêter net. Une centaine de personnes s'entassaient dans la salle à manger. Beaucoup se serraient autour des tables, tandis que les autres attendaient debout – l'air légèrement contrarié d'avoir été convoqués à une heure aussi matinale, après une soirée aussi mouvementée.

Ils braquèrent en bloc leurs yeux injectés de sang, au regard glauque, sur Dorothy.

Ah ma pauvre, dans quoi t'es-tu fourrée ?

38

Dorothy se contenta de fixer amis, invités et clients rassemblés devant elle dans la salle à manger pleine à craquer.

Woollcott lui arracha soudain le haut-de-forme des mains.

– Ceux-là, je m'en charge, lui dit-il, avant de lancer tel un bonimenteur : bonjour, braves gens ! Nous sommes réunis ici pour une petite partie du jeu de l'Assassin. Seulement, cette fois, on joue pour de vrai. L'un ou l'une d'entre vous a assassiné Bibi Bibelot. Et j'ai bien l'intention de désigner du doigt celui ou celle qui a « fait ça ».

Dorothy faillit se frapper le front. Avec Aleck, ils avaient évoqué ce plan un peu plus tôt dans la chambre du Dr Hurst. Mais il devenait clair qu'ils en avaient discuté trop brièvement, car ce n'était pas ça du tout qu'elle avait eu en tête.

Mais par ailleurs, il n'y avait pas un instant à perdre. Les services sanitaires n'allaient pas tarder à arriver. Woollcott pouvait tout aussi bien amorcer les choses dans le style inimitable – et insupportable – qui était le sien.

– Douglas Fairbanks ! fit-il, d'un ton lourdement accusateur. Vous, Monsieur, aviez à la fois la possibilité – et un mobile – de vous en prendre à Miss Bibelot. Cette jeune femme avait torpillé votre soirée en faisant injure à votre hospitalité – et à celle de votre femme, Mary. Vous possédez la clé de la salle de bains et aviez accès au médaillon. Et par-dessus tout, vous avez la capacité acrobatique d'escalader la fenêtre et de décamper le long du toit…

– Hé mais, j'ai fait la même chose, rectifia Dorothy, avant de tourner deux fois la langue dans sa bouche. Si j'ai pu passer par la fenêtre et traverser ce toit couvert de neige, n'importe qui a pu le faire – n'importe qui ayant le gabarit pour se faufiler par cette fenêtre, s'entend. Et ce n'est sûrement pas Fairbanks qui a tué Bibi. C'est ridicule, et vous le savez fort bien, Aleck.

Woollcott pivota sur lui-même et lui décocha un regard noir. Mais il ignora vite fait son interruption pour reprendre le fil de ses accusations.

– Mary Pickford ! fit-il en la désignant du doigt. Bibi a gâché votre réception. Vous avez reconnu être entrée dans la salle de bains et avoir retiré le collier du cou de cette fille. Si vous avez eu l'audace de faire une chose pareille, pourquoi pas celle de commettre un meurtre ?

Mary allait répondre, mais Dorothy la devança.

– C'est exclu, bien entendu, Aleck, dit-elle. On en a déjà parlé. Pourquoi Mary tuerait-elle une autre femme et laisserait-elle son corps dans sa baignoire ? Aucune femme ne polluerait ainsi sa salle de bains. Elle ne pourrait plus jamais s'en servir.

Woollcott lui fit à nouveau face, ses yeux globuleux étaient fous furieux.

– Mais dans quel camp êtes-vous donc ? Tout ça, c'était votre idée, vous avez oublié ?

Dorothy se mordit la lèvre. Elle n'avait pu s'empêcher d'intervenir, surtout quand Woollcott se montrait si mal avisé. Mais en même temps, elle n'avait pas envie d'être associée à ses accusations.

– Très bien, alors. Poursuivez. C'est vous le détective.

Il se détourna en soufflant d'irritation et fixa son regard sur Lydia Trumbull.

– Vous !

Cette dernière se figea. Woollcott continua :

– Vous possédez une véritable réserve de somnifères et autres narcotiques, du moins à ce qu'on m'a dit. En tant qu'ancienne infirmière de l'armée, vous connaissez leurs propriétés. Vous avez donc empoisonné Bibi avec une dose mortelle du chloroforme que vous avez subtilisé au Dr Hurst, n'est-ce pas ?

Lydia ouvrit des yeux grands comme des soucoupes. Puis les pupilles révulsées, elle battit des paupières, vacilla et à la non-surprise générale, perdit connaissance.

– Très bien, avançons, dit Woollcott, terre à terre. Benedict Jordan !

L'interpellé croisa ses bras musclés sur son large torse et se mesura du regard avec Woollcott.

Celui-ci, qui se tenait prudemment à l'autre bout de la pièce, resta imperturbable.

– Vous avez pris le médaillon dans la commode de Mary Pickford, afin de le restituer au Dr Hurst, votre employeur.

– Il lui appartient, précisa Jordan d'un ton bourru.

– Tiens donc ? fit Woollcott, malicieux. N'appartient-il pas plutôt au musée britannique où il a été volé ?

À ce stade-là, la curiosité de Dorothy fut la plus forte. Attrapant Woody, elle se faufila à travers l'assistance pour rejoindre Doug Fairbanks et Mary Pickford. Ils sourirent en la voyant s'approcher avec son petit chien.

– Bonne et heureuse année, Dottie, lui souhaita Fairbanks d'un ton chaleureux. Dites-moi, vous n'avez rien à voir avec cet interrogatoire infect de Woollcott, hein ?

– Absolument, lui mentit-elle. Dites-moi plutôt tout ce que vous savez sur la glace carbonique.

– *La glace carbonique ?* fit Mary. Pourquoi voulez-vous des renseignements à ce sujet ?

Dorothy ne répondit pas directement.

– Vous vous en servez au théâtre pour certains effets spéciaux ?

Fairbanks acquiesça.

– On l'emploie aussi au cinéma. C'est fantastique pour faire du brouillard.

– Elle peut être nocive ?

– Oui, si jamais on en touche sous sa forme solide, expliqua-t-il. Sa température avoisine les moins quarante degrés. Ça vous gèle les doigts de la main sur-le-champ.

Dorothy songea à nouveau à l'éclat de glace dans l'ascenseur.

De l'autre côté de la salle, Woollcott accusait à présent d'une voix forte le Dr Hurst par contumace. Jordan et Doyle – Dieu soit loué – défendaient son innocence du meurtre de Bibi. Dorothy secoua la tête avec regret. Pourquoi avait-elle impliqué Woollcott là-dedans ? Il ne faisait que compliquer les choses.

Elle en revint à Fairbanks.

– La glace carbonique en fondant devient directement du gaz, n'est-ce pas ? À quoi sert ce gaz ?

Fairbanks haussa les épaules.

– À part pour des effets scéniques, à rien d'autre que je sache. C'est du dioxyde de carbone à l'état pur. L'utilisation en est limitée.

Dorothy fronça le sourcil. Sa curiosité l'avait peut-être entraînée dans une impasse, après tout.

Woollcott accusait maintenant en bloc plusieurs fêtards d'avoir encouragé Bibi. Et désignait certains de ceux qui avaient versé du champagne dans la baignoire. *Ah bon sang*. Il fallait qu'elle l'arrête bientôt et remette le jeu de l'Assassin en marche – sinon elle aurait sous peu un autre meurtre sur les bras, celui de Woollcott.

– Oh, attends, fit Mary à son époux. Raconte à Dottie l'histoire du machiniste !

– Quel machiniste ? demanda cette dernière.

Fairbanks qui se rappelait, acquiesça.

– Ah oui, c'est vrai. Une drôle d'histoire – enfin, pas *si* drôle, je suppose. Ce jeune homme a failli en mourir. Mais à la fin, on a tous bien ri.

Il sourit.

– Qu'est-il arrivé ?

– Ma foi, ça remonte à quelques années, bien avant que j'aie percé. C'était dans un tout petit théâtre, rien à voir avec Broadway. L'un des machinistes s'est retrouvé coincé dans un placard à balais avec un carton plein de glace carbonique. Bien sûr, le régisseur le cherchait partout. Mais tout le monde a cru qu'il était parti vadrouiller, car c'était un joyeux drille, et que la journée était belle et chaude.

– Mais évidemment, ce n'était pas le cas, dit Mary.

– Non, renchérit Fairbanks. Il s'est presque asphyxié dans ce placard à balais. Quand le régisseur a fini par le découvrir, sa première idée a été que le machiniste était fin soûl et ne tenait plus debout. Puis il a observé ce garçon de plus près. Il avait les lèvres bleues, la peau sous les ongles aussi. Le manque d'oxygène l'avait presque tué.

– Le manque d'oxygène ? fit Dorothy.

Il opina.

– Par une journée aussi chaude et dans un espace aussi confiné, la glace carbonique s'était rapidement transformée en dioxyde de carbone. Le machiniste a été terrassé en moins d'une heure. Heureusement, ce genre de chose n'arrive pas tous les jours, sinon les machinistes mourraient tous comme des…

Une drôle d'expression colora son regard. Au même instant, une idée traversa l'esprit de Dorothy.

– Comme… des fleurs au printemps ? demanda-t-elle. Ils mourraient tous… comme *Bibi* ?

– Vous lisez dans mes pensées ! fit Douglas, tout excité.

Elle ramassa Woody sur le sol.

– On revient tout de suite, dit-elle à Mary. Puis saisissant Fairbanks par la main : suivez-moi.

Elle l'entraîna à travers l'assistance. Mais les gens étaient tassés si serré qu'elle progressait très lentement. Fairbanks la retint.

– Où allons-nous ? lui demanda-t-il.

– Dans le cellier. Mais il faut qu'on traverse la cuisine.

– Je vais passer devant.

La précédant, il fendit la foule tel un hors-bord sur une mer d'huile. Elle s'engouffra dans son sillage. Avant d'atteindre la cuisine, elle eut juste le temps de se faire cette réflexion : que la vie devait être facile quand on était une star de cinéma masculine extrêmement célèbre – comparée à celle d'une poétesse menue et peu connue !

Mais elle repoussa cette idée au moment où ils émergèrent de la salle à manger bondée dans la cuisine bien moins encombrée certes mais bien plus déchaînée.

Subitement, Jacques, le chef, se mit à hurler en pointant un grand couteau à viande vers elle.

– Arrêtez d'entrer avec votre saleté de chien dans ma cuisine, sinon gare !

Alors que Fairbanks l'entraînait vers le cellier, Dorothy cria au chef par-dessus son épaule.

– Sinon gare à quoi ? Vous en ferez votre spécialité du jour ?

Jacques devint rouge comme une tomate.

– Ne me tentez pas !

En regardant derrière elle, elle aperçut Benchley et Doyle franchir les portes battantes.

– Non mais, vous vous croyez où ? Dans un hall de gare ? hurla le chef. Ne mettez pas les pieds dans ma cuisine !

Dorothy et Fairbanks, passés dans le couloir de service, se trouvaient déjà devant la porte du cellier.

– Là-dedans ? demanda-t-il.

Elle acquiesça.

– J'en ai bien peur.

Elle ouvrit la porte : Bibi était telle qu'ils l'avaient quittée.

– Elle a presque l'air vivante, fit Fairbanks, un soupçon de tristesse dans sa voix, joyeuse d'habitude.

Woody, sautant des bras de Dorothy, trottina jusqu'au corps. Après avoir flairé la jambe de Bibi, il s'intéressa encore une fois au carton vide qui avait contenu des produits de la mer.

– Du nouveau ? demanda Conan Doyle, en les rejoignant avec Benchley.

– Avez-vous un mouchoir ? lui demanda Dorothy.

Doyle en sortit rapidement un en soie de couleur ivoire. Elle s'en saisit et se pencha sur le corps.

– Vous vous rappelez qu'on avait noté l'épaisseur de son rouge à lèvres ? Regardez-moi ça.

Elle essuya le rouge sur les lèvres de Bibi – et dut les frotter à plusieurs reprises – puis se recula pour qu'ils voient tous bien.

– Sapristi, fit Doyle. Elle a les lèvres bleues !

– Elle est morte étouffée, expliqua Dorothy.

– Étouffée, mais comment ? En tout cas, pas étranglée ! Il n'y a ni traces de doigt ni marques de ligature autour de son cou.

– Dioxyde de carbone, fit Dorothy. Quelqu'un en a rempli la salle de bains pendant que Bibi était K.-O. à cause du chloroforme. Elle s'est donc asphyxiée. Elle est morte par manque d'oxygène. Ceci explique pourquoi la porte était fermée et verrouillée. Ceci explique pourquoi on a calé une serviette de bain au bas de la porte, afin d'empêcher le gaz de s'échapper. Si on écaillait son vernis, on constaterait que ses ongles sont bleus, eux aussi, je parie.

– Bien joué, Mrs Parker, lui dit Benchley d'un ton admiratif.

Elle lui sourit en retour. Doyle avait l'air sceptique.

– Comment quelqu'un a-t-il réussi à remplir cette salle de bains de dioxyde de carbone ? C'est un peu tiré par les cheveux.

– Pas si c'est sous forme de glace carbonique, intervint Fairbanks. Il suffisait d'en verser un seau dans la baignoire. La facilité même. Environ une demi-heure plus tard, Bibi était morte.

Confronté à l'horreur de ce meurtre de sang-froid, Conan Doyle comprit enfin.

– L'asphyxier avec de la glace carbonique alors qu'elle baigne, nue et inconsciente, dans le champagne ? Mais qui a pu faire une chose aussi immonde, aussi monstrueuse ?

Dorothy fixa le visage de porcelaine de Bibi comme si la réponse s'y trouvait. Elle détailla ses traits délicats, figés – sa bouche sensuelle, ses pommettes saillantes, son nez mince en trompette…

Et soudain Dorothy comprit *qui* avait pu faire une chose aussi immonde, aussi monstrueuse.

– La réponse est aussi claire que le nez au milieu de son visage !

39

– Vous savez qui a fait ça ? questionna Conan Doyle, vivement. Montrez-moi cette brute et je me ferai un plaisir de lui arracher les membres un par un.

Dorothy se demanda : *Bon, où l'ai-je vu pour la dernière fois ?* Elle n'en était pas sûre.

– Je ne sais pas, dit-elle enfin. Je suppose qu'on doit organiser une chasse à l'homme.

– Avec joie ! s'exclama Conan Doyle.

Même Fairbanks parut tout excité de pourchasser l'assassin. Une fois de plus, elle se demanda ce qu'éprouvait un de ces hommes virils au sang chaud et sans pitié, une fois saisis d'une idée fixe ? Cela lui inspirait un mélange d'envie et de répulsion.

Benchley semblait, lui, beaucoup moins assoiffé de sang. En fait, il paraissait plongé plutôt dans une profonde réflexion.

– Et si, au lieu d'une chasse à l'homme, dit-il lentement, on procédait d'abord à une chasse au chien ?

– Benchley a raison ! s'exclama Fairbanks. Nous allons traquer cet assassin comme un chien.

– Non, non, fit Benchley, amusé. Ce n'est pas ce que je voulais dire. Mais que nous utilisions le chien pour lui donner la chasse.

Et il baissa les yeux vers Woody qui, après avoir sauté à nouveau dans le grand carton de fruits de mer vide, y fourrageait de plus belle.

– Tout à fait ! s'écria Dorothy. Suivez-moi.

Elle s'empara du chien, puis du carton. Elle sortit la première du cellier montrant la voie aux autres et regagna le corridor. Là, à la surprise générale, elle reposa le chien par terre et lui fourra le carton sous le nez.

– Ici, Woody, ici.

Puis elle rebalança le carton dans le cellier dont elle referma la porte.

– Et maintenant, va ! Cherche !

Mais le chien ne bougea pas, levant vers elle de grands yeux humides, en attente.

– Va, Woody ! Retrouve l'odeur ! l'encouragea-t-elle.

Le chien flaira alors le sol cimenté.

– Tu es un bon garçon. C'est ça !

Il revint alors en flairant jusqu'à la porte du cellier, releva les yeux vers Dorothy et aboya.

Les hommes gémirent.

– Non, bonhomme. Il faut trouver d'où elle vient ! dit-elle au chien, en désespoir de cause. Puis se tournant vers Conan Doyle, elle ajouta : je croyais que Kingsley avait dit que ça marcherait.

Doyle haussa les épaules.

Mais en rebaissant les yeux vers Woody, elle vit qu'il avait trotté plus loin. Il reniflait maintenant le long du couloir en s'éloignant de la cuisine.

– Tu es un bon garçon ! l'acclama-t-elle.

– Suivez ce chien ! lança Benchley.

Ce qu'ils firent.

Woody détala vers l'entrée côté rue du couloir de service. Mais avant d'avoir atteint la lourde porte (actuellement condamnée et dûment verrouillée), il vira à droite vers celle menant dans le hall. Il avançait plus vite à présent. Mais arrêté par le battant capitonné en cuir, il dut attendre qu'on lui permette de le franchir.

Dorothy poussa la porte et Woody se précipita dans le hall. Ils débouchèrent entre le standard à gauche et la réception à droite. Le lieu était désert, mais la voix nasale de Woollcott et la rumeur de l'assistance leur parvenaient de la salle à manger.

Le chien fila en avant, puis fonça à droite vers le vestibule. Il disparut momentanément à leurs yeux, puis aboya brièvement. Ils entendirent ensuite un grognement, un coup sourd et un petit gémissement plaintif. Woody revint vers eux en glissant sur le sol carrelé, comme si on lui avait donné un violent coup de pied.

Dorothy, la première à négocier l'angle, aperçut un homme de haute taille près de l'entrée, en tenue de serveur. Il ne regardait pas du côté de Dorothy, poussant avec fureur – et sans effet – les portes condamnées. Puis il arracha l'avis de quarantaine. Dorothy le jugea animé d'une rage dangereuse et terriblement pitoyable, pourtant.

La repérant alors du coin de l'œil, il tourna un regard désespéré vers elle.

– Vous, ricana-t-il. Vous et vos précieux amis gâtés pourris… !

Benchley, Doyle et Fairbanks l'avaient rejointe.

– Vous ne me connaissez même pas, lui dit-elle. Moi, en revanche, je vous connais.

Elle plongea son regard dans ses yeux brillants puis étudia son visage maigre, ses pommettes hautes, son nez mince et pointu.

– Ce n'est pas un serveur, dit Benchley. Il ne travaille même pas ici.

– Mais c'est le livreur ! s'écria Fairbanks, intrigué. Celui qui a répandu son baquet de glaçons chez moi en pleine réception !

– Oh, mais il est bien plus que ça, n'est ce pas ? demanda-t-elle à cet individu. En fait, vous êtes le frère de Bibi.

Cette affirmation surprenante coupa dans leur élan ceux qui l'accompagnaient – ce qui suffit au livreur pour entrer en action. Plongeant en avant, il saisit Woody par la peau du cou. Fairbanks, athlète inné, se précipita pour le plaquer. Mais le livreur lui balança le pauvre chien vers le bas-ventre.

Fairbanks bloqua adroitement Woody tel un ballon de football et le fourra au creux de son bras – mais cela le ralentit. Dorothy, instinctivement, tendit la main en même temps pour récupérer son chien. Pour mieux s'emmêler les pinceaux avec Fairbanks, qu'elle empêcha de poursuivre leur adversaire.

Ce dernier eut tôt fait de les esquiver tous puis s'élança à toute allure vers la salle à manger.

– Aux trousses de cette canaille ! hurla Conan Doyle, prenant leur tête.

Même s'il était d'une virilité à toute épreuve pour son grand âge, il ne faisait pas le poids face à la rapidité de cet homme plus jeune.

Le fuyard atteignit la salle à manger, se fraya un passage dans l'assistance et disparut très vite à leur vue.

Fairbanks remit Woody à Dorothy et rattrapa Doyle en un éclair. Tous deux, sur le seuil de la pièce bondée, se haussèrent sur la pointe des pieds pour déterminer par-dessus les têtes la direction prise par l'homme.

Fairbanks sautait carrément sur place pour voir encore mieux.

– Je l'aperçois ! Il est presque à la hauteur de Woollcott. En avant !

Fairbanks se faufila dans la foule comme s'il ouvrait un rideau, et Doyle le suivit. Mais pareille à celle d'un rideau, l'ouverture se referma bien vite. Et Dorothy et Benchley se retrouvèrent face à une muraille de dos à l'aspect impénétrable.

– On ne franchira jamais cet obstacle à temps, dit Benchley.

– Inutile, fit Dorothy. On peut le contourner.

Faisant volte-face, elle retraversa le hall en hâte, suivie par Benchley. Ils contournèrent le comptoir de la réception et, poussant la porte capitonnée, se retrouvèrent dans le couloir de service. Dépassant vite fait le cellier, ils rentrèrent dans la cuisine.

– Je croyais vous avoir dit de ne pas ramener ce chien ! hurla le chef.

Dorothy l'ignora alors qu'elle et Benchley se précipitaient à travers la pièce bourdonnant d'activité.

Ils déboulèrent dans la salle à manger et faillirent se heurter à Woollcott. Face à la foule, brandissant le haut-de-forme au-dessus de sa tête, il était en train de faire une sorte d'annonce.

– Le timbre-poste le plus précieux du monde – le tête-bêche inversé, plus connu sous le nom de

« Femme à barbe » – est ici dans ce chapeau ! fit-il de son ton le plus théâtral.

Dorothy le tira par la manche de son smoking et lui souffla en chuchotant :

– Laissez tomber. C'est trop tard. On vient de découvrir l'assassin.

Woollcott se tourna vers elle, l'incompréhension lisible sur ses traits.

– Vous… *quoi* ? Mais notre plan…

Tout à coup, un individu de haute taille se détacha de la foule en fonçant vers Woollcott. Dorothy serra par automatisme Woody contre elle et recula, se cognant contre Benchley.

Mais l'assaillant n'était pas en tenue de serveur comme elle aurait pu le supposer. C'était Jordan.

– Donnez-le moi ! hurla-t-il à Woollcott, en tentant de s'emparer du haut-de-forme. Mais les bras potelés de Woollcott plaquèrent en étau le chapeau contre son ventre.

Alors, à la surprise de Dorothy, le faux serveur finit par bondir parmi eux. Repoussant violemment Woollcott et Jordan de côté, il fila vers la cuisine. Woollcott et Jordan s'affalèrent aux pieds de Dorothy. Mais avant que l'homme ne l'ait dépassée, Woody s'élança et le mordit. Le faux serveur et vrai frère de Bibi hurla de douleur sans ralentir pour autant. Et forçant les portes battantes d'un coup d'épaule, il entra dans la cuisine.

Jordan était à nouveau debout, haut-de-forme entre les mains et sourire de victoire aux lèvres. Il s'enfonça dans l'assistance tentant de s'échapper. Woollcott couché sur le dos se trémoussait comme une tortue incapable de se remettre sur ses pattes.

À peine hors de portée, Jordan se retourna et leva le chapeau claque, semblable à une galette dans sa main.

– Ah, c'est moi qui l'ai ! Enfin, je l'ai récupéré !

Mais derrière Jordan, la plus grande des deux religieuses fit son apparition.

– Vous avez quoi, monsieur ?

Jordan fut légèrement pris de court, mais pas assez pour réprimer son sentiment de victoire.

– Le tête-bêche ! La « Femme à barbe » ! C'est moi qui l'ai !

La religieuse la plus grande, rejointe par l'autre, lui dit en brandissant le médaillon en argent :

– Vous en êtes sûr ? Parce qu'alors, qu'est-ce qu'on a ici ?

L'expression triomphale de Jordan s'effaça. Il tendit la main pour s'emparer du médaillon, mais la religieuse, plus rapide, le mit hors d'atteinte.

– Euh-hum, le morigéna la seconde bonne sœur. Regarde mais pas touche !

Et d'un air moqueur, la première ouvrit le médaillon d'un coup sec sous les yeux de Jordan.

– Mais il est vide, fit ce dernier, un sourire de victoire éclairant à nouveau ses traits. Vous n'avez même pas vérifié qu'il s'y trouvait, pauvres gourdes ?

La seconde religieuse, arrachant le médaillon des mains de la première, regarda à l'intérieur.

– Nom de Dieu ! Il a raison. Il était vide depuis le début ! Merde, où est passé ce timbre ?

Jordan brandit le haut-de-forme, transformé en galette.

– Là-dedans, tout bêtement, mes sœurs !

Et sur ce, il s'éloigna clopin-clopant en direction du hall, en leur lançant :

– *Pax vobiscum*, pauvres pommes !

Les bonnes sœurs filèrent dans son sillage.

Entre-temps, Conan Doyle et Fairbanks avaient rejoint Dorothy et Benchley. Quant à Woollcott, il avait finalement retrouvé la station debout.

– Que se passe-t-il ? hurla-t-il.

– Où est ce livreur de malheur ? demanda Fairbanks.

– Il vient d'entrer dans la cuisine, fit Dorothy.

– Le Dr Hurst doit récupérer ce timbre, ajouta Doyle. Il faut qu'on se sépare – diviser pour mieux régner.

– Je me charge du salaud qui a assassiné Bibi, dit-elle. Qui vient avec moi ?

Benchley et Fairbanks s'avancèrent d'un même mouvement.

– Non, Fred, dit Dorothy à Benchley. Poursuivez Jordan. Vous ne l'avez jamais aimé, de toute façon.

Puis s'approchant de lui, elle l'embrassa sur la joue.

– Soyez prudent.

À sa grande surprise, Benchley rougit comme une pivoine. Se détournant rapidement, il attrapa Woollcott par la manche et ils fendirent la foule, se lançant aux trousses de Jordan et des bonnes sœurs.

Dorothy échangea un regard avec Doyle et Fairbanks, puis serra Woody contre elle avec affection.

– Allons-y, les garçons ! Faut le retrouver !

Entrant encore une fois dans la cuisine, elle se prépara à subir une nouvelle tirade du chef. Mais même si la pièce était remplie de serveurs et de personnel cuisinier, tout y était calme et silencieux.

Jacques, tête nue, était planté devant la table de préparation, le visage aussi blanc que son tablier. Devant lui, sur la planche à découper, la lame de son long couteau embrochait sa grande toque blanche par le milieu.

En apercevant Dorothy, Jacques lui désigna l'escalier menant au sous-sol.

– Il est descendu par là, murmura-t-il d'une voix rauque.

Doyle et Fairbanks sur ses talons, elle s'empressa de gagner les marches.

– Mrs Parker, ajouta le chef. À votre place, moi, je n'irais pas.

Rassemblant tout son courage, Dorothy serra Woody plus fort contre elle et s'enfonça dans l'escalier obscur. Fairbanks et Conan Doyle la suivirent.

40

Benchley et Woollcott se faufilèrent dans la salle à manger à travers la cohue bruissante et émergèrent au calme dans le hall quasi désert.

Ils y arrivèrent juste à temps pour apercevoir Jordan, qui courait comme un dératé, trébucher soudain et embrasser rudement le sol.

Harpo Marx, dormant à moitié, était couché sur un canapé, jambe tendue devant lui.

– Belle chute, hein ? demanda-t-il à Jordan. À vous revoir bientôt au Niagara !

En un instant, les deux religieuses fondirent sur Jordan, prêtes à l'étriper.

Ce dernier fit alors quelque chose d'inattendu – il frappa le sol de sa grosse chaussure orthopédique noire. Talon et semelle s'en décollèrent et un petit pistolet à canon court jaillit dans les airs. Jordan s'en saisit d'une main exercée et le pointa vite fait sur les bonnes sœurs. Ne pouvant freiner à temps, elles dérapèrent sur le parquet ciré, et tout portait à croire qu'elles allaient lui rentrer dedans.

Mais en un éclair, Jordan fut à nouveau debout. Tendant le bras, il ceintura la plus petite des religieuses. Et lui braqua son arme sur la tempe.

– Plus personne ne bouge ! ordonna Jordan.

La seconde bonne sœur leva les mains en l'air. Benchley, Woollcott et Harpo s'immobilisèrent aussi.

– Jordan, mais à quoi jouez-vous ? lui demanda Benchley. Vous n'êtes pas pied bot au final ?

Jordan ceinturait fermement la religieuse, sans avoir lâché pour autant le haut-de-forme.

– Je vais restituer le timbre à son propriétaire légitime – le London Museum. On m'a confié cette mission et je finis toujours ce que j'ai commencé.

– Qui vous a confié cette mission ? reprit Benchley. Le Dr Hurst ?

Jordan ricana.

– Ce vieux fou ? Bon Dieu, non. Je suis un agent de la Pink qui travaille incognito. La Lloyd's de Londres m'a engagé pour que je rapporte intacte la « Femme à barbe » en Angleterre. Elle est assurée pour des millions, et la compagnie ne tient pas à régler cette somme si elle peut l'éviter.

– Un agent de la Pink ? fit Benchley, avant de se souvenir du télégramme adressé au Dr Hurst. LLOYDS A ENGAGÉ PINKS...

– Bon sang de bois, c'est quoi un agent de la Pink ? fit Woollcott en ricanant.

– Un agent de la Pinkerton ! se récria Jordan avec indignation. Un enquêteur. Un détective privé. Vous savez bien : « L'Œil qui ne dort jamais » ?

– Hé ben, voyez-vous ça Aleck, marmonna Benchley. On avait un détective sur place tout ce temps-là. Ce n'était pas la peine que vous fassiez semblant d'en être un, après tout.

– Que je fasse semblant ! tempêta Woollcott. Qui a parlé de faire semblant ?

– L'œil qui ne dort jamais, hein ? fit la bonne sœur la plus grande en sortant un gros pistolet dont elle visa Jordan. Tu dormais à poings fermés quand on t'a assommé pour te piquer le médaillon dans ta godasse. Tu dormais comme un bébé. Maintenant, je vais t'endormir pour de bon.

– C'est le frère de Bibi ? demanda Conan Doyle à Dorothy pendant qu'ils longeaient prudemment et sans bruit un nouveau couloir tortueux et obscur du second sous-sol. Comment l'avez-vous su ?

– Oui, comment l'avez-vous appris ? insista Fairbanks.

– J'aurais dû le comprendre plus tôt, fit-elle. Ils ont le même nez en trompette.

– Personne n'avait remarqué cette ressemblance, poursuivit Doyle. Une jolie starlette de Broadway et un humble livreur de glace – qui aurait pu deviner qu'ils étaient frère et sœur ?

– Ma foi, pas moi, dit-elle. Pas au début. Pas jusqu'au moment où j'ai vu cette facture signée du nom de B. Bibelot. Mais ce *B* là n'était pas celui de Bibi. Mais de – je ne sais pas – Bill, Bob ou Barry…

– Mais comment saviez-vous seulement que Bibi avait un frère ? insista Conan Doyle.

– Jane Grant y a fait allusion hier soir en passant. Elle a écrit un papier à la gloire de Bibi, il y a quelques mois.

– Êtes-vous bien sûre que c'est lui qui l'a tuée – sa propre sœur ? demanda Doyle d'un air dégoûté.

– Une fois qu'il m'a paru évident que la mort de Bibi était due à de la glace carbonique, le problème était de découvrir qui y avait accès à profusion. Frank

Case m'a confié que d'habitude, on s'en débarrassait en la jetant simplement dans la ruelle derrière l'hôtel. Mais comme l'établissement était entièrement bouclé hier soir, il m'a semblé vraisemblable que la glace carbonique se trouvait encore quelque part à l'intérieur. Et la personne qui y avait accès était celle qui l'avait apportée en premier lieu à l'hôtel...

Dorothy s'interrompit. De la pénombre devant eux, une plainte s'éleva soudain. Woody en trembla entre ses bras.

Doyle tendit l'oreille pour mieux écouter.

– C'est quelqu'un qui souffre. Vite, il faut y aller !

– Attendez, lui dit-elle. Ce n'était pas quelqu'un, mais *quelque chose*.

– Que nous chantez-vous là ? s'exclama Fairbanks. Ce n'était pas un cri humain.

– Parfaitement, dit-elle. C'était la porte de la chambre froide.

Très lentement et à contrecœur, elle recommença d'avancer, Doyle et Fairbanks juste derrière elle.

– Soyons très prudents, mes amis, leur dit Doyle – recommandation un peu inutile, songea Dorothy.

En atteignant l'angle, elle jeta un coup d'œil précautionneux au-delà. Le couloir était désert. Elle ne voyait que la porte close de la chambre froide. Rien que cette vision la fit frissonner.

– Il doit se trouver à l'intérieur, murmura-t-elle.

– Mon conseil est de l'y laisser, alors, suggéra Fairbanks. Qu'il meure gelé pour ce qu'il a fait.

– Hors de question, dit Doyle à voix basse. Ce serait un trépas trop doux. Il faut le livrer à la justice et que ses crimes soient exposés au grand jour. Qu'en pensez-vous, Dorothy ?

En observant tour à tour leurs visages sévères, elle jugea qu'aucun de leurs choix ne l'enchantait.

– Et si on coupait la poire en deux ? fit-elle après un instant de réflexion. On le laisse mariner là-dedans un moment, et quand il aura eu son compte – quand il sera inoffensif car quasi raide de froid – alors on l'en tirera. Ce traitement sera meilleur que celui qu'il nous a infligés à Mr Benchley et à moi, en nous enfermant là-dedans.

Mais alors, la porte s'ouvrit à la volée avec cette plainte assourdissante due à la rouille. Woody bondit des bras de Dorothy et, refranchissant l'angle vite fait, repartit par où ils étaient venus. Le frère de Bibi émergea à moitié de la chambre froide. Quelque chose luisait dans sa main levée. Qu'il lança avec force vers eux.

Dorothy – qui s'était détournée pour suivre Woody des yeux – s'écarta à temps. Le projectile passa près de sa tête en vrombissant et vint frapper Fairbanks entre les deux yeux avec un bruit sourd écœurant, le faisant partir à la renverse. Sa tête cogna contre le mur et il s'affala, telle une poupée de chiffons. Et sur le sol, un gros glaçon glissa, éclaté en morceaux.

L'homme redisparut dans la chambre froide, dont il laissa la porte grand ouverte.

– N'approchez pas ! Fichez-moi la paix !

Sa voix se répercutait en écho à l'intérieur.

– Lamentable lâche, tonna Conan Doyle, serrant ses poings énormes. Sortez de là, ou sinon…

Dorothy lui posa une main sur le bras pour le calmer. Puis s'écria :

– Dites-nous un peu, quel est votre nom ? Bill ? Bob ?

– Blake.

Blake ? Wouah, un enfant appelé Bibi, et l'autre, Blake ? Quel couple avaient eu donc ces deux-là pour parents ? Rien d'étonnant à ce que leurs rejetons aient si mal tourné.

Elle adopta son ton le plus patient possible.

– Dites-moi, Blake, vous n'aviez pas l'intention de tuer votre sœur, n'est-ce pas ?

– Si, si, j'en avais bien l'intention, répondit sa voix tremblante en écho. Mais je… je n'avais pas envie de le faire. Je *devais* le faire. Je ne pouvais plus le supporter !

La plus grande des religieuses visait toujours Jordan de son arme.

– Maintenant, file-moi le timbre et lâche mon associé. Sinon…

Alors elle – ou plutôt lui – arracha son voile, révélant un crâne carré rasé de près.

– Regardez ! bredouilla Woollcott à Benchley. Cette bonne sœur est un homme ! Un homme !

– Oui, certes, fit Benchley avec un bâillement d'ennui. Les deux sont des hommes. Vous ne le saviez pas ? Je suis au courant depuis une éternité.

– Ah bon ? fit Woollcott. Et quels autres secrets me cachez-vous ?

– Ma foi, ces deux religieuses sont des gangsters, évidemment, expliqua Benchley, d'un air détaché. Quiconque sait tout par ici le sait. Ils sont là pour voler le timbre au Dr Hurst. Puis sont censés le remettre à leur chef à Brooklyn, qui le vendra à un gangster encore plus redoutable à Chicago… Pourquoi me fixez-vous avec tant de surprise, Aleck ?

Voulez-vous me signifier par là que vous n'étiez au courant de rien ? Et vous vous dites détective ? Ttt-ttt.

Benchley prenait plutôt plaisir à taquiner Woollcott de la sorte. Puis il remarqua que les gangsters aussi le dévisageaient. Mais au lieu de se montrer surpris comme Woollcott, ils avaient l'air au comble de la fureur.

– Vous ! C'est vous, le standardiste ! aboya le plus grand. Ça fait des heures qu'on vous cherche. Ne bougez plus, monsieur. Dès qu'on se sera occupés de ce dégonflé – il désigna Jordan de son arme – ce sera votre tour, et comment !

Mais pendant qu'il apostrophait ainsi Benchley, Jordan braqua son pistolet à canon court sur lui, le mit en joue et tira. La balle atteignit le gangster au bras.

– Aïe ! Que ça fait mal, hurla-t-il en plaquant sa main sur sa blessure. Puis il avança le bras pour s'emparer du pistolet de Jordan. C'est quoi ? Un calibre 22 ? Passe-moi ce joujou avant que…

Jordan tira encore une fois. Mais alors, le gangster le plus petit, se libérant de sa poigne, détourna le coup de feu. La balle alla frapper l'horloge de parquet qui rendit un son métallique.

Ce même gangster balança son poing en pleine figure de Jordan. Ce dernier répliqua par un bon crochet du gauche – mais c'était le poing qui tenait le chapeau claque. Le plus grand s'interposa et bloqua le coup à deux mains. Puis lui arracha le haut-de-forme.

– D'après moi, ce gibus est fichu, marmonna Woollcott avec amertume. Mais peuh, il était démodé de toute façon.

– Et le timbre ? chuchota Benchley.

Woollcott lui pouffa au visage.

– Il n'y a pas l'ombre d'un timbre, là-dedans. Dieu sait où se trouve cette saleté !

Le petit gangster frappa Jordan à la mâchoire et lui confisqua son arme à canon court. Puis le refrappa pour faire bonne mesure. Jordan s'effondra comme une chiffe molle.

Le gangster le plus grand décabossa le haut-de-forme et plongea la main à l'intérieur.

– Le temps est peut-être venu, murmura Benchley, de battre en retraite en vitesse…

Le gangster retira un petit bout de papier blanc du chapeau.

– Mais ce n'est pas un timbre, ça !

Il le tendit à bout de bras pour le lire.

– *Détective – Woollcott !* fit-il d'une voix tonnante. Nom de Dieu, c'est qui le Détective Woollcott ?

– Oui, chuchota Woollcott à Benchley en retour, c'est une chouette idée.

Et il recula d'un tout petit pas.

– C'est le gros ! Il cherche à s'échapper, hurla le gangster le plus grand. C'est *lui* qui a le timbre ! Faut le choper !

41

Dorothy regarda derrière elle. Fairbanks gisait sur le sol cimenté, sa tête contre le mur de pierre. Les yeux mi-clos, il remuait à peine, un peu sonné. Il ne referait pas de sauts périlleux de sitôt, songea-t-elle.

Aux côtés de Dorothy, Doyle piaffait sur place, impatient de foncer.

Devait-elle jeter un œil dans la chambre froide ? Valait-il mieux parler en face à face avec Blake Bibelot ?

Cet individu était un vrai danger public, se remémora-t-elle, regardant à nouveau Fairbanks, qu'il avait mis K.-O. d'un seul coup de poing. Elle savait aussi que Blake s'était battu comme un beau diable contre Benchley, Case et Luigi dans la cuisine plongée dans le noir. Et c'était ce même Blake qui les avait enfermés, elle et Benchley, dans cette chambre froide.

Si bien, qu'à la réflexion, peut-être était-il préférable de garder ses distances.

– Écoutez, Blake, le héla-t-elle. Je crois comprendre ce que vous traversez.

– Vous ne savez rien de rien… !

– Écoutez–moi jusqu'au bout, l'interrompit-elle. Bibi avait honte de vous – de son milieu – et vous l'avez accepté. Vous aviez envie de l'aider à atteindre un statut de superstar, alors vous lui avez tout sacrifié. Elle vous appelait même son « ange gardien », n'est-ce pas ? Elle parlait de vous comme de son « mystérieux bienfaiteur » – comme si vous étiez un nabab de Wall Street, un cheik arabe ou un aristocrate anglais. Et vous étiez aussi généreux qu'un milliardaire avec elle, même si vous n'êtes qu'un honnête travailleur. Je me trompe ?

Il ne répondit pas. Doyle croisa les bras sur son poitrail d'ours – il n'avait pas envie de parlote, mais d'action.

– Vous bossiez dur, continua Dorothy. C'est vous qui lui payiez ces leçons de danse et de chant, ses vêtements à la dernière mode et le reste – *tout* le reste – tout ce qui ferait d'elle une star, n'est-ce pas ?

Blake ne répondait toujours pas. Pour Dorothy, son silence signifiait qu'elle avait vu juste jusque-là.

– Mais, poursuivit-elle, quand Bibi a fini par atteindre son but – en devenant la coqueluche de Broadway – qu'a-t-elle fait ? Elle vous a purement et simplement oublié, vous et tous vos sacrifices. Elle était censée vous dédommager, n'est-ce pas ? Que désiriez-vous pour vous-même ? Aller à l'université ? Ouvrir un restaurant ? Fonder une famille dans un relatif confort ? Quoi donc ?

– Une ferme, fit Blake d'une voix douce. Une petite ferme tranquille. Loin de la ville. Loin du bruit, des gens, des odeurs. J'avais déjà choisi le terrain…

– Mais Bibi n'a pas tenu parole. Avoir voué des années de sa vie à quelqu'un et ne pas être payé en retour. Je crois savoir à quoi ça ressemble, ajouta-t-elle incapable de réfréner l'émotion qui colorait sa voix. Que s'est-il passé, alors ? Vous êtes venu livrer de la glace…

– Du poisson ! la corrigea-t-il. Je livre du poisson. La glace, c'est une fleur qu'on fait au client.

– D'accord. Donc, vous livriez de la glace pour cette fête chic au dernier étage et sur qui êtes-vous tombé ? Sur votre propre sœur qui se pavanait nue, s'offrant aux regards de tous. C'était pour ça que vous aviez économisé le moindre sou et tout sacrifié ? Pour qu'elle traite sa vie par-dessus la jambe ?

– Alors, vous me comprenez ? fit-il d'un ton qui avait perdu de son tranchant et trahissait une lueur d'espoir. Vous savez donc que je devais le faire. J'en avais assez. Je ne pouvais plus le supporter. Elle m'a aperçu – c'est à ce moment-là que j'ai renversé la glace sur le tapis – mais elle s'en fichait royalement. Elle m'a même fait un clin d'œil ! Dans sa tête, elle se moquait de moi. Je le sais. La voir se conduire comme ça – ça a été la goutte qui a fait déborder le vase.

– Je m'en doute, fit Dorothy avec sympathie. Alors, vous avez attendu que Bibi soit seule. Heureusement pour vous, quelqu'un d'autre l'avait chloroformée. La suite était facile. Il ne vous restait qu'à verser de la glace carbonique dans la baignoire, verrouiller la pièce pour éviter qu'on n'entre et qu'on la trouve et colmater la porte avec une serviette pour empêcher que le gaz ne s'échappe. Puis vous êtes sorti par la fenêtre, l'avez refermée avant de traverser le toit et de rentrer à l'intérieur. Du gâteau pour un jeune homme agile comme vous l'êtes.

– À vous entendre, j'ai commis un crime, comme si je n'étais qu'un sale voleur. Elle l'avait bien mérité. C'était elle, la criminelle. C'était *elle*, la voleuse ! Elle m'a volé ma vie !

Doyle ne put se contenir plus longtemps. La colère le faisait presque trembler. Il murmura à l'oreille de Dorothy, les dents serrées :

– Pauvre mauviette. Laissez-moi me charger de lui.

– C'était quoi, ça ? s'écria Blake.

– Rien, répondit-elle. Venez nous rejoindre. Bibi n'a déjà que trop abusé de votre existence. Ne sacrifiez pas ce qu'il en reste. Sortez, allez venez.

– Et quoi, ensuite ? fit-il, désespéré. C'est trop tard pour tenter de négocier. Ils ne me lâcheront plus. Mais dès que j'aurai quitté cet hôtel, je me rendrai tout droit au Canada. De grands espaces déserts. Un homme peut vivre libre, là-bas…

– D'accord, lui mentit-elle. Je vais vous faire sortir. Et vous laisser aller de votre côté. Ne faites simplement plus de mal à personne. Allez, venez.

Conan Doyle la fixait, bouche bée de rage. Elle lui posa une main sur le bras pour le calmer.

Blake passa la tête à demi hors de la chambre froide. Il avait le regard hagard.

– Vous me laisserez partir ?

– Si vous sortez sagement, je…

Mais tout à coup, Fairbanks se remit sur pied d'un bond et s'élança.

– Je vais l'étrangler, cette canaille ! rugit-il.

Blake ne cilla pas, gardant un visage de marbre. Il s'avança de façon menaçante et leva la main pour frapper. Il était armé d'un long et épais glaçon, aussi dur et pointu qu'un pic en acier.

– Je n'ai pas le timbre ! s'écria Woollcott d'une voix haut perchée.

Il était prêt à s'enfuir, les mains en l'air.

Les deux gangsters le chargèrent. Benchley resta figé sur place. Il s'attendait à être au mieux renversé ou piétiné, pulvérisé au pire.

Alors, de l'autre bout de la pièce, une voix espiègle cria :

– Hé, vous autres, triples buses !

C'était Harpo Marx ! Les frères Berley se tournèrent vers lui et ralentirent.

Harpo posa son pouce sur le bout de son nez.

– Quand vous étiez bébés, votre mère aurait dû conserver vos couches sales et vous balancer aux ordures à la place.

Cette diversion ne dura qu'un instant, mais fut amplement suffisante. Benchley passa subrepticement derrière les gangsters pour gagner la porte d'entrée. Il apercevait les premiers rayons du jour qui brillaient à travers les vitres couvertes de givre. Et distinguait vaguement les rares véhicules qui roulaient au ralenti dans la rue enneigée.

– Quel genre de religieuses êtes-vous donc ? les railla Harpo. En tout cas, pas la crème de la crème, je ne ferais pas de vous une bouchée.

Et arrachant un par un les boutons de son gilet, il en bombarda les gangsters.

Le plus grand, indifférent à cette grêle de boutons, avança d'une démarche raide vers Harpo. Il leva son arme à feu, mais Harpo se jeta derrière l'une des imposantes colonnes du hall. Ce qui ne le sauva que momentanément. Car le gangster le plus petit, le pistolet de Jordan en main, s'avançait déjà vers la colonne par l'autre côté.

Harpo ne serait plus en sécurité très longtemps. Alors Benchley courut jusqu'aux doubles portes vitrées de l'entrée. Et cogna sur elles le plus bruyamment possible en criant afin que le premier qui passerait sur le trottoir l'entende.

– Au secours ! À l'aide !

Les deux gangsters furent stoppés net dans leur élan.

– Le standardiste ! hurla le plus grand. C'est *lui* qui a le timbre ! Faut le choper !

Les deux armoires à glace chargèrent, leurs habits noirs de nonnes flottant derrière eux. Benchley n'en frappa que plus fort contre les vitres, tout en vérifiant par de brefs coups d'œil la rapidité avec laquelle ils se rapprochaient. Le plus petit des frères s'arrêta brusquement et leva le pistolet à canon court.

– Donne-nous le timbre, sinon…

Benchley ne l'avait pas. Se tenant prêt, il prit une profonde inspiration.

– Va pour le « sinon », hein ?

– Tu l'auras voulu ! fit le gangster rase-mottes en tirant.

Mais Benchley était paré – il se laissa tomber sur le sol, dos à la porte. Juste derrière lui, la balle de petit calibre vint frapper la vitre, qui explosa en un million d'éclats étincelants. Benchley se tassa en boule et se projeta en arrière à travers l'ouverture dentelée. Il fut soulagé en atterrissant sur une épaisse et moelleuse couche de poudreuse.

Je suis au Paradis, songea-t-il. *Même si ce Paradis-là fait plutôt froid dans le dos.*

Soudain, et tour à tour, les deux gangsters surgirent à travers l'ouverture. Surpris de découvrir Benchley couché sur le sol enneigé, ils sautèrent instinctivement par-dessus lui. Le grand se reçut maladroitement et le plus petit vint s'écraser contre lui. Ils basculèrent ensemble en avant, leurs habits noirs tourbillonnant autour d'eux, en soulevant des nuages de neige. Et s'arrêtèrent de rouler aux pieds mêmes du Capitaine Church. Derrière lui, se tenaient l'Inspecteur O'Rannigan, deux agents en uniforme et une équipe de cinq hommes : on lisait *Services Sanitaires de NYC* sur leurs manteaux. Garés au bord du trottoir, il y avait le véhicule banalisé d'O'Rannigan, une voiture de patrouille et un gros fourgon.

– Ma foi, bonjour, mes sœurs ! pouffa O'Rannigan. Ou devrais-je dire « mes frères » ? Merci de ce comité d'accueil.

Le plus grand des gangsters frappa la neige de son poing, dans une crise de rage impuissante. Et chercha Benchley des yeux.

– Vous n'avez pas le timbre en réalité, hein ?

Benchley fit non de la tête.

Le plus grand frère se tourna vers le plus petit.

– Ben, y a pas à dire, cette nouvelle année démarre de façon merdique.

– Vaudra mieux t'y faire, lui dit O'Rannigan avec un large sourire. Là où tu vas, tu peux t'attendre à cinq à dix années merdiques devant toi.

En rugissant, Douglas Fairbanks dépassa d'un bond Dorothy et Doyle. Il percuta Blake d'un violent coup de tête dans l'abdomen. Alors qu'ils titubaient de concert en arrière, Blake tenta bien de frapper

Fairbanks avec son glaçon mais dans la bagarre, il n'atteignit pas son but. Et le long glaçon ricocha en biais sur la nuque de Fairbanks.

Dorothy et Conan Doyle s'approchèrent pour voir ce qui se passait à l'intérieur de la chambre froide. Blake, d'une torsion du corps, fit pivoter Fairbanks vers le sol. Ce dernier le heurta violemment avec un bruit sourd et Blake tomba sur lui. Avant de se redresser rapidement. Fairbanks, lui, demeura immobile par terre.

Blake, le regard haineux et plein de ressentiment, se tourna vers Dorothy. Il tenait toujours en main un tronçon du glaçon. Sa voix n'était plus qu'un grondement rauque.

– Vous m'avez menti. Vous allez me trahir, hein ? Hé bien, je ne vous laisserai pas faire. Je ne laisserai personne me trahir de nouveau.

Et il se précipita vers elle.

– La porte ! cria-t-elle à Doyle.

Ce dernier, s'emparant du bord de la lourde porte, tenta de la repousser pour la fermer. Elle hurla de tous ses gonds rouillés. Mais Blake fut plus rapide et s'arc-bouta de l'épaule contre le battant à l'intérieur, bloquant la fermeture. Doyle appuya de tout son poids à l'extérieur. Ils luttèrent pied à pied, l'un contre l'autre, mais Doyle – malgré sa force et sa carrure – n'allait pas pouvoir tenir très longtemps. Dorothy voyait de la sueur mouiller son vieux front grisonnant, et aussi le regard désespéré et fou de Blake.

Alors elle attrapa son petit sac, qu'elle portait en bandoulière et avait quasiment oublié.

– Retenez-le encore un peu, cria-t-elle à Conan Doyle.

– Je fais… de mon mieux ! répondit-il.

Mais Blake poussait trop fort. Il allait s'ouvrir la voie d'un instant à l'autre.

Dorothy plongea sa main dans son sac et farfouilla.

– Le temps presse ! grogna Conan Doyle. Aidez-moi !

Elle en convint. Et balança le sac – et tout son contenu – le plus énergiquement possible dans l'entrebâillement de la porte. Elle l'entendit se fracasser sur le sol de la chambre froide.

– Qu'est-ce… ? fit Blake en tournant la tête.

Sa distraction suffit à Dorothy qui put enfin aider Conan Doyle à claquer la porte.

– Mais il n'y a pas de verrou ! s'exclama-t-il d'une voix sifflante. Il va la rouvrir en un tournemain. Et Fairbanks… est enfermé là-dedans avec ce fou furieux.

Elle fit non de la tête.

– Nân. Blake Bibelot ne nous embêtera plus, et Fairbanks pas davantage, en tout cas pas aujourd'hui.

Conan Doyle pesa de tout son poids contre la porte, dans l'expectative. Mais celle-ci ne bougea pas. Au bout d'un moment, il lança à Dorothy un regard interrogatif.

– Le flacon de chloroforme, lui expliqua-t-elle. Il était toujours dans mon sac. J'ai refroidi les ardeurs de Blake pour solde de tout compte. C'est le cas de le dire.

42

Dorothy et Doyle étaient au chevet du Dr Hurst. Le vieil homme, ouvrant son œil valide, le braqua lentement sur eux. Son visage de marbre parut s'alarmer à leur vue. Griffant l'air, il tendit faiblement sa main vers eux.

– *Tête-bêche*, gémit-il. *Tête-bêche !*

Doyle, suivant son mouvement des yeux, regarda derrière lui dans la direction que le Dr Hurst semblait pointer du doigt.

– Montre-t-il la porte ? demanda Doyle. Quelque chose qui est entré – ou sorti – par la porte ?

Une larme – puis une autre – roula sur la joue ridée du médecin. Il tendit une dernière fois sa main paralysée puis, la laissant retomber, détourna le visage.

– Oh mon Dieu, fit Dorothy doucement.

Elle venait de tout comprendre. Se penchant, elle attrapa le poing du vieil homme et le retourna. Puis dénouant ses doigts serrés, elle ouvrit la main quasi pétrifiée.

Et là, au milieu de la paume du Dr Hurst, il y avait une paire de timbres-poste reliés entre eux. Aux inscriptions quasiment indéchiffrables. L'encre de couleur avait coulé et taché sa peau, tel un dessin d'enfant à la craie qui s'étale sur le trottoir après une averse d'été. La « Femme à barbe » – le timbre le plus précieux du monde – était complètement détruit.

Dorothy observa le vieil homme, ses larmes mouillaient l'oreiller. Puis il ferma les yeux fortement.

– *Tête-bêche*, gémit-il douloureusement, d'une voix presque inaudible.

Benchley regardait dehors. À travers les vitres du hall, il vit O'Rannigan pousser les frères Berley menottés à l'arrière de sa berline banalisée. Il aperçut aussi Frank Case discuter avec les hommes des services sanitaires, puis ces derniers retirèrent les scellés de la porte en arrachant ce qui restait de l'avis de quarantaine. Un instant plus tôt, les deux agents avaient traîné Blake Bibelot évanoui jusqu'à leur véhicule de patrouille. À présent, une ambulance arrivait pour le Dr Hurst, et un corbillard était déjà avancé pour Bibi.

Benchley assista à tout comme si cela se passait très loin de lui – comme s'il voyait tout ça à distance.

Puis, juste derrière lui – si près qu'il faillit tressaillir – il entendit pouffer et glapir. En se retournant, il avisa John Simpson – avec encore des rougeurs, et toujours en pantalon de pyjama – qui serrait contre lui un petit garçon et une petite fille. Une femme ravissante et élancée – ravissante, exception faite de la varicelle – entourait de ses bras son mari et leurs enfants.

Benchley consulta sa montre. Puis alla récupérer au vestiaire son chapeau et son pardessus.

Dorothy et Doyle sortirent de l'ascenseur et pénétrèrent dans le hall très animé.

– Le meurtre de Bibi n'avait donc rien à voir avec la disparition du timbre, fit Dorothy s'adressant autant à elle-même qu'à son compagnon.

– Évidemment non, renchérit Doyle, sauf que Quentin avait utilisé le médaillon comme cachette. Piètre idée. N'empêche, il ne pouvait pas prévoir que le timbre finirait autour du cou d'une actrice nue dans une baignoire remplie de champagne.

– Mais pourquoi ? demanda-t-elle d'un ton plaintif. Pourquoi un riche et éminent médecin a-t-il pris le risque de voler un article aussi inestimable ?

Le Capitaine Church s'approcha d'eux, l'air très las. Il n'avait sans doute pas fermé l'œil depuis deux jours, songea Dorothy. Elle se demanda si elle aussi avait l'air épuisée à ce point.

– Je suis en mesure de répondre en partie à votre question, dit Church. J'ai été en communication téléphonique et télégraphique avec Scotland Yard. Apparemment, l'hôpital auquel le Dr Hurst consacrait le plus clair de son temps est au bord de la faillite.

– St Angus, en faillite ? se récria Conan Doyle, ahuri.

Church opina.

– Pour mon homologue à Scotland Yard, le Dr Hurst a volé le timbre dans l'intention de le vendre aux États-Unis afin de couvrir les pertes financières de l'hôpital.

– Alors, il a fait ça pour sauver son hôpital ? demanda Dorothy.

La mauvaise image qu'elle avait du Dr Hurst ne cadrait pas vraiment avec un acte aussi noble – et téméraire. Pourtant, songea-t-elle, les démons ont souvent l'air de petits saints, et vice versa. Elle se tourna vers Conan Doyle.

– N'existe-t-il pas un meilleur moyen de financer un hôpital ?

– Assurément, dit-il. En effet, en cas d'extrême urgence, je me serais certes arrangé pour pratiquer une injection salutaire de fonds, transférés de mon propre patrimoine. Mais Quentin a toujours été un entêté de première, comme je vous l'ai déjà dit. Il devait toujours faire les choses à sa manière. Mais je suis prêt à parier qu'il aurait préféré mourir que laisser couler l'hôpital. Bien sûr, maintenant que je suis au courant – et vu la faiblesse de son état physique – je vais veiller personnellement à ce que St Angus ne souffre plus d'insolvabilité.

– Très généreux de votre part, dit Church. Et si maintenant, on pouvait seulement mettre la main sur cet objet d'une valeur inestimable…

– Montrez-lui, fit Dorothy à Conan Doyle.

Le visage de marbre de Church manifesta une certaine surprise.

Doyle produisit un mouchoir soigneusement plié en quatre. Puis le dépliant, il présenta au capitaine de police les vestiges des timbres-poste.

– Tenez. Et renvoyez le tout à Scotland Yard.

Church fixa longuement ces bouts de papier froissés et délavés. Puis prenant le mouchoir, il le replia avec précaution et le glissa dans sa poche.

– Je ferai en sorte de ne pas éternuer dedans ni de me moucher avec.

Dorothy le suivit des yeux pendant qu'il s'éloignait. Puis éclata de rire.

– Je n'avais *jamais* entendu ce type plaisanter. Un véritable miracle !

Doyle s'épanouit d'un large sourire.

– Oui, et par bonheur pour nous tous, il y en aura toujours.

Il regardait dans la direction que Church avait prise. Près des portes d'entrée, se tenait une dame d'âge et d'apparence fort respectables – Lady Doyle, sans nul doute. Il fit un pas vers elle, puis se retourna vivement vers Dorothy.

– Ce fut un plaisir de faire votre connaissance, ma chère Dorothy. Continuez à écrire.

Sa grosse main, une vraie patte d'ours, serra doucement sa menotte.

– Ah, encore une chose. Kingsley me dit « perce-neige ». Cela a-t-il un sens pour vous ?

Perce-neige ? Elle fit non de la tête.

Mais Doyle se hâtait déjà de rejoindre sa femme. Il lui ouvrit grand les bras et l'étreignit un long moment, avant qu'ils finissent par quitter l'hôtel bras dessus bras dessous.

Assister à cette embrassade – si peu de temps après avoir affronté Blake Bibelot – laissa à Dorothy un sentiment mitigé, doux-amer. Les relations entre les êtres sont si compliquées qu'il est parfois plus facile de garder ses distances, songea-t-elle. Il suffisait de considérer l'embrouillamini affectif et émotionnel entre Bibi et Blake – dévouement, jalousie, ressentiment, ingratitude – et ils n'étaient que frère et sœur ! Quelle plus grande complication encore que l'état amoureux…

Par ailleurs, si l'on en jugeait par Doyle et son épouse, la chose ne paraissait pas si compliquée. Un baiser, une étreinte et puis marcher bras dessus bras dessous… était-ce si difficile ? Parfaitement naturel. À présent, elle fit attention à ceux qui l'entouraient – se retrouvant, s'embrassant, heureux simplement d'être ensemble. Un peu plus loin, Jane Grant tenait son mari Harold Ross par la main. Sur l'un des canapés, Ruth Hale était assise près du sien, Heywood Broun. Elle apercevait Mary Pickford dans la salle à manger, serrant de près et tendrement un Doug Fairbanks plus que groggy.

Dorothy s'enveloppa de ses bras pour se réchauffer – l'ouverture de la porte avait rendu le hall glacial.

Puis cela lui traversa l'esprit – où était donc Benchley ?

Elle se disait qu'il… enfin, qu'il lui devait… elle s'était du moins attendu à ce qu'il…

Et puis, zut ! Il était censé *l'embrasser* ! Où avait-il disparu maintenant ?

– Vous cherchez quelqu'un ?

Woollcott s'était glissé en silence à ses côtés.

– Robert est parti, si c'est lui que vous cherchez. Il a dû prendre son train pour s'en retourner chez lui. Il a dû galoper – cataclop cataclop – pour aller se blottir au sein de sa famille.

Benchley parti ! Mais il… Il n'avait même pas… Il était parti sans même dire au revoir ? Qu'est-ce que… ?

Elle observa Woollcott. Il pouvait se montrer si cruel parfois. Comme elle détestait cette expression, « au sein de sa famille » – et elle la détestait d'autant plus dans le contexte où Woollcott venait de l'employer.

– Ah, soupira-t-il, content de lui, englobant d'un regard à la ronde couples amoureux et familles aimantes. Moi, j'adore ça quand tout finit bien.

Dorothy songea, elle, à tous ceux pour qui ça avait mal fini récemment sous ses yeux : Blake, Bibi, le Dr Hurst, Jordan.

– Je sais que je vais vous choquer, Aleck, lui dit-elle, mais dans l'histoire du monde, où ont vécu des milliards et des milliards d'êtres humains, ça n'a jamais bien fini pour aucun d'entre eux.

Il afficha un air supérieur.

– On trouve son bonheur là où il est. Apparemment, vous ne l'avez pas encore trouvé.

Elle se rappela, comme si on le lui murmurait à l'oreille, le mot *perce-neige*.

Gagnant l'entrée, l'air de rien, elle entrebâilla la porte et se baissa pour ramasser une poignée de neige. Elle était froide, mais pourtant délicate. Elle observa quelques flocons minuscules au bout de ses doigts, indépendants du bloc compact dans sa main. En revenant dans la chaleur du hall, certains flocons fondirent mais d'autres, non. La nature sait se montrer vraiment prodigieuse parfois.

Puis, au moment où Woollcott lui tournait le dos, elle lui fourra la neige dans le cou.

– Ahh-haaa ! glapit-il de sa voix haut perchée.

Un instant, son corps se raidit comme s'il venait d'être frappé par la foudre. Puis sautillant, il dansa sur place en tentant de se passer les deux mains derrière le dos.

– Ahh-haaa ! fit-il encore avant de quitter le hall sans cesser de bondir ni de se trémousser.

– Ah, soupira-t-elle in petto, en le regardant s'éloigner. Il faut parfois mettre la main à la pâte afin que tout finisse bien à ses propres yeux. Puis elle lui cria :

– Et épargnez-nous vos hauts cris !

Elle décida de remonter dans sa minisuite. Et s'y voyait déjà pelotonnée contre Woody, sirotant peut-être un nouveau café chaud au brandy, bien crémeux.

Note historique

Il peut sembler hautement improbable que Sir Arthur Conan Doyle, père de l'archétype du détective aux méthodes basées sur le raisonnement déductif, se soit converti à l'illogisme carrément bizarre du mouvement spiritualiste. Mais ceci appartient à l'histoire – qui est parfois plus difficile à avaler que la pure fiction.

Je vais dans ce qui suit tenter de distinguer l'historique du fictif, du moins en ce qui regarde ce roman.

Le jeu de l'Assassin

Les membres de la Table Ronde de l'Algonquin étaient très joueurs (Robert Benchley faisant exception – il n'appréciait guère la compétition féroce que cela impliquait). Outre les brillants jeux de mots qui fusaient lors de leurs déjeuners quotidiens, ils s'adonnaient au *cribbage*, au croquet, au poker et à nombre d'autres jeux avec une ardeur frôlant la folie douce.

L'un de ces jeux était celui dit de l'Assassin, et on y jouait comme on le décrit dans ce roman (toutefois le rôle du détective y était attribué au « procureur de district »). Dans son livre *Harpo et moi !* Harpo Marx en retrace une partie mémorable où il jouait l'assassin et Alexander Woollcott, ledit procureur. Harpo recourut à une méthode ingénieuse pour commettre son crime : se faufilant dans la salle de bains, il écrivit le message fatal au rouge à lèvres sur le rouleau de papier hygiénique, qu'il rembobina ensuite.

Alice Duer Miller, membre occasionnelle du Cercle Vicieux, fut l'infortunée récipiendaire dudit message. Comme l'exigeaient les règles du jeu, elle demeura sur la scène de crime – cinq heures d'horloge ! – pendant que les autres participants jouaient les fins limiers.

Harpo écrit :

« Aleck me pointa du doigt sans me poser une seule question. Je m'étais surpassé. Et aussi grillé sans le savoir. Car j'avais écrit au rouge à lèvres sur le rouleau de papier hygiénique : T'AI MORTE. Le petit Acky piqua une colère terrible et alla se coucher sans dîner. Il refusait de jouer avec quiconque ne respectait pas les règles. L'Assassin devait affronter sa Victime en face à face sinon le crime était nul et non avenu… Alice, par ailleurs, n'aurait pu être davantage aux anges. Un coup de génie, ainsi qualifia-t-elle mon astuce. Dommage qu'il ait fallu que ce coup de génie soit celui d'un illettré, ajouta-t-elle. »

Dorothy Parker

Dans le premier chapitre de ce roman, Dorothy reconnaît qu'elle n'a jamais suivi de cours à l'université ni même terminé ses études secondaires. C'est la vérité. Elle quitta l'école à quatorze ans pour accomplir de petits boulots et s'occuper de son père souffrant.

Dorothy reçut aussi l'enseignement des Sœurs de la Charité d'une école primaire catholique – donnant semble-t-il bien des chapelets à égrainer auxdites sœurs. Cette éducation catholique transparaît dans l'histoire qu'on vient de lire, quand on la voit comprendre que les frères Berley (personnages fictifs) ne sont sûrement pas des religieuses. Évidemment, si des bonnes sœurs pouvaient avoir un comportement viril et certaines même, du poil au menton, Dorothy aurait très bien su que celles-ci au début du XXe siècle n'auraient jamais relevé leurs robes (même pas plus haut que la cheville) pour mieux traverser un hall d'hôtel en courant.

Il n'est pas inutile de répéter ici qu'on n'a jamais connu à Dorothy et Benchley, bien qu'ils fussent extrêmement proches, une quelconque liaison.

Sir Arthur Conan Doyle

En réalité, comme nul fan ne l'ignore, Sherlock Holmes n'a jamais prononcé la phrase : « Élémentaire, mon cher Watson. » (Et puisque nous en sommes à dissiper les idées fausses, Conan Doyle fut anobli pour avoir rédigé un ouvrage sur la Guerre des Boers et non pour avoir inventé le détective privé le plus célèbre du monde.)

En revanche, Conan Doyle effectua bien des tournées en Amérique avec femme et enfants au milieu des années vingt. Devenu un fervent partisan du spiritualisme, il visait à y convertir le monde. Il assistait à des séances et en organisait, donnait des conférences, soutenait de ses deniers et levait des fonds pour la cause spiritualiste, et écrivit des livres sur le sujet. (Lors de sa venue à New York, sa conférence avec projection de diapositives remplit Carnegie Hall.) Il affirmait être entré deux fois en communication avec Kingsley, son fils défunt, mais par l'intermédiaire d'un médium. Nombreux furent à l'époque ceux qui pensèrent qu'il avait perdu la tête.

Au cours de ce roman, Woollcott traite Doyle de *has been*. Ce qui n'est pas la vérité. Conan Doyle publia en 1927 de nouvelles aventures de son héros favori, sous le titre *Les Archives de Sherlock Holmes*.

Dans la vie réelle, comme dans ce livre, Doyle tint le rôle de détective consultant en de rares occasions. Il prit par exemple la défense d'un colley de son voisinage du nom de Roy, accusé d'avoir tué des moutons, et apporta la preuve que ledit Roy ne pouvait avoir commis ce crime. De façon plus significative, Doyle joua les détectives dans l'affaire George Edalji, jeune avocat indien reconnu coupable de mutilations sur des chevaux. L'un des arguments qui aida Doyle à faire éclater son innocence (aux yeux de l'opinion publique, sinon du tribunal) consista à démontrer que la mauvaise vue du jeune homme l'aurait rendu incapable de commettre ce dont on l'accusait[1]. Ultime mais pas infime précision, Doyle prêta main forte aux autorités quand Agatha Christie, la célèbre auteure de romans policiers, disparut mystérieusement pendant plus de dix jours. (Pour le remercier de son intervention, Agatha Christie se moqua de Sherlock Holmes

1. Julian Barnes a consacré à cette histoire son roman *Arthur et George*. *(N.d.T.)*.

par le truchement d'Hercule Poirot, dans l'un de ses romans.)

Le Dr Quentin Hurst, ami de Doyle dans ce livre, est un être fictif. L'ouvrage de philatélie dont il est censé être l'auteur est basé sur *Stamp Collecting as a Pastime* d'Edward J. Nankivell, collectionneur de timbres passionné, dont on utilise ici des extraits.

Il n'existe aucun timbre britannique ressemblant de près ou de loin au tête-bêche inversé dit de « la Femme à barbe ».

Douglas Fairbanks et Mary Pickford

Lors de sa tournée aux États-Unis en 1923, Conan Doyle rencontra effectivement Douglas Fairbanks et Mary Pickford à Hollywood. (Si Doyle qualifia Mary de personnalité « fortement médium… dotée de nombreux dons spirituels », Fairbanks était pour lui « très large d'esprit, avec un raisonnement solide qui n'exigeait pour être convaincu qu'une expérience irréfutable ».)

Il est difficile de décrire de façon appropriée l'énorme popularité dont jouissait Douglas Fairbanks et l'impact durable qu'il eut sur l'industrie cinématographique de l'époque. En outre, son statut de star fut démultiplié quand il épousa Mary Pickford, d'une popularité égale à la sienne. Lui était tout simplement la plus grande vedette de Broadway, tous deux devinrent des superstars à Hollywood. Lors de la Première Guerre mondiale, Fairbanks fit un jour la promotion des obligations de guerre – quand il se planta au carrefour de Broad Street et Wall Street à New

York, vingt à trente mille personnes accoururent pour le voir.

Fairbanks était un ami de Frank Case, le propriétaire de l'Algonquin, bien avant qu'il ne devienne une célébrité. Quand le couple glamour Fairbanks-Pickford était en déplacement sur la côte Est, il séjournait à l'Algonquin. (Toutefois, Fairbanks ne consommait pas d'alcool. S'il avait donné une réception pour le Nouvel An, il n'en aurait donc pas servi. Ce qui aurait retiré beaucoup de piquant à notre histoire.)

Cependant, il n'existait pas (et n'existe toujours pas) de suite avec vue au dernier étage de ce même hôtel.

L'hôtel Algonquin

Même s'il ne comporte pas de suite avec vue, on y trouve bien un genre de douzième étage « caché », tel qu'on le décrit brièvement dans le livre. En retrait de la façade, donc invisible depuis la rue, on l'utilise majoritairement pour l'entretien.

Il est aussi tout à fait possible que Dorothy ait pu emmener Woody sur le toit. Frank Case a rapporté qu'un explorateur de l'Arctique était descendu à l'hôtel flanqué de ses quatre gros chiens de traîneau, des malamutes de l'Alaska. Case, imperturbable à son habitude, ordonna simplement qu'on loge lesdits chiens sur le toit.

Depuis son ouverture en 1902, ce haut lieu littéraire vénérable a connu nombre de modernisations, changements et autres rénovations. (En 2012, l'Algonquin a subi une nouvelle restauration – il est aujourd'hui plus beau et attrayant que jamais.)

Même si cette fiction a pris quelques libertés avec la réalité des lieux (l'addition de cette suite avec vue, entre autres), tous les efforts ont été faits pour présenter une description la plus fidèle possible de l'état approximatif de l'hôtel dans les années vingt. À l'époque, et dans les années qui suivirent, il accueillait certains résidants permanents. Dorothy Parker y occupa réellement une minisuite au premier étage.

Jane Grant et Ruth Hale

Mrs Volney n'a jamais existé. (Mais Le Volney, aujourd'hui immeuble en copropriété, était un hôtel résidentiel de l'Upper East Side à Manhattan – ce fut la dernière demeure de Dorothy Parker. Elle y mourut en 1967.)

Par contre, Jane Grant et Ruth Hale sont des personnes bien réelles. Comme ce récit le rapporte, Jane Grant écrivait pour le *New York Times* et participa activement à la fondation du magazine le *New Yorker*, avec son mari, Harold Ross, membre de la Table Ronde par ailleurs.

Ruth Hale, écrivaine free lance, publia des chroniques dans le *New York Times*, *Vogue* et *Vanity Fair*. Fervente (pour ne pas dire fanatique) militante des droits de la femme, elle fut la première à présider la Ligue Lucy Stone, dont Jane Grant était aussi membre. Ce groupe fit pression pour que les femmes mariées aient légalement le droit de conserver leur nom de jeune fille, ce qui n'était pas autorisé en ce temps-là.

Les propriétés de la glace carbonique

Ni Bibi Bibelot pas plus que Blake Bibelot ou Benedict Jordan n'ont existé. (L'agence nationale de détectives Pinkerton est, elle, on ne peut plus authentique. Toujours en exercice aujourd'hui, elle fournit surtout des services de sécurité, au lieu de détection privée proprement dits.)

Dans tous les cas de figure, il est très possible de tuer quelqu'un à l'aide de glace carbonique. Ou si l'on veut être plus précis, il est possible que quelqu'un soit asphyxié par le dioxyde de carbone, gaz qui se forme après la « fonte » de la glace carbonique dite aussi « sèche ». (Pour être plus précis encore, la glace carbonique ne fond pas en réalité – elle se « sublime », passant directement de l'état solide à l'état gazeux, sans état liquide intermédiaire.)

À titre d'exemple, le Dr Charles Norris, médecin légiste en chef de New York, dans les années vingt, enquêta sur le cas de cinq débardeurs qu'on retrouva morts dans la soute d'un navire à vapeur. Les victimes dormaient sur des couchettes dans un local entreposant des fruits. Fruits réfrigérés grâce à de la glace carbonique. On découvrit que le sang des victimes était saturé de CO_2 et qu'elles avaient « succombé de façon évidente à une asphyxie ».

Par conséquent, dans le roman, quand Dorothy entre dans la salle de bains et découvre Bibi morte dans la baignoire, ce n'est pas parce que ses nerfs la lâchent qu'elle est à deux doigts de s'évanouir – mais simplement par manque d'oxygène.

Pour être tout à fait franc, il aurait été extrêmement improbable que quelqu'un soit tué de la sorte au cours des années vingt – la glace carbonique était moins courante alors qu'aujourd'hui, car il était beaucoup plus difficile et coûteux d'en fabriquer à l'époque.

Remerciements

Je suis hautement redevable et infiniment reconnaissant à :

Dorothy Parker, de rester une inspiration (et aussi une leçon) pour les écrivains, les aspirants écrivains, poètes et autres prosateurs prometteurs du monde entier.

Robert Benchley, l'un des plus grands humoristes du XXe siècle, hélas un peu oublié.

Frank Case, pour son historique pince-sans-rire de ses jours (et de ses nuits) de directeur-propriétaire de l'hôtel Algonquin : *Tales of a Wayward Inn*, paru en 1938.

Sir Arthur Conan Doyle, d'avoir eu la prévenance de tenir la chronique de ses tournées en Amérique au cours des années vingt dans ses recueils *Our American Adventure* et *Our Second American Adventure*.

Daniel Stashower, pour sa biographie impartiale et instructive, *Teller of Tales : The Life of Arthur Conan Doyle*.

Deborah Blum, pour son ouvrage qui m'a fourni un coup de pouce pour « la mort via la glace carbonique », *The Poisoner's Handbook, Murder and the Birth of Forensic Medicine in Jazz Age New York*.

Ken Ackerman, « Monsieur Glace Carbonique » chez dryiceInfo.com, de m'avoir décrit les propriétés de ladite glace « sèche » – et détaillé ses exigences si on l'utilisait comme arme d'un crime.

Joseph Ditta, bibliothécaire de référence à la Historical Society de New York, pour son assistance dans le déchiffrement des plans et autres coupures de presse du dossier de l'hôtel Algonquin de la Collection George B. Corsa.

Alice de Almeida, à l'hôtel Algonquin, pour la visite exhaustive de l'établissement – du second sous-sol jusqu'au toit. Ainsi que Barbara McGurn de l'Algonquin, pour ses souvenirs des heures de gloire dudit hôtel.

Sans oublier, bien sûr, Matilda, la chatte, pour ses discrets encouragements.

Mrs Mary Pierce, pour ses aperçus sur les dessous du service hôtelier (bien qu'au Waldorf Astoria) d'antan.

Michael Gibbons, tout comme Kathleen Barrett et les autres membres du Between Books Critique Group (une section des Delaware Valley Sisters in Crime) pour leurs conseils après lecture de ma première mouture.

Sandy « Dure à Cuire » Harding, mon extraordinaire éditrice, pour sa patience et sa confiance.

Karin, comme toujours, pour ses encouragements et son soutien permanents.

Bien entendu, toute erreur factuelle m'incombe, pas à elles ni à eux.